De zomer van de heks

Rosita Bruijn

De zomer van de heks

Bellevue, 2003

© 2003 Rosita Bruijn
Omslag en grafische vormgeving: Rob Otten
Omslagillustratie: Camille Pissarro, The Backwoods of the
Hermitage, Pontoise, 1879. Cleveland Museum of Art,
Cleveland Ohio.

Bellevue is een imprint van Bureau Script Noordwijk
www.scriptnoordwijk.nl

ISBN 90 806204 6 7
NUR 284

1

Hexy Pimmelaar liep overhaast en zo snel als haar lange benen
haar konden verplaatsen, de straat uit waar ze woonde, in één
van de buitenwijken van de stad, en sloeg vervolgens resoluut
een hoek om.

Ineens had ze de wind mee, hij joeg de kap van haar cape pes-
terig over haar hoofd, zodat ze aan twee kanten even geen
zicht meer had. Een hond schoot onverwacht uit een portiek
voor haar langs en haar hart sloeg even op hol...

Toch een slecht geweten, Hexy Pimmelaar?

Of opnieuw een slecht voorteken? Haar fiets had haar zo-even
ook al in de steek gelaten; de voorband, die een bereidwillige
buurjongen een paar dagen geleden had geplakt, stond weer
leeg, had ze tot haar schrik ontdekt en ze was halsoverkop de
deur uitgegaan, om te gaan lopen.

Er zat niks anders op. Ze had een bloedhekel aan bussen, die
altijd net voor je neus wegreden, of zich tijden lang niet lieten
zien als je erop wachtte, maar misschien kon ze er onderweg
nog één aanhouden.

De hond was alweer uit het zicht. Nee, dit kon je geen slecht
voorteken noemen. Dat was het geweest als het dier zich agressief had gedragen of dreigend tegen haar had gegromd, wat wel
eens een enkele keer gebeurde.

Of als de bezwering niet had gewerkt, die ze in zo'n geval toe-
paste: ze keek het dier strak in de ogen, stak een priemende
vinger uit, prevelde iets van krijgdekrotekriebelskreng of een
soortgelijke formule, waarna de hond jankend afdroop, de
staart tussen de benen.

Een ander beproefd middel in lastige situaties was haar neus,
die begon te kriebelen zodra er gevaar dreigde en die op het
cruciale moment zorgde voor een explosie, alom schrik en
verwarring zaaiend, waardoor ze zich uit de voeten kon maken.

Bij dit avontuur zou het weinig uithalen, dacht ze, een niesbui zou eerder averechts werken. Ze zou alleen maar extra de aandacht op zich vestigen en dat was nou net niet de bedoeling.

Maar in bepaalde gevallen kon haar neus uitkomst brengen. Zo had ze al eens een groepje jongens afgeschud, die ze doelbewust op zich af had zien komen, op een avond, een jaar of wat geleden, toen ze nog gauw een late boodschap voor haar moeder moest doen.

Haar fiets was weer eens kapot geweest, dat wil zeggen de verlichting en omdat ze een eventuele boete zou moeten betalen uit eigen zak, was ze noodgedwongen maar gaan lopen. Eenmaal op de terugweg was ze van het veilig verlichte winkelcentrum weer min of meer in het donker beland van schaars verlichte straten.

Ze had de jongeren zien aankomen, in een vreemdsoortige, onheilspellende sluippas en op de één of andere manier had ze geweten dat ze het op haar hadden gemunt. Alles leek erop dat ze zin hadden in een verzetje en vastbesloten waren het eerste het beste schepsel dat op hun pad kwam, te grazen te nemen. Snel keek ze om. De lichten van het winkelcentrum waren al bijna niet meer te zien, het pleintje waar ze liep was uitgestorven, op een enkele fietser na. Ze raapte al haar bluf en bravoure bij elkaar, terwijl ze zichzelf moed insprak.

Geef geen krimp, Hexy Pimmelaar, zet je beste grijns op en loop gewoon door.

Als ze vervelend worden geef je de een een stomp in de maag, de ander trap je met je laarsje in z'n kruis en een derde geef je een mep tegen de luchtpijp.

Leid ze af met een trucje, gooi ze het pak suiker dat je hebt gehaald, in het gezicht.

In een halve cirkelvorm kwamen ze op haar af, alsof ze haar wilden insluiten en op dat moment begonnen haar neusvleugels abnormaal hevig te kriebelen, ze leken te trillen van spanning.

Ze barstte los in een oorverdovend genies, smeet de suiker op de grond, voor hun voeten. Door het tumult kwam er even een kleine bres in het gesloten front, waardoor ze ontsnappen kon.

Ze zette het op een lopen, maar niemand kwam haar na. Toen ze na een tijdje durfde om te kijken, zag ze dat haar belagers hun woede koelden op het pak suiker, waar ze met z'n allen tegenaan schopten, of het een voetbal was.

Jammer van de suiker, maar ze ging niet meer terug. Ze zou wel tegen haar moeder zeggen dat ze net te laat was geweest voor de supermarkt.

Het hele verhaal opbiechten, al zou ze het nog zo smakelijk proberen te vertellen, stond gelijk met zelfmoord.

Ze mocht nu al nauwelijks 's avonds alleen de deur uit en als ze eens een keer naar Jerry, haar vriendje, wilde, of naar een van haar vriendinnen, stond haar moeder erop haar met de auto te halen en te brengen.

Hoe ze haar moeder ook verzekerde, dat er niets zou gebeuren, dat ze genoeg trucjes kende om zich overal uit te redden, dat ze zelfs op judo zou gaan als haar moeder het graag wilde, het had niet geholpen.

Ze was op judo gegaan, eigenlijk met tegenzin, meer om haar moeder erdoor gerust te stellen.

Het had haar weinig opgeleverd, in elk geval niet de vrijheid, waarop ze gehoopt had.

Niks aan te doen. Over een jaar of wat zou ze ook het huis uitgaan, net als Jerry, haar vriendje van vroeger uit de Kruisstraat, waar ze de eerste twaalf jaar van haar leven had gewoond. Met haar moeder was ze daarna verhuisd naar een nieuwbouwwijk en ze had Jerry uit het oog verloren.

Stom toevallig was ze hem zo'n maand of drie geleden weer in de stad tegengekomen.

Hijzelf was niet veel veranderd, was alleen nog een stuk langer geworden. Hij had nog altijd dat rossige haar en dat sproetige gezicht, waar ze hem vroeger vaak mee gepest had.

Ook leek hij nog net zo rusteloos en ongedurig als vroeger. Z'n hersens hadden zich redelijk ontwikkeld, naar het leek, hij was eerstejaars student Engels.

Ze moest nog zien hoe lang ie dat volhield.

Eigenlijk benijdde ze hem een beetje. Niet alleen had hij z'n vwo-examen al achter de rug zij stond er nog voor - maar hij was nota bene in het bezit van een eigen flat met alles erop en eraan.

Een prachtig uitzicht vanaf zevenhoog over een deel van de stad en 's avonds een sprookjesachtige flonkering van talloze lichtjes, alsof je tussen de sterren stond.

Hij had het goed voor elkaar, dat vriendje van haar, maar ze gunde het hem.

Zolang ze hem kende was het thuis ruzie en narigheid geweest, z'n ouders waren inmiddels gescheiden. Dan had zij het heel wat beter getroffen, vond ze; haar moeder was streng, maar als het erop aankwam toch best geschikt. Ze was gescheiden toen zij, Hexy, een jaar of drie was, een verstandig besluit. Het had hen allebei vast heel wat ellende bespaard.

Hexy begon nog sneller te lopen, zette het op een hollen. Het zou onvergeeflijk zijn, als ze nu te laat kwam...

Een felle windvlaag trok aan haar cape, of hij 'm haar van het lijf wilde rukken. Hij woei een eindje open, de koude lucht drong door haar kleren heen en ze rilde.

Ze had beter haar winterjas aan kunnen doen, die als een pantser om haar heen zat, met een warme bontkraag bij de hals.

Maar ze had om de één of andere reden haar cape verkozen, alsof die haar, als een magische mantel, zou kunnen beschermen tegen rampen en onheil.

Ook straks, als ze binnen was, zou ze 'm aanhouden, je wist maar nooit waar het goed voor was.

Ze zou alle geluk van de wereld nodig hebben, al was alles tot nu toe goed gegaan en hadden ze het plan goed voorbereid.

Maar er konden onverwachte complicaties optreden, zodat de zaak alsnog kon mislukken.

Jerry, dacht ze, duim driedubbel voor me. Ik weet niet, of je thuis bent, of op zo'n hard collegebankje zit te luisteren naar een of ander sprekend orakel. Think of me...

Jerry en zij hadden het plan samen uitgebroed, op een regenachtige middag, toen ze uit school bij hem langs was gegaan, de rugzak, die ze als boekentas gebruikte, met een zwaai in een hoek had geslingerd en kwaad had gezegd, dat ze nooit, maar dan ook nooit meer, naar de lessen van Teek zou gaan.

'Apo- biblio- of Speel-o, welke bedoel je?' had Jerry belangstellend geïnformeerd.

'Barst,' was haar enige reactie en toen had ze een tijdje helemaal niets meer gezegd, was de kamer uitgelopen naar Jerry's
badkamer, had haar gezicht en haar gedroogd, was teruggekomen en neergeploft in een van de zitzakken, die deel uitmaak-
ten van Jerry's interieur.
'Nou, miss Piek, wat is er aan de hand?' vroeg hij zoetsappig,
'tell me please. Heeft Teek je werkstuk niet goed beoordeeld?'
Hexy plukte aan haar haar, zodat het nog meer op een punk-
kapsel begon te lijken.
'Hij heeft de pik op me, nou weet ik het zeker, hij kraakt altijd
alles af wat ik doe, dat weet je, ik heb je toch verteld van dat
pandje, dat we moesten tekenen? Het moest oud zijn, vooral
heel oud, een scheefgezakte schuur, een ruïne, als het maar een
bouwval was... Ik wou eerst zo'n Hans-en-Grietje-huisje doen,
uit een sprookjesboek, maar dan wel afgebrokkeld en aange-
vreten (Hexy liet even haar tanden zien), maar toen kwam ik
op een ander idee... ik heb m'n schetsboek gepakt en ben naar
de Oude Wijk gegaan en toen heb ik... toen ben ik naar het
Oudste Huis gegaan...'
'Goeie, het Oudste Huis.' Jerry floot.
'Stond dat nog overeind?' vroeg hij sceptisch.
'Nou, nog maar net,' zei Hexy, 'het staat op instorten, zo te
zien, je ziet de scheuren in de muren en het helt vervaarlijk
naar voren, dat torentje waait er bij de eerste de beste flinke
bries wel af... doodeng...'
'Ja, dat is niks meer,' beaamde Jerry, 'shabby, rijp voor de
sloop.'
'Ben je gek!' viel Hexy uit, 'dat pand is driehonderd jaar oud,
zoiets mogen ze nooit slopen!'
'Maar Hets, mensen worden ouder en buildings ook.'
'Die leven langer,' pareerde Hexy, 'en dat is maar goed ook, ik
zou geen driehonderd willen worden, wat een ellende.'
'Heksen hebben toch meer dan één leven?' vroeg Jerry, 'net als
katten. Zeggen ze.'
Hexy grijnsde. Ze vouwde haar handen in de nek.
'Ik heb aan één leven genoeg, hoop ik tenminste, ik wou alleen
dat ik nooit ouder werd, altijd zeventien, lijkt me het einde...'
Ze sloeg dweperig haar ogen naar het plafond.

9

'Ja, zo'n ouwe heks lijkt me ook niks,' zei Jerry. 'Een kromge-groeid, rimpelig besje met een stok... it's not funny...'
'Ik wou jou wel eens zien als je oud bent,' kaatste Hexy terug. 'Stijf van de reumatiek, mummelmondje, kale kop... ben je eindelijk dat rooie haar kwijt...'
Jerry lachte zuurzoet. 'Kan nog gezellig worden, met z'n tweeën, haha!'
Hexy hield haar hoofd schuin en keek hem taxerend aan.
'Ik weet niet of ik met jou wel oud wil worden,' zei ze lang-zaam.
'Vast wel,' deed hij luchtig, 'nou, go on...'
'Ik was dus bij het Oudste Huis,' vervolgde Hexy, 'dat wilde ik tekenen, een goeie positie opgezocht, er schuin tegenover is een antiquair-zaakje met een hoge stoep, dat was gelukkig gesloten, ik ben op één van die treden gaan zitten en heb ge-probeerd een schets te maken... het is niet zo'n ingewikkeld gebouw, weinig tierlantijnen... een lelijk ding eigenlijk... ik ben er vroeger wel eens met m'n moeder geweest, toen het nog een museum was... archeologische vondsten uit de omgeving... potjes, vaasjes, gereedschap, dat spul... en ook wapens geloof ik... en pijlpunten... het was oorspronkelijk een herberg, dat wist ik nog. Er kwam weer van alles bij me boven, toen ik zat te tekenen... Ik herinnerde me, dat je op een gegeven moment een paar stenen trappen afging naar een duister onderaards gewelf, voorraadkelders, waar wijn en bier werd opgeslagen. Ik kreeg een beetje kippenvel toen ik er weer aan dacht, maar die stoep was ook niet echt warm natuurlijk...
Toen ik zo'n beetje klaar was, ben ik naar huis gegaan, en, zo stom, Jer, ik heb er 's nachts van gedroomd... het was heel vreemd... ik zag mezelf in die herberg rondlopen, als dienster of zo...'
'Echt iets voor jou,' vond Jerry, 'je hebt een beetje teveel ver-beelding, Hets, was in de Kruisstraat al zo, je was altijd bezig met toveren en zo en dan moest ik weer veranderen in een kikker of een hond. Blij dat het voorbij is...'
Hexy lachte, vertrok haar gezicht in een afzichtelijke grijns, liet haar ogen rollen.
'Ik ben nog steeds een heks, pas maar op.'

'Tover dat haar van me dan even in een andere kleur.'
'Welke kleur wil je? Ik heb geelzuchtgeel, roodvonkrood en verder alle kleuren van een bloeduitstorting.'
'Nee, laat dan maar zitten, ga door, miss Heks.'
Hexy had verder verteld. Hoe ze de schets thuis had uitgewerkt, met Oostindische inkt had ingekleurd en vervolgens had ingeleverd bij Teek, zoals ze de tekenleraar sinds mensenheugenis noemde.

Die had het kritisch bekeken en met een zuinig mondje gezegd: 'Nee, dat is het niet, Pimmelaar, je bent te pietepeuterig, je moet je meer laten gaan, de indruk is het belangrijkst, niet de details, probeer het eens met een ander materiaal, houtskool bijvoorbeeld, probeer losser te werken, geef je onderwerp de ruimte...'

Ze was teleurgesteld geweest, al hadden haar klasgenoten het steengoed gevonden.

Ze had een nieuwe versie gemaakt, deze keer met houtskool. Haar ziel en zaligheid had ze erin gelegd... Ze was aarzelend begonnen, maar het werkstuk had haar al gauw te pakken en ze was zo koortsachtig bezig geweest, dat ze alles om zich heen vergat...

Ze had nauwelijks gegeten en gedronken, was 's nachts opgestaan, om de rest van haar huiswerk te maken.

Daarna kon ze moeilijk meer in slaap komen en terwijl ze wakker lag, had ze op een nacht een soort visioen gehad: ze zag de kruising van de klinkerstraatjes, waar, op een hoek, het Oudste Huis stond, haarscherp voor zich. Vanaf de overkant, waar ze had zitten tekenen, kwam iemand aanlopen, een donkere, gezette figuur, wiens gezicht bijna helemaal verdween onder een grote, breedgerande hoed. Hij stak doelbewust over, ging het Oudste Huis binnen en bestelde een maaltijd. Het was vol en druk in de herberg. Er liep een dienster rond, zwart als een zigeunerin, met kannen bier, die ze her en der voor de gasten op tafel zette, voor het merendeel feestende drinkebroers, met breed-grijnzende, roodaangelopen tronies, die elkaar luidruchtig toedronken.

Twee mannen met ongeschoren gezichten zaten luid te praten in een hoek, boven het krijsende geluid van een stel parkieten in een kooitje uit, dat tussen hen in stond.

'Het was een heksenketel, Jer, een gekkenhuis, het was een droom en toch weer niet.'

'Dat komt er nu van,' zei Jerry. 'Veel te hard gewerkt. En die vreemdeling?'

Hexy haalde haar schouders op. 'Weet ik niet, zag ik niet meer.'

'Wat is er verder gebeurd?'

Hexy vervolgde haar verhaal.

Ze had het werkstuk afgemaakt en ze was ervan overtuigd dat Teek deze keer weinig kritiek kon hebben, het was als het ware met heksenbloed gemaakt.

Ze zag hem al kijken, dat kleine, schriele mannetje met z'n sikje en geniepige oogjes, deze keer zou er een trek van waardering op z'n gezicht verschijnen en zou ze een tijdje verschoond blijven van opmerkingen als: 'En Pimmelaar, komt er nog wat uit dat toverstafje vandaag?' Of, zoals wel eens was gebeurd, toen ze hem betrapte op een perspectivisch foutje in een schets, die hij op het bord maakte: 'Zo, wat ben je weer scherp, Pimmelaar, zeker vannacht naar de heksenschool geweest?'

Ze was er zeker van, dat hij er deze keer niet omheen kon, om haar tekening te prijzen.

Maar vanmiddag ...

Ze had haar werkstuk willen inleveren, maar hij had niet eens de moeite genomen om er aandachtig naar te kijken. 'Hou nog maar even bij je, Pimmelaar, ik kom om in de werkstukken, volgende keer...'

Dat deed de deur dicht. Ze was woedend weggelopen.

'Ik lever het niet meer in, hij kan ernaar fluiten.'

'Laat 'es zien, Hets,' verzocht Jerry en Hexy haalde haar rugzak, diepte een map op, die ze haar portfolio noemde en waarin ze haar tekeningen bewaarde.

Ze sloeg de map open en nam er voorzichtig een rechthoekig stuk tekenkarton uit. 'Hier is-ie.'

Jerry floot. 'Sodeju, ben je echt zo goed? Dit is wel het Oudste Huis in betere tijden, zo te zien.'

Bewonderend bleef hij erop turen.

'Sfeertje, Hets, meesterlijk, dat straatje, net Vermeer... je zou het zo in een galerie kunnen hangen, mooie lijst eromheen...'

Hij zette het op een lage salontafel, tegen een stapeltje boeken.

'Hier moet op gedronken worden, wat wil je, een rummetje-cola of een colaatje-rum, ik heb ook gemberbier...'

'Doe maar een Cubaatje libre,' zei Hexy opgewekt. Jerry's lof had haar goedgedaan.

Jerry verdween en kwam evenlater met twee blikjes terug, parelend van het vocht.

Uit een ingebouwde kamerkast haalde hij twee glazen

'Ik trek het blikje zelf wel open,' zei Hexy.

Ze klauwde naar hem met haar lange vingers.

'Vind je het echt goed, Jer?' vroeg ze nog eens ten overvloede, terwijl ze het blikje opentrok.

'Je bent beter dan Teek, volgens mij,' oordeelde Jerry, 'hij heeft gewoon de pik op je, omdat-ie jaloers is.'

'Denk je echt?' vroeg Hexy, alsof ze zojuist tot een nieuw inzicht gekomen was. Ze goot het bruisende zwarte goedje in het glas.

'Is wel duidelijk, niet?' zei Jerry. 'Hij probeert je op allerlei manieren te kleineren, gut, wat zou ik die kerel graag eens een lesje leren.'

Hij keek nadenkend voor zich uit.

'Dus je vindt me wel iemand voor de kunstacademie?' Hexy nam een flinke slok.

'Als er iemand geschikt voor is, ben jij het,' klonk het volmondig.

'Teek vindt van niet,' zuchtte ze. 'Hij heeft laatst met m'n moeder gepraat, hij twijfelt eraan, of ik me daar thuis zal voelen, het is allemaal vrije expressie, ik zit nog veel te veel vast aan voorbeeldjes, heb nog helemaal geen eigen stijl.'

'Laat die vent toch kletsen,' zei Jerry. 'Volgens mij heb je al best een eigen stijl.'

Hexy lachte. 'Zoiets zei m'n moeder ook, ze is er gelukkig helemaal voor, dat ik naar de Kunstacademie ga.'

13

Jerry knikte tevreden. 'Mijn idee, het zou doodzonde zijn als je iets anders ging doen.'

Hexy dronk haar cola uit, gooide het blikje op, ving het weer met een hand.

'Ik wou vroeger van alles, werken in een circus, rondrijden op zo'n eenwielig fietsje, een act met honden, die ik gedresseerd had, in een clownspakje kunstjes doen, grappen uithalen. Een paar jaar geleden wou ik stewardess worden, lekker vliegen, de hele wereld rond, vooral naar het oosten, leek me geheimzinnig, gesluierde vrouwen, mysterieuze mannen, duizend en één nacht weet je wel, en verder een beetje serveren, mensen hun natje en droogje bezorgen, ze geruststellen, als er wat loos was... ik zag het helemaal voor me...'

'Ach, Hets, nooit doen.' Jerry maakte een wegwerpgebaar.

'Voor je het weet word je door zo'n stelletje hoofddoeken gegijzeld en word je de zoveelste haremvrouw van sjeik Abdullah de derde'.

'Lijkt me wel wat,' zei Hexy, 'krijg ik eindelijk een rustig leventje'.

'Dat zou ik niet direct durven zeggen,' weifelde Jerry.' Nee, Hets, jij bent maar voor één ding geschapen, misschien wel voor twee, maar laten we het daar even niet over hebben.'

'Wat bedoel je precies?' vroeg Hexy en trok haar onschuldigste gezicht.

'Wat zou je denken, miss Pimmelaar? Laten we het nog maar even op de kunst houden.'

'Mijn idee.' Hexy gooide het lege blikje in zijn richting, hij miste het en het ketste tegen de grenen eettafel achter hem, voor het op de vloer belandde.

'Zo kan-ie wel weer.' Jerry dook achter zich, maar hij kreeg het blikje niet te pakken. Hexy keek hem grijnzend aan. 'Nog een beetje meer oefenen,' raadde ze.

Ze voelde zich al een stuk beter. De Kunstacademie. Het idee kreeg steeds meer vorm en inhoud.

Haar moeder had haar er al voor opgegeven, die goeie, ouwe moeder van haar, die steunde haar toch maar door dik en dun, al kreeg ze vaak genoeg op haar kop en af en toe stevige uitbranders.

14

Ze knalde meer dan eens de deur van haar kamertje achter zich dicht als ze weer eens te horen had gekregen, wat ze per se niet wilde horen.

Ze weigerde bijvoorbeeld pertinent haar kamer 'uit te zuiveren', (zoals haar moeder het noemde), die volstond met prullaria en hebbedingetjes, die ze door de jaren heen had verzameld (waaronder een hele partij knuffeldieren, heksen, clowns, poppenkastpoppen en ga zo maar door). Ze wilde niets wegdoen, of het moest per ongeluk stukgaan en dan nog zou ze proberen het te repareren.

Haar moeder vond die hele uitdragerij een schande. 'Je kunt niet eens fatsoenlijk bij je bed komen, Hets,' was haar verwijt.

Oké, dan maar via het voeteneind. Zou haar een zorg zijn. Ze was zo lenig als een kat, slalomde overal tussendoor als het moest, zonder iets te breken.

Moest haar moeder maar een groter huis huren, zoals dat in de Kruisstraat.

'Hoe moet het als je straks op de kunstacademie zit?' was de steeds terugkerende vraag.

Maar daar brak ze haar hoofd nog niet over. Er zou wel een oplossing komen.

Ze kon misschien voor een zacht prijsje een studio huren, werken op Jerry's flat, die licht en ruim was, of meteen voor zichzelf woonruimte zoeken. Maar daar zou haar moeder vast niet blij mee zijn.

'Over een paar week gaan we met Teek naar een galerie,' herinnerde ze zich. 'Galerie de Bonte in de Bierbrouwersstraat... Nou, ik ga mooi niet mee, ik spijbel wel, ik ga gewoon een andere keer, op eigen houtje, misschien meld ik me wel ziek.'

'Gelijk heb je,' vond Jerry, 'wat is er te zien?' Hij had inmiddels het blikje te pakken gekregen en op de eettafel gemikt, waar het aan de andere kant weer was afgerold.

'O, schilderijen, van ene Henri Pelman,' vertelde Hexy, 'nogal mysterieus, hij is in deze stad geboren en heeft hier in de omgeving geschilderd, ook in het Kloosterbos geloof ik, maar de meeste van z'n schilderijen zijn in Amerika terechtgekomen en hebben daar jarenlang in een kluis gelegen... tot iemand ze weer ontdekte... ze zijn naar Nederland getransporteerd en worden nu overal tentoongesteld.'

'Interesting,' zei Jerry en klakte met z'n tong. 'Wacht 'es, ik heb er laatst iets over gelezen, het ging over een kluizenaar... de kluizenaar van het Kloosterbos, was dat 'm?'

Hexy knikte. 'Ja, hij schijnt daar zelfs gewoond te hebben, niet zover van die ruïne... het idee... wisten wij veel, toen we daar speelden... ik zou er best weer eens willen kijken.'

Het was een geliefde speelplek van hen geweest, het natuurgebied dat even buiten de stad lag, met z'n bossen en heidevelden, doorkruist met verharde wegen en zandpaden, uitstekend geschikt voor de cross-wedstrijden die ze er hadden gehouden...

Grote trekpleister was de ruïne, het restant van een klooster, dat er eeuwen geleden gestaan had, een heuse ruïne, van brokkelige muren met nissen, waar regelmatig roofvogels huisden. Ze hadden er zelfs een keer een raaf gezien, die luid krassend met brede wiekslagen over hun hoofden was gevlogen, om neer te strijken bij de ruïne, waar hij hen met zijn felle kraaloogjes nieuwsgierig had aangestaard.

Ze waren best een beetje bang geweest en beslist opgelucht toen het dier weer was opgevlogen en als een zwart spook in de verte verdwenen was.

Het leek erop dat hij onheil had gebracht. Hexy was al gauw daarna met haar moeder verhuisd en sindsdien was het Kloosterbos voor haar taboe; haar moeder verbood haar eenvoudig om er nog langer een voet te zetten, maar Hexy hoefde ook niet meer. Zonder Jerry was de lol eraf.

'Wanneer heeft die Pelman er geschilderd?' wilde Jerry weten.

'Eind negentiende, begin twintigste eeuw,' zei Hexy. 'Teek heeft er in een paar lessen wat over verteld, er is niet veel van hem bekend, van die Pelman, hij leefde erg teruggetrokken... Teek heeft een paar schilderijen laten zien... uit een catalogus... ik vond ze wel mooi, de meeste waren heel kleurrijk, maar andere waren weer grijs en donker... net hoe z'n stemming was, denk ik, of hoe z'n pet stond, als-ie er een had. Teek liet een foto van 'm zien... geen vrolijke man, hij zal wel eenzaam zijn geweest...'

16

'Het lot van een kunstenaar,' zei Jerry wijsgerig. 'Die worden toch nooit begrepen? Misschien had-ie wel een ongelukkige liefde of zo, was-ie getrouwd?'

'Heeft Teek het niet over gehad, over z'n persoonlijke omstandigheden is haast niets bekend.

Hij heeft geloof ik een tijd in Parijs gewerkt, maar is later teruggekomen en heeft het grootste deel van z'n leven in het Kloosterbos gewoond.'

'Nou,' zei Jerry luchtig, 'als ik jou was, Hets, ging ik er gewoon heen met de klas, naar die galerie, bedoel ik, je hangt doodeenvoudig je houtskoolwerkje daar ergens op, moet Teek er wel naar kijken.'

'He, ja, leuk idee,' hoonde Hexy, maar ze zat ineens strak rechtop, streek over haar neus, fronste haar voorhoofd.

'Nog helemaal niet zo'n gek idee, mr De Ridder, misschien kunnen we hem zo een poets bakken, wacht... Ik heb het!!'

Ze sprong op, alsof ze door een veer werd losgelaten, kwam weer neer, hief haar armen in de lucht, prevelde hartstochtelijk iets, wat klonk als: Eketeketaketing, ik zal je krijgen, ellendeling!'

Jerry grinnikte.

'Jij bent echt een beetje gek, Hetsje Pimmelaar.'

'Nog veel gekker dan je denkt.'

Ze stond op en ging voor Jerry staan, druk gebarend.

'Luister,' zei ze, 'die schilder heet toch Pelman? H. Pelman? Hij signeerde meestal met H.P. En wat zijn mijn initialen? Ook H.P. Waar of niet? Hocus Pocus. Heel Precies. Nou dan.'

Ze haalde even diep adem.

'Waarom kan-ie het Oudste Huis ook niet een keer geschilderd hebben? Ik heb een paar stadsgezichten van 'm gezien, ze waren vrij gedetailleerd, ik herkende het museum en de kerk aan de Grote Markt... het Oudste Huis bestond toen ook al... dus... hij zal het op de een of andere manier een keer getekend of geschilderd kunnen hebben... het werk was alleen nog niet ontdekt... dat gaan wij nou doen... we smokkelen dat ding van mij naar binnen en hangen dat tussen de Pelmannen...'

Jerry staarde haar aan, of hij het in Keulen hoorde donderen.

'En jij helpt me!' Hexy stak een priemende vinger in z'n maag.

17

Toen ineens, of ze door andere gedachtenflitsen was getroffen, liep ze achteruit, draaide zich om en schudde haar hoofd.

'Nee, het is idioot, het kan niet.' Ze viel terug op de bank.

Maar nu kwam Jerry overeind, en begon, de handen in z'n zakken, door de kamer te ijsberen.

'Ik vind het eigenlijk wel een leuk idee,' zei hij uiteindelijk.

Hij bleef voor Hexy staan. 'Luister, het is misschien best uitvoerbaar... We kunnen eens gaan kijken, hoe de zaken er in die galerie voorstaan... hoe streng de beveiliging is... of er voortdurend mensen zijn, die de boel in de gaten houden... het gaat er informeler toe, denk ik dan bij een museum Als het even wat rustiger is, kunnen we jouw tekening ergens ophangen, neerzetten, waar maar plaats is...'

Hexy keek hem sceptisch aan. 'Denk je? Ik weet het niet... het is wel link... als ze erachter komen, wat dan?'

Jerry haalde z'n schouders op. 'We komen echt niet in de gevangenis, hoor, als je dat bedoelt... het is niks meer dan een grap, een studentengrap. Die worden er wel meer uitgehaald in deze stad... als je hoort, wat ze bij ons allemaal doen... laatst is er nog eentje weggestuurd, omdat-ie...'

'Zie je wel!' riep Hexy uit. 'En ik zit voor m'n examen, ik kan het me niet permitteren...'

'Zo'n vaart zal het echt niet lopen,' verzekerde Jerry, 'als er geduvel van komt, ben ik bereid de schuld op me te nemen, maar voor hetzelfde geld wordt het helemaal niet ontdekt... Denken ze dat ze te doen hebben met een echte Pelman, die op mysterieuze wijze tussen de andere terecht is gekomen...'

Hij plofte naast haar neer op de bank, die krakend protesteerde.

'Stel je voor,' zei hij enthousiast, 'straks wordt jouw houtskoolwerkje versleten voor een echte Pelman, te gek toch?'

'Vast niet,' twijfelde Hexy, 'ze gaan het meteen onderzoeken, de handtekening en zo, de ouderdom van het papier, ik val sowieso door de mand, de vraag is alleen wanneer ze het ontdekken...' Ze keek Jerry hoopvol aan. 'Als Teek er maar instinkt, dan ben ik tevreden, hij zal zich wel driemaal bedenken, voor hij iets van Pelman afkraakt.'

'We halen het de volgende dag weer weg,' stelde Jerry voor.

'Of ik pik 't na de excursie meteen mee,' zei Hexy. Ze zuchtte. 'Wel link allemaal, ik zal eerst goed moeten oefenen op die handtekening. En we moeten zorgen voor een mooi passe-partout, het moet net echt lijken en zo oud mogelijk.'

'Ik ken wel iemand, die dat kan doen,' zei Jerry, 'laten we eerst maar eens gaan kijken hoe de vlag er in die galerie bij hangt.'

Hij wreef vergenoegd in z'n handen.

'Game-time, miss Pimmelaar, time for action.'

De volgende dag hadden ze meteen actie ondernomen en waren gaan kijken.

De galerie was gehuisvest in een gemoderniseerd pand, dat aanleunde tegen de Oude Wijk en nog net ontkomen was aan de strenge eisen die Monumentenzorg stelde.

De Oude Wijk zelf was een erfenis van het verleden, een wirwar van oude klinker- en keienstraatjes waaraan eeuwenoude huisjes stonden, die als door een wonder de tijd hadden getrotseerd. Er hadden vroeger nijvere handwerkslieden gewoond, wat je nog kon afleiden aan straatnamen als: Mandenmakers-, Ketellappers- en Bierbrouwersstraat.

Nu had de bedrijvigheid een andere vorm gekregen: de meeste huisjes waren eet- en drinkgelegenheden geworden, cafés, bierkelders en knusse bistrootjes. Andere werden bewoond door kunstenaars, of waren artistieke winkeltjes geworden, waar sieraden, aardewerk en allerlei handgemaakte snuisterijen werden verkocht.

Het geheel stond onder Monumentenzorg en er mocht weinig of niets aan de gevels of het interieur worden veranderd.

Ook het Oudste Huis maakte er deel van uit, maar het leek wel of men er tijdelijk z'n handen vanaf getrokken had en het maar liet verloederen tot besloten zou worden om het pand definitief te slopen. Er zou meer dan een miljoen nodig zijn om het pand weer in zijn oorspronkelijke staat te herstellen, maar de gemeente scheen dat er niet voor over te hebben op het moment. Ook andere instanties leken niet bereid er veel geld in te pompen.

Aan het eind van de Bierbrouwersstraat, waar min of meer de Oude Wijk begon, was galerie de Bonte gevestigd. Het was een groot, ruim pand, van twee verdiepingen. Beneden waren drie zalen, boven twee. De benedenverdieping was volledig ingericht met de Pelman-collectie: zo'n dertig schilderijen, meest landschappen, enkele stadsgezichten, een paar zelfportretten en de rest bestond uit andere, bijna mystieke afbeeldingen van vreemde, onaardse figuren.

Hexy en Jerry duwden een glazen buitendeur open, liepen een kleine, brede trap op naar een halfcirkelvormig balie, waar een vrouw met hoogblond haar in vol ornaat achter zat. Ze droeg een opzichtige rode trui, met felgele banen, een groen sjaaltje hing losjes om haar hals... Twee felle ogen aan weerszijden van een behoorlijke haakneus, keken hen scherp maar niet onvriendelijk aan.
'Jullie zijn scholieren? Dan is het gratis, loop maar door, ja hier meteen rechts.'
Een grote foto van de schilder blikte hen al tegemoet toen ze de eerste zaal inkwamen. Een man met een nogal boers gezicht, sombere ogen en een woeste, witte baard.
Het was niet druk, er drentelden drie of vier bezoekers rond in de hoge lichte ruimte.
'Galerie de Bonte,' zei Jerry zacht in Hexy's nek, toen ze met z'n tweeën bij een schilderij stilhielden. Wel toepasselijk, niet? Net een papegaai, dat mens.'
'Stil nou even.'
Hexy raakte bijna met haar neus het schilderij, om de signatuur goed te kunnen zien.
Op hetzelfde moment kwam een man in uniform binnen.
'Wilt u niets aanraken, dame,' zei hij.
'Vlieg op,' zei ze binnensmonds. 'Moet je kijken, Jer, de hei en dat zandpand, daar hebben wij gefietst.'
Jerry tuurde naar het schilderij, waarop, in felle paars-rose kleuren een heidelandschap in bloei was te zien. Erboven een dreigende hemel in donkerpaars. Het leek geschilderd in grote golfbewegingen, zodat het wel iets weg had van een deinende zee.
'Hier,' zei Hexy opgewonden, 'de kluizenaarshut.' Ze was naar het volgende schilderij gelopen en bekeek een laag bouwsel,

meer een schuur dan een huis, waarvan het overhangende puntdak geverfd was in kleurige, horizontale strepen. De rest van de behuizing was opgetrokken uit snelle verticale vegen.

Jerry kwam naar haar toe.

'Die bewaker is weg, pas een beetje op, Hets, alsjeblieft.'

'Ja, oké,' zei ze ongeduldig.

Ze liep weg, een ander schilderij trok haar aandacht.

Het leek wel een groepsportret, maar alle personen hadden hetzelfde gezicht. Ze stonden in een min of meer piramidevormige rij achter elkaar, zonder duidelijke onder- of achtergrond. Eigenlijk waren het meer vage gestalten, langgerekt, met bleke, ovale gezichten en grote ogen, die grotendeels schuilgingen onder een witte kap. Ze droegen witgrijze gewaden, bijna doorschijnend, als sluiers. Het was of ze zweefden in een luchtledige ruimte, al niet meer vatbaar voor de zwaartekracht van de aarde. Ze leken meer op geesten dan op mensen van vlees cn bloed.

Hexy rekte zich, kwam weer gevaarlijk dichtbij, ging een stap achteruit, toen de bewaker weer in haar richting kwam.

Ze beet op haar tanden, wachtte tot de man weg was en ging pal voor het schilderij staan, of ze het in alle vezels van haar lijf wilde voelen.

Ze staarde naar een gezicht, in het midden van de piramide, het was iets ronder dan de andere, vrouwelijker, de ogen waren zachter, het leek of er een lichtkrans om haar hoofd lag.

Het moest een vrouw zijn, of een meisje.

'Wilt u nergens aankomen, juffrouw?' Ze schrok op en zag Jerry staan.

'He, wat flauw,' zei ze. Ze keek rond.

'Waar is die suppoost?'

'In de volgende zaal. Kom mee, ze hebben een soort atelier van die Pelman nagebootst.'

Hexy liet zich meetronen, een andere zaal door, waar de bewaker, de handen op de rug, hen als het ware opwachtte.

Zo nonchalant mogelijk liepen ze door en via een smalle doorgang kwamen ze tenslotte in een kleinere ruimte, waar was geprobeerd de leef- en werkomgeving van de schilder zo natuurgetrouw als maar mogelijk was na te bootsen.

21

De ondergrond was bedekt met een groen tapijt, decorstukken langs de wanden moesten een bosgezicht voorstellen, er was een blokhut geschilderd en op een tafel waren schilderspullen uitgestald.

Op een ezel stond een onafgemaakt schilderij, alsof de schilder er even was bij was weggelopen.

'Tjee,' zei Hexy, 'wat geinig.' Ze bestudeerde het schilderij. 'Geen echte Pelman, dat zie je zo. Die tekening van mij kan er beter voor doorgaan.'

Ze hoorden stemmen en ze hield meteen haar mond.

Een paar jongelui kwamen binnen, sabbelend op een lollie. Mocht blijkbaar. Waarom zei die suppoost daar niks van?

'We gaan terug,' zei Jerry. 'Kijken waar big brother uithangt.'

Ze liepen terug naar de hal en zagen niemand. Achter een deur, voorbij de balie, links van de trap naar de bovenverdieping, hoorden ze stemmen en gelach, gerinkel van kopjes.

Jerry keek op z'n horloge. 'Half drie, theepauze,' zei hij zacht.

Hij had het nog niet gezegd, of de deur ging open en de blonde papegaaivrouw kwam naar hen toe. 'Alles al bekeken? Dat is snel. Maar kom gerust nog eens terug. Willen jullie nog een folder mee?' Ze rinkelde met een stel armbanden, terwijl ze Hexy en Jerry een folder in de hand drukte.

'Lees het maar eens goed en kom dan terug,' raadde ze aan.

Ze bedankten de vrouw en probeerden zo gewoontjes mogelijk weg te komen.

'Geen schijn van kans,' zei Hexy, toen ze buitenstonden.

'Waar wil je dat ding van mij ophangen? En hoe? Je mag wel spijkers en een hamer meenemen.'

Ze had het hele idee eigenlijk al laten varen. Het was absurd, ze zouden meteen worden betrapt. Al zou haar houtskooltekening helemaal niet zo misstaan tussen de Pelmannen, die had datzelfde mysterieuze als sommige van zijn werken.

'We gaan volgende week weer,' zei Jerry vastberaden, 'er is vast wel iets op te vinden.'

Maar Hexy voelde er niet meer voor. Ze wilde zeker nog een keer terug, maar dan alleen om de schilderijen, ze had nog niet eens de helft aandachtig bekeken.

Ze las thuis de folder, die informatie gaf over de Pel-man-tentoonstelling.

Schilderijen in Amerika ontdekt naar Nederland gehaald... tentoongesteld in het hele land... Daarna geveild... opbrengst voor de restauratie van het Oudste Huis.

Hexy zoog haar wangen naar binnen. Dat was nieuws. Zou Jerry het al gelezen hebben? Als de schilderijen veel geld op-brachten, kon het Oudste Huis misschien worden gered.

'Pelman,' zei ze hardop, 'ik ben je dankbaar.'

Ook over zijn levensloop was hier en daar wat te lezen.

Tragisch aan zijn eind gekomen, dood gevonden in zijn hut in het bos... een verbijsterde uitdrukking op zijn gezicht...

'Arme man,' zei Hexy zacht.

Ze vroeg zich af, wat er, zolang geleden, met hem gebeurd kon zijn.

Een week later gingen ze weer. De bonte papegaai zat weer achter de balie, al was ze nu gekleed in een soort pop-art crea-tie van zwart-wit.

'De bonte koe,' grinnikte Jerry, zodra ze buiten gehoorsafstand waren.

Ze liepen meteen door naar 'het atelier van de schilder' en zagen onmiddellijk dat er iets veranderd was.

Er waren twee ezels bijgeplaatst, elk bezet met een Pelman-schilderij.

Een bosgezicht met veel mist tussen de bijna zwarte dennen-stammen en de vage afbeelding van wat een hoge kathedraal leek met spitse torens, die tot in de wolken reikten.

De ezel waarop het onafgemaakte schilderij gestaan had, was leeg.

Jerry greep Hexy bij de arm. 'Denk je wat ik denk? Dit is onze kans.'

Hexy hield haar adem in. 'Denk je?'

'Tuurlijk. We doen het. Past hier precies, dat ding van jou.'

Een paar dagen later, een dag voor Hexy met de klas naar de expositie zou gaan, brachten ze met z'n tweeën Hexy's werk-stuk, dat een ondergrond van hardboard had gekregen en in-middels was gevat in een zilverkleurige lijst, naar de galerie.

Het was drukker dan anders, aan de ene kant gunstig, maar het zou hun klus wel moeilijker maken.

Zo onopvallend mogelijk liepen ze naar binnen, de hoogblonde vrouw was nergens te zien, maar er liep een bewaker rond, eentje die ze nog niet eerder hadden gezien.

Het hart klopte Hexy in de keel, maar ze probeerde zo kalm mogelijk de zalen door te lopen. Ze stond een paar keer stil bij de schilderijen, alsof ze hevig geïnteresseerd was, voelde het werkstuk, dat ze meedroeg aan de binnenkant van haar cape, als een hinderlijk hard voorwerp tegen haar lijf.

Het leek steeds zwaarder te wegen en ze begon te zweten. Tersluiks keek ze rond of ze Jerry al zag, die een teken zou geven als alles veilig was.

Ze dwaalde naar het schilderij, dat eerder haar aandacht had getrokken. 'Witte Engelen' heette het.

Ze wenste op dat moment dat ze zelf een engel was, onzichtbaar voor mensenogen, klaar om een taak uit te voeren, waarvan gewone stervelingen niets zouden merken.

Ze voelde zich haast een dievegge, maar dat sloeg natuurlijk nergens op.

Het was of er ogen in haar rug prikten. Ze wist zeker, dat er vlak achter haar iemand stond, maar ze durfde niet om te kijken.

Op hetzelfde moment kwam iemand naar voren en bleef naast haar staan, starend, alsof hij gebiologeerd was door het schilderij.

Ze keek vluchtig opzij, naar een jonge vent met een fors postuur, in een groene jagersjas, die losjes om z'n schouders hing. Een bruine, wijde ribbroek slobberde om twee lichtelijk uit elkaar geplaatste benen. In zijn ene hand hield hij een catalogus.

Ze keek nog eens, zag een rond, blozend gezicht, omgeven door een massa warrige blonde krullen. 'Een beetje magertjes, niet? Die engelen,' merkte hij op.

Twee helblauwe ogen flitsten haar kant op...

'Ik heb ze liever wat molliger, zoals die cupidootjes.'

'Smaken verschillen,' zei Hexy. Ze vond ze mooi, die slanke gestalten.

'Ik heb gelezen,' zei ze, 'dat hij geïnspireerd was, die Pelman, door de monniken van het Kloosterbos.'

Het krullenhoofd keerde zich naar haar toe.

'Ja, de Tramontijnen, zo heetten ze toch?' Hij raadpleegde de catalogus. 'Er gaan verschillende verhalen over deze orde, die door een waas van geheimzinnigheid is omgeven... De versie van Pelman werpt misschien nieuw licht op de zaak. Zijn verhaal gaat terug op een oud Frans verhaal, dat hij tijdens zijn leven ontdekte, en waarin volgens hem duidelijk herkenbaar de Tramontijnen uit het gebied van S. worden beschreven.'

Hij kwam een fractie dichter naar haar toe. Ze snoof.

Ze rook een vage verfgeur. Misschien was het wel een student van de kunstacademie. Of een ordinaire huisschilder. Ze voelde iets kriebelen in haar neus, probeerde een nies tegen te houden.

'Ze kwamen uit Tramont, niet, ergens in de Franse Pyreneeën?'

Het krullenhoofd knikte en boog zich naar de catalogus.

'Hun voorkeur ging uit naar onherbergzame streken, zo zijn ze ook in S. terechtgekomen. De regio van S. was vroeger een ruig gebied, van heide en moeras, Mosland genaamd. De monniken beschouwden zich min of meer als volksopvoeders, maakten religieuze kunst, die ze ook tentoonstelden... maar ook boeren en handwerkslieden werden geportretteerd. De meesten waren wantrouwig en behoorlijk bijgelovig... Je laten schilderen was zoiets als een verbond sluiten met de duivel.'

Hexy en keek even de zaal in, zag nog niets van Jerry.

'Toen ging er van alles mis,' hoorde ze naast zich zeggen en ze werd op slag weer nerveus.

Ze vroeg zich af, hoe ze met goed fatsoen van dit type weg kon komen. Hield die vent z'n mond nu maar, maar hij ging onverstoorbaar door...

'Oogsten mislukten, dieren gingen dood en de mensen vonden dat het tijd werd om met die hele heidense bende af te rekenen. De Tramontijnen werden ervan beschuldigd dat ze heulden met een heks, een soort kruidenvrouwtje, met wie ze omgingen... Ze was beeldschoon en diende meer dan eens als model.'

Hexy kreeg het bijna te kwaad. Zo zou je nog gaan geloven dat je zelf zo dadelijk door één of andere vloek zou worden getroffen...
'Als je goed kijkt, zie je die heks daar staan,' zei de man.
Hexy schrok op. 'Wat?' stamelde ze. 'O ja, die ene kop, dat was me ook al opgevallen.'
Ze draaide zich om en zag ineens Jerry staan, aan het eind van de zaal. Hij wenkte.
De kust was veilig, het zou nu moeten gebeuren.
'Ik moet verder,' zei ze haastig en liep snel Jerry's kant uit.
'We moeten snel zijn,' zei hij, 'er is nu even niemand, wie was die mafkees?'
'Geen idee.'
Hexy liep met hem mee naar het atelier van de schilder.
De ruimte was leeg, de ene ezel nog steeds onbezet.
'Nu!' zei Jerry, alsof er op dat moment een bom tot ontploffing moest worden gebracht.
Met snelle, nerveuze vingers sloeg Hexy haar cape open, ritste het klittenband van de zak, en haalde het werkstuk te voorschijn.
Ze wilde het op de ezel zetten, toen ze het met een bruusk gebaar weer tegen zich aan trok.
'Verdorie,' zei ze zacht, 'ik doe het niet, het is idioot.'
'Ben jij gek!' Jerry schoot toc, wist het haar uit handen te trekken en zette het alsnog op de ezel.
Op hetzelfde moment hoorden ze voetstappen op het parket van de smalle gang, die naar het atelier leidde.
Verstijfd bleven ze staan en Hexy zag tot haar schrik de onbekende persoon verschijnen met wie ze zo-even had staan praten. Het leek wel of hij hen achterna gekomen was.
Verbaasd bleef hij een ogenblik staan, alsof hij de situatie probeerde in te schatten. Toen lichtten zijn ogen op.
'Ha!' zei hij ingehouden, 'wat zie ik? Een nieuwe Pelman?'
'Dat is'm,' zei Jerry zelfverzekerd, 'we vonden dat-ie niet goed stond'.
'Oei! Nergens aankomen, zoals ze hier zeggen.'
Hexy bleef bij de ezel staan, met een ongelukkig gezicht, Jerry deed een paar stappen opzij.

De student liep er nieuwsgierig, maar toch een tikje argwanend, alsof hij het niet helemaal vertrouwde, op af, tuurde, keek nog eens kritisch en begon te lachen.

'Dit is hier pas neergezet, niet, weer zo'n nepding, maar stukken beter dan dat andere.'

Hij keek naar Hexy en ze probeerde zo koel mogelijk terug te kijken.

Hij boog zich nog eens over de afbeelding.

'Een kind kan zien, dat dit nieuw is, en een kunststudent als ik helemaal... maar het is wel verrekte goed gedaan, ik zou graag willen weten wie de tekenaar is... H.P. wie zou dat kunnen zijn?'

Hij keek beurtelings van Hexy naar Jerry.

'Hoe heet je?' vroeg hij, terwijl zijn blik op Hexy bleef rusten.

'Greta Garbo,' zei ze.

'Sorry, ik ben onbeleefd, maar je lijkt me artistiek.' Hij wreef over zijn kin.

'Ik ga toch eens aan die galerie-dame vragen, wie dit gemaakt heeft.'

Hexy wisselde een snelle blik met Jerry.

Ze had ineens een besluit genomen. Iets in haar zei, dat ze het risico moest nemen.

Ze keek de student strak aan. 'Kun je een geheim bewaren?' zei ze gedempt.

Hij keek haar niet-begrijpend aan. 'Hangt ervan af, ik kan zwijgen als het graf, als het moet.'

'Luister,' zei ze, 'het gaat om een grap, ik wil m'n tekenleraar erin laten luizen, hij moet denken dat het een echte Pelman is. Ik heb 'm gemaakt, hij kraakt altijd alles af wat ik doe, en als hij dit nu prijst, heb ik 'm tuk, begrijp je?'

'Ach, zo'. De student keek haar nadenkend aan. 'Ik vermoedde al zoiets, toen ik jullie daarnet zag staan... het leek me niet helemaal zuivere koffie. Ik hou m'n mond natuurlijk, daar kun je van op aan, maar zijn er geen andere manieren om die leraar op andere gedachten te brengen? Zo beduvel je de boel en dat komt de kunst niet ten goede; wat is dat trouwens voor een cultuurbarbaar, die man? Een kind kan zien, dat dit meer is dan amateurswerk, je hebt talent.'

Hij trok z'n jas, die een beetje van z'n schouders afgleed, dichter om zich heen.

'Zit je op de kunstacademie?' Hij keek haar met toegeknepen ogen aan.

'Na m'n examen, in september,' zei Hexy snel, 'maar ik moet eerst nog toelatingsexamen doen.'

Ze had al bijna weer spijt, dat ze het had verteld en zag de ergernis op Jerry's gezicht.

Maar wat had ze anders gemoeten? Als hij die bonte papegaai erbij had gehaald, was alles meteen verloren geweest. Het leek geen gemakkelijk mens, nu hadden ze tenminste nog een kans.

Iets in haar zei dat de student te vertrouwen was en dat ze van hem niets hoefden te vrezen.

'Dat haal je met glans,' voorspelde hij.

Er klonken stemmen. Het was of ze alle drie schrokken. Hexy keek met een waarschuwende blik naar de student.

Hij gaf haar een knipoog. 'Oké, een vroege Pelman,' zei hij zacht...

Twee oudere vrouwen, waarvan één met een zwaar opgemaakt gezicht, alsof ze haar leeftijd wilde verdoezelen, een bril aan een kettinkje bungelend voor haar borst, kwamen binnen.

Ze keken met onderzoekende ogen rond, richtten hun blikken op de ezel met de houtskooltekening, waar Jerry bij was blijven staan alsof-ie 'm moest verdedigen.

De student keek van een afstandje toe.

'Ah, dat is mooi, wat stelt het voor?' zei de vrouw, die eruitzag als een levend schilderij.

De student kwam naar hen toegelopen. 'Een vroege Pelman, zeggen ze, staat nog niet in de catalogus, is pas ontdekt.'

Ze keken hem met grote ogen aan. 'Pas ontdekt? Wat interessant. Waar?'

De student haalde de schouders op. 'Dat weet ik niet, ergens op een stoffige zolder, denk ik.'

De opgedirkte vrouw lachte. Met een hand aan haar bril tuurde ze met bijziende ogen naar de afbeelding in houtskool van het Oudste Huis.

'Hij is toch wel echt?' vroeg ze sceptisch en keek opzij naar de student.

'O, vast wel,' zei die, 'ze zullen het wel goed onderzocht hebben.'

'Je hoort rare dingen.' De vrouw likte haar lippen. 'Rembrandts, die geen echte Rembrandts zijn, maar door anderen gemaakt, waar hij alleen even zijn handtekening onder gezet heeft, en meer van die dingen.'

De student sloeg z'n armen over elkaar. 'Misschien is dit ook wel door een leerling gemaakt,' opperde hij.

De vrouw begon te lachen. 'U neemt me in de maling, had hij leerlingen? Was er een school? Zoals in den Haag? Wat ik ervan heb gelezen is, dat die man nogal eenzelvig was, zich nergens mee bemoeide, een kluizenaar...'

'Hij zal toch wel contacten hebben gehad met schilders.' De student trok de jas dichter om zich heen. 'Er is nog zo weinig van 'm bekend,' ging hij door, 'hij is pas een paar jaar geleden uit de mottenballen gehaald...'

Een hartverscheurend genies scheen z'n verhaal te onderstrepen.

De vrouwen keken even verschrikt in Hexy's richting.

'Dat krijg je, als je het over mottenballen hebt,' zei de één die nog weinig had gezegd, 'kom Suze, we gaan, we hebben de hele collectie wel uitgepeld.'

Ze groette de student en liep voor de andere vrouw aan, het atelier uit.

Hexy stond nog steeds tegen een decorstuk van hoge dennen, of ze bezig was aan een boswandeling.

De student kwam naar haar toe.

'Ik vind dat ik er nu wel recht op heb om je naam te weten.'

Hij stak een hand uit. 'Cees Rijnders.' Hexy dacht vliegensvlug na.

'Henriëtte Pelman'.

Als hij al teleurgesteld was, liet hij het niet merken.

'Ah! Een verre nazaat, laten we het daar voorlopig op houden... Nou, ik zie je over een aantal maanden wel op de kunstacademie, succes met de stunt.'

Met grote stappen beende hij weg.

Jerry slaakte een geërgerde zucht.

'Wat een bemoeial, die vent, vreselijk, een arrogante kwast. Goed dat je je naam niet noemde, als-ie gaat praten, weet ik 'm te vinden.'

'Hij houdt z'n mond wel,' zei Hexy vol overtuiging.

'Ja, hij leek nogal weg van je.' Jerry's gezicht was een donderwolk, hij was overduidelijk uit z'n hum.

'Laten we maar gaan,' zei hij toen, 'voor er nog meer van die halvegaren binnenkomen.'

'Oké,' zei Hexy opgewekt, ze had ineens weer alle vertrouwen in de onderneming.

Energiek liep ze, een eindje voor Jerry uit, naar de uitgang, waar ze bijna opbotste tegen een lange man in een regenjas, die een hand achter z'n revers had gestoken, alsof hij een of ander geheim document verstopt hield.

Hexy had nog steeds fiducie in een goede afloop van de zaak, terwijl ze, af en toe op een holletje, in de richting koerste van de Oude Wijk. Waar ze minder vertrouwen in kreeg, was of ze nog wel op tijd zou komen, er leek geen eind te komen aan die snelwandeltocht...

Ze keek op haar horloge. Ze had nog twintig minuten en het was minstens nog een kwartier lopen, schatte ze...

Ze moest een bus zien te pakken, misschien had ze geluk dat er eentje langs zou rijden...

Ze keek achterom, zag ineens tot haar verrassing de bus die naar de Oude Wijk ging, in de verte aankomen. Hexy Pimmelaar, het geluk is weer met je.

Ze zette het op een lopen, maar zag nog steeds geen halte, ze begon te zwaaien met haar armen, om de aandacht van de chauffeur te trekken. Even kreeg ze het idee dat hij langzamer ging rijden, zelfs een ietsje naar de kant manoeuvreerde met de bedoeling misschien om te stoppen. Maar nee, ze vergiste zich vast, hij zou toch doorrijden als ze niets deed en zonder er nog bij na te denken, met ware doodsverachting, sprong ze de weg op, hief haar armen omhoog.

De bus remde uit alle macht, en stond piepend stil, de deur ging open.

Hexy, die weer snel op het trottoir was gesprongen, stapte hijgend in, zag een kwaad, geschrokken gezicht tegenover zich.

'Ben je soms getikt?' vroeg de chauffeur nijdig, 'of aan het oefenen voor stuntvrouw? Wat is dit voor gekkigheid? Nooit van een halte gehoord? We zijn hier niet in het Wilde Westen.'

'Sorry,' hijgde Hexy, ik moest'm halen.'

Ze betaalde, wilde doorlopen, maar de weg was versperd door een lange rij passagiers, die op elkaar gepakt in het gangpad stonden tot helemaal voorin. Ze zag kwaaie gezichten haar kant opkijken, ergens achteraan leek nog iemand overeind te krabbelen. Natuurlijk, door het harde remmen waren ze als dominostenen tegen elkaar aangevallen.

'Ligt er familie van je op sterven?' sneerde een vrouw, die vlakbij haar stond en haar greep aan een lus verstevigde.

Hexy deed of haar neus bloedde, tuurde door de voorruit of ze er al niet uit moest.

'Wat je deed is levensgevaarlijk.' De chauffeur vond zeker dat hij haar nog een lesje moest geven. 'Ik had je wel dood kunnen rijden.'

Hexy beet op haar lip. 'Welnee,' mompelde ze, 'ik ben zomaar niet dood.'

'Pas jij maar op,' waarschuwde hij, 'als je zo doorgaat, is het snel met je gedaan.'

'Maak je niet druk man,' zei ze binnensmonds.

Honderd meter voor de galerie stapte ze uit, niet helemaal meer op haar gemak. Ze had het idee dat de hele bus haar nakeek.

Het was natuurlijk oerstom wat ze gedaan had, echt onmogelijk, maar ze was in elk geval op tijd.

Ze zag een stel klasgenoten voor de ingang van de galerie staan, iemand zwaaide...

Wendy, haar vriendin, haar vaste buurvrouw tijdens de lessen, de enige, die ze in vertrouwen had genomen. Het had ook wel gemoeten, want Hexy had haar de houtskooltekening laten zien en ze had 'm vrij nauwkeurig bekeken.

Hexy stak een hand op. Even later had ze zich bij de groep gevoegd. Iedereen was er, zo te zien. Ze was weer eens de laatste.

'Bezemsteeltje weer kapot?' informeerde een slungelige jongen, die nog langer was dan Hexy en boven iedereen uitstak. Altijd dezelfde opmerkingen, sinds ze haar naam had veranderd. Hexy. Heel wat beter dan Hetsje, zoals ze haar bij de geboorte hadden genoemd. Ze hadden toen natuurlijk nog niet geweten wat er uit haar zou groeien, anders hadden ze zich wel tien keer bedacht...

Ze vroeg zich af, hoe het straks op de kunstacademie zou gaan. Maar daar waren ze vast wel meer gewend aan dingen, die een beetje anders waren dan gewoon. En was het zo'n gekke naam? Hij zat haar als gegoten en paste bij haar, zoals de kleren waarin ze zich lekker voelde.

Ze keek de jongen die de opmerking had gelanceerd, een beetje spottend aan. 'Is-ie van jou nog wel intact eigenlijk?' informeerde ze. Er trok een grijns over z'n gezicht en hij hield verder z'n mond.

Wendy kwam op haar af, met een samenzweerderig gezicht. 'Ik was al bang dat je niet zou komen,' zei ze, 'ben je niet op de fiets?'

'Nee, lopend, zie je toch, en een eindje met de bus.' Ze vertelde het verhaal van de dooreengehusselde massa. Wendy, een mollig meisje met blond, springerig haar, giechelde. 'Jij bent ook nergens bang voor hè, hoe voel je je?'

Hexy haalde haar schouders op. 'Beetje vlinders in m'n buik, maar verder gaat het wel'.

'Je bent toch niet verliefd op Teek?' Wendy schaterde.

'Moest er nog bijkomen,' grinnikte Hexy. 'Waar is-ie eigenlijk?'

'Hij is al binnen, zeggen ze, om nog wat te regelen, of zo.'

Een scheut van schrik ging door Hexy heen. Stel dat Teek alles even was nagelopen en de tekening had opgemerkt? Gevraagd naar de herkomst ervan? Maar misschien was de truc allang ontdekt en was haar werkstuk inmiddels verwijderd.

Dan zou ze met beschaamde kaken naar de galeriedame moeten stappen en het bedrog uitleggen. Ze hoopte vurig, dat haar tekening er nog zou zijn en dat geen mens er nog notitie van genomen had.

'Moeten ze die dingen nog schilderen?' riep iemand uit de groep, 'nog even en ik smeer 'm.'

Hexy gluurde naar binnen en bijna op hetzelfde ogenblik zag ze de leraar, klein en kwiek, het trapje in de hal afkomen. Even later opende hij de glazen deur.

'Kom maar binnen, jongens, we kunnen meteen doorlopen.'

Hij liep voor hen uit en loodste hen door de zalen heen, linea recta naar het atelier van de schilder. Hexy's hart bonsde, terwijl ze meeliep, zoveel mogelijk in de achterhoede. Waarom moest hij meteen daar beginnen, in het hol van de leeuw? Maar dan had ze het ook meteen gehad, hield ze zichzelf voor en kon ze de rest op een meer ontspannen manier bekijken.

'Er staan zo dadelijk ezels, voorzichtig,' waarschuwde de leraar, toen ze zich door de smalle doorgang persten.

'Bedoelt-ie ons?' hoorde Hexy de jongen, die werd beschouwd als de gangmaker van de groep, mompelen.

Ze draaide zich half om. 'Nee, zichzelf natuurlijk,' zei ze zachtjes.

Hij gaf haar een kameraadschappelijk duwtje. 'Laat je niet kisten, Hexy.'

Ze liepen naar binnen en tot haar opluchting zag Hexy haar werkstuk nog in onveranderde staat op de ezel staan. Ze voelde een kneepje in haar arm. 'Hou je taai,' fluisterde Wendy.

Teek dirigeerde iedereen zoveel mogelijk naar de achterwand en het midden gedeelte, zodat iedereen voldoende zicht had op de decorstukken en de ezels.

Hexy drukte zich in een hoek.

De leraar maakte een gebaar om zich heen. 'Het atelier van Pelman,' zei hij, 'daar beginnen we mee. Het is een bijzondere schilder, jongelui. Hij werkte zoveel mogelijk buiten, beschouwde de hele natuur als z'n atelier, en dan vooral de omgeving van het Kloosterbos, jullie wel enigszins bekend, denk ik.'

Een paar knikten, anderen schudden hun hoofd.

'Bij mijn weten,' vervolgde de leraar, is er in deze streek geen andere schilder geweest, die zo herkenbaar z'n indrukken van die omgeving heeft vastgelegd, behalve een paar modernere kunstenaars, die veel abstracter te werk zijn gegaan. Bij hem herken je het ook eigenlijk al, de overgang van impressionisme naar expressionisme... je zult het straks wel zien. Wie van jullie is al eens wezen kijken?'

Er gingen aarzelend een paar vingers omhoog.

'Jij toch ook zeker, Pimmelaar?'

Ze stak met tegenzin een hand in de lucht, terwijl ze de docent in gedachten mijlenver naar de Mokerhei wenste...

'Dat dacht ik ook. Wat jullie hier op de ezels zien, zijn de meer mysterieuze werken, het lijken haast droomvoorstellingen, denk eens aan Monet met zijn vage kathedraal van Rouen, daar heb je iets soortgelijks.'

'Had hij ook een oogziekte, meneer?'

De vraag kwam uit de voorste rij.

'Of Monet een oogziekte had staat nog helemaal niet vast, maar daar ga ik bij Pelman maar niet van uit,' zei de leraar en zijn stem klonk geïrriteerd, 'het is bekend dat hij zelfs in het donker heeft geschilderd... enkel bij het licht van een kaars...'

'O, vandaar,' mompelde de vragensteller...

'Wat zei je Richard?'

'Niks meneer.'

De leraar wees achtereenvolgens op het schilderij van het bos-droomlandschap en de in mist vervagende kathedraal, die in wolkennevels leek op te lossen

'Straks zullen we nog meer van zulke doeken zien,' vertelde hij. 'Pelman probeerde op de één of andere manier het verleden terug te halen, bijvoorbeeld van de Tramontijnen, en hij probeerde het weer te geven op een manier, zoals ook wij ons vaak dingen uit het verleden voorstellen, ze zijn ijl, ongrijpbaar, verdwenen in de tijd, alleen nog terug te halen in onze geest met behulp van onze verbeelding.'

'Geen vragen hierover?' Hij keek afwachtend de groep rond.

Hexy voelde hoe het zweet haar uitbrak. Teek leek de houtskooltekening totaal te negeren.

'Maar nu dit.' De leraar maakte een halve draai naar de ezel, die opzij van hem stond...

'Kijken jullie hier eens goed naar, wat zie je?'

De groep kwam iets naar voren.

'Lijkt de Oude Wijk wel,' zei iemand.

'Dat heb je goed gezien, hier...' hij wees links op de tekening, 'heb je dat beroemde Oudste Huis, dat dankzij deze schilderijen waarschijnlijk gered wordt. Ik voor mij vind het trouwens jammer, dat ze worden geveild, ze horen stuk voor stuk in het stadsmuseum, maar ik hoop dat ze daar zo verstandig zijn om de meeste op te kopen...'

'Wat zien jullie nog meer? Ja, kijk maar eens goed.'

De leerlingen verdrongen zich nu bij de ezel.

'Wat is het materiaal? Nou? Waterverf soms? Olieverf?'

De stem van de leraar klonk scherp, haast snijdend en Hexy voelde zich verkillen.

Zo onverschillig mogelijk keek ze voor zich uit, zakte een beetje door haar knieën om zich kleiner te maken.

'Houtskool,' zei een meisje voor haar.

'Juist, houtskool.' De leraar monsterde de groep met een bijna strenge blik.

'En daarom alleen al is het geen echte Pelman.'

Het was of Hexy een klap tegen haar hoofd kreeg.

Hier en daar klonk verbaasd gemompel.

'Waarom niet meneer?' hoorde ze Wendy vragen.

'Omdat,' zei de leraar plechtig, alsof hij een geheim onthulde, 'bekend is, dat Pelman nooit houtskool heeft gebruikt.' Er viel even een stilte.

'Hoe weten ze dat?' vroeg iemand.

De leraar lachte fijntjes.

'Omdat,' antwoordde hij, 'de schilder op een punt overgevoelig was... hij vond het minste of geringste al een aantasting van de natuur, bij wijze van spreken ging hij nog liever dood van de kou dan dat hij een houtvuurtje maakte bij zijn hut om zich een beetje te warmen, de natuur was hem heilig, weten jullie, hij had er een absoluut ontzag voor, een haast religieuze eerbied.'

Triomfantelijk keek hij de groep rond.

Hexy wilde iets zeggen, maar haar keel was droog en haar tong leek van leer.

Ze wilde vragen, waar hij het vandaan had, het was flauwekul, absolute flauwekul. Hoe wist Teek dat allemaal, terwijl er weinig of niets over die Pelman bekend was?

'En potloden dan?' vroeg Wendy, 'die zijn toch ook van hout gemaakt?'

De leraar knikte. 'Inderdaad. Hij heeft weinig potlood gebruikt, deed alles zoveel mogelijk met verf.'

'Van wie is dit dan?' vroeg de langste jongen van de groep.

'Ja,' zei de leraar langgerekt, 'dat zou ik ook wel eens willen weten, het schijnt hier op miraculeuze wijze binnengekomen te zijn, de initialen zijn van Pelman, maar dat is misleiding, ze zijn vervalst. Ik vermoed dat het gaat om een misplaatste grap.'

'Toch vind ik het steengoed.' Dat was Wendy weer. Anderen vielen haar bij, maar Hexy hoorde het nauwelijks. Het gonsde in haar hoofd en ze had het gevoel of ze elk moment kon flauwvallen... De stem van Teek drong nauwelijks tot haar door.

'Ik zeg ook niet, dat het niet goed is, maar het is geen Pelman.'

Hij keek indringend haar kant op en ze wendde haar ogen af.

Ze probeerde zichzelf uit alle macht weer onder controle te krijgen.

Hou je hoofd koel, Hexy Pimmelaar, hij kan niets weten, of die student heeft gekletst. Hij heeft gister meteen die balievrouw ingelicht. Teek is misschien nog komen kijken en zij heeft hem op de hoogte gebracht, haar signalement doorgegeven. Teek heeft een vermoeden gekregen, herkent iets van haar stijl in de tekening... hij wil haar terugpakken door haar eens goed in de rats te laten zitten...

Of het houtskoolverhaal is waar en heeft haar ontmaskerd. Maar dat betekent niet, dat Teek nu weet, wie de maker van de tekening is...

De rest van de uitleg, die de leraar in de twee andere zalen bij de schilderijen deed, ging volledig aan Hexy voorbij.

Ze liep zo nonchalant mogelijk mee, probeerde geïnteresseerd te kijken, maar onderwijl had ze maar een verlangen: zo snel mogelijk weg te komen.

De truc was hoe dan ook mislukt.

'En dit was het dan, jongelui,' hoorde ze eindelijk tot haar opluchting de leraar zeggen, 'als jullie zelf nog even willen rondkijken, ga je gang.' Ze haalde verlicht adem. De kwelling was eindelijk voorbij.

'Over veertien dagen verwacht ik van ieder van jullie een verslag hiervan.'

Oké, dat kon-ie krijgen.

Ze wilde net weglopen, toen ze achter zich een stem hoorde.

'Pimmelaar, wil je met me meekomen? Ik moet je even spreken.'

Ze voelde de grond onder zich wegzinken en had een ogenblik de neiging, hard weg te hollen. Maar ze bedwong zich, liep achter Teek aan naar het kamertje, links van de trap naar de bovenverdieping, dat ze met Jerry al eerder had opgemerkt.

Ze zag een lange tafel, waaromheen een aantal zakelijke stoelen.

De galeriehoudster, weer zo bont als een papegaai, kwam op haar af en wees haar een stoel...

'Wil je koffie?' vroeg ze vriendelijk.

Hexy knikte, verbaasd.

Oppassen, Hexy Pimmelaar, juist als ze aardig gaan doen, is het mis. Zo proberen ze ook arrestanten aan de praat te krijgen. Straks gaan ze tegen je schreeuwen, dat je moet bekennen. Maar je laat niks los, je laat niks los...

Ze voelde zich ineens kalm worden. Ze konden niets bewijzen. Niet naar Teek kijken, die twee stoelen van haar af zat, alleen naar die aardige dame, die nu koffie voor haar neerzette.

Ze bedankte, maar raakte de koffie niet aan.

De vrouw ging nu tegenover haar zitten, haar handen gevouwen op het tafelblad.

'Ik ben de galeriehoudster,' begon ze. 'Ik kan je wel zeggen, dat het een grote eer voor me is, dat deze expositie hier in mijn galerie gehouden wordt en bijvoorbeeld niet in het Stadsmuseum. Ik heb alles gedaan, om het zo goed mogelijk te laten verlopen en ik heb allerlei zaken goed in de gaten gehouden. Het is me bijvoorbeeld opgevallen, dat je hier meerdere keren geweest bent, klopt dat?'

Hexy knikte.

'Alleen, en ook wel eens samen met een jongen.'

Hexy knikte weer.

'Je vond de tentoonstelling wel heel interessant, nietwaar?'

Ze boog zich wat verder naar Hexy over, ze zag de scherpe haakneus nu heel dichtbij.

'Ik ga er liever niet meteen van uit, dat mensen mogelijk andere bedoelingen hebben.'

Hexy reageerde niet en doorstond haar vorsende blik.

'Laat ik duidelijk zijn.' De galeriehoudster rechtte haar rug. 'Gister heeft de eigenaar van de collectie, een Amerikaan, ons bezocht. Hij ontdekte een houtskooltekening op een van de ezels, een vreemde eend in de bijt. We wisten niet hoe die er gekomen was. Hij was erg ontstemd en vroeg of ik me de mensen kon herinneren, die overdag de galerie hadden bezocht. Ik had zelf om een uur of vier nog een rondgang gemaakt en niets bijzonders gezien. Ik weet heel zeker dat de tekening er toen nog niet was. Eén van de laatste bezoekers die ik heb zien weggaan, was jij met die jongeman, die bij je was.'

Ze keek Hexy nu strak aan. 'Ik wil je nergens van beschuldigen, maar het is wel een feit, dat jij en die jongeman één van de laatsten waren, die vertrokken, en het is dus mogelijk dat een van jullie of jullie allebei dat schilderij, of liever gezegd, die tekening hebben achtergelaten... om wat voor reden dan ook...'

Ze richtte haar blik op de leraar. 'Misschien wilt u hier nog iets aan toevoegen.'

Hij kuchte. 'Natuurlijk. Ik was hier gistermiddag ook nog even,' begon hij. 'En ik maakte de hele scène van de valse Pelman mee. Toen ik het eens goed bekeek en hoorde wie een van de laatste bezoekers was geweest, ging me een licht op. En ik wist het. Een echte Pimmelaar, niet? Een Pimmelaar herken ik uit duizend.'

Zijn stem was niet eens hatelijk, klonk eerder overredend, haast vriendschappelijk. Hexy zat roerloos. Ze voelde woede in zich opkomen, en probeerde zoveel minachting in haar stem te leggen, als mogelijk was, toen ze zei: 'U? U kijkt nauwelijks, u heeft nog nooit iets van mij echt gezien.'

Tot haar verwondering werd hij niet driftig, toen ze vluchtig opzij keek, zag ze, dat er zelfs een klein glimlachje om zijn mond speelde.

'Maar deze keer wel, niet? Daar was het je toch om te doen?'

Hexy voelde een opwelling om hem met haar blote vuisten op zijn gezicht te timmeren.

Ze klemde haar lippen op elkaar en staarde strak naar de vloer. 'Drink je koffie op,' zei hij op zakelijke toon. 'Je hebt geluk, dat de Amerikaan, die eigenaar is van de collectie, je blijkbaar goed gezind is, en er geen werk van wil maken. De galeriehoudster en ik zijn minder coulant. Voorlopig zul je hier geen voet mogen zetten en wat mij betreft, je begrijpt dat dit muisje nog wel een staartje heeft, ik zal in elk geval je moeder moeten inlichten, dat je een maand van de tekenlessen geschorst bent.'

Hexy voelde het bloed uit haar wangen wegtrekken.

Ontzet keek ze opzij.

'O, nee, zei ze fluisterend, 'mijn moeder mag het niet weten, straks mag ik niet eens naar de kunstacademie.'

'We hebben het er nog wel over,' hoorde ze Teek zeggen. 'Ga nu eerst maar naar huis.

En bied, voor je weggaat, deze mevrouw je excuses aan.'

'Het spijt me,' mompelde Hexy.

De galeriehoudster knikte. 'Ik ben blij dat deze zaak is opgelost. Je hebt het gehoord, ik moet je helaas voorlopig de toegang tot de galerie ontzeggen.'

Hexy stond op, bleef weifelend staan...

'En m'n werkstuk?' waagde ze.

'Dat wordt in beslag genomen.'

'In beslag genomen?' vroeg ze ongerust.

'Door de eigenaar van de collectie. Hij wilde het nog nader laten onderzoeken, maar ik zal hem zo gauw mogelijk inlichten over de ware toedracht.'

Hexy aarzelde.

'Ga nu maar, Pimmelaar.' De stem van Teek. 'Het onderhoud is afgelopen, meld je maandagmorgen in de eerste pauze bij mijn lokaal.'

Hexy droop als een geslagen hond af.

2

Nog half verdoofd van de schok van de ontdekking en met een ellendig losers-gevoel liep Hexy het centrum van de stad door, in de richting van Jerry's flat. Ze had beloofd meteen na afloop van de excursie naar hem toe te komen.

Allerlei vragen spookten door haar hoofd.

Waarom hadden ze bijvoorbeeld in de galerie de tekening niet weggehaald, maar laten staan? Of hadden ze 'm alleen voor de duur van het klassebezoek op de ezel gezet? Om haar reactie te peilen als ze ermee geconfronteerd werd?

Nou, ze had weinig of niets laten merken, daar hadden ze in elk geval niet veel aan gehad.

Ze was slachtoffer van een complot, dat gistermiddag al tegen haar gesmeed was, even nadat Jerry en zij de galerie hadden bezocht. Slechter had het niet kunnen aflopen.

Ze beet op haar lip om niet in tranen uit te barsten.

Machteloos balde ze haar vuisten aan de binnenkant van de cape.

Nu was ze haar werkstuk ook nog kwijt. Wie weet hoelang het zou duren voor ze het terugkreeg, misschien wel nooit.

En het ergste was wel, dat haar moeder ervan zou weten. Ze zou er ongenadig van langs krijgen.

Kwaad op zichzelf en de hele wereld liep Hexy verder, de koude wind beet in haar gezicht en hielp haar tenslotte weer een beetje tot zichzelf te komen.

Het lopen kalmeerde haar, haar benen leken de narigheid een beetje weg te willen schoppen.

Nog een geluk, dat ze niet meteen naar huis hoefde. Haar moeder, die al jaren op hetzelfde advocatenkantoor werkte (Blijleven & Treurniet, hoe verzonnen ze het) had een etentje van de zaak en zou laat thuiskomen.

Ze zou zo lang mogelijk bij Jerry kunnen blijven als ze wilde.

Hij moest haar maar thuisbrengen op de fiets, hij was haar wel wat verschuldigd na alles wat er gebeurd was. Tenslotte had hij de hele zaak doorgezet, terwijl zij er op het laatste moment van wilde afzien.

Ze had meteen al het gevoel gehad, dat het een onzinnige onderneming was, die alles in zich had om te mislukken. Teek had waarschijnlijk, toen ze het wilde inleveren, toch meer van haar werkstuk gezien dan ze had gedacht. Ze wilde niet geloven dat hij haar stijl had herkend, want ze had expres geprobeerd meer schetsmatig proberen te werken, minder gedetailleerd. Misschien was dat toch niet helemaal gelukt.

Stom, stom, ze hadden er nooit aan moeten beginnen.

Toen ze in de buurt kwam van Jerry's flat en naar de ingang liep, hoorde ze een doordringend gefluit. Ze keek op en zag Jerry over de balustrade van de galerij hangen.

'Ha, lady Macbeth, alles goed?'

Hexy stak haar armen in de lucht in een dramatisch gebaar.

'We zijn verloren, alles is verloren!'

Ze zag hoe hij schrok.

'Ik kom eraan!' Hij liep de galerij op.

'Blijf!' riep ze terug, 'ik ben zo bij je!'

Evenlater liep ze de galerij op en hij kwam haar met een ongerust gezicht tegemoet.

'Je maakt toch een geintje, of niet?'

Hexy liep hem haastig voorbij, dook door de halfopenstaande deur de flat in en Jerry volgde haar op de hielen.

Hexy liep het halletje door, de kamer in, trok de cape over haar hoofd, gooide 'm in een hoek en viel neer op de bank.

Ze rilde. 'Ik heb 't zo koud als een ingevroren ijskast, por het vuur eens op, Jer.'

'Oké.' Jerry draaide een ogenblik aan de thermostaat, keerde zich naar haar toe en keek haar vragend aan. 'En?'

'En?' herhaalde ze. Ze rolde met haar ogen, spreidde in een wanhopig gebaar haar armen .

'Wat dacht je? Ik ben gearresteerd! Verhoord! Als de eerste de beste misdadigster, meegenomen naar het bureau, een uur vastgezeten in een politiecel!'

'Je meent het,' Jerry schudde ongelovig z'n hoofd. 'Hou eens op met die flauwekul, Hets en vertel wat er echt is gebeurd.

Verdraaid, ik heb de hele tijd dat je in die tent was, in de rats gezeten en voor je geduimd.'

Hexy liet haar armen hangen. 'Aardig van je,' zei ze, 'alleen heeft het niet geholpen, ze hadden het meteen door.'

'Wie hadden het door?' schoot Jerry uit.

'Nou, Teek,' zei ze, 'je gelooft het toch niet? Hij herkende mijn stijl.'

'Je stijl?' spotte Jerry. 'Die had je toch niet volgens hem? Dat kan niet, Hets, dat is onzin, of hij heeft een tip gehad, van dat papegaaimens misschien en dan is er nog die student.'

'Die student heeft er niks mee te maken,' zei Hexy snel, 'volgens mij niet tenminste...'

'Geloof maar mooi van wel,' zei Jerry kwaad, 'die is meteen gaan kwekken, toen-ie bij ons wegging. Of heeft later de galerie gebeld...'

'Denk je?' zei Hexy. Ze begon weer te twijfelen.

'Die vrouw van de galerie zei heel iets anders. De eigenaar van de collectie heeft het zelf ontdekt nota bene, hij is gistermiddag nog wezen kijken...'

'Die vent in die regenjas!' riep Jerry uit. 'Die we tegenkwamen bij de ingang... Dat galeriemens had 'm natuurlijk gebeld...'

Hexy keek sceptisch. 'Dat kan toch nooit zo snel gegaan zijn?'

'Stel dat-ie in de buurt was', opperde Jerry, 'met z'n mobiele telefoon. Nou ja, misschien kwam hij ook wel toevallig binnen, is misschien wel logischer. Meneer de student zit in die koffiekamer te smoezen met Rietje Galerietje, terwijl wij naar de uitgang lopen. En dan komt de baas van het spul binnen, hij komt net op het goeie moment en wordt meteen ingelicht...'

'Mmm...,' zei Hexy, nog niet overtuigd, 'nog iets, Jer. Volgens Teek heeft Pelman nooit met houtskool gewerkt, hij was er op de een of andere manier allergisch voor.'

Jerry trok een spottend gezicht.

'Hij moest toch wat verzinnen, om je onderuit te halen, tjonge... als dit geen doorgestoken kaart is... hoe heette die vent... Rijntjes of Rijnders?'

Hexy stond op en hurkte neer voor een van de radiatoren bij het raam.

Ze probeerde haar handen te warmen.

'Ik ben in elk geval voor een maand geschorst van Teek's lessen,' deelde ze mee, met de rug naar hem toe, 'en in die galerie hoef ik voorlopig ook niet meer te komen.'

Ze blies in haar handen. 'Het grootste probleem is m'n moeder. Als zij ervan hoort, is de boot aan, krijg ik onherroepelijk huisarrest.'

'Kan ze niet maken,' zei Jerry verontwaardigd.

'O, nee?' schamperde Hexy.' Dat was vroeger al zo, weet je niet meer? Als ik iets had uitgespookt... sloot ze me op... sleutel in het slot... ik kon m'n kamer niet meer uit...'

Ze draaide zich om, ging zitten, ruggelings tegen de radiator, haar benen opgetrokken.

'Kom nou,' zei Jerry, 'ze kan je nu niet meer opsluiten, dat is barbaars, als ze het waagt, kom ik je ogenblikkelijk bevrijden.'

'Lukt je niet,' zei Hexy, 'ze zal me bewaken als een cipier... maar zo'n vaart zal het wel niet lopen. Ik moet alleen dadelijk thuiskomen uit school en mag 's avonds de deur niet meer uit, maar dat was toch al verboden.'

'Strenge moeder heb je,' zuchtte Jerry.

'Ach, valt wel mee, met zo'n rotbaan als zij word je er ook niet vrolijker op, altijd echte en valse scheidingen... en zo...'

'Hou maar op,' zei Jerry, of hij er alles van wist.

Hexy trok een somber gezicht.

'De wereld is rot, je kan geen mens meer vertrouwen, Jeremy.'

Jerry knikte. 'Ik weet zeker dat die student ons heeft verlinkt... anders waren ze er nooit zo snel achter gekomen. Hij wist je naam dan wel niet, maar zal wel een nauwkeurige beschrijving van je hebben gegeven.' Het klonk bijna verachtelijk.

'Maar één ding snap ik niet goed,' ging hij door. 'Hoe kwam Teek precies te weten, dat jij het was?

Heeft die galerievrouw met hem gesmoesd?'

Hexy slaakte een kreunende zucht. 'Het kon niet erger. Hij is gistermiddag ook nog even wezen kijken en viel met z'n neus in de boter, maakte de hele consternatie mee van de vervalste Pelman; toen er een beschrijving werd gegeven van de mogelijke verdachte ging hem waarschijnlijk een licht op... en toen hij de tekening zag...'

'Herkende-ie ogenblikkelijk je stijl,' zei Jerry honend. 'Tjonge, wat een rotzooi, we hebben alles ook wel tegen gehad... Heb je 'm terug, je tekening?'

Hexy kwam overeind.

'Nee, die krijg ik voorlopig niet terug. Er is beslag op gelegd.'

'Ook dat nog.' Jerry haalde vertwijfeld een hand door z'n haar.

'Ze willen 'm nog nader onderzoeken, of zoiets,' verklaarde Hexy, 'krankjorum niet? Hoewel ze er gister al zo'n beetje van uitgingen, dat het waarschijnlijk ging om werk van een zeventienjarige heks in opleiding.'

'Je had nooit moeten bekennen,' vond Jerry.

'Poeh!' blies Hexy, 'ik had jou wel eens in dat zweetkamertje willen zien, ze hebben me gedwongen te bekennen, ik ben gemarteld, weet je, in elk geval is me het vuur na aan de schenen gelegd...'

Ze trok een slachtofferig gezicht, haalde toen haar schouders op.

'Nou ja, maar beter ook niet, dat het meteen is uitgekomen, anders was het vast een nog grotere rel geworden. Ik ben blijkbaar toch geen type voor oneerlijk spel, ik zou nooit deugen voor spionne of zo...'

Ze rechtte energiek haar rug, deed een grote stap naar voren. Ze streek over haar maag, waaruit borrelende geluiden opstegen. Ze geeuwde en rekte zich uit als een kat.

'Ik heb toch zo'n grote verschrikkelijke reuzeheksenhonger.'

'Oké,' zei Jerry, 'we pakken ergens een restaurantje.'

Hexy nam hem bij de arm.

'Nee, ik heb geen zin om eruit te gaan, wat heb je in huis?'

'O genoeg voor een feestmaal,' zei hij, 'als je dat bedoelt...'

Hexy klakte met haar tong.

'Laten we de boze geesten van deze ongeluksdag verdrijven met een heerlijk heksenmaal, kom mee naar de keuken en laat zien wat je hebt...'

'Zo, is dit te gek, of niet? Lijkt het niet net een middeleeuwse herberg, waarin we terechtgekomen zijn, zoiets als het Oudste Huis? En het is nog volle maan ook, wat wil je nog meer?'

Triomfantelijk keek Hexy haar vriendje over een vrolijk flakke-rende kaars, die tussen hen instond, aan.

Het was inmiddels al helemaal donker buiten en ze had tot haar vreugde een grote, ronde maan zien opkomen, die dich-terbij leek dan ooit.

Samen met Jerry had ze zich ingespannen, om de flat te trans-formeren in een knus bistrootje, had kaas, worst en stokbrood gesneden, een komkommer in stukken verdeeld, een houten slabak met chips gevuld en dipsausjes gemaakt in allerlei sma-ken en kleuren.

Hexy probeerde even nergens aan te denken en vooral te ge-nieten van het eten.

Ze haalde een stuk komkommer door een dieprood dipsausje tot het er druipend weer uitkwam.

'Net verf,' grinnikte ze, 'wat zeg je ervan, Jer, zou ik net zo beroemd kunnen worden als die Pelman?'

'Als je even zo doorgaat wel,' meende Jerry, 'je bent nu in elk geval al bekend in de hoogste regionen, bij de baas van de col-lectie himself.'

'Eng idee.' Hexy huiverde even. 'Hoe zou hij aan die schilderij-en gekomen zijn? Is hij misschien verre familie?'

'Zou kunnen,' zei Jerry, 'maar hij kan ook gewoon een liefheb-ber zijn, die ze heeft opgekocht, ik weet het niet precies. Ik vraag me af, wat er voor die tijd is gebeurd, hoe ze in die klui-zen terecht zijn gekomen en zo... er zijn nog een heleboel raad-sels.'

'Spannend toch?' zei Hexy, die zich tegoed deed aan een stuk worst, 'hoe meer geheimzinnigheid in het leven, hoe beter...'

Ze nam een slok van de rode wijn, die voor haar stond, tuurde in het glas en bewonderde de fonkeling, die het kaarslicht erin toverde.

Het leek, of ze de ergste schrik te boven was.

'Ik zat vanmiddag ontzettend in m'n piepzak,' bekende ze, 'maar achteraf bekeken, is het toch behoorlijk spannend ge-weest, ik had het eigenlijk niet willen missen... als je nooit iets waagt... verlies je niet, maar winnen doe je ook nooit.'

Ze boog zich over haar bord, roerde met een stuk stokbrood twee dipsausjes door elkaar, tot ze de gewenste kleur had. Of ze haar moeder hoorde: 'Niet spelen met eten, Hets.'

Ze keek op. Jerry zat een beetje lusteloos achterover, kauwend op z'n lip...

'Eet eens wat,' drong ze aan.

'Ik heb niet zo'n honger,' zei hij bijna verontschuldigend...

'Vooruit,' moedigde Hexy aan, 'ik kan dit allemaal niet in m'n eentje op, je moet wel een beetje meedoen, Jeremias, wat heb je?'

Hij zuchtte.

'Ik vind het gewoon rot voor je, dat het zo gelopen is,' bekende hij, 'en het is voor een deel mijn schuld.'

'Ben je gek!' viel Hexy uit, 'we hebben het samen gedaan, het is nu eenmaal gelopen, zoals het gelopen is, een soort noodlot... daar doe je niks tegen, het heeft zo moeten zijn. Het vervelendste vind ik eigenlijk nog...'

Ze zweeg abrupt. 'Laat maar... niet meer zeuren, Jer, ik laat m'n eetlust er toch ook niet door bederven?' Ze trok een grimas.

'Het leven is onvoorspelbaar... wat zei Leonardo da Vinci ook weer? Wij zijn allen ballingen, levend binnen de lijst van een vreemd schilderij... of iets in die geest...'

'Tjonge,' zei Jerry, 'wat ben jij filosofisch vanavond, een balling, toe maar...'

'Zo voel ik me trouwens niet hoor'. Hexy werkte gulzig een handvol chips naar binnen.

'Ik ben juist blij dat ik op deze planeet gezet ben. Ik weet dan wel niet door wie, maar dat is van minder belang...'

Ze dronk haar glas wijn uit, nam de fles op, die naast haar stond en schonk opnieuw in.

'Weet je,' ging ze door, op vertrouwelijke toon, 'ik kan me niet voorstellen, dat m'n moeder ooit getrouwd is geweest, ik herinner me niets... ze zijn gescheiden toen ik drie was, dat heeft ze me verteld, verder niks.'

'Verstandig van 'r,' vond Jerry, 'ik bedoel, dat ze zo vroeg uit elkaar zijn gegaan, hadden mijn ouders ook veel eerder moeten doen... hoe zit het met haar ouders, leven die nog?'

Hexy knikte. 'Volgens mij wel. Een keer in het jaar komt er een brief, uit Spanje. Daar zitten ze te rentenieren, schijnt het, al jaren... Maar ik weet niet of m'n moeder die brieven leest, ik merk er nooit wat van, ze moffelt ze meteen weg, niet dat het me iets kan schelen...'

Ze haalde haar schouders op.

'Toch wel een beetje vreemd, niet?' merkte Jerry op. 'Hebben ze ruzie of zo?'

'Gebrouilleerd, zoals dat heet.' Hexy sprak het woord op een extra geaffecteerd toontje uit.

'Ach, het zal wel te maken hebben met haar huwelijk', veronderstelde ze, 'misschien waren haar ouders het er niet mee eens of iets dergelijks... zal wel een rare vent geweest zijn, die mr X, Y, of Z, die mij gemaakt heeft, denk je niet?'

Ze grijnsde. 'Tja...,' zei Jerry langzaam. Hij kraste met een duimnagel over het tafelblad.

'Jij bent niet voor niks zo'

'Nou, wat ben ik?' viste Hexy en keek hem afwachtend aan.

'Raadselachtig,' zei Jerry, 'net als die Mona Lisa met haar eeuwige glimlach.'

'Raadselachtig, die is goed!' Hexy proestte. 'En nog een eeuwige glimlach ook.'

Ze vertrok haar gezicht in een afzichtelijke grijns.

'Hè!' schrok Jerry, 'hou op zeg, je lijkt een echte heks, zo zou ik je niet graag tegenkomen, 's avonds.'

Hexy grinnikte. 'Mooi toch, zo hou ik me ongewenste individuen van het lijf...'

Ze dempte haar stem. 'Weet je... ik verander 's nachts in een echte toverkol... precies klokslag twaalf... ik zweef boven de stad op m'n bezemsteeltje... tot vlakbij de maan... met z'n ronde toet... hij knipoogt altijd naar me... hij is mijn vriend, weet je... mijn enige echte vriend...'

Ze hikte. 'Sorry, Jer, behalve jij dan.'

'Hee, doe je wel een beetje kalm aan?' zei hij waarschuwend...

'Tuurlijk!' Hexy nam een flinke slok.

'Ik ben kalm jongetje, zo kalm als wat, het is alleen de maan... hij lijkt niet echt ver weg, en zo zevenhoog is-ie nog dichterbij... maar toch is-ie net een droom... je zult 'm nooit kunnen

47

bereiken... ze weten er nog steeds niks van... niet eens zoveel meer dan driehonderd jaar geleden... wat erachter zit bedoel ik...'

'Er zit niks achter', zei Jerry. 'Het is gewoon een hoop gas en gesteente, en that's it. Net als de zon. Die zal wel een keer uitdoven en dan hebben we het gehad.'

'Toe zeg,' zei Hexy, 'jij hebt ook geen fantasie. Ik geloof er niks van dat er een eind aan komt, nu ja, dat misschien wel een keer, maar dan gaat het toch weer over in wat anders... een andere wereld... voor mijn gevoel gaat het altijd door... het is niet meer te stoppen... iemand heeft het in gang gezet, ik weet niet wie, maar hij was wel heel creatief... die planeet aarde blijft er wel, zeker weten...'

'De aarde is niet belangrijk, Hets,' deed Jerry zoetsappig. 'Dat dachten ze vroeger. Tot ze ontdekten dat alles om de zon draait. Dat hadden die ouwe Kelten al door en die Flintstones uit het stenen tijdperk met hun megalieten...'

'Oké,' zei Hexy, 'ik ben toevallig een zonaanbidder, dus dat vind ik prima.'

Ze zuchtte. 'Gut, Jer, was het maar vast zomer... maar het is nog niet eens voorjaar...'

Ze kauwde langzaam op een stuk stokbrood.

'Ik wil toch weer eens naar dat Kloosterbos,' mijmerde ze, 'zo-dra het wat beter weer is, ga ik er eens kijken. Wat een rotidee eigenlijk dat Pelman daar aan zijn eind gekomen is... ze hebben hem gevonden... op z'n bed in de hut... dood... Hij zag eruit, of hij ergens ontzettend van geschrokken was.'

'Hoe kom je daarbij?' vroeg Jerry verbaasd.

'Stond in de folder... heb je dat niet gelezen?'

Hij schudde z'n hoofd.

'Waar hebben ze dat vandaan? Uit oude archieven? Zou ik wel eens willen weten.'

'Net als dat houtskoolverhaal,' zei Hexy, 'misschien weet die eigenaar van de collectie er meer van, heeft-ie zich een beetje in Pelman's leven verdiept...'

'Die vent in die regenjas? Zou kunnen. Hoe heet-ie ook weer?'

Hexy zette een peinzend gezicht. 'Ene mister huppeldepup, ik kan even niet op z'n naam komen, het is in elk geval een Amerikaan. Wat zou-ie van m'n tekening vinden, denk je?'

'Hij vindt 'm vast steengoed,' opperde Jerry, 'misschien wilde-ie 'm daarom wel houden.'

'Denk je?' weifelde Hexy 'Ik hoop in elk geval dat ik 'm terugkrijg.'

'Daar zal ik voor zorgen,' zei Jerry strijdvaardig. 'Als het moet haal ik 'm persoonlijk voor je op, bij de big boss himself.'

'Moet je wel weten waar die uithangt,' zei Hexy. 'Zal wel in een hotel logeren of zo.'

Ze zette een nadenkend gezicht.

'Het is vast iemand met poen, dus laten we zeggen... het Luxor?'

Ze kneep haar ogen tot spleetjes, terwijl ze Jerry afwachtend aankeek...

'Niet zo gek, miss Pimmelaar.' Jerry nam een slok van z'n bier.

Hexy greep naar het laatste stukje van de punt roombrie, dicht bij haar bord en stak het in haar mond.

'Stel dat het zo'n onuitstaanbaar, ongenaakbaar heerschap is als Teek?'

'Die krijg ik wel klein,' zei Jerry zelfverzekerd. 'Hij zag er trouwens niet zo vervaarlijk uit.'

'Als dat 'm was tenminste,' peinsde Hexy, 'verdorie, wat een rottig gedoe allemaal, ik wou dat we er nooit aan begonnen waren...'

Ze hield op met eten, leunde met een elleboog op tafel, haar vuist tegen haar kin gedrukt...

Het leek wel, of alles wat er de laatste uren gebeurd was, weer in volle hevigheid op haar afkwam...

'Nu zitten we met de gebakken peren,' ging ze door, 'straks moet ik naar huis, alles opbiechten, nee, ik kan beter wachten tot m'n moeder door Teek wordt gebeld.'

Jerry maakte een gebaar, of hij wilde opstaan.

'Als ik die vent nu bel,' zei hij, 'en zeg dat het mijn schuld is, misschien dat-ie dan je moeder met rust laat.'

Hexy keek sceptisch.

'Je kent hem niet. Hij heeft de pik op me, hij vindt het gewoon leuk om me te pesten. Nu heeft-ie een gelegenheid om z'n vingers bij af te likken en die zal hij zich niet laten ontglippen... nog een geluk dat-ie geen kinderen heeft, ze zouden geen leven hebben bij 'm...'

'Aha!' zei Jerry, alsof hem plotseling een licht opging.

'Wat bedoel je?' vroeg Hexy, op haar hoede.

'Nou, nooit gehoord van de uitdrukking 'was sich liebt das neckt sich'?'

'Hè?' zei Hexy wantrouwend, 'wat bedoel je daarmee?'

'Nou, ga maar na, het is psychologie van de kouwe grond hoor, maar ik denk dat die Teek ergens een beetje gek op je is... maar dat wil-ie zichzelf natuurlijk nooit toegeven. Daarom doet-ie zo gemeen tegen je.'

Hexy keek hem even onthutst aan, toen gooide ze haar hoofd in de nek en gierde het uit.

'Teek... gek op me... hoe verzin je het...'

'Mensen zitten raar in elkaar,' verklaarde Jerry. 'Ik denk dat-ie je best als dochter zou willen.'

'Hou op!' riep ze. 'Als ik z'n dochter was, zou ik me vandaag nog verzuipen.'

'Ben je al mee bezig,' grinnikte Jerry.

'Doe niet zo leuk,' zei ze gepikeerd.

'Toch is het vast een of andere kunstzinnig figuur geweest,' mompelde Jerry.

Hexy boog zich naar hem over. 'Wat zeg je?'

'Die ex-man van je moeder, hij moet wel een beetje...'

'Gek zijn geweest, ja,' zei Hexy, 'misschien heb ik al die gek-kigheid wel van hem, wie weet, niet van m'n moeder in elk geval, die is de kalmte en de deugdzaamheid zelf... ze heeft rechten gestudeerd, misschien heeft dat er mee te maken. Soms zegt ze, dat ik niet deug... nou ja... zo worden als zij lijkt me ook niks.'

Ze blies in de kaarsvlam, die heftig tegensputterde, maar zich niet gewonnen gaf.

'Hets, ik zou erachter aangaan, als ik jou was,' klonk Jerry's stem, met nadruk.

Ze keek bijna verstoord op. 'Waar achteraan?'

'Nou, wie die pa van je is natuurlijk, je hebt er recht op, dat te weten.'

Hexy's ogen schoten vuur.

'Recht! Dat zal wel ja, maar het punt is, dat het me geen reet interesseert, al was-ie de koning van Spanje...'

'Zou je het echt niet willen weten?' Jerry's stem klonk onzeker, maar toch met iets van aandrang...

Ze schudde geïrriteerd haar hoofd.

'Wat zeur je toch? Je bent echt aan het doordrammen, Jer, gut, waar praten we over, net alsof jij zoveel plezier aan je pa hebt beleefd... of ze schelden hun vrouw de huid vol, of ze gaan vreemd, aan mijn lijf geen polonaise... Ik weet in elk geval zeker dat ik niet trouw, ik zal er hoogstens een vriend op na houden.'

'Als ik dat dat maar ben.' Het klonk bijna grimmig uit Jerry's mond.

Hexy keek naar hem, of ze hem voor het eerst zag. Zijn ogen hadden een onnatuurlijke glans, het kaarslicht toverde een rode gloed over z'n haar. Iets in haar roerde zich.

'Ik heb zin om te dansen,' zei ze, en schoof heen en weer op haar stoel, 'het is volle maan, dan moet ik altijd dansen, kom op, Jer, doe je mee?'

Jerry schudde z'n hoofd. 'Ga je gang, ik wil het wel eens zien.'

Hexy stond op, en liep naar het raam.

Gefascineerd staarde ze naar de hemel, waar het grote ronde oog van de maan welwillend op haar neer leek te kijken.

Toen begon ze te bewegen, ze draaide rond, eerst langzaam, toen steeds sneller, met maaiende armen en zwierende rok, ze hoorde Jerry iets roepen, maar ging door, tot ze tenslotte duizelig en buiten adem in een zitzak neerviel.

Ze bleef hijgend zitten, met gesloten ogen, streek met haar handen over haar voorhoofd.

Toen ze haar ogen open deed, zag ze Jerry's gezicht boven zich.

'He, gaat het een beetje?'

Ze keek een beetje verdwaasd naar hem op.

'Ik wil naar huis, Jer, breng je me naar huis?'

51

Hij kneep in haar schouder. 'Tuurlijk, maar laten we eerst even wachten tot je weer nuchter bent.'

'Ik ben nuchter.' Ze wilde opstaan, maar viel weer terug, alsof ze uitgeput was.

Jerry liep weg, blies de kaars uit en knipte een paar spotjes aan. Hexy knipperde tegen het felle licht.

'Doe nou niet man,' protesteerde ze zwakjes, 'weet je wat het met jou is... je bent totaal niet romantisch... romaantisch...'

Jerry kwam bij haar terug en ze trok hem aan z'n mouw.

'Sorry, Jer, ik wil weg, ik voel me rot.'

'Oké,' zei hij en klopte haar kalmerend op de rug. 'Take it easy, Hets, ik breng je wel, nemen we de bus of fietsen we?'

'Geen bus alsjeblieft.' Ze trok een gezicht, of ze iets proefde, wat bedorven was. 'Ik ga wel bij je achterop.'

'Als je me maar goed vasthoudt,' zei hij bezwerend, 'als je er onderweg afdondert, zijn we nog verder van huis.'

'Schiet nou maar op,' zei ze gemelijk, 'en haal m'n cape, alsjeblieft.'

3

Opgerold als een spinnende kat zat Hexy op haar kamertje in de hoge strandstoel genesteld, die ze een keer ergens bij het grof vuil had weggesleept.

Het ding had er nog goed uitgezien, had alleen behoefte aan een flinke schoonmaakbeurt.

Het was haar lievelingsstoel geworden en ze had er al verscheidene uurtjes mijmerend in doorgebracht, sinds ze 'm van de kraakwagen had gered.

Hij was altijd haar toevlucht geweest, als ze weer eens ruzie had gehad met haar moeder, of een leraar van school - Teek was niet de enige met wie ze het regelmatig aan de stok had - en ze zich vertwijfeld afvroeg, van wie ze die hekserige aard had, dat heimelijke, boosaardige plezier dat ze soms had in pesten, stangen, jennen. Haar bloed kookte en bruiste bij het minste of geringste: als ze geen gelijk kreeg (en zeker wist dat ze het wel had), als zij iets goedkeurde, wat anderen verkeerd of belachelijk vonden (zoals uithalen naar pesters, die het steeds op hetzelfde slachtoffer hadden gemunt), als iets volgens haar oneerlijk was, of als ze hoorde over zoiets akeligs als mishandeling van mensen of dieren.

Ze dook weg in haar stoel en kwam er weer tot bezinning na één van die buien, die ze soms had, waarin ze zin had om de boel in elkaar te stampen, te slaan, of ze kon erin wegdromen hoe het zou zijn om als een echte heks door het luchtruim te zweven, als eentje, die het goed met de mensen meende, de goeien met een toverspreuk uit de penarie hielp en anderzijds de kwaaien een poets bakte met een omgekeerde toverformule als ze kwalijke dingen uitspookten.

Hexy begreep vaak weinig van zichzelf, maar ze troostte zichzelf met de gedachte dat ze wel niet de enige zou zijn met dat probleem en dat een mens nu eenmaal een raadsel was voor anderen en zichzelf.

Maar op dit moment was ze in een behaaglijke stemming, ze had een opgelucht, bijna tevreden gevoel. Alles was tot nu toe meegevallen, erg meegevallen zelfs.

Oké, haar moeder had een voorlopig, algeheel contactverbod met Jerry uitgevaardigd, maar ze kon hem in elk geval overal bereiken met haar mobieltje, het cadeau dat ze op haar laatste verjaardag had gekregen en dat alleen bestemd was voor nood-gevallen, zoals haar moeder nadrukkelijk had gezegd. Het kwam nu uitstekend van pas.

Huisarrest was er gelukkig niet helemaal van gekomen, al was haar wel gesommeerd meteen uit school naar huis te komen en het zou nog gecontroleerd worden ook.

'Ik heb je rooster, Hets, en ik bel je vanaf kantoor, of je thuis-bent.'

Ze wou wel eens weten, wat Teek en haar moeder besproken hadden, de volgende avond na die rampzalige dag, maar zodra ze in de gaten kreeg dat hij aan de lijn was, was ze 'm naar boven gesmeerd en had met kloppend hart in haar strandstoel gezeten.

Het gesprek duurde voor haar gevoel een eeuwigheid, daarna was ze naar beneden geroepen en al op de trap begroet met: 'Nou, je hebt wel weer wat moois uitgehaald, niet? Jerry was er ook bij betrokken, zeker?'

Hexy boog het hoofd en knikte.

'Die Jerry heeft beslist geen goede invloed op je, het lijkt me beter dat jullie voorlopig niet meer met elkaar omgaan.' Daar kwam het eigenlijk wel zo ongeveer op neer.

Hexy was verbaasd. Haar moeder leek eerder kwaad op Jerry dan op haar. Ze had hem dan ook nooit gemogen. Hun wilde spelletjes vroeger, in de Kruisstraat, had ze altijd afgekeurd en ze zag Jerry doorgaans als de aanstichter. Maar in werkelijk-heid was het meestal Hexy, die de plannetjes bedacht en ook bij de uitvoering had ze min of meer de leiding gehad.

Ze zou dolgraag willen weten wat er nog meer tussen haar moeder en Teek besproken was, maar haar moeder liet verder niets meer los.

'Ga maar weer naar boven,' had ze al gauw gezegd, 'zorg dat je slaagt.'

Hexy kon nauwelijks geloven, dat ze er zo gemakkelijk vanaf kwam en al helemaal niet dat Teek mogelijk toch iets positiefs over haar had gezegd.

Die maandagochtend had ze zich in de pauze bij zijn lokaal gemeld.

'Ga maar even zitten, Pimmelaar, ja, pak maar een stoel.'

Hij had haar recht aangekeken, vanachter z'n lessenaar.

'Je hebt geluk, Pimmelaar, de eigenaar van de collectie wil er verder geen werk van maken, je werkstuk krijg je t.z.t. terug. Je begrijpt wel, dat het niet meetelt voor het examen.'

Oei! Dat was een tegenvaller. Even laaide er iets van woede in haar op, die al snel weer zakte.

Nee, het was niet reëel om daarop te rekenen, ze had het voor zichzelf verpest.

Maar Teek had ook schuld, vond ze. Als hij serieus naar haar werkstuk gekeken had, was ze nooit op dat idiote plan gekomen, om het de galerie binnen te smokkelen en als een Pelman-product te etaleren...

'Heb je nog iets aan te voeren tot je verdediging?'

Het leek verdorie wel een rechtszaal. Ze schudde haar hoofd.

'Nee, het was stom, het spijt me...'

'Om op deze manier erkenning te willen krijgen, is inderdaad van een verregaande stupiditeit,' hoorde ze Teek zeggen en ze had meteen weer een grondige hekel aan 'm.

'Als je straks op de kunstacademie zit...'

'O, daar wordt mijn werk wel gewaardeerd,' flapte ze eruit.

'En hier niet?'

Ze keek hem zwijgend aan, met een strak gezicht, staarde toen naar de grond tussen haar laarsjes.

'Je doet het goed, heel goed,' zei hij, vriendelijker dan gewoonlijk, 'jij hebt zulke minderwaardige methoden niet nodig. Heb je echt gedacht dat je mij hiermee om de tuin kon leiden?'

Ze zei niets, hoopte alleen dat ze snel weg zou kunnen.

'Oké,' zei hij, 'we vergeten de zaak, 'je volgt gewoon de lessen tot aan het examen, je krijgt extra opdrachten, we zullen je zo goed mogelijk klaar stomen voor de kunstacademie en ik verwacht dat je je uiterste best doet.'

Hiermee was het onderhoud afgelopen en ze besefte hoeveel geluk ze had gehad.

Teek had de directeur in kunnen lichten, die haar van school had kunnen sturen, haar moeder had dagenlang kwaad kunnen blijven, maar het leek of ze de zaak alweer vergeten was.

Ze was er wonderbaarlijk goed van afgekomen, zoveel was zeker. Ze had weer alle geluk van de wereld gehad, ergens moest iemand zijn die het goed met haar voorhad, het kon haast niet anders.

Ze grinnikte. Alleen jammer dat ze Jerry voorlopig niet mocht zien...

Zou ze hem bellen?

Op hetzelfde moment klonk het metalige geluid van haar eigen pieper, die op stand-bye stond.

Ze dook naar voren en had met één doelgerichte greep het ding te pakken.

Ze drukte de knop in. 'Joeoe,' riep ze, 'hallo!'

Er klonk gekraak, toen Jerry's stem, die zei: 'Ben jij dat, Hets?'

'Tuurlijk!' riep ze, 'wie anders, m'n moeder soms? Waar zit je? Zo te horen ergens in de stad.'

Ze hoorde verkeerslawaai op de achtergrond, geknetter van brommers.

'In de stad, ja,' klonk het, 'moet je horen, Hets.'

Het leek of hij zijn stem dempte. 'Je zult het niet geloven, maar ik word gevolgd.'

'Hè?' zei Hexy, 'gevolgd? Door een zwerfhond of zo?'

Ze zag het dier al achter Jerry aansjokken. Het was een keer in de Kruisstraat gebeurd. Zij had het dier gelokt, maar het had steeds achter Jerry aangelopen, alsof het een nieuw baasje zocht, en Jerry had het opdringerige beestje tenslotte met een stok weggejaagd.

'Nee, door een vent met een snor, in een lange regenjas...'

Ze maakte een grinnikend geluid.

'Ben je weer een van je speur-spelletjes aan het doen?'

'Hets, dit is geen spelletje, denk eens na, we kennen die vent...'

Hexy sloeg haar hand voor de mond.

'Je bedoelt... die Pelman-man?'

'Ja, in een pelerine, nou ja, een regenjas, Ik weet nu ook, hoe-ie heet. Mister Woody. Hij volgt me al een hele tijd, ik kreeg het in de gaten bij die autoshowroom, op de hoek van de Hoofd- straat, ik zag 'm weerspiegeld in het glas... hij loopt steeds met me mee, Hets, het is 'm, ik weet het zeker, hij houdt z'n hand op dezelfde manier als toen, op z'n Napoleons...'
'Heeft-ie je al eerder gevolgd?'
'Ja, gister ook al, ik was in de Oude Wijk en daar dook-ie in- eens op. Ik een cafeetje in en daar verscheen hij even later ook. Ik ben weggegaan en heb 'm niet meer gezien.'
'Wat gek. Wat moet-ie van ons?'
'Geen idee, misschien heeft het wel iets te maken met die teke- ning van jou.'
'Jer, dit is volgens mij niet de eigenaar van die schilderijen hoor, zo iemand loopt geen mensen op straat te schaduwen. Die heeft daar z'n knechtjes voor.'
'Had ik ook al gedacht, hij lijkt wel een soort detective...'
'Kun je 'm nog zien?'
'Ja, hij loopt een eindje achter me, aan de overkant, ik zie het in de spiegelruit van de koffieshop, waar ik nu voorbijkom.'
'Wat ga je nu doen?'
'Ik loop naar de Oude Wijk, een hele tippel, maar ik wil weten of-ie me zover achterna komt, ik meld me weer als er wat bij- zonders is.'
'Oké, Sherlock Holmes, kijk je een beetje uit?'
'Zal ik doen, over en sluiten, ajuus.'
De verbinding werd verbroken.
Een beetje beverig bleef Hexy zitten, terwijl ze het apparaat uitschakelde en teruglegde op het nachtkastje van haar bed. Het moest niet gekker worden. Wat had die man in de zin? Wat moest hij van Jerry? Of was het alleen maar toeval dat hij steeds in de buurt was?
Ze keek op haar horloge. Vijf uur. Ze moest naar beneden, ze had beloofd te koken vanavond, haar moeder wilde vroeg eten, want ze kreeg bezoek van een collega van kantoor.
Hexy kwam uit haar stoel, wierp nog een laatste, ongeruste blik op het telefoontje en haastte zich haar kamer uit.

Na het eten en de afwas smeerde Hexy 'm zo snel mogelijk naar boven en deelde tegelijk mee, dat ze niet beneden zou komen voor de koffie. In de eerste plaats had ze totaal geen zin in een ontmoeting met haar moeders collega, die haar bij elke begroeting zo'n beetje doodknuffelde, en verder wilde ze paraat zijn als Jerry zou bellen.

Ze was net achter haar bureautje geschoven, haar mobiele telefoon binnen handbereik, toen de bel ging.

Even later klonk in de gang de basstem van mevrouw Krikke.

'Ik heb wat tijdschriften voor je meegenomen, Vera.'

O ja, modetijdschriften, was ze dol op. Jammer alleen, dat ze zo'n beroerd figuur had. Dat ze een beetje mank liep kon ze niet helpen, maar ze kon best eens wat aan haar lijn doen, ze leek wel een tonnetje...

Zag haar moeder er beter uit, die had een slank figuur en de mantelpakjes die ze droeg, flatteerden haar, dat moest gezegd.

Bedankt, mevrouw Krikke, blijf alstublieft zo lang mogelijk, dat zal wel lukken, want jullie gaan samen een film bekijken, die, zoals ik heb gezien, wel twee-en-een-half uur duurt.

Een film over de één of andere historische rechtszaak, zoals ik heb gelezen in de tv-gids, echt wat voor jullie, een vrouw die ervan wordt beschuldigd vier echtgenoten te hebben vergiftigd, nu, voor mijn part vergiftigt ze er honderd, als het geluid maar lekker hard staat en jullie niet kunnen horen, dat ik met mijn vriendje bel.

Trouwens, ik heb geen belverbod, heeft u niets van gezegd, mams.

En is dit geen noodgeval? Jerry is misschien wel in gevaar, zit er een oplichtersbende achter hem aan, die aan kunstvervalsing doet... Misschien heeft die regenjasvent wel niets met Pelman te maken, kwam hij toevallig binnen en heeft lucht gekregen van mijn Pelman-imitatie.

Ongedurig zat Hexy achter haar bureautje, luisterde of beneden de televisie al aanging. Maar nee, zo te horen, zaten ze nog te praten. De harde lach van mevrouw Krikke drong tot haar kamertje door en Hexy stopte onwillekeurig haar vingers in de oren.

Ze probeerde zich te concentreren op het biologieboek, dat ze had opengeslagen.

Insecten zijn niet alleen de kleinste, maar ook de nuttigste dieren van de schepping...

Oké, maar sommigen konden wel gemeen steken in de zomer. *Als je wel eens een vlieg hebt ontleed...* Jakkes, ja, dat hadden ze tijdens de les wel eens gedaan, de beestjes moesten wel eerst dood natuurlijk en dan ter beschikking worden gesteld van de wetenschap... ze had een zo gaaf mogelijk exemplaar mee moeten nemen... eerst vangen... opsluiten... langzaam laten verstikken... Ze had voor de eer bedankt en ze was niet de enige geweest.

Ze luisterde... het was stil geworden beneden... de televisie zou nu wel aanstaan, maar veel te zacht naar haar zin...

Ze schrok op van het gerinkel van de mobiele telefoon, greep ernaar als in een reflex en schakelde 'm in.

'Ja?' zei ze gedempt.

Eenzelfde gedempte stem gaf antwoord.

'Hets, met Jerry, kan ik vrijuit praten? Waar zit je?'

'Kan ik beter aan jou vragen, is alles goed met je? Ik zit boven, je kunt vrijuit praten, m'n moeder heeft bezoek, ze kijken naar een film over een of andere gifmengster, die tenminste vier echtgenoten heeft vergiftigd.'

'Vraag eens aan je moeder of ze misschien haar ex heeft vergiftigd.'

'Doe niet zo stom, je leest teveel Agatha's, ben je soms giftig op m'n moeder?'

'Ja, vind je het gek, wanneer is je straf afgelopen?'

'Eind deze maand, ik hou het wel vol zolang ik nog met je kan bellen, waar ben je nu? In de Oude Wijk?'

'Ja, precies, in café De Vliegende Heks, oftewel De Rode Lantaarn, vlakbij het Oudste Huis.'

'Wat doe je? Ben je nog gevolgd?'

'Een tijdje, maar toen raakte ik 'm kwijt.'

'Of hij jou, je hebt hem afgeschud, zeg maar.'

'Ja, het is nu net, of ik achter hem aanzit. Heel spannend, ik heb geen idee, wat-ie wil.'

'Het heeft met die Pelman-tentoonstelling te maken, of helemaal niet.'

'Zou kunnen, ik voel me net een indiaan op oorlogspad, of zo'n journalistieke speurneus, ik denk dat ik maar stop met Engels en een ander vak kies.'

'Journalistiek? Dan wordt je dus zo'n ordinaire irritante nieuwtjesjager? Die lui die overal bovenop zitten? Vreselijk.'

'Er zijn ook goeie, Hets, en je maakt tenminste wat mee... het leven zit vol drama's, lees de kranten maar wel verdikkeme...'

Het bleef even stil en ze kon Jerry horen ademen. Ze hoorde een knarsend geluid, misschien van een deur die openging, voetstappen over een houten vloer...

'Jer?' fluisterde ze, maar er kwam geen reactie. Ze hoorde geroezemoes van stemmen op de achtergrond, toen gesis in haar oor: 'There is the man himself, hij is ergens achterin gaan zitten.'

'Heeft-ie je gezien?' vroeg ze zacht.

'Natuurlijk, hij liep langs me heen.'

'Wat doe je nu?'

'Gewoon blijven zitten, kijken wat-ie doet, misschien ga ik 'm wel op de man af vragen, waarom hij me volgt. Verrek, Hets, hij staat op, komt hierheen, nou zul je het beleven...'

Hexy hoorde gekraak, geluid van voetstappen, toen Jerry's stem, nogal paniekerig, 'mister, you are losing something,'... een andere stem, die iets zei wat klonk als. 'thank you, thank you.'

Meer hoorde ze niet, Jerry had de verbinding verbroken.

Met kloppend hart bleef ze zitten. Het leek erop dat Jerry in gesprek was geweest met die vent, hij had waarschijnlijk iets laten vallen toen hij langs Jerry's tafeltje kwam.

Per ongeluk? Of expres? Die lui kenden zoveel trucjes om met iemand in contact te komen.

Het was dus wel degelijk serieus. Ze rilde ineens.

Moest ze Jerry niet te hulp schieten? In ijltempo naar de Oude Wijk fietsen om te kijken wat er aan de hand was? Onmogelijk, ze kon niet weg.

Jerry moest zich maar alleen redden, hij was per slot kien genoeg en altijd op z'n qui vive. Maar stel dat die man een pistool had?

Ze ging Jerry zelf bellen, nu meteen. Was dit een noodgeval of niet?

Haastig draaide Hexy Jerry's nummer. Er werd niet opgenomen. Ze wachtte een tijd, probeerde het nog eens en gaf toen haar pogingen op.

Tot haar schrik hoorde ze voetstappen op de trap. Ze moffelde het mobiele telefoontje weg en boog zich ijverig over haar boek.

Een ogenblik later stond haar moeder in de deuropening, met koffie.

'O, mams, dank u wel,' zei Hexy dankbaar, 'wat lief van u.'

Ze gaf haar moeder spontaan een zoen. 'Is de film spannend?'

Haar moeder knikte. 'Ik ga gauw weer naar beneden, het gaat zo weer verder.'

Het was natuurlijk reclametijd. Hexy slurpte haar koffie op, wachtte nog een tijdje en belde toen Jerry's nummer opnieuw.

'Met Jerry de Ridder.' Het klonk zakelijk, maar ook ingehouden, alsof hij zijn opwinding moest bedwingen.

'Jer, hoe is het met je?' vroeg ze ademloos.

'Sorry Hets, dat het zo ging, ik zal je zo vertellen wat er gaande is, moment please...'

Hexy hoorde hem zacht tegen iemand praten, toen, alsof hij een seintje kreeg om door te gaan:

'Ik zit te praten met ene mister Potter, degene, die me volgde. Kun je het nog volgen?'

Z'n stem kreeg iets joligs.

'Ga door,' siste Hexy, 'wat moet-ie van je?'

'Hij verloor z'n portefeuille en ik maakte hem erop attent. Hij bedankte me en bood me een biertje aan, nu zit hij tegenover me, je snapt wel voor wie die werkt...'

'De eigenaar van de Pelman-schilderijen?'

'Precies, het heeft dus alles te maken met die tekening van jou.'

'O? Wat wil hij dan?'

' Namens z'n baas wil hij je een voorstel doen.'

61

'Goeie grut, wat voor voorstel?'

'Hets, hij vindt je tekening steengoed, hij wil 'm van je kopen.'

'Kopen?' schoot Hexy uit. Het zweet stond in haar handen.

'Ja en hij wil graag zelf met je onderhandelen, dat betekent dat je een keer naar 'm toe moet.'

Hexy voelde haar hart bonzen. O nee, hier trapte ze niet in.

'Om me op m'n kop te geven, zeker? Dank je lekker, Jer, luister, zeg tegen die mr Potter, dat ik m'n tekening terug wil en niks anders.'

'Hets, wees nu even redelijk, we kunnen toch samen bij die man op bezoek, je hoeft niet alleen, hij logeert in het Luxor, zoals we al dachten.'

Hexy haalde diep adem.

'Jer,' zei ze en haar stem bibberde een beetje. 'ik wil alleen die tekening terug, alsjeblieft, zeg dat nou tegen die mr Potter...'

'Oké.' Ze hoorde een gelaten zucht.

'Ik zal de boodschap overbrengen, vind je het goed dat ik dan alleen naar het Luxor ga? Ik zal proberen je tekening terug te krijgen, ja?'

'Ik moet hem terug, Jer en verder wil ik dat er nu eens een eind aan komt, het is allemaal goed afgelopen en dat wil ik zo houden.'

'Tjonge, ik dacht dat je avontuurlijker was, je houdt toch wel van een beetje suspense? Samen naar het Luxor, te gek, toch? Die mr Woody heeft het goed met je voor hoor.'

Hexy loosde een zucht. 'Ik heb er geen zin in, Jer, ga jij maar, wil je het doen?'

'Natuurlijk, voor jou doe ik alles, maar ik ga ophangen, nog wat babbelen met deze meneer.'

'Oké, veel plezier, ajuus.'

Ze schakelde het apparaat uit.

Doodstil, zo gespannen als een veer, bleef ze zitten en staarde voor zich uit...

Allerlei gedachten vlogen door haar hoofd. Had die vent alleen daarvoor Jerry gevolgd? Of was er meer aan de hand? Wat wilde die mr Woody? Ja, haar tekening kopen, maar daar ging ze niet op in. Waarom eigenlijk niet? Hij was haar goed gezind, had Jerry gezegd, en ook van Teek had ze iets dergelijks gehoord.

Maar ze schaamde zich en wilde hem liever niet onder ogen komen.

Jerry moest het maar opknappen. Had hij haar al niet eerder beloofd dat hij de tekening zou terugbezorgen? Daar zou ze 'm aan houden.

Van beneden hoorde ze stemmen.

Een uitroep van mevrouw Krikke 'Niet te geloven!'

Nee, inderdaad. Je kon gemakkelijker iemand vergiftigen dan proberen een namaak-schilderij voor een echt exemplaar te laten doorgaan.

Ze had het alarmerende gevoel, dat de affaire nog lang niet afgelopen was, sterker nog: dat de hele zaak nu pas begon.

4

Met een behoorlijk, bijna roekeloos vaartje reed Hexy op haar inmiddels weer opgelapte tweewieler door het drukke verkeer van het stadscentrum, alsof ze het zo snel mogelijk achter zich wilde laten.

Het was nu nog even goed uitkijken. Straks, als het rustiger was, kon ze de teugels wel weer laten vieren.

Ze remde voor een rood stoplicht op één van de hoeken van een kruispunt.

Toen het licht op groen sprong, reed ze mee met de verkeersstroom, die rechtdoor ging. Nu was ze bijna in de buurt van het advocatenkantoor waar haar moeder werkte.

Maar goed dat die nergens van wist, ze mocht het ook niet te weten komen.

Al was het huisarrest opgeheven, haar moeder zou niet blij zijn met dit uitstapje. Dat ze vanavond na werktijd nog een vergadering had en het wel laat kon worden voor ze thuis was, kwam wel heel goed uit.

Tien tegen één dat haar moeder nog net zo'n hekel aan het Kloosterbos had als vroeger.

Ze zou beslist niet willen, dat ze er naar toe ging.

Ze vond het natuurlijk te gevaarlijk voor een meisje alleen, maar Hexy had het idee dat er meer achter zat; ze had er samen met haar moeder wel eens heen gewild, maar kreeg steevast te horen dat je er niet behoorlijk met een Mini kon rijden, dat ze nu eenmaal niet van fietsen hield en van wandelen werd je er stoffig en vies, ze ging honderd keer liever naar zee.

Oké, maar haar dochter zat anders in elkaar.

Ze had vroeger al een zwak gehad voor het Kloosterbos, toen ze er kwam met Jerry. Ze vond het er spannend en geheimzinnig, vooral bij de ruïne, die ze zo'n beetje beschouwden als hun kasteel, waarvan zij de prinses was en Jerry, die zijn naam eer aandeed, de ridder, die haar tegen draken en andere monsters moest beschermen. Dan zwaaide hij met z'n plastic nepzwaard in het rond en slaakte oorlogszuchtige kreten.

Soms wilde Hexy geen prinses zijn, zocht een stok, waarmee ze tussen de struiken sloeg om alles wat daar huisde aan monsterlijke wezens, te verjagen.

Het was een heerlijke speelplek, een herinnering uit haar kindertijd. Na haar twaalfde jaar was ze er niet meer geweest.

Toen ze Jerry onlangs weer had ontmoet, waren allerlei dingen weer boven gekomen en de Pelman-tentoonstelling had de rest gedaan.

Ze moest en ze zou er weer eens kijken, zodra het buiten wat aangenamer werd en alles werkte nu mee. Na weken van koud, somber weer, was voor het eerst de temperatuur gestegen, er hing bijna iets van voorjaar in de lucht. Een matig zonnetje probeerde door de wolken heen te breken en Hexy verbeeldde zich dat ze al iets kon voelen van de warmte die hij uitstraalde.

Ze trapte stevig door, bereikte het voorstadje en begon iets van opwinding te voelen.

Het was heerlijk om er eens uit te zijn; ze had er beslist behoefte aan, na alles wat er gebeurd was.

Jerry was naar het Luxor geweest, op audiëntie bij een zekere mr Woody, over wie ze het één en ander had gehoord.

Hij was van oorsprong Nederlander, maar had het helemaal gemaakt in Amerika. Had daar met succes een restaurant-keten opgezet en scheen meer te weten van eten en drinken dan van kunst.

Hij was, zoals Jerry het uitdrukte, gepokt en gemazeld in de horeca en Hexy, die alle kinderziektes zo'n beetje had gehad, zag een gezicht voor zich, overdekt met blaasjes en rode bulten. Maar volgens Jerry zag hij er best aardig uit, een beetje opgeblazen, maar ja, dat waren meer Amerikanen en als je je ook uitsluitend met voedsel bezighield...

Voor de kunst had hij mr Potter in dienst, een ex-rechercheur, die overal verstand van scheen te hebben en gespecialiseerd was in het herkennen van vervalste documenten en schilderijen.

Ze hadden het niet slechter kunnen treffen!

Jerry was op een avond uitgenodigd in het Luxor en had daar nota bene met mr Woody gedineerd. Mr Potter was er niet bij aanwezig geweest. De Amerikaan had honderduit gepraat, verteld over z'n leven, gevraagd naar Jerry's achtergrond en toekomstplannen. De truc met de houtskooltekening noemde hij een 'practical joke', een grap, die hij wel kon waarderen, hij was ook jong geweest.

'Een jofel figuur,' had Jerry hem enthousiast omschreven, 'een moordvent, Hets, jammer, dat je niet mee bent geweest.'

Ze voelde geen spijt, ze hoefde niet zo nodig, maar om de tekening terug te krijgen zou ze toch zelf naar het Luxor moeten, had Jerry meegedeeld.

Mr Woody wilde haar die zelf overhandigen, hij zou niet meer proberen 'm van haar te kopen.

Bovendien wilde hij wel eens kennis met haar maken en graag nog meer werk van haar zien; de houtskooltekening had hem getroffen.

Ze zou dus mee moeten naar het Luxor.

Het was een tegenvaller, maar ze wilde toch graag de tekening terug, dus er zat niets anders op. Over twee weken werden ze verwacht bij mr Woody, in z'n suite in het Luxorhotel.

Het zat haar helemaal niet lekker. Ze vroeg zich af wat ze aan moest. Je kon toch niet in je gewone kloffie naar zo'n sjieke tent? Maar Jerry had gezegd dat haar heksenkleren, zoals ze ze noemde en waar ze meestal in liep, goed genoeg waren

Lange, wijde rok, strak truitje, waarover een bolerootje en laarsjes aan haar voeten.

Daarin voelde ze zich het prettigst. Ze ging in elk geval in het lang, hield ze zichzelf voor, nou dan.

Aan dat piekhaar zou ze ook even wat doen, was wel te fatsoeneren met een beetje gel. Misschien viel het allemaal nog wel mee, al zou ze blij zijn als het voorbij was.

Hexy keek met iets van verbazing om zich heen, terwijl ze verder fietste.

Ze herinnerde zich oude huizen, kleine voortuinen met roestige hekjes. Het was er allemaal niet meer. Ze keek tegen hoge kantoorcomplexen op en verderop lag een klein industrieterrein.

Met een gevoel van opluchting zag ze evenlater de landweg, die ze zich nog goed kon herinneren van haar strooptochten met Jerry.

Ze rechtte haar rug, keek gretig om zich heen.

Uiteindelijk kwam ze bij een splitsing. De landweg boog af en links was een karrenspoor, ook dat herkende ze.

Je ging regelrecht, zonder omwegen, de bush in, maar het was voorzover ze het zich nog kon herinneren, het leukste pad dat er bestond...

Ze sloeg linksaf, volgde het karrenspoor. Aan één kant liep een haag van dicht struikgewas en aan de andere kant lag een korenveld; in de verte kon ze een boerderij zien liggen.

Ze voelde haar bloed tintelen, tuurde naar de lucht. Een stel kraaien vloog krassend hoog boven haar hoofd, voorbij.

Het karrenspoor ging over in een zandpad, dat na een tijdje afboog. En ineens lag de hei voor haar, een wildernis van pollen taai gras en plukken ruige hei, daartussen een wirwar van stekelige struiken, lage dennetjes en bruine varens.

Hexy stapte af en hield haar adem in. Dit was wat ze over de grens de maquis noemden, zoals in Zuid-Frankrijk en op Corsica, al geurden de kruiden daar krachtiger in de warme, stovende zon van het zuiden.

Schitterend, dit moest ze een keer schilderen, net zoals Pelman dat had gedaan, maar dan toch op een heel andere manier, minutieuzer, scherper, met de illusie, dat je je tot bloedens toe aan de grassen kon snijden, of lelijk kon schrammen aan de doornige struiken.

Hoe zou het hier 's zomers zijn? Hexy sloot even haar ogen, zag een uitbundige vegetatie: waaierende varens, struiken in alle groentinten, wilde bloemen, rondfladderende vlinders.

Ze nam ter plekke een besluit. Hier zou ze naar toegaan van de zomer, na haar examens.

Was er een betere plek om tot rust te komen en zich voor te bereiden op de kunstacademie?

Maar je moeder zal het nooit goedkeuren, Hexy Pimmelaar...

Een zeurderig stemmetje binnenin haar.

Oké, daar vinden we wel wat op. Ze heeft nog geen vakantieplannen, ik race hier geregeld heen met m'n schetsboek, desnoods vraag ik Jerry mee, dan moet ze het goedvinden.

Hexy stapte weer op en reed langzaam verder. Het zandpad werd ruller, af en toe gaf ze een ruk aan het stuur om haar wiel weer in het gareel te krijgen. Het was exact het terrein voor een mountainbike, een fiets op rupsbanden zou nog beter zijn.

Bij een tweesprong was een bordje geplaatst. Verdraaid, als ze de weg rechts nam, kwam ze uit bij de ruïne van het voormalige Tramontijnenklooster.

Ze aarzelde niet lang, sloeg rechtsaf, dook een klein dennenbos in.

Bijna wellustig snoof ze de harsgeur op, die de naaldbomen royaal afgaven.

Vlak voor haar wiel sprong onverwacht een konijn het pad over en ze remde uit alle macht. Ze kon zich nog net in evenwicht houden en ploegde verder door het zand. Een eindje verderop werd de weg beter, was zelfs min of meer verhard met kleine en grotere stenen.

Een houten pijl vertelde haar dat ze voor het klooster linksaf moest. De dennenbomen gingen over in loofbomen en een tijdje later zag ze, tussen kale takken door, de contouren van een min of meer trapsgewijs afhellende muur.

Haar hart begon sneller te kloppen en ze kreeg een vreemd gevoel van herkenning.

Ze stapte af en liep behoedzaam verder over het pad, dat bezaaid lag met losse steentjes...

Ze schopte er een paar weg, maar hield zich al gauw weer in.

Onder de indruk keek ze om zich heen, er heerste een doodse stilte, het knerpen van het steengruis onder haar laarsjes was het enige geluid. Pelman zou hier ook gelopen kunnen hebben, bedacht ze, gewapend met een wandelstok, schildersransel op z'n rug, een strohoed op, tegen de zon.

Vlakbij de ruïne was zijn hut geweest... je zou er wel niets van terug kunnen vinden.

Ze liep langzaam verder, tot ze bij een open ruimte kwam, een soort vlakte, begroeid met wild opgeschoten gras, dat vol lag met afgevallen bladeren. In het midden van het veld stonden de resten van het klooster, een gapend vierkant van ongelijke, afgebrokkelde stukken muur. In één van de muren was nog de uitsparing van een boograam te zien, een andere had een grote vierkante opening als doorgang. Opzij van dat gat, tegenover haar, liep een smal pad verder door het bos, tussen laag, dicht,

struikgewas, waarachter verspreid staande stammen van loofbomen.

Hexy bleef ineens doodstil staan.

Er had iets bewogen bij het pad en het volgende ogenblik hoorde ze het geluid van naderende voetstappen. Geen twijfel mogelijk, er kwam iemand aan.

Haar hart begon te bonzen, maar ze probeerde zichzelf meteen
te kalmeren. Doe niet zo schijterig, Hexy Pimmelaar, er zijn
meer mensen geïnteresseerd in de ruïne.

Toch wachtte ze de komst van de onbekende niet af.

Snel legde ze haar fiets neer, dook weg achter de brede stam
van een eik. Voorzichtig gluurde ze om een hoek, trok schielijk
haar hoofd weer terug...

Had ze het goed gezien? Het was niet te geloven.

Ze had hem door het gat in de muur zien gaan. Hij had dezelfde outfit als in de galerie, maar droeg nu laarzen. De gelaarsde
kater oftewel de markies van Caracas.

Een figuur, die ze eerder had gezien. Ze had weinig zin hem
opnieuw te ontmoeten.

Geen nood, ze zou zich wel zo goed verstoppen dat hij haar
niet zou ontdekken, maar haar fiets lag in het gras. Die kon
haar verraden

Het volgende ogenblik schrok ze zo, dat ze bijna achterover
tuimelde uit haar gehurkte houding.

'Tramontijnen, kom eens te voorschijn, Rembrandt Rijnders is
hier!' klonk het luid. Hexy sloeg haar hand voor de mond om
het niet uit te proesten.

Ze bedacht zich niet langer, kwam overeind en deed behoedzaam een paar stappen opzij, naar het pad.

Nu moest hij haar wel zien, maar hij had zich omgedraaid en
stond nu met de rug naar haar toe.

Ze deed snel een paar sprongen vooruit. 'Hier is je Tramontijn,' zei ze pardoes.

Ze zag tot haar genoegen, dat hij bijna dubbelsloeg van schrik.
Toen hij haar zag, herademde hij, maar zijn gezicht was een en
al verbazing.

'Tjonge... jij hier,' was alles wat hij uitbracht 'je bezorgt me de doodsschrik... niet bepaald een Tramontijn... wat doe je hier? Ben je altijd in het zwart?'

Ze knikte. 'Sorry, ik ben hier net, ik zag je aankomen...'

'En toen werd je bang.'

Ze schudde haar hoofd. 'Welnee, ik ben nooit bang, ik durf hier zelfs 's nachts rond te lopen, bovendien heb ik een mobieltje en judo, maar ik vond het wel spannend, zo.'

'Ja, ja,' zei hij en keek of hij het niet helemaal geloofde.

'Je hebt geluk dat je mij treft, ik ben zo degelijk als... laten we zeggen... Rembrandt, of Pelman voor mijn part... van de doden niets dan goeds...'

Hij keek haar strak aan. 'Nu je hier toch bent... hoe is het afgelopen met die... stunt...?'

Hexy grijnsde. 'Beroerd... ze hadden het meteen door.'

Ze aarzelde. 'Of iemand heeft gekletst, of het is op een andere manier ontdekt...'

'Wat denk je zelf?' Hij keek haar indringend aan.

Ze haalde haar schouders op.

'Zonder jou zou het ook ontdekt zijn,' zei ze met afgewend hoofd.

Hij maakte een schamper geluid.

'Dus je houdt rekening met de mogelijkheid, dat ik...'

Hexy keek vanuit haar ooghoeken naar hem.

'Alles is mogelijk,' zei ze.

Ze zag zijn gezicht vertrekken.

'Oké, ik heb gekletst', gaf hij toe, 'maar alleen tegen een maat van de academie en die houdt absoluut z'n mond wel, maar ik kan er niets aan doen als je me niet gelooft...'

Hij hees zich op een laag muurtje.

'Rot voor je, dat het is uitgekomen.'

'Helemaal niet,' zei ze, 'het heeft best wat goeds opgeleverd, m'n leraar is honderdtachtig graden omgedraaid, m'n moeder is een stuk aardiger en de baas van de schilderijen wil nu m'n tekening kopen voor een flink bedrag.'

Ze zag het ongeloof op z'n gezicht.

'Als dat waar is, ga ik er nog spijt van krijgen, dat ik je niet heb verlinkt,' zei hij.

Hexy keek hem aan, hij knipoogde en er brak een lach door op haar gezicht.

'Vertel eens, hoe het ontdekt is,' verzocht hij.

Hexy vertelde het verhaal en terwijl ze bezig was, had ze af en toe de vreemde gewaarwording dat hij elk moment voor haar ogen kon oplossen, alsof hij door toverkracht op deze plek was beland om zo dadelijk met een nieuwe verdwijntruc weer ergens anders neer te komen.

Het was ook wel heel merkwaardig, dat ze hem juist hier, bij de ruïne, moest tegenkomen en ze begon zich af te vragen, wat er achter zat.

Toen ze was uitgepraat keek hij haar met onverholen bewondering aan, zette toen een ernstig gezicht, maakte een breed gebaar, en vroeg op hoogdravende toon: 'En wat voert u hierheen, edele vrouwe? U ziet, mijn kasteel is verwoest, ik heb u niets te bieden, maar mijn aanwezigheid kan u mogelijk nog enigszins bekoren.'

Hexy lachte.

'Zo edel ben ik niet, hoor.'

'O vast wel,' zei hij, op een toon, alsof hij een gedicht declameerde, 'je stamt uit een voornaam geslacht van koningen en keizers.'

Hexy trok een grimas. 'O nee, hoor, ik stam uit een heksengeslacht.'

Hij staarde haar aan, kwam van het muurtje af, liep een eindje achteruit, maar bleef met z'n gezicht naar haar toegekeerd.

'Je bent dus een heks? Je kunt toveren? Misschien kun je deze ruïne weer omtoveren... in een kolossaal kunst Colosseum, een Tramontijns Pantheon...'

Al pratend kwam hij naar haar toe, sloop om haar heen, met weidse gebaren.

Hexy maakte een extatisch gebaar. 'Dit blijft een ruïne! Voor altijd een ruïne! Also sprach Sara Troelstra.'

Hij lachte. 'Greta Garbo, Henriette Pelman, Sara Troelstra, hoe heet je echt?'

Hij stak haar zijn hand toe. 'Cees Rijnders, de 's' is een 'c' van Caesar, met wie heb ik het genoegen?'

'Hexy Pimmelaar, met 'x' en 'i-grec'.'

71

Hij grijnsde. 'Is dat een geintje?'

'Nee,' zei ze, 'ik zei je toch al dat ik een heks was?'

Hij streek over z'n kin. 'O ja, natuurlijk, neem me niet kwalijk, zullen we er weer even bij gaan zitten? Heb je even tijd? Het is toch wel heel toevallig...'

Hij legde z'n jas op de grond, en ging met z'n rug tegen een van de muren zitten, met het gezicht naar het bospad. Hexy hees zich op het muurtje, waar hij even tevoren gezeten had.

'Toch een prima plek voor een theater, niet?' merkte hij op, 'of een openluchtspel...' opera... Donizetti... Lucia di Lammermoor... er zal dan wel heel wat gekapt moeten worden, vrees ik, voordat er plaats is voor al die kapsels en ruisende rokken...'

'Wordt het veel te druk,' gaf Hexy terug, 'het blijft nu tenminste een beetje... een gewijde plek... waar je kunt mijmeren over het leven van de Tramontijnen... ik denk dat hun klooster er prachtig heeft uitgezien, beschilderd met fresco's en zo, het waren toch stuk voor stuk kunstenaars.'

Cees knikte. 'Ja, misschien zag het klooster er wel een beetje uit zoals die Romeinse paleizen en tempels, ingericht met kunst, beelden, muurschilderingen, mozaïeken, jammer, dat dit er alleen van over is, maar dat is met die Romeinse monumenten ongeveer hetzelfde.' Hij plukte een lange grasspriet en stak 'm tussen z'n tanden.

'Ik denk trouwens, dat die jongens hier heel wat soberder waren dan die Romeinen, het waren tenslotte monniken en ze zaten in het noorden van Europa, waar het allemaal niet zo uitbundig was. Dat vind ik wel prima, doe maar gewoon is mijn stelregel, ben je wel eens in Rome geweest? Ik ga er van de zomer heen en ik ben me nu al geestelijk aan het voorbereiden op al die weelderigheid.'

'Ik ben er nooit geweest,' zei Hexy, maar ik zou er graag eens naar toe willen... al die kunststeden... wat je hier ziet steekt er nogal magertjes bij af, vind ik.'

'Moet je niet zeggen.' Hij kauwde op de grasspriet, spuwde 'm uit.

'Wat denk je van Rembrandt? Het grootste genie aller tijden? Hij heeft alles gejat van de Italianen, maar is hun glansrijk voorbijgestreefd, als je het mij vraagt.'

'Wat vind je van Pelman?' vroeg Hexy.

Hij haalde z'n schouders op. 'In zijn soort wel redelijk, maar ik hou niet zo van die moderne kunst... veel te onrustig.'

Hexy lachte. 'Ik vind het prachtig', zei ze, 'ik wou dat ik meer van 'm wist, van Pelman, ... maar misschien kan die mr Woody me meer vertellen. Ik zou wel eens willen weten waarom hij deze ruïne nooit geschilderd heeft.'

'Misschien heeft-ie dat wel gedaan,' opperde Cees, 'maar is het schilderij verloren gegaan, of hij hield niet van ruïnes, kan natuurlijk ook... ik persoonlijk vind het een pracht van een schilderobject, ik denk dat ik 'm binnenkort wel op het doek ga slingeren.'

Hij kwam half overeind, ging op z'n hurken zitten. 'Ik mag wel opschieten, want ik heb gehoord dat ze er een hek omheen willen zetten, of in elk geval prikkeldraad. Vandalen hebben onlangs één van de muren beklad, ze hebben het weer schoon gekregen, maar willen natuurlijk niet dat het weer gebeurt...'

Hexy keek hem geschrokken aan.

'Is dat waar? Ze kunnen ook niks met rust laten, maar ik zou het vreselijk vinden als ze dit gaan omheinen, dat kunnen ze niet maken... vroeger speelde ik er, met Jerry, m'n vriend.'

Ze stopte ineens, of ze ergens aan dacht en keek nieuwsgierig opzij

'En jij? Wat doe jij hier eigenlijk? Kom je hier vaker?'

Cees lachte. 'Goeie vraag. 'Ik zal je dit zeggen: ik ben m'n toekomstige woonomgeving een beetje aan het verkennen... en dan bedoel ik niet deze ruïne, al zou er best wat van te maken zijn...'

Hexy keek verbaasd. 'Ga je hier ergens wonen? Waar dan?'

Hij keek naar haar op. 'Je weet dat in het Kloosterbos een paar huizen staan?'

Ze knikte langzaam. 'Ik herinner me... ja... een soort boswachtershuis, verscholen tussen de bomen... en een of andere villa, niet zover ervandaan.'

Cees knikte. 'Klopt. Die villa staat er zo'n twintig jaar, nou ja, villa... laten we zeggen een luxe zomerverblijf... dat boswachtershuis is ouder, het wordt opgeknapt momenteel, ze willen het verhuren geloof ik. Dat zomerhuis, tja...' Hij gaf een klap op z'n knie.

'Daar trek ik in, het is te mooi om waar te zijn, maar ik heb 't voor een zacht prijsje kunnen huren van de eigenaar,.een vertegenwoordiger in sportkleding. Het huis was een soort liefdesnestje voor 'm, geloof ik, maar hij is onlangs getrouwd en omdat z'n geliefde voor geen goud in deze woestenij wil wonen, heeft-ie iets gekocht in de stad.'

Nu was Hexy onder de indruk. Niet alleen onder de indruk, ze voelde zich overrompeld door Cees' mededeling, en op een idiote, onredelijke manier razend jaloers.

'Laten we gaan kijken,' stelde hij voor, toen ze niet meteen reageerde.

Ze schudde haar hoofd en wipte van het muurtje.

'Ik moet eens naar huis, echt, ik wil voor donker thuis zijn.'

Hij bracht in een breed gebaar z'n arm omhoog, keek op z'n horloge.

'Het is nu vier uur, we zijn er in tien minuten, als je om half vijf teruggaat, red je het makkelijk voor het donker.'

Hexy liep naar haar fiets. Half naar hem omgedraaid, zei ze: 'Ik zit voor m'n examen, snap je, ik moet nog veel doen.'

Cees kwam overeind, pakte z'n jas van de grond. Hij liep haar kant op en toen ze de fiets overeind had gezet, bleef hij voor haar staan, alsof hij haar de weg wilde versperren.

Hij stak een hand op. 'Eén ding nog, je moet me iets beloven.'

'Hangt ervan af, wat het is,' zei ze half onwillig.

'Als ik erin trek, in dat huis, geef ik een soort inwijdingsfeest, op 1 juni. Er komen wat lui van de academie, ik zou het beslist waarderen, als je ook kwam... kun je alvast wat kennismaken met deze en gene. Beloof me dat je komt...' Hij legde een hand op haar stuur.

'Ik zal erover denken,' zei ze zuinig. Nog even bleef ze staan.

'Je zei dat dat boswachtershuis verhuurd wordt?'

Z'n ogen lichtten op. 'Ja, ik zou er maar gauw bij zijn, lijkt me net wat voor jou... een heks hoort in het bos, of niet soms.'

Ze wilde omkeren, maar hij hield het stuur vast.

'Niet omkeren, rechtdoor rijden, je komt vanzelf weer uit op de hei, het pad langs de bosrand volgen, aan het derde zijpad rechts staat het boswachtershuis.'

Ze keek hem een beetje spottend aan.

'Bedankt voor de routebeschrijving, maar ik vind het wel.'

'Oké.' Hij ging opzij om haar door te laten.

Ze sprong zo gauw mogelijk op de fiets, weg van de ruïne.

'Succes met je examen,' riep hij haar na.

Ze fietste, zo snel als ze kon, terwijl ze zich nog steeds verongelijkt voelde.

Zo'n vent huurde maar zo even een hele villa, waar deed-ie het van. Zou wel rijke ouders hebben, dat betaalde je niet van een luizige studiebeurs. Ze ging niet naar dat zogenaamde inwijdingsfeest, ze keek wel uit, het liefst zag ze 'm nooit weer, het was een walgelijk zelfvoldaan type, ontzettend met zichzelf ingenomen.

Rembrandt Rijnders, nota bene, om te gillen.

En dan die idiote komedie die hij had opgevoerd, sloeg nergens op, edele vrouwe... hij kwam er nog wel achter hoe edel ze was...

Ze begon zich steeds meer op te winden, kromde haar rug, als een kwaaie kat, en voorovergebogen over het stuur, reed ze blindelings, in een rechte koers, vooruit.

Ze was bijna het bos uit, toen ze zich weer een beetje oprichtte. Misschien dat ze daardoor te laat het knoestige netwerk van boomwortels opmerkte, dat zich als een reuzeweb over het pad uitstrekte.

Haar fiets steigerde toen ze erover heen vloog, ze remde, haar achterwiel bleef haken, ze stokte, het stuur ging om, ze maakte slagzij en viel met een klap tegen een dikke eikenstam.

Een paar seconden bleef ze als verdoofd zitten, misselijk van de schok.

Toen borrelde er een onberedeneerde woede in haar op.

Moest natuurlijk haar weer overkomen, zoiets, wat een rampzalige toestand.

Ze haalde een paar keer diep adem, de hand tegen haar maag, ze kreeg het gevoel, of ze moest overgeven.

Ze keek naar de fiets, die aan haar voeten lag.

Zou wel total loss zijn, dit was de genadeslag.

Ze moest toch proberen op te staan en kijken of ze verder kon rijden. Ze probeerde overeind te komen, maar zakte met een kreet weer terug tegen de eikenstam.

Haar ene voet, de rechter, werkte niet mee, ze kon er nauwelijks op staan.

Gekneusd, of misschien wel verstuikt. Ze beet op haar lip en onderdrukte een vloek.

Ze had zich weer mooi in de nesten gewerkt, het hield ook nooit op. Hoe kwam ze in vredesnaam hier vandaan? Ze zag zichzelf al de nacht doorbrengen in de inktzwarte duisternis van het bos, liggend tussen de bladeren, starend naar de maan.

Ze zou het best durven, daar niet van, maar het liefst niet in zo'n hulpeloze toestand.

Maar wacht, ze had haar gsm'etje nog, dat zou redding brengen.

Ze graaide naar haar jaszak, haalde het telefoontje eruit

Zo te zien was het onbeschadigd. Nog een geluk, ze was naar de goede kant gevallen.

Wie moest ze bellen? Jerry maar. Ze toetste moeizaam, met trillende vingers, zijn nummer in, kreeg geen gehoor en probeerde zijn 06-nummer. Geen reactie.

Zou wel bij de kapper zitten, of was achter nieuwe kleren aan. Sinds hij met die mr Woody had gedineerd, was hij zo ijdel geworden als een kalkoense haan.

Aan hem had ze dus niets. Ze ging een paar lui van haar klas na, jongens met een brommer, die haar wel eens hadden thuisgebracht, als haar fiets het weer eens liet afweten.

Maar ze wist hun nummer niet. Wat moest ze beginnen?

Zou ze om hulp roepen? Wie zou het horen? De student? Die was allang weg.

Ze moest toch maar proberen of ze op die fiets kon komen, als-ie het nog deed en maken dat ze hier wegkwam.

Met opeengeklemde lippen probeerde ze zich omhoog te werken, terwijl ze zich zoveel mogelijk vasthield aan de stam van de eik. Zo, ze stond tenminste, nu haar fiets nog.

Was er nu maar even iemand die dat ding overeind zette. Ze wilde zich net vooroverbuigen naar haar karretje, toen ze een geluid hoorde, een soort neuriën, dat overging in gefluit: 'de paden op, de lanen in'... Het ging gepaard met het ritmisch geklak van laarzen, die haar kant op kwamen... Hexy kreeg weer hoop, het moest de student zijn, maar alles liever dan dat ze hier verder rond moest krukken op haar eentje.

Ze zag dat hij staan bleef, midden op het pad, alsof hij niet helemaal begreep wat hij voor zich zag, toen sprintte hij op haar af.

'Wat heb jij nou?' was het eerste wat hij zei, toen hij bij haar was aangeland. 'Toch niet door struikrovers te pakken genomen?' Ze hield zich krampachtig aan de boom vast.

'Dat zie je toch?' zei ze, onvriendelijker dan ze wilde, 'ik ben gevallen over die verrekte boomwortels.' Ze wees naar haar rechterenkel... 'Ik denk dat ik m'n voet heb verzwikt.'

Hij floot. 'Ah! dat is niet zo mooi. Niet op je hoofd gevallen? Verder niets gebroken?' Ze haalde de schouders op. 'Ik kan weer staan, al is het op één poot.'

'Lucia di Lammepoot,' zei hij meelevend, 'goed, dat je mij weer treft om eerste hulp te verlenen.' Hij zette de fiets overeind, trok het stuur recht en inspecteerde de rest van het vehikel...

'Zo te zien weinig beschadigd'. 'Denk je?' zei ze sceptisch, er mankeert altijd wat aan, het is al een oud beestje'. 'Krakende wagens gaan het langst,' lachte hij. 'Af en toe hebben ze een goeie opduvel nodig, dat maakt ze nog beter.'

Hij stak zijn hand naar haar uit. 'Als jij nu op die bagagedrager ziet te komen, dan rij ik je even naar het boswachtershuis, kun je een beetje bijkomen, je ziet zo wit als een Tramontijn in bedrijfskleding... Met een beetje geluk is die eigenaar daar nog aan het werk, een uurtje geleden was-ie er nog. Hij woont in de stad en komt altijd met een bestelwagen naar het Klooster-bos, ik zal vragen of hij je thuisbrengt, oké?'

Ze knikte. Alles was beter dan op deze plek achter te blijven met het idee dat het over een paar uur donker zou zijn. Ze hinkte naar de fiets en hees zich zo goed en zo kwaad als het ging achterop. 'Hou je vast, daar gaan we,' zei hij en stapte op.

De fiets kraakte vervaarlijk toen hij de vaart er een beetje in kreeg en Hexy was doodsbang dat het ding alsnog onder zijn gewicht zou bezwijken.

'Gaat het?' vroeg hij, toen ze eenmaal op het brede zandpad langs de bosrand reden, dat vol kuilen en oneffenheden zat.

'Het is een rotweg, zouden ze wat aan moeten doen.'

'Je bent makkelijk te vervoeren,' merkte hij even later op, 'licht als een veertje, zou ik zeggen, een bewijs te meer dat je van een edel geslacht bent.'

Hexy hield haar mond. Prinses op de erwt, dacht ze. Ze zou er alles voor geven om nu hoog op een stapel matrassen te liggen, ach, één was al voldoende. Ze voelde zich duizelig, alsof ze elk moment kon flauwvallen en bij elke onverwachte beweging en slingering van de fiets ging er een pijnscheut door haar voet.

Als die rit maar niet te lang duurde. Het enige wat ze wilde was ergens neerploffen om bij te komen van die stomme valpartij.

'Hier is het,' zei haar redder in de nood, die ze nu heel stevig bij zijn middel vasthield.

Hij stopte halverwege de zandweg, even na een bocht, bij een klein dennenbos.

Een groene bestelwagen stond links van de weg geparkeerd 'We hebben geluk,' zei hij, 'de eigenaar is er nog.'

Hexy zag een opening tussen twee groepen dennen, een aangestampt bospad, dat naar een huisje liep, dat min of meer vrijstond, maar wel aan alle kanten door bomen werd omringd.

.

Een man in spijkerbroek was bezig de kozijnen van een van de ramen te verven.

Hexy zag een puntdak, roodgroene luiken.

De student reed het bospad op en de man keek om. Hij zag er gebruind uit, had kort, gebleekt haar, met een even gebleekte spijkerbroek, die vol verfspatten zat.

'Goedendag,' groette hij, 'jullie kwamen even kijken hoever ik al gevorderd ben?'

Hij monsterde Hexy. 'U ken ik niet, meneer heb ik al een paar keer gezien, vriendin zeker?' Hexy probeerde van de fiets af te komen, de geur van de verf maakte haar misselijk.

'Ik zoek opvang voor deze jongedame,' zei Cees, 'eerste hulp eigenlijk, ze is lelijk gevallen en heeft haar enkel bezeerd. Heeft u pleisters? Verband?'

Hexy protesteerde. 'Hou op zeg, zo erg is het niet, ik wil graag alleen even zitten. Kan ik naar binnen? Staat er ergens een stoel?'

De man stak de kwast in een jampot en liep zonder verdere plichtplegingen naar de voordeur, die op een kier stond. 'Komt u maar mee, ik zal een stoel pakken, pas op voor de verf.'

Hexy hinkte naar binnen en weerde Cees af, die haar wilde steunen. 'Het gaat wel.'

Ze ging een halletje door, een kamer in. Die was leeg op een paar verfpotten en een gereedschapskist na. Verblindend witte muren, die net gesausd leken, kwamen op haar af.

Hexy voelde braakneigingen, ze hijgde. 'Wat een rotlucht, ik ga van m'n stokje...'

Ze voelde zich ogenblikkelijk bij haar middel en schouders gegrepen, een indringende stem bij haar oor drong aan: 'Ademen, vooruit, ademen.'

Vaag ving ze een soort kruidige geur op, die ze niet eens onprettig vond, maar die toch niet voldoende krachtig bleek om haar op de been en bij haar positieven te houden...

Haar knieën verslapten, het werd zwart voor haar ogen en ze gleed weg in een donkere diepte.

Toen ze bijkwam, lag ze op een lage stretcher, met een kussen onder haar hoofd en eentje onder haar voeten. Haar laarsjes waren uitgetrokken. Ze zag een man staan, met blond stekelhaar, die ze niet kende.

Een beetje verwilderd keek ze opzij, er zat iemand op een kruk, die eveneens blond was, maar van een natuurlijker kleur. Zijn gezicht had ze eerder had gezien, maar ze kon zich zijn naam even niet herinneren.

'Hoi,' zei hij, 'je bent er gelukkig weer, heb je hoofdpijn?'

'Nee,' zei ze verwonderd, 'waar ben ik in vredesnaam?'

'In het boswachtershuis,' zei hij, 'daar wilde je toch heen?'

'Het boswachtershuis,' herhaalde ze, 'wat is er gebeurd?'

'Je bent flauwgevallen, maar er waren gelukkige twee sterke kerels in de buurt om je op te vangen.'

'Wat idioot,' zei ze, 'sorry, ik ben nog nooit flauwgevallen.'

'Eén keer moet de eerste keer zijn,' zei de man bij haar voeteneind. 'Na zo'n bosongeluk kan dat makkelijk gebeuren...'

'Bosongeluk,' herhaalde ze en had het idee of er iets niet klopte.

'Ik ben niet met de bus,' wou ze zeggen, maar toen kwam het hele tafereel van de valpartij in het bos haar weer voor de geest.

Ze richtte zich een beetje op. 'Hoe is het met m'n voet?'

'Alleen gekneusd, denk ik,' zei de man met het gebleekte haar. Hij had een scherpgelijnd gezicht, en deed haar een beetje denken aan een cowboy. 'Ik kan er voor alle zekerheid wel even een drukverband om doen.'

'U?' zei Hexy, terwijl ze hem met grote ogen aankeek. 'Bent u een dokter of zo?'

Hij lachte. Hexy zag blinkend witte tanden, of hij ook die gebleekt had.

'Ik heb een EHBO-diploma in m'n zak en er ligt altijd een eerste hulp-doos in m'n wagen, dus... zeg het maar...'

'Nou, als dat zou kunnen,' zei Hexy aarzelend.

'Natuurlijk.' Hij spurtte al weg en Hexy keek opzij naar Cees.

'Ik heb altijd geluk bij een ongeluk. Mag ik wat drinken alsjeblieft, ik heb een vreselijke smaak in m'n mond.'

Ze keek Cees na, die naar het keukentje ging, links van haar, zag een deel van het aanrecht, dat nog van echt graniet leek, hoorde water stromen.

'Wat een vreselijk leuk huisje lijkt me dit,' zei ze, toen Cees terugkwam met een glas water.

'Bedankt.' Ze kwam half overeind en dronk met kleine teugjes het glas leeg.

'Wel iets voor jou lijkt me,' zei hij.

Ze gaf hem het glas terug, dat hij naast zich neer op de grond zette.

'Zou het deze zomer al te huur zijn?' vroeg ze. 'Ik wil eigenlijk in deze omgeving schilderen, weet je... De hei... het bos... net zoals Pelman heeft gedaan...'

'Vraag het de eigenaar, als-ie terugkomt,' raadde Cees. 'Hij heet Steets, met een t. Het wordt hier steeds steedser weet je wel, en daarom moeten we terug naar de natuur, le retour à la terre, zoals die Fransman Roetzo al zei, o, daar heb je 'm.'

Gewapend met een grote EHBO-doos kwam Steets binnen en posteerde zich weer aan Hexy's voeteneind.

Hij knielde neer, haalde de benodigde spullen uit de doos en begon voorzichtig Hexy's voet te omwikkelen. Onderwijl probeerde ze hem zo terloops mogelijk uit te horen over het huisje.

'Het komt half juni vrij,' vertelde hij, 'ik ben aannemer van beroep, maar begonnen als bouwvakker. Af en toe koop ik een of ander krot, knap het op en verkoop het weer, maar dit hou ik nog een tijdje voor mezelf en m'n kinderen, het is een juweeltje, waar of niet. Ik heb 't van buiten en van binnen opgeknapt, een douche aangelegd, centrale verwarming, de gastank staat hierachter, bij het schuurtje, je kan er nu zomer en winter in, maar 's zomers is het natuurlijk op z'n mooist, een paradijsje... doet het zeer?'

'Helemaal niet,' zei Hexy, 'ik voel haast niks, u doet het fantastisch... hoe zit het huisje in elkaar? Hoeveel slaapkamers heeft het?'

'Twee slaapkamers,' vertelde Steets, die inmiddels al door Hexy was omgedoopt tot mr Bleekhaar, omdat ze vanuit haar liggende positie steeds tegen z'n gebleekte haar aankeek, 'een keuken en een bijkeukentje, waarvan de helft nu douche is, die deur hier achter mij gaat naar een gangetje, waaraan de slaapkamers liggen, aan het eind is een buitendeur, die grote ruiten hier...' hij wees met z'n hoofd opzij, 'zijn van openslaande deuren naar het terras.'

'Dan trekt u er van de zomer zeker wel in?' zei Hexy, ontmoedigd.

Hij schudde z'n hoofd. 'Nee, ik heb andere plannen. Ik ben ook graag in het buitenland. Deze zomer wil ik het verhuren voor een zacht prijsje...'

'Hoeveel vraagt u?' vroeg ze ademloos.

Hij drukte even stevig tegen haar voet en ze bedwong ternauwernood een kreet van pijn.

'Zo, dat zit,' zei hij tevreden en rechtte zijn rug. 'Een week of wat laten rusten en er niet op lopen, dan is het wel over,' voorspelde hij...

'Ontzettend bedankt,' zei Hexy. Ze hief haar voet om 'm te bekijken.

'Een mooi voetje, niet?' Steets knipoogde. ' U hebt wel belangstelling voor het huisje, of heb ik het mis?'

Het bloed joeg Hexy naar de wangen. 'Eigenlijk wel ja,' gaf ze toe.

'Ze gaat straks naar de kunstacademie,' bemoeide Cees zich ermee, 'ze wil zich hier alvast wat oefenen... in landschapsschilderen en zo... een ideale plek natuurlijk.'

'Zo, zo, nog kunstzinnig ook,' zei Steets, terwijl hij de verbanddoos zorgvuldig afsloot.

'Nu, je mag het van me huren deze zomer, geen probleem, heb je nog toestemming van je ouders nodig, of hebben ze al niets meer over je te zeggen?'

'Dat zit wel goed,' zei Hexy haastig, 'hoeveel vraagt u?'

'Zoveel als je kan betalen,' was het onmiddellijke antwoord, 'geld heb ik genoeg en ik hoef hier niet van te leven... zeg maar, hoeveel je kan missen.'

Hexy voelde zich ongemakkelijk. Het was te mooi om waar te zijn.

'Ik krijg honderd euro zakgeld per maand,' zei ze aarzelend.

'Oké, dan betaal je me vijftig, heb je nog vijftig over om van te leven.'

Hexy sloeg haar ogen neer. 'Het is te gek,' mompelde ze.

'Welnee!' Hij kwam naar haar toe. 'Neem het nu maar aan, zo'n aanbod sla je toch niet af, het is alleen wel wat eenzaam voor een meisje alleen. Of is meneer in de buurt?'

Hij keek Cees met opgetrokken wenkbrauwen, die ook al witgespikkeld waren van de verf, aan.

'Nou nee,' zei Cees, 'ik had eigenlijk andere plannen... maar ze is geëmancipeerd hoor, heeft judo en een gsm'etje, bovendien

komt ze uit een edele heksenfamilie, dus er kan weinig gebeuren.'
'Nou, dan is het toch mooi opgelost,' zei Bleekhaar alsof dergelijke mededelingen dagelijkse kost voor hem waren. 'Hoe is je naam?'
'Ik heet Hexy,' zei ze,' Hexy Pimmelaar...'
'Leuke naam,' vond Steets, 'hoor je niet veel, nou, volgens mij ben je hier wel op je plaats.'
Het was of hij even nadacht.
'Het is hier echt wel veilig, denk ik,' merkte hij op, 'als je een beetje oppast tenminste. Met een mobieltje kom je al een heel eind. Ik heb hier trouwens nog nooit van gekke dingen gehoord, ja, één keer, maar dat was een ongelukje.'
Hij liep weg naar het gangetje, waar Hexy een heleboel huisraad zag opgestapeld en kwam terug met een soort keukenstoel, waar hij schrijlings op ging zitten, z'n armen op de leuning.
Toen stak hij een waarschuwende vinger op.
'Nooit paddestoelen plukken hier, jongedame!'
Hexy keek verbaasd. 'Hoezo? Wat was dat voor een ongelukje, waar u het over had?' vroeg ze nieuwsgierig.
'Het is gebeurd in die villa hier verderop,' vertelde Steets, die nu op z'n praatstoel bleek te zitten. 'De eigenaar was een of andere acteur, hij gaf nogal wilde feesten... soms liepen ze hier in hun nakie door het bos, zeggen ze. Op een keer, tijdens zo'n feest... het was een soort Amerikaans feest... Halloween... met heksen en zo... één van de aanwezigen zei dat-ie verstand had van paddestoelen. Hij heeft ze in het Kloosterbos geplukt en later klaargemaakt, als lekkernij voor de gasten... Verschillende mensen zijn ziek geworden, eentje, een oudere man, met een zwakkere gezondheid is eraan overleden... Er waren ook kinderen bij... een jochie van een jaar of drie, vier... als ik me goed herinner... ik had toen zelf een zoontje van die leeftijd, dus het sprak me wel aan... maar het kind is er goed vanaf gekomen. Dat was ook meteen het eind van die feesten. De eigenaar vertrok en het huis heeft jaren leeggestaan, raakte verwaarloosd... Een jaar of vier geleden is het door iemand gekocht, die het helemaal heeft laten opknappen.'

Hij hief nogmaals een vinger op. 'Dus nooit paddestoelen eten uit het Kloosterbos. Ze zijn stuk voor stuk giftig... net als veel planten die hier vroeger voorkwamen. Ik heb een vriend, die bioloog is, van hem weet ik het een en ander... Deze streek was vroeger berucht en niet alleen om de struikrovers die er huisden; er groeiden zeldzame planten, die werden gebruikt voor allerlei geneesmiddelen, ze waren ontzettend giftig, maar bevatten heilzame stoffen... Er waren speciale kruidenvrouwtjes, die ze plukten, maar ik geloof niet dat die wijfjes zich ooit aan de paddestoelen hebben gewaagd.'

'Wat ongelooflijk stom van zo iemand,' zei Cees, 'was het niet bedoeld als moordaanslag of iets dergelijks?'

'Voorzover ik weet niet,' zei Steets, 'wacht eens... het was een buitenlander, die de paddestoelen plukte, een Rus, als ik me niet vergis. Die denken dat ze overal verstand van hebben... Het zijn natuurlijk wel geboren paddestoelzoekers, maar dan nog is het link.'

'Nou, wilde feesten ga ik echt niet geven,' merkte Cees op, 'alleen een keurige inwijdingsparty en daar komen geen paddestoelen aan te pas en al helemaal geen paddo's.'

'Hoe lang is dat geleden?' vroeg Hexy, 'dat feest met die paddestoelvergiftiging?'

'Doet me denken aan keizer Nero,' kwam Cees ertussen. 'Z'n moeder Agrippina vergiftigde z'n vader met een paddestoel om zoontje Nero op de troon te krijgen.'

Steets had intussen nagedacht. 'Het is een behoorlijke tijd geleden... ik heb nog meegeholpen aan de bouw van dat huis, mijn zoontje was zo'n jaar of drie, drie en een half, toen het gebeurde, hij is nu achttien, dus... zo'n vijftien jaar... verder weet ik er niet veel meer van... 't heeft uitgebreid in de kranten gestaan.'

Hexy vertrok haar gezicht. Een stekende pijn ging door haar voet en ze voelde zich ineens hongerig en doodmoe. Het liefst zou ze naar huis willen, maar ze zou moeten wachten, tot Steets z'n werk staakte.

'Het gaat niet zo lekker met je, is het wel?' merkte Cees op.

Hij keek naar Steets. 'Wanneer gaat u zo'n beetje vertrekken?'

5

Eenmaal thuis - Steets had haar fiets in de schuur gezet en zelfs de post van de mat geraapt, hij had haar beterschap gewenst en gezegd dat ze maar gauw weer eens naar het huisje moest komen kijken, hij was er nog geregeld bezig - was ze dolblij dat haar moeder het hele circus niet hoefde mee te maken. Ze zou er gauw genoeg achter komen wat er gebeurd was, eerder dan Hexy lief was.

Het zou mooi zijn als ze een confrontatie tot morgenavond kon uitstellen. Vanavond zou ze haar moeder wel niet meer spreken en morgenvroeg zou ze er nog met geen woord over reppen, het ingepakte been goed verstoppen... Ze kwam niet eerder haar bed uit dan dat haar moeder vertrokken was.

Ze zou haar overdag wel bellen op kantoor.

Hexy strompelde zo goed en zo kwaad als het ging naar de keuken, opende het vriesvak van de koelkast en haalde er een paar kant-en-klaar maaltijden uit, eentje met kerrie-rijst en kip en een Hongaarse vleesschotel. Ze vond het wel passen bij haar toestand, hongerig en gaar. Ze schoof ze tegelijk in de magnetron en stelde de tijd in.

Aan de keukentafel ging ze zitten wachten, trok een andere stoel bij en legde haar been erop. Tijd genoeg om na te denken nu, bijvoorbeeld hoe ze het in vredesnaam aan haar moeder moest verkopen dat ze een huisje had gehuurd in het Klooster-bos.

Ze kon er nog gemakkelijk van af, even een telefoontje en het was voor elkaar. Sorry, mr Bleekhaar, ik heb me bedacht, ik heb me een beetje laten overdonderen, begrijpt u... u kunt het vast wel aan een ander kwijt... wat zegt u? Echt iets voor mij? Ja, dat kan wel zijn, maar m'n moeder ziet u, ze gaat liever naar zee...

Maar zo gemakkelijk zou ze zich niet gewonnen geven. Was ze een heks of niet? Ze zou wel iets verzinnen. Mams, alsjeblieft, geef het me dan als cadeautje voor m'n diploma, als ik het haal...

De magnetron piepte, Hexy stond moeizaam op, opende het deurtje, haalde met een paar vingervlugge bewegingen de aluminiumbakjes naar zich toe zonder zich te branden en zette ze op tafel. Ziezo, die truc was gelukt, eerst wat eten, misschien dat ze daarna beter zou weten wat haar te doen stond.

Ze lag languit op de bank met haar zere voet op de armleuning en haar ogen vielen al bijna dicht, toen ze opschrok van het geluid van de telefoon.
Ze graaide achter zich en greep de hoorn. 'Hallo, met Hexy.' Ze deed geen moeite om haar slaperigheid te verbergen.
'Hoi, Hets, wat klink je duf, sliep je?'
'Hoi, Jer, een beetje, ik heb een zere poot, beetje verzwikt... ben nu aan het revalideren.'
'Arme meid, hoe kwam dat nou?'
'Een heel verhaal.' Ze vertelde in het kort haar avontuur in het Kloosterbos.
'En toen viel ik flauw in de armen van die Don Juan,' besloot ze.
'Wat zeg je? Die student?' Jerry's stem klonk of hij stront rook.
'Ja, hij ving me keurig op.' Hexy grinnikte.
'Hij heeft me trouwens niet verlinkt... als je dat mocht denken...'
'O nee? Hoe weet je dat?'
'Dat weet ik gewoon... intuïtie.'
'Je had mij moeten bellen,' klonk het knorrig.
'Heb ik gedaan, maar je was er niet.'
'Ik ben naar een paar boekhandels geweest, m'n Engelse boeken verkocht, ik ga journalistiek doen. Mr Woody vond me er geschikt voor, ik had me niet laten afschrikken door m'n achtervolger en in dat café reageerde ik ook heel alert...'
'Goed van je,' zei Hexy, 'maar waarom liepen ze achter jou aan? Ze moesten toch eigenlijk mij hebben of niet?'
'Zou je het leuk vinden, zo'n vent achter je aan?'
'Hangt er van af, wie het zou zijn.'
'Je zou in paniek raken, waar of niet?'

'Ik?' wat een onzin. Lekker spannend juist. Ze vonden het natuurlijk niet netjes om een vent achter een dame aan te sturen.'

'Wou je zeggen, dat je een dame was? Je bent toch een heks?'

'Maar wel uit een edel geslacht. Volgens die student, tenminste.'

' Zei hij dat? Wat een idioot, hoe kan hij dat nou weten?'

'Hij zag het aan me, ik kan het niet helpen dat jij dat niet ziet.'

'Ga weg, zeg, wat een vleier, ik zou 'm met plezier een oplawaai verkopen.'

'Niet zo agressief, jongetje, ik zou maar een beetje oppassen, hij lijkt me beresterk.'

'Wat dacht je van mij? Ik heb heel wat robbertjes gevochten. En altijd gewonnen, weet je nog wel?'

'Dat is lang geleden? Wanneer was je laatste gevecht?'

'Even denken, twee dagen geleden in de Oude Wijk... een of andere vent wou geld van me, hij was zo stoned als wat... ik gaf hem wat ik bij me had, maar hij was niet tevreden... greep me zo'n beetje bij de keel... ik heb 'm zo'n stomp in z'n maag verkocht, dat-ie naar adem hapte en me losliet.'

'Jer, nee, wat afschuwelijk.' Hexy kwam een beetje overeind.

'Tja, die dingen gebeuren, maak je geen zorgen, mij pakken ze niet.'

'Toch moet je uitkijken, Jer, ze hebben misschien een wapen bij zich, jakkes, je zou toch in een hutje op de hei gaan wonen.'

'Niks voor mij, maar ga je gang, als je dat leuk vindt.'

'Oké, deze zomer bivakkeer ik in het Kloosterbos.'

'Wat zeg je?'

'Ik heb een aanbod gekregen, van die mr Bleekhaar, ik kan het boswachtershuis huren deze zomer voor honderd piek per maand, vijftig euro.'

'Je bent gek! Dat doe je toch zeker niet? Hartstikke onveilig, zo op je eentje... je zal mij erbij moeten nemen.'

'Sorry, Jer, maar het is stukken veiliger dan in de stad... ik red me uitstekend daar.'

'Je moeder vindt het nooit goed.'

'Daar vinden we wel wat op.'

'Tjonge, niet te geloven... dat ik dit nog moet meemaken...'

'Bovendien is die student in de buurt.'

'Nee zeg, alsjeblieft, die gaat toch zeker wel met vakantie?'
'O ja, naar Italië, de schatten van Rome bekijken.'
'De meiden, bedoel je?'
'Doe niet zo vulgair, Jeremias, hij is zo degelijk als wat... zegt-ie.'
'Een vreselijke vent, je moet je niet meer met 'm bemoeien, Hets.'
'Doe ik ook niet, maar hij verschijnt steeds weer op m'n pad. Over pad gesproken, doet me ergens aan denken... zou je, als aankomend journalist iets voor me op willen zoeken, Jer?'
'Tuurlijk, zeg het maar.'
'Nou, zo'n vijftien jaar geleden heeft er iets in de kranten ge-staan over één of ander carnavalsfeest in het Kloosterbos, in die villa. Er zijn toen mensen vergiftigd met paddestoelen... eentje is eraan overleden, het was Halloween, dus eind okto-ber, begin november... kun je bij het Stadsblad nagaan wat er precies is gebeurd? Daar heeft het vast wel ingestaan.'
'Ja, oké, maar wat een raar verhaal. Hoe kom je eraan?'
'Vanmiddag gehoord, van die mr Bleekhaar.'
'Ik zal eens in de archieven duiken,' beloofde Jerry.
'Bedankt, Jer, aan jou heb ik tenminste wat.'
'Als je dat maar weet.'
Het bleef even stil.
'Hoe voel je je nu?'
'Nog steeds een beetje slachtofferig. Het is vreselijk, Jer, ik voelde me zo lullig, zo machteloos, in dat bos, zo moeten vluchtelingen of asielzoekers zich voelen, besef je wel, wat die mensen doormaken? En al die stakkers in die oerwoud- en woestijnlanden, die gekoeioneerd worden door zo'n gerimpel-de aap die de baas speelt? Hun land wordt afgepikt, zonder dat ze er iets aan kunnen doen, ze zijn rechteloos, ik zou die boe-ven met m'n blote handen kunnen wurgen, als ik ze tegenk-wam.'
'Dan blijft er niet veel meer van je over dan een paar botjes, Hets, ze dumpen je uit een vliegtuig of voeren je aan de kroko-dillen.'
'Die lusten me niet... en ik heb altijd m'n parachuutje bij me.'
'Ja, ja, Hexy Bond staat nergens voor.'

'Ik kan in een vluchtelingenkamp gaan werken, of een asielzoekerscentrum, mensen een beetje opvrolijken... kleurige dingen maken... kinderen laten tekenen en knutselen...'
'Dat lijkt me beter, maar je kunt de wereld niet in je eentje veranderen.'
'Doen we het samen.'
'Ik begin hier, oké? Met een paddestoelvergiftiging.'
Hexy gaapte. 'Jer, ik ga naar bed, ik hou het niet meer. Ik moet alleen nog boven zien te komen.'
'Moet ik komen, om je te dragen?'
'O nee, geen tweede keer! Kom morgen maar even langs, ik blijf de eerste dagen toch thuis.'
'Doe ik. Wat bedoelde je met: geen tweede keer?'
'Leg ik je nog wel eens uit. Ik ga plat, ajuus!'
Tevreden hing Hexy op. Ze had Jerry in elk geval weer stof tot nadenken gegeven.

Hexy zag de brief pas toen ze, al strompelend, op weg was naar boven en langs het gangtafeltje kwam, waarop Steets de post had gedeponeerd. De blauwe envelop kierde onder een paar huis-aan-huisbladen uit en ze trok 'm nieuwsgierig naar zich toe.
Verrek, weer een van die jaarlijkse Spaanse brieven, meestal was het een witte envelop, deze keer was het een blauwe. Een aanwijzing? Ze bleef er besluiteloos mee in haar handen staan, terwijl ze 'm van voor en achter bekeek. Iets in haar zei, dat ze 'm moest lezen, dat de inhoud wel eens belangrijk kon zijn. Ze keerde de envelop nog eens om en staarde naar de gele sticker, waarmee hij was dichtgeplakt.
Die kon ze met een beetje handigheid wel los krijgen.
Ze hinkte naar de trap, liet zich vallen op een van de onderste treden, haar ene been gestrekt.
Ze aarzelde even, maakte toen voorzichtig de sticker los en haalde een vel postpapier uit de envelop.
Met bonzend hart, alsof ze iets deed wat volkomen tegen alle regels was, vouwde ze het vel open.

Een felgele zon straalde haar vanaf de rechterhoek van het papier tegen, met daaromheen gecirkeld in zwart-rode letters: 'España del Sol'

Een beetje ademloos begon ze het kriebelige handschrift waarin de brief was geschreven, te ontcijferen.

Beste Vera, hoe gaat het toch met je? We horen maar steeds niets van je. Hoe is het met je dochter? Gaat het goed met haar? We zouden je graag een keer ontmoeten. We worden allemaal ouder en wie weet, is er straks geen tijd meer. Onze gezondheid wordt er ook niet beter op, je moeder kan steeds minder goed tegen de warmte, die 's zomers wel heel erg is. Daarom zijn we van plan deze zomer ergens anders door te brengen. We hebben een huis gehuurd aan de buitenkant van Brussel, we hopen, dat het daar met de hitte meevalt. Kun je je nog herinneren, dat je met ons een keer bent mee geweest naar België (je was toen een jaar of twaalf, we waren op vakantie in de Ardennen en je vond het er prachtig!).

Vera, we willen je hierbij uitnodigen om ons eens te bezoeken, Brussel is zover niet. Je kunt zo lang blijven logeren, als je wilt, met of zonder je dochter, dat moet je zelf maar zien, jullie zijn welkom allebei. Laten we het verleden vergeten en denken aan de toekomst.

Horen we zo spoedig mogelijk van jullie beslissing? Veel liefs, je vader en moeder.

Hexy bleef wezenloos voor zich uit staren, alsof ze met geen mogelijkheid kon bevatten wat ze gelezen had. Haar voet begon gemeen te steken, en bracht haar weer enigszins bij haar positieven. Ze begon opnieuw te lezen en deze keer drong de inhoud met genadeloze helderheid tot haar door: ze werd met haar moeder in Brussel verwacht van de zomer, dat betekende het roemloze einde van haar mooie plannetjes met het Kloosterbos.

Snel, alsof ze zich eraan had gebrand, deed ze het vel papier weer in de envelop, plakte die dicht en mikte 'm op het gangtafeltje.

Ze hees zich overeind, greep zich vast aan de leuning, waande zich weer een ogenblik in het Kloosterbos, waar ze zich tegen een eikenstam omhoog had gewerkt.

Even kreeg ze een warm gevoel. Het was in elk geval heerlijk weer thuis te zijn en straks in je eigen bed te liggen.

Onderweg naar boven verwenste ze zichzelf dat ze de brief gelezen had. Ze had 'm weg moeten moffelen, verscheuren desnoods, niemand zou er iets van gemerkt hebben.

Boven aan de trap was ze al weer iets gekalmeerd.

Haar moeder zou niet gaan, natuurlijk niet, ze maakte zich druk om niets...

Met een zucht van verlichting liet ze zich uiteindelijk op haar bed neervallen, met kleren en al, trok de sprei over zich heen, sliep algauw in en begon vrijwel onmiddellijk te dromen.

Ze liep door een oude schuur, die bij nader inzien een herberg bleek te zijn. Er stonden tafels waaraan mensen zaten te eten. In een hoek zat een man, die eruit zag als een monnik. Ze ging naar hem toe en hij zei dat ze naar de kruidentuin van het klooster moest gaan om kruiden te plukken voor het eten.

Ze ging op weg naar het klooster, maar toen ze er aankwam, vond ze alleen een kasteel. Ze ging door een deur naar binnen, er was een feest aan de gang, ze hoorde gegiechel en gefluister van stemmen. Ze kwam de feestzaal binnen en werd door honderden vreemd uitgedoste figuren met slangachtige lijven aangestaard. Ze maakten deinende bewegingen als door de wind bewogen wiebelende bloemstengels. Ze vroeg waar de monniken waren en fluisterende stemmen vertelden haar dat ze maar in de torenkamer moest kijken. Ze ging een aantal trappen op, deed een deur open en begon te gillen. Wat ze zag was een opeengestapelde verzameling van bloederige, afgehakte hoofden.

Op hetzelfde moment klonk er een donderend geraas, om haar heen stortte het kasteel in... Ze viel mee naar omlaag en vond zichzelf terug, languit op de grond liggend, terwijl ze haar hoofd bedekte met haar handen. Het was donker, misschien wel nacht.

Ze durfde eerst niet op te kijken, maar toen krabbelde ze langzaam op, zag een ruïne, die door een zilverachtige volle maan werd beschenen...

93

Klam van het zweet schrok Hexy wakker. Haar kamertje baadde in het licht en ze hoorde het geluid van stromend water. Ze keek om zich heen en constateerde met een groot gevoel van opluchting dat ze zich niet ergens midden in het bos bevond, maar veilig in haar eigen bed lag.

Ze ging rechtop zitten en probeerde de droom van zich af te schudden.

Ze voelde haar enkel kloppen, trok de sprei er nog eens extra overheen, terwijl ze ongerust naar de deur staarde, of ze elk moment iemand binnen verwachtte.

Het overlooplicht was op en er brandde licht in de badkamer. Haar wekkertje wees elf uur. Was haar moeder nu pas thuis?

Of was ze naar de wc geweest? Kon ze niet slapen?

Hexy ging weer liggen en hield zich zo stil mogelijk. Als haar moeder nu om het hoekje zou kijken, zou ze willen weten waarom ze onder de sprei lag en niet onder de dekens.

Hexy herademde toen een voor een de lichten uitgingen, ze hoorde het sluiten van een deur, nog wat gestommel en toen niets meer .Ze lag weer in het donker. Even wachtte ze nog, knipte toen haar bedlampje aan. Ze schrok bijna van de grijnzende poppenkastpop tegenover haar bed, aan de muur en de twee clowntjes, die altijd zo vredig met hun hoofdjes tegen elkaar op het kastje naast haar bureautje zaten, leken nu samenzweerderig met elkaar te fluisteren.

Hexy Pimmelaar, zie je spoken? Ze sloeg de sprei van zich af en kwam overeind.

Zo geruisloos mogelijk trok ze haar kleren uit en deed het nachthemd over haar hoofd. Voorzichtig, om haar voet te ontzien, schoof ze onder de dekens

Ze knipte het lampje uit, vouwde haar handen onder het hoofd en staarde voor zich uit in het donker. Voorlopig durfde ze niet meer te gaan slapen.

De volgende morgen belde ze eerst de school en meldde zich ziek, daarna draaide ze het nummer van haar moeders kantoor. Een telefoniste verbond haar door en al snel had ze haar moeder aan de lijn.

'Mams, met mij, Hetsje, schrik niet, ik zit thuis met een gekneusde enkel, het is gister gebeurd.'

'Gut kind.' Hexy kon horen, hoe haar moeder schrok. 'Waarom heb je niets gezegd? Hoe is het gebeurd?'

'Met de fiets gevallen, ergens buiten de stad, een heel verhaal, ik vertel het nog wel.'

'Niet opgelet? Zitten dromen? Lieve kind, je krijgt nog eens een ongeluk, met al die capriolen van je, dit bevalt me niks, ik zal kijken of ik even tijd kan vrijmaken om met je naar de dokter te gaan.'

'Mams, niet nodig, m'n voet zit keurig in verband.'

'Ben je al naar de dokter geweest?'

'Nee, een of andere EHBO'er heeft me verbonden, tof he?'

'Zo tof vind ik het niet. Moet ik tussen de middag even thuiskomen?'

'Nee, nee, helemaal niet nodig. Ik zit met m'n poot op de stoel en hou rust. Verder is er niks aan te doen, ik heb school afgebeld, ga nu een beetje voor m'n examen werken.'

'Goed rust houden, he? Blijven zitten, ik zorg wel voor het eten vanavond.'

'Oké mams, ik voel me prima, geen centje pijn.'

'Sterkte schat, ik moet afbreken, er zitten cliënten op de lijn, tot vanavond.'

Ze hing op en Hexy bleef achter met een onbehaaglijk gevoel.

Er zouden harde noten gekraakt moeten worden vanavond.

Ze zat ineens recht, alsof ze een idee kreeg.

Ze keek in de klapper en draaide Wendy's nummer. Met een beetje geluk was haar vriendin nog niet op weg naar school. Ze zou vragen of Wendy vandaag nog even langskwam.

Mevrouw Pimmelaar arriveerde die middag een uur eerder bij haar huis dan gewoonlijk.

Tegen half vijf hoorde Hexy een sleutel in het slot en ze had het gevoel of die in haar maag werd omgedraaid. Eigenlijk had ze de hele dag in spanning gezeten en feitelijk weinig gedaan.

Ze had ook behoorlijk last van haar voet, hij was nog wat gezwollen en stak gemeen. Ze had een paar pijnstillers genomen, maar dat had niet veel geholpen.

Jerry was langs geweest, ze hadden het over mr Woody gehad. Jerry had ongerust gevraagd of ze over een paar weken wel meekon naar het Luxorhotel. Volgens haar moest dat lukken. Jerry had haar op het hart gedrukt dat de afspraak met mr Woody absoluut geheim moest blijven, mr Woody was daar erg op gebrand.

Prima, ze was toch al niet van plan geweest om haar moeder in te lichten, dat kon ze beter achteraf doen, als ze haar tekening terughad. Jerry had gevraagd naar haar plannen met het boswachtershuis, maar ze had er het zwijgen toegedaan en er niet over willen praten.

Vanmiddag was Wendy geweest en had de groeten van de klas overgebracht. Wanneer ze konden komen om hun handtekening op het gips te zetten, jawel... Wendy had weer behoorlijk zitten overdrijven.

'Gunst kind, wat zie je bleek,' was het eerste wat haar moeder zei, toen ze de kamer binnenkwam waar Hexy bij het raam zat, haar been in horizontale stand.

Hoe is het met je?' Ze inspecteerde de omzwachtelde voet. 'Hij is aardig dik, wie heeft dat verband zo netjes gelegd?' wilde ze weten...

'Iemand, die toevallig in de buurt was,' vertelde Hexy zo nonchalant mogelijk, 'hij had een EHBO-doos, ik heb echt geluk gehad.'

Ze hefboomde haar voet op en neer. 'Kunstjes.'

'Vertel nu eens precies wat er gebeurd is,' verzocht haar moeder. Ze schopte haar pumps uit en schoof een paar muiltjes aan haar voeten, die ze onder de bank vandaan haalde.

'Wil je eerst wat eten?' vroeg ze toen, 'wat heb je gegeten vandaag?'

'Brood,' zei Hexy, ik had niet zoveel zin.'

Mevrouw Pimmelaar zuchtte. 'Ik ook niet, op het moment, ik kan straks wel even een omelet bakken, vertel me nu eerst alles maar eens.'

Ze installeerde zich op de bank, tegenover Hexy en keek haar afwachtend aan.

'Tja,' begon Hexy traag, 'het was m'n eigen schuld, ik ben stom geweest... ik wou er eens eventjes uit en op de een of andere manier kwam ik in het Kloosterbos terecht.'

Haar moeder sloeg een hand voor de mond. 'Mijn hemel, ben je daar geweest? Wat moest je daar nou?'

Hexy haalde haar schouders op. 'Ik was nieuwsgierig... die schilder... Pelman... heeft er gewoond... ik wou eens kijken.'

Haar moeder sloeg geagiteerd een hand tegen het hoofd.

'Alweer die Pelman... eerst alle consternatie in die galerie, nu moet je ook nog zo nodig naar dat Kloosterbos...' Ze keek Hexy strak aan. 'Ik wil dat het afgelopen is, Hets, je zet er nu maar eens een punt achter... je werkt alleen nog maar voor je examen en verder bedaar je jezelf. Je zult ook wel moeten nu, een goede les voor je.'

'Waar ben je gevallen?' vroeg ze, iets vriendelijker.

'Bij de ruïne,' zei ze lusteloos, 'er was gelukkig net iemand in de buurt.'

'Met een EHBO-doos?' klonk het sceptisch, 'dat is wel heel toevallig, Hets.'

'Nee, zo was het niet,' weerde ze af en vertelde de ware toedracht.

Haar moeder keek haar hoofdschuddend aan. 'Onverantwoordelijk, Hets, jij op je eentje daar in the middle of nowhere, er had je ik weet niet wat kunnen overkomen, je hebt geluk gehad... maar waarom heb je mij niet meteen gebeld? Ik was je direct met de auto komen halen.'

Hexy sloeg haar ogen neer. 'U heeft toch de pest aan het Kloosterbos?' mompelde ze.

'Precies, dat weet je en dan nog ga je erheen!' viel haar moeder fel uit.

'Ik heb er niks tegen,' verdedigde Hexy zich, integendeel, 'ik vind het er... super.'

'Ach kind,' haar moeder gooide haar hoofd opzij, 'je weet niet waar je over praat, het is geen oord voor jou... voor geen enkel fatsoenlijk mens.'

'Wat zegt u nou?' zei Hexy verontwaardigd. 'Wat bedoelt u?'

Ze kreeg plotseling een ingeving.

'U bedoelt, dat ze er vroeger van die frivole feesten hielden? Heeft u het daar soms over?'

Ze zag haar moeders gezicht verbleken. 'Hoe kom je daarbij?' vroeg ze geschrokken.

'Gehoord van die boswachter, die bouwvakker, mr Steets, er schijnt een keer iemand vergiftigd te zijn.'

Haar moeder stond met een ruk op. 'Geen woord meer hierover. Voor jou is het Kloosterbos taboe, Hets, dit is de eerste en de laatste keer dat je er geweest bent.' Ze trok haar rok recht.

'Ik ga naar de keuken, een omelet maken of iets dergelijks.'

Verbouwereerd keek Hexy haar moeder na.

Als iets haar duidelijk was, was het wel, dat ze geen schijn van kans meer had, om van de zomer in het boswachtershuis te belanden. Als het aan haar moeder lag tenminste. Maar ze was er gelukkig zelf ook nog. Ze zou er terecht komen, koste wat 't kost.

'Hets, ik wil dat je even goed luistert.'

Haar moeders grijze ogen keken Hexy strak van over de provisorisch gedekte eettafel aan. Hexy had zich flinker voorgedaan, dan ze zich voelde en had zich naar de eethoek gesleept. Een beetje gealarmeerd keek ze op van haar bord, waarop een onduidelijk mengsel lag van brood, spiegeleieren en plakken ham. Geen omelet, maar een uitsmijter. Nu, ze zou 'm het liefst van haar bord smijten. Ze had werkelijk geen trek, maar ze zou toch iets moeten eten, alleen al om commentaar van haar moeder te vermijden.

Terwijl ze haar moeder aankeek, viel het Hexy ineens op, hoe moe ze eruit zag.

Ze had kringen onder haar ogen en er lag een vermoeide trek om haar mond.

Die had of vannacht niet geslapen, een drukke dag gehad, of een combinatie van beide.

Ze moest ineens denken aan de brief, die uit Spanje gekomen was. Zou haar moeder die gelezen hebben? Ze had 'm niet meer zien liggen beneden.

Zou ze er misschien nu over beginnen?

'Ik luister, mams,' zei ze, iets milder gestemd, maar het hart klopte haar in de keel.

'Er is een brief gekomen,' begon haar moeder, uit Spanje, 'je zult 'm wel gezien hebben.'

Ze haperde. 'Mijn ouders komen van de zomer naar Brussel... ze hebben me voorgesteld om daar ook te komen... om elkaar weer eens te zien. Het punt is...', ze wachtte even, 'ik zou eigenlijk al naar Brussel van de zomer.'

'U naar Brussel?' De vork, die Hexy hanteerde bleef halverwege haar mond steken.

'Er wordt een zomercursus gegeven,' legde haar moeder uit. 'Europees recht, de besten van kantoor zijn ervoor geselecteerd, daar schijn ik ook bij te horen, alles wordt volledig door het bedrijf betaald, het kost me niets. We gaan met z'n vieren als het doorgaat, in twee auto's, ik rijd met Jeanne mee.'

Haar moeder met dat mens van Krikke naar Brussel. Een golf van opwinding sloeg door Hexy heen. Het leek te mooi om waar te zijn.

'Wanneer gaat u?' vroeg ze gespannen.

'De bedoeling is, dat we half juni vertrekken,' was het antwoord. 'We logeren in een hotel, even buiten Brussel, de cursus duurt zo'n twee-en-een-halve week, we hebben overdag les en de rest is excursie. We bezoeken onder andere het Europees Parlement, het Paleis van Justitie en dergelijke. Daarna wil Jeanne nog graag wat door België reizen, ze heeft een zus in Antwerpen wonen, bij wie ze kan logeren, ze heeft gevraagd, of ik met haar meega en dat lijkt me niet zo gek, misschien kan ik dan tegelijk mijn ouders bezoeken.'

'Kan toch niet mooier!' riep Hexy enthousiast uit. 'Ik bedoel... dat is een unieke kans... mams... u moet gaan... Brussel is geweldig... een zwierige stad... nou ja, vroeger, en nu helemaal natuurlijk. En die cursus, net wat voor u... en de Ardennen... ook mooi... daar houdt u toch zo van?'

Ze hield plotseling op, als een op hol geslagen paard, dat met een ruk wordt ingetoomd.

Mevrouw Pimmelaar keek haar met opgetrokken wenkbrauwen aan. 'Hoe weet jij dat allemaal zo goed? Heb jij die brief soms gelezen?'

Hexy knikte beschaamd, (ontkennen had geen zin), terwijl ze probeerde een stuk brood met gestolde dooier naar binnen te werken. Het deed haar denken aan de felgele zon op het briefpapier uit Spanje.

'Je was weer behoorlijk nieuwsgierig, niet?' was haar moeders reactie, 'kun je me misschien vertellen, wat jij van plan bent deze vakantie?'

Hexy keek verrast op. Dus haar moeder nam niet voetstoots (au, m'n poot) aan, dat ze ook naar Brussel kwam? Niet dat ze anders gegaan was, natuurlijk niet.

'Ik?' zei ze langgerekt. 'Ik blijf gewoon hier, of, nou ja, ik verzin wel wat... maak u over mij geen zorgen... ik ben niet zo'n uitgaanstype, dat weet u... ik ga wat tekenen en zo.'

Ze probeerde zich te beheersen, maar van binnen laaide een vreugdevuur op, waarvan de vlammen achter haar ogen zichtbaar moesten zijn, dus hield ze ze neergeslagen.

Ze zou willen dansen en springen, de hele kamer door, zere poot of niet.

Haar moeder zuchtte. 'Ik heb erover gedacht om je mee te nemen, Hets, maar ik weet dat ik dan geen ogenblik rust heb, ik zou je naar mijn ouders kunnen brengen, maar ik weet niet of dat wel verstandig is.'

Hexy schudde haar hoofd. 'Dat lijkt me niks, mams, ik ken die mensen toch helemaal niet? Het zijn misschien best lieve schatten, en ik wil ze echt wel leren kennen, maar wel samen met u. Komen ze mee terug naar Nederland?'

'Misschien wel,' zei haar moeder. 'Ik krijg de indruk dat ze wel weg willen uit Spanje.'

'Ik hoop dat ze meekomen,' zei Hexy enthousiast. 'Kan ik eindelijk eens kennis met ze maken, wordt ook wel tijd niet?'

En toen haar moeder niet reageerde: 'Mams, ik vermaak me echt wel, die weken, desnoods...'

'Ja?'

'Desnoods huur ik zelf iets... of wacht... Wendy en Willemien... U kent Willemien toch? Is hier wel eens geweest. Die griet met die paardenstaart, altijd aan het kauwen, net een koe, ze moest het spul een keer van Verdun, de geschiedenisleraar, uitspugen en toen kwam het precies op z'n jasje terecht... Nou, ze willen in een huisje van de zomer, Wendy en Willemien. Het is van een tante van haar... van Willemien... het ligt heel mooi in de bossen van V. Ze hebben mij al een paar keer gevraagd om mee te gaan, maar het leek me niks, ik ben niet zo dol op Willemien... het is echt een zeur en nooit ergens voor te porren... maar Wendy is erbij... ik kan zeggen, dat ik meega.'

Het was allemaal volkomen waar. Het enige was natuurlijk, dat ze nooit naar V. zou gaan, of misschien een paar dagen, hoogstens een week. Ze moest er toch iets van kunnen navertellen...

'Hoe lang zit je daar?' wilde haar moeder weten.

'O, ze zitten er de hele zomer,' deed Hexy luchtig. 'Maar als ik het zat ben, ga ik terug. Hoelang blijft u weg?'

Mevrouw Pimmelaar keek bedenkelijk. 'Ik wil eindelijk wel eens al m'n opgespaarde vakantiedagen opmaken,' bekende ze. 'Al met al wordt het dan wel een week of zes. Alleen... jouw verjaardag valt net in die periode, je achttiende nog wel.'

'Dat is toch niet zo erg, mams?' deed Hexy luchtig, 'dat vier ik in V. wel, ik vind dat u het doen moet, zes weken is tenminste de moeite, u heeft groot gelijk.'

'Kan ik je daar bereiken?' vroeg haar moeder, 'ik wil wel geregeld iets van je horen.'

'Ik weet niet of er telefoon is,' aarzelde Hexy. Maar u kunt altijd mijn mobiele nummer bellen natuurlijk.'

Ze verbaasde zich, dat ze het zo allemaal zonder blikken of blozen uit haar mond kreeg.

Ze zou wel wat moeten regelen, Wendy en Willemien in het complot betrekken. Of ze moest het boswachtershuis voor hen verzwijgen, een ruzie forceren en opstappen. Nee, dat was niet fair, ze zou maar gewoon open kaart spelen. Als die meiden maar mee wilden werken. Ze zou hun botten kraken, als ze ook maar iets zouden verraden.

Mams, ik ga naar het Kloosterbos, en niemand houdt me nog tegen, zelfs u niet...

Het was ineens, of ze trek kreeg. Met smaak verorberde ze de rest van de uitsmijter, onder het goedkeurend oog van haar moeder.

'Lekker mams, volgens mij wordt het een superzomer,' voorspelde ze optimistisch.
'Daar ben ik nog niet zo zeker van,' zei haar moeder sceptisch, 'maar laten we het hopen.'

6

'Tjonge, nu is het echt voorjaar!' zei Hexy hardop.

Genietend hief ze haar gezicht naar de zon. Ze zat op een terrasje in het centrum van de stad, in een relaxte houding achterovergeleund. De rieten stoelen met hun hoge rug deden haar denken aan haar eigen strandstoel. Ze wachtte op Jerry, met haar mobieltje had ze 'm opgeroepen en hij had gezegd dat hij zo snel mogelijk zou komen.

Heerlijk dat ze geen huisarrest meer had, ze kon na schooltijd weer gaan en staan waar ze wilde, want ook haar voet was weer helemaal genezen.

Ze sloot even haar ogen, doezelde een beetje weg; verkeer, dat langs haar raasde, was achtergrondlawaai dat haar nauwelijks stoorde.

Een beeld doemde voor haar op: zijzelf, in een luie stoel, met of zonder schetsboek, luisterend naar ruisende dennenbomen en kwinkelerende vogels...

Ze voelde zich zorgeloos. Ze had nog twee examens voor de boeg, maar daar wilde ze even niet aan denken. Vanavond ging ze wel blokken, desnoods tot in de kleine uurtjes, ze was toch een nachtmens.

'Als dat miss Pimmelaar niet is.'

Ze schrok op en zag Jerry staan, een brede smile op z'n gezicht. Hij hijgde een beetje, of hij hard gelopen had.

'Zat je te suffen?' Hij boog zich naar haar over en even dacht ze dat hij haar wilde zoenen.

'Welnee,' zei ze, 'ik stelde me alleen even de zomerse heerlijkheden voor, die me te wachten staan in het Kloosterbos. Ga zitten, ik heb al besteld, bier voor jou, cassis voor mij.'

Jerry verschoof een paar stoelen en zocht een plek, die meer in de schaduw lag.

'Je gaat dus echt van de zomer in die rimboe zitten?' vroeg hij, nog een beetje buiten adem.

'Dat is wel de bedoeling.' Hexy zwiepte met een been heen en weer.

'En je moeder?' vroeg hij.

'Dat is geregeld, ha, daar komen de drankjes.'

Een serveerster kwam naar hun tafeltje en zette een bier en een cassis voor hen neer.

Hexy zette meteen het glas aan haar mond en dronk met volle teugen. Ze zag Jerry naar haar kijken.

'Ik snap jou niet,' hoorde ze hem zeggen, 'wat is er nu aan, om daar op je eentje te gaan zitten kniezen?'

Ze zette het glas op het tafeltje. 'Ik zit niet te kniezen,' zei ze nadrukkelijk, 'ik ga er schilderen, snap je, en alleen ben ik niet, er is van alles om me heen, bomen... vogels... bloemen... volgens mr Steets groeit er 's zomers overal vingerhoedskruid, als je weet wat dat is.'

Jerry keek sceptisch. 'Klinkt nogal uit grootmoeders tijd. En 's nachts dan?'

''s Nachts?' Hexy zette een geheimzinnig gezicht. 'Dan heb ik de maan en de sterren... wat wil je nog meer? Misschien maak ik wel nachtwandelingen... naar de ruïne bijvoorbeeld.'

'Je bent niet lekker,' oordeelde Jerry kort en bondig, 'je moeder zou zich omdraaien in haar bureaustoel als ze het hoorde.'

Hexy gierde het uit. 'Ze komt het niet te weten, Jeremias, ik heb een schitterend alibi.'

'Je durft wel,' zei hij, toen ze hem haar plannetje verteld had. 'En als ze er achter komt?'

'Ze komt er niet achter,' zei Hexy zelfverzekerd. 'Of ik nu in V. zit, of in het Kloosterbos, maakt niks uit, ze hoort dezelfde vogelgeluiden in de telefoon...'

Jerry lachte een beetje schamper. 'Nou ja, je moet het zelf weten, ik kom in elk geval geregeld even kijken hoe het bezemsteeltje erbij staat.'

'Ik vind het best leuk als je komt,' deed Hexy toeschietelijk, 'maar je hoeft echt niet de waakhond uit te hangen.'

'Dan hang ik de zielige zwerfhond uit, oké?'

Jerry grabbelde in de zak van z'n jack, haalde er een opgevouwen stuk papier uit.

'Hier, de kopie van dat krantenartikel, waar je om vroeg, het is uit het Stadsblad.'

Hexy keek verrast. 'Wat goed van je, Jer, laat eens zien.'

Hexy pakte het blad, dat hier en daar wat donkergevlekt was, van Jerry aan en begon het aandachtig te bekijken.

Het paddestoelvoorval had inderdaad vijftien jaar geleden plaatsgevonden, op 1 november.

De kop was meteen al raak: 'Dionysisch feest eindigt met drama', daaronder in kleinere letters: 'zieken en een dode na vergiftiging'.

Ze tuurde op de foto, die bijna een halve pagina besloeg en opmerkelijk scherp was: een gezelschap verklede en geschminkte figuren in allerlei creaties stond buiten op een groot gazon bij elkaar: een stuk of wat Romeinse soldaten in tuniek, met gepluimde helm, een vrouw, gesluierd als een oosterse prinses, een man die wel leek op de wijngod Bacchus, met een laurierkrans om z'n hoofd, daar had je een wandelend skelet met doodskopmasker, een tovenaar met staf en hoge hoed, een paar dikbuikige kabouters, hoofden met pompoenmaskers, zeerovers met een lap voor het oog. Hexy zag Disneyfiguren, Sneeuwwitje, Micky Mouse, katten met snorharen en een lange staart, een heks met kromme neus en sliertige lange haren... Mocht natuurlijk ook niet ontbreken...

Ze begon gejaagd te lezen: 'Een halloweenfeest, in een villa, gelegen in het Kloosterbos, is uitgelopen op een catastrofe... Een van oorsprong Russische medewerker van een restaurant uit de stad, dat de catering verzorgde, heeft bekend de benodigde paddestoelen voor de bereiding van een paté zelf in het bos te hebben geplukt; hij beweerde er genoeg verstand van te hebben om de giftige van de niet giftige te onderscheiden. Toch moet hij verschillende exemplaren van de giftige soorten hebben geplukt, gezien de ramp die erop volgde. Verscheidene gasten werden onwel en kregen last van hevige buikkrampen Een persoon die te kampen had met een wat zwakkere gezondheid, is vrijwel onmiddellijk overleden. Een jongetje van vier, dat met zijn vader aanwezig was, heeft het drama wonder boven wonder overleefd. Volgens zijn vader heeft hij behoorlijk van het paddestoelmengsel gegeten, maar na onderzoek in het ziekenhuis is van vergiftiging niets gebleken. De Rus is aangehouden en meegenomen voor verder verhoor.

'Tjonge, zei Hexy, toen ze opkeek, 'dat kind heeft geluk gehad, hoe komen ze er bij om zo'n jochie mee te nemen... wat heb je, Jer, wat kijk je?'

'Als dat onze mr Woody niet is.'

Hexy volgde zijn blik, die in de richting ging van de aangrenzende zijstraat, aan hun linkerhand, waar het Luxorhotel stond.

Hexy schoot recht en tuurde in de nabije verte. 'Verdorie, is dat 'm?'

Ze kneep een oog dicht, wilde dat ze een zonnebril had, of nog liever een verrekijker.

Wat ze zag aankomen, was een kleine, gezette figuur in een donker pak, die in stevige pas de meters onder zich wegsloeg.

Hij had een zonnebril op, liep ietwat gebogen, alsof de wereld om hem heen hem niet bijster interesseerde. Hexy kreeg ineens kippenvel, uit alle macht hoopte ze dat hij hen niet op zou merken.

'Zou-ie ons zien?' vroeg ze gespannen, toen de man de weg overstak.

'Reken maar van yes,' zei Jerry zacht, 'kun je meteen kennismaken, Hets.'

'Geen behoefte aan,' siste ze.

Ze keek strak op het papier dat ze nog steeds in haar hand had, maar toch flitsten haar ogen een paar maal naar de overkant.

Al leek het of de man weinig of geen notitie van de omgeving nam, toch scheen hij recht op hen af te koersen. 'Verdorie,' zei Hexy, 'hij heeft ons gezien, Jer, jou dan, dankzij je rooie haar natuurlijk.'

Ze had de smoor in. Ze voelde totaal niet voor een ontmoeting met die mr Woody, volgende week was nog vroeg genoeg. Ze zou zich natuurlijk uitgebreid moeten verontschuldigen voor haar 'practical joke' in de galerie, ze schaamde zich nog steeds.

Wat moest ze zeggen? Jerry was al half opgestaan, alsof hij bang was dat de man in kwestie hen toch nog voorbij zou lopen.

Maar hij stond al stil bij hun tafeltje, deed zijn zonnebril af, stak zijn hand naar Jerry uit.

'Wat een toevalstreffer, een verrassing, mag ik wel zeggen, deze dame is zeker je vriendin?'

Het klonk hijgend, alsof hij buiten adem was. Hexy was ook opgestaan, gaf hem een hand.

Ze keek in een breed, bruinverbrand gezicht, met lichtelijk uitpuilende donkere ogen, waarin ze een glimp van nieuwsgierigheid las, zag een kalende schedel, omkranst door plukken zwart haar, dat bij de oren een beetje krulde. Zwarte haartjes groeiden eveneens in brede neusholten, een zweem van een glimlach speelde om een mond met tamelijk dikke lippen...

'Fijn u te ontmoeten, dat is eerder dan verwacht,' zei hij hartelijk, terwijl hij haar stevig de hand schudde.'Vindt u het goed, als ik er even bij kom zitten?' klonk het vervolgens op haast nederige toon.

'Natuurlijk, natuurlijk.' Jerry knikte heftig, wees uitnodigend naar de vrije stoel, naast Hexy.

De man liep achter Hexy langs, ze kon hem horen ademen, een beetje snuivend, en voor hij ging zitten, beklopte hij de zak van z'n colbert, ze hoorde hem iets mompelen, maar verstond niet wat hij zei.

Het volgende ogenblik had hij zich met een zucht in de stoel naast haar laten zakken.

'Kan ik u iets aanbieden?' vroeg hij. 'Het is wel weer voor een lekker drankje.'

'Graag nog een biertje,' zei Jerry, die z'n glas had geleegd in de tijd dat Hexy het krantenartikel las. 'En jij Hets?'

'Doe mij nog maar een cassis,' zei ze, expres zo onverschillig mogelijk. Ze voelde zich opgelaten en niet op haar gemak. Ze hoopte dat het corpulente heerschap niet te lang zou blijven plakken.

Een serveerster kwam naar buiten en de zwaargewicht naast haar bestelde een cassis en een bier, voor zichzelf een pernod. Toe maar, de man hield blijkbaar van een pittig drankje.

Ze keek vluchtig opzij, zag zweetdruppels parelen op zijn voorhoofd. Hij had zijn zonnebril weer opgezet, vast een duur merk, dacht ze.

'Ik heb helaas geen rokerij bij me,' hoorde ze hem verontschuldigend zeggen, 'maar misschien dat ik u daar wel een dienst mee bewijs.'

'Ik rook niet,' zei Hexy effen, 'ik vind het smerig.'

Hij maakte een geluid, dat op een korte lach leek. 'Heel verstandig, juffrouw Pimmelaar, ik zou er ook mee moeten stoppen, maar ik kan het moeilijk laten, er zijn zo van die dingen.'

Hij stopte, keek Hexy van opzij aan, richtte zijn zonnebrilogen op haar.

'U hebt wel begrepen, dat ik uw werk zeer waardeer?'

Tot haar ergernis voelde Hexy dat ze bloosde.

Ze tuurde naar haar laarsjes. 'Het spijt me,' zei ze, 'van die... stunt, het was alleen maar bedoeld om...'

Hij maakte een wuivend gebaar. 'O nee, daar wil ik niets meer over horen, het heeft eerder in mijn voordeel dan mijn nadeel gewerkt, hoe had ik anders kennis moeten nemen van uw talent? U hebt zeker talent, ik ben geen echte kunstkenner, maar dat zag ik toch meteen... u gaat straks naar de Kunstacademie, heb ik gehoord?'

'Dat is wel de bedoeling.'

Hexy hees zich wat rechter op, voelde zich iets meer ontspannen.

Zijn reactie viel haar reuze mee, al had Jerry haar dan honderd keer verzekerd, dat die mr Woody best meeviel en de zaak niet zo hoog had opgenomen.

'U zult zeker succes hebben,' voorspelde mr Woody, 'u heeft een heel andere stijl dan Pelman trouwens, vastomlijnder en gedetailleerder, het spreekt me erg aan, ik had graag die tekening van u... gekocht.'

Hij schraapte zijn keel. 'Ha, de bestellingen, ik zal meteen even afrekenen.'

Hij tastte naar de portefeuille in zijn binnenzak en betaalde de serveerster met een royale fooi.

Daarna schonk hij water bij het geelgroene drankje dat bij hem was neergezet.

Hij hief het glas op, alsof hij met hen wilde klinken, bekeek de inhoud met een intense aandacht.

'Dat is een heerlijke drank,' zei hij met welbehagen, 'en het is me een eer om die in uw aangenaam gezelschap te savoureren. Het doet me denken aan alle mooie dingen in m'n leven... de schoonheid van de wereld... de zuidelijke streken... de Provence... kennen jullie de Provence?'

Hij zette z'n glas neer en begon te praten, met drukke gebaren, alsof hij de streek voor hen wilde oproepen. 'Het landschap is schitterend, van zo'n woeste schoonheid als ik nog nergens ben tegengekomen, de wereld lijkt er ouder, maar ook warmer... helderder... kleurrijker... u zou daar moeten schilderen, juf- frouw Pimmelaar, u schildert graag landschappen, of heb ik het mis?'

Het klonk dwingend, alsof hij het haar kwalijk zou nemen, als ze iets anders zou doen.

Zijn stem werd schor en hij begon te hoesten.

'Neem me niet kwalijk, ik rook teveel.'

Hij pakte z'n glas en nam een slok.

'Ik doe nog niet zoveel met verf,' zei Hexy aarzelend, 'meer met potlood, houtskool en krijt, maar landschappen, ja, dat ligt me wel, ik ben van plan veel te gaan schilderen deze zomer, in het Kloosterbos, even buiten de stad. Ik heb daar een huisje gehuurd.'

Ze zag de verrassing op zijn gezicht. 'Het Kloosterbos, ach... het bos van Pelman.'

Hij ging verzitten in z'n stoel, die kraakte onder zijn gewicht.

'Dus... u gaat, in navolging van Pelman... maar niet alleen neem ik aan?'

Hexy knikte met haar hoofd. 'Mijn moeder... ik woon samen met mijn moeder... is naar Brussel, voor een cursus, ik blijf hier.'

'Ach, ja, juist. En je moeder...' het was of hij naar woorden zocht, 'ze heeft geen bezwaar, dat u...' 'Dat ik daar alleen zit?' vroeg Hexy. 'Tja, eigenlijk wel, maar ik wil het vreselijk graag en dus...' Ze ging hem echt niet aan de neus hangen, hoe de vork werkelijk in de steel zat.

'Ik hou een oogje op haar,' verklaarde Jerry.

'Dat lijkt me een prima idee,' vond mr Woody. Hexy kreeg niet de kans te reageren, want hij vervolgde: 'Om op die tekening van u terug te komen, die is nog steeds niet te koop, neem ik aan?' Hexy dacht vliegensvlug na.

'Niet te koop,' antwoordde ze, maar u mag 'm voor niks hebben, als u wilt.'

Op de een of andere manier begon ze mr Woody aardig te vinden, sympathiek zelfs.

Zijn lage stem, waarin een donkere brom doorklonk, was als een constante zoemtoon aan haar oor en deed haar denken aan het gegons van een zwerm bijen. Ze zou hem de tekening schenken, ze was hem ook eigenlijk best iets verschuldigd...

Maar hij verwierp haar aanbod meteen.

'Dat kan ik niet aannemen, werkelijk niet.'

Hij wachtte, bracht z'n vingertoppen bij elkaar en keek nadenkend voor zich uit.

'U weet, dat de hele opbrengst van de veiling is bestemd voor de restauratie van het Oudste Huis? Dat pand ligt me na aan het hart, het is een monument, dat niet verloren mag gaan, dat bent u vast wel met me eens, juffrouw Pimmelaar... u heeft het getekend, omdat u zich tot het onderwerp voelde aangetrokken, is het niet?'

Hexy knikte heftig. 'O ja, toen ik bezig was, zag ik van alles voor me... die herberg... vol mensen... grijnzende koppen... kannen bier... tinnen borden... ik zag mezelf zelfs als dienster rondlopen...' 'Ach,' onderbrak ze zichzelf, 'ik hou gewoon van ouwe dingen...'

'Magie,' zei hij zacht, 'het is magie, wees maar dankbaar, dat u dat kunt ervaren, ik heb het aan uw tekening gezien, dat u die herberg als het ware aan den lijve hebt gevoeld. Die schilderijen van Pelman stralen hetzelfde uit... hij was altijd ergens naar op zoek, op zoek naar de verloren tijd, de tijd van vroeger. De Tramontijnen... hij voelde zich op het laatst zelf een Tramontijn, iemand, die alleen leefde voor de kunst en daar zijn troost in vond... Maar misschien was het ook alleen maar één ding, dat hij zocht...'

De stem van mr Woody werd schor en hij begon te hoesten.

Hij nam z'n glas op en dronk een paar teugen.

'Excusez, we dwalen af, ik vertel het jullie nog wel... mag ik jullie zeggen?'

Hexy en Jerry knikten. 'Pelman heeft een tragisch leven gehad,' ging mr Woody door.

Hij is al vroeg naar Parijs gegaan, daar ontmoette hij een Française, met wie hij ging samenwonen, ze kregen een dochtertje, Angelique, ze moet zijn oogappel zijn geweest. De Eerste Wereldoorlog brak uit... hij wilde met zijn gezin naar Nederland, maar zijn partner wilde niet... hij ging alleen terug, de oorlog benauwde hem, hij kon niet leven temidden van geweld, toen hij na de wapenstilstand in 1918 terugkwam in Parijs, was zijn vrouw met het kind verdwenen, nasporingen waren tevergeefs, ze bleven onvindbaar. Hij heeft zijn kind nooit weergezien... in Nederland kreeg hij een relatie met een andere vrouw, Rosa heette ze geloof ik; de zoon die daaruit werd geboren, heb ik ontmoet in Amerika. Een fijne vent, we zijn vrienden geworden, al was hij een stuk ouder natuurlijk. Hij heeft me zoveel over zijn vader verteld als hij zich kon herinneren; ze hadden nooit zo'n innig contact, z'n moeder en hij leefden al gauw gescheiden van de schilder, hij in het Kloosterbos, zij in de stad. Op z'n tweeëntwintigste is Lewis, zoals de zoon heette, naar Amerika gegaan, pas tien jaar later zocht hij z'n vader weer op, maar vond hem dood... op zijn brits in de hut, met een uitdrukking van verbijstering op zijn gezicht... Er was gelukkig geen sprake van een misdrijf. Het doktersrapport vermeldde een acute hartstilstand. Toen zijn zoon hem vond, op klaarlichte dag, was hij nog niet lang overleden, hoogstens een paar uur... iets moet hem zo hebben geschokt, dat hij ter plekke dood bleef... we zullen nooit weten, wat er vlak voor zijn dood is gebeurd, wie er in misschien in zijn hut is geweest... weer een van de raadsels van het Kloosterbos. Heeft hij een verschijning gezien? Een visioen? Ik begin zo langzamerhand te geloven, dat in het Kloosterbos alles mogelijk is...'

Mr Woody zweeg, hij leek verzonken in gedachten.

Hexy durfde niets te zeggen en ook Jerry hield angstvallig z'n mond. Ze wisselden even een blik van verstandhouding.

Maar hij leek weer tot de werkelijkheid terug te keren, pakte zijn glas en dronk het leeg.

'Mijn excuses, ik ben ontzettend afgedwaald, die tekening van u, daar hadden we het over...'

111

'O, maar wat u vertelt, vind ik heel interessant,' zei Hexy. Ze had met rooie oortjes geluisterd. Ze had altijd al graag meer van Pelman willen weten en nu kreeg ze allerlei informatie zomaar op een presenteerblaadje aangeboden. Mr Woody had het nota bene allemaal uit de eerste hand, van de zoon van Pelman zelf. Wat een bofferd was hij.

Ze moest ineens denken aan het schilderij van de Witte Engelen, die stoet van Tramontijnen als een engelenleger en daartussen dat gezicht, dat ronder was en verfijnder, de omlijsting van de kap, die eerder een aureool leek van blond haar. Een meisjeskopje. Was het de heks uit het oude verhaal of toch iemand anders?

De stem van mr Woody doorkruiste haar gedachten. Haast zakelijk zei hij: 'En nu mijn voorstel: u heeft mij de tekening gratis aangeboden, het bedrag dat ik er graag voor wil betalen, gaat geheel naar het Oudste Huis, als u... je... daarmee akkoord wilt gaan.'

Hexy keek vragend naar Jerry. Die knikte. Waarom ook niet. Ze steunde er een goed doel mee, zo zou het Oudste Huis ook met haar hulp worden gerestaureerd, en daarna, zoals ze had gehoord, de bestemming krijgen van een kunstgalerie. En had ze daar niet alle belang bij?

Wat haar betrof mocht het een geduchte concurrent worden van galerie de Bonte, o zo...

'Ik vind het goed', zei ze spontaan, 'als het maar een flink bedrag is...'

Meteen sloeg ze een hand voor de mond. 'Oh, sorry, dat bedoelde ik niet...'

Mr Woody lachte luidop. Hij leunde naar haar over.

'Het is prettig zaken met u te doen,' zei hij op geamuseerde toon, 'ik zal het bedrag verdubbelen... Wat dacht je van 200.000 dollar? Zo'n vier ton in Nederlandse guldens?'

Hexy keek hem met grote ogen aan. 'Vier ton?' herhaalde ze fluisterend.

'Vier ton voor een Pimmelaar,' zei hij opgewekt, 'dat is hij voor mij zeker waard. Ik zal de schenking overmaken, zodra ik officieel eigenaar word van de tekening. Ik zie jullie toch volgende week in mijn suite, hoop ik?'

112

Hexy knikte, te aangeslagen, om iets te zeggen.

Bijna een half miljoen voor een tekening van haar, het was te gek voor woorden... Hij moest wel goed in z'n slappe was zitten, deze mr Woody, had goed geboerd in Amerika.

Ze betrapte zich erop, dat ze begon uit te zien naar een nieuwe ontmoeting met hem. Hij kon interessant vertellen over Pelman, misschien wist hij nog veel meer.

Ze zou hem vragen kunnen stellen. Jammer dat ze al een onderwerp voor haar eindexamenscriptie had, anders had ze gegarandeerd voor de kluizenaar van het Kloosterbos gekozen.

Informatie uit de eerste hand, waar vond je dat nog? Leefde er nog een nazaat van Van Gogh? Van Monet? Je moest maar aannemen wat er in de boeken stond, er was geen enkel familielid of tijdgenoot meer, die er een zinnig woord over kon zeggen. De grote meesters werden bijgezet in dure en minder dure naslagwerken en daar moest je het mee doen. Al hadden sommigen natuurlijk wel brieven, dagboeken of andere documenten nagelaten.

Maar dan nog... Wat was er nu directer dan een persoonlijk getuigenis? Ze voelde iets van opwinding, alsof ze even rechtstreeks met de schilder in contact was geweest...

'Ik wil jullie iets interessants laten zien als jullie komen,' zei mr Woody. 'Een oud boekje, waar vermoedelijk de geschiedenis van het Tramontijnenklooster in deze regio in beschreven wordt. Pelman had het in zijn bezit en ik heb het via Lewis van hem geërfd, het is een heel bijzonder exemplaar, ach, het Kloosterbos is vol geheimen...'

Hij staarde voor zich uit.

'Hets, heb jij dat knipsel?' Jerry graaide in een van z'n jaszakken...

'Ik heb het,' zei ze, en haalde het te voorschijn uit het handtasje, dat over haar stoel hing. Toen mr Woody hen met een bezoek was komen vereren, had ze het weggeborgen.

Het schoot door haar heen dat het misschien wel interessant voor hem zou zijn. Een extra bewijs voor zijn stelling, dat in het Kloosterbos alles mogelijk was.

'Dit is een bericht uit een krant van zo'n vijftien jaar geleden,' vertelde ze, terwijl ze zich naar mr Woody boog. 'Jerry heeft

113

het opgezocht en laten kopiëren, het is gebeurd... alweer... in het Kloosterbos.'

'Zo?' zei hij, duwde z'n zonnebril wat omlaag, en stak z'n hand uit om het krantenknipsel van Hexy over te nemen.

'Het gaat om een paddestoelvergiftiging,' vertelde ze en benadrukte elke lettergreep.

Hij staarde op het bericht, maar maakte niet de indruk, dat hij het werkelijk las.

Tenslotte loosde hij een diepe, trillende zucht en gaf haar het papier terug.

'Hoe komt je hieraan?' vroeg hij schor, 'hoe weet je hiervan?'

Hexy zag ineens zijn lippen beven en hij legde een hand op zijn borst, of hij het benauwd had.

Ze wilde net uitleggen, op welke manier ze het aan de weet was gekomen, toen hij abrupt opstond.

'Excuseer me even, haal sigaretten,' klonk het onsamenhangend.

Hij liep weg, een beetje stuntelig, tussen een paar tafeltje door, stootte haast een stoel omver voor hij het restaurant binnenging.

'Nou zeg,' zei Hexy, 'wat heeft hij?'

'Ik weet het niet,' zei Jerry, 'volgens mij schrok hij behoorlijk.'

'Hij heeft het niet eens gelezen,' voerde Hexy aan, 'maar het heeft hem wel aangegrepen.'

'Misschien heeft hij iets dergelijks meegemaakt,' opperde Jerry, of...' Hij zette een geheimzinnig gezicht. 'Of hij is er op de een of andere manier bij betrokken geweest.'

'Je bent gek!' viel Hexy uit. 'Echt weer meneer de journalist, nou, je mag het uitzoeken van mij...'

'Doe ik maar al te graag,' zei Jerry. Hij boog zich naar haar toe.

'Waar was deze meneer Woody vijftien jaar geleden, Hets? We weten niets van hem. Hij zit zo'n jaar of veertien in Amerika, heeft-ie me verteld, met af en toe snoepreisjes naar Europa, Frankrijk, misschien Nederland. Hij komt oorspronkelijk hiervandaan, vergeet dat niet... de vraag is...' Jerry dempte z'n stem. 'Stel dat-ie veertien jaar geleden naar Amerika is gegaan, dan kan-ie dat feest meegemaakt hebben, zeg nou zelf... daarna is-ie om de een of andere reden... vertrokken.'

'Zou hij iets te maken hebben met die vergiftiging?' fluisterde Hexy. 'Nee, dat kan niet. Het was een Rus, weet je wel.'

'We moeten proberen hem uit te horen, waarom hij naar Amerika is gegaan,' stelde Jerry voor, 'mondje dicht, daar komt-ie aan.'

Mr Woody leek zich hersteld te hebben en kwam met een flauw glimlachje om zijn lippen naar hen toe, een pakje sigaretten in z'n uitgestoken hand.

'Ik kan jullie niet verleiden?'

Hexy schudde haar hoofd, ook Jerry bedankte.

Hij stopte het pakje in z'n zak. 'Dan stap ik weer op, ik heb zo direct een afspraak met een museumdirecteur, ik had niet gedacht dat ik me nog eens zo intensief met kunst zou bezighouden.' Hij stak hen de hand toe, een kleine, mollige hand.

'Tot volgende week in het Luxor, om 15.00 uur. Er zal een piccolo klaarstaan, om jullie naar mijn suite te brengen, akkoord?'

Hij keek Hexy secondenlang aan. 'Neem alsjeblieft nog meer werk van je mee,' verzocht hij, 'ik zou het graag willen zien.'

Zijn stem had nog niet de helft van het krachtige volume, waarmee hij over Pelman gesproken had.

Na een kort uitgesproken 'Tot ziens' beende hij weg, zonder nog om te kijken in de richting van het Luxorhotel.

Hexy keek hem na met een vreemd gevoel, een soort mengeling van medelijden, nieuwsgierigheid en onbehagen.

115

7

'Die zit daar goed verstopt,' zei Hexy, terwijl ze Jerry's flat binnenging.
'Achter dubbele deuren, tjonge.'
'Dat heb je met VIPS,' meende Jerry, 'er logeren geregeld hoge pieten in dat Luxor, politieke kopstukken en binnen- en buitenlandse artiesten en zo.'
'Niet één gezien,' zei Hexy, 'die Potter trouwens ook niet.'
'Wat heb je het hier eenvoudig ingericht.' Ze grinnikte en plofte neer op de bank. 'Ik krijg de kouwe rillingen van die man, en jij, Jer?'
Haar hoofd duizelde van alles wat ze gehoord en gezien had, maar misschien nog meer van de ettelijke glazen bordeaux die ze gedronken had. Het was allemaal te gek verlopen, het leek wel een droom.
'Hij reageerde op het laatst wel heel vreemd,' vond Jerry, 'maar het was wel raak wat ik vroeg. M'n kop eraf als hij niet iets met dat halloweenfeest te maken heeft.'
Hexy rilde. 'Hou op zeg.'
Ze hing amechtig met uitgespreide armen over de bank. 'Tjonge, ik ben kapot. Ik blijf nog een uurtje, Jer, om af te kicken. Geef me alsjeblieft koffie.'

Ze was toch nog behoorlijk zenuwachtig geweest toen ze vanmiddag van huis ging, op weg naar het appartement van mr Woody in het Luxorhotel, haar map met werkstukken onder de arm. Maar van het begin af was alles goed gegaan. Jerry stond al voor het hotel op haar te wachten en leek in een uitstekend humeur. 'Hoe zie ik eruit?' had ze gevraagd.
'Perfect, zoals altijd,' reageerde hij, en toen grinnikend: 'Je lijkt Tante Sidonia wel, maar het staat je leuk, Hets, echt.'
Ze had met een dot gel haar haar gefatsoeneerd, dat altijd nogal tegendraads was; het zat nu glad om haar hoofd en eindigde in een speels kuifje.

Dat Jerry het leuk vond, had haar gerustgesteld. Hoe was ook al weer de binnenkomst verlopen? Er was een piccolo geweest, inderdaad, in onberispelijk uniform. Hij had hen meegenomen door de lounge, een grote ruimte links van de receptie met gerieflijke zithoeken, ze waren een trap opgegaan, een brede trap, met een dieprode loper, vastgezet met goudkleurige roeden. Aan het eind van een lange gang waren ze blijven staan; de hotelboy opende met een soort pasje een deur, waarachter weer een andere zichtbaar werd, mooi gebeeldhouwd en van sierlijk lijstwerk voorzien.

Hij had een paar keer geklopt en toen was mr Woody verschenen, een beminnelijke glimlach op z'n gezicht en één en al vriendelijkheid. 'Kom binnen, kom binnen, entrez, entrez...' Ja, dat had hij gezegd, alsof alles in het Luxor dubbel werd gedaan en ze waren behoedzaam het appartement in gelopen. Veel licht kwam hen tegemoet, zowel van buiten, door de grote ramen als van de inrichting, die bijna helemaal in gebroken wit was uitgevoerd: het wollige tapijt, waar ze voorzichtig overheen stapten, twee grote leren fauteuils en een bijbehorend bankstel in beige, waar ze uiteindelijk in belandden, met uitzicht op een klein park met een waterpartij.

Ze hadden meteen koffie gekregen, een geüniformeerd figuur was met een serveerwagentje binnengekomen en had het blad met koffiegerei op de witmarmeren salontafel voor hen neergezet. Op de zilverkleurige koffiekan was een zwierige 'L' gekalligrafeerd, evenals op de koffiekopjes en het roomstelletje. Het L-servies, had ze gedacht. De 'L' van 'Laat me niet Lachen'. Ze kon niet verklaren waarom ze steeds lachkriebels voelde. Ze kon er niets aan doen, het waren natuurlijk gewoon zenuwen.

Later was er iemand gekomen met een bittergarnituur en nog later was een borrelgarnituur gebracht: flessen met verschillende soorten drank en heerlijke hapjes.

Het was allemaal om te smullen geweest, maar ze had niet eens zoveel gehad; ze werd misschien teveel afgeleid en in beslag genomen door alle nieuwe indrukken die ze opdeed.

Mr Woody vulde de hele ruimte, was nadrukkelijk aanwezig met zijn commentaar, opmerkingen, verhalen. Ze vond hem maar een merkwaardige man. Het ene ogenblik praatte hij enthousiast over Pelman, de andere keer viel hij stil en zei geen woord meer.

Ze had hem verschillende van haar werkstukken laten zien, die hij goedkeurend had bekeken en hem officieel de houtskooltekening overhandigd. Hij had haar de cheque getoond, waarop inderdaad het bedrag stond van 200.000 dollar en die hij zou verzilveren bij de bank.

'Miss Dollarika,' had Jerry zachtjes gegrinnikt, toen mr Woody even was weggelopen, naar de zakelijke hoek van de suite, waar een bureau stond, bezet met computerapparatuur en een vierkante glazen tafel, waaromheen een aantal stoelen in strakke stijl.

Hij had met een sleuteltje een la geopend en er een boekje uitgehaald.

Bijna met eerbied had hij het gepakt en het hun laten zien: het was een oud boekje, in een roodleren omslag, waarvan de rug iets was beschadigd. Op de voorkaft stond in zwierig gekrulde letters, in goudopdruk, de titel: 'Le couvent dans le maquis'. 'Het klooster in het ruige veld'. Daaronder de naam van de schrijver, zo te zien een Fransman.

Het kwam uit de nalatenschap van Pelman, vertelde mr Woody. Zijn zoon had hem het boekje laten lezen, verschillende passages waren door de schilder onderstreept. Later kwam het, bij de schilderijen, in één van de kluizen terecht. Zoon Lewis had ervoor gezorgd dat die doeken daar werden opgeborgen.

Hij had, als een soort eerbetoon, zoveel mogelijk werk van zijn vader, dat in omloop was, teruggekocht (evenals mr Woody was hij een vermogend man geworden) en meegenomen naar Amerika, waar het enkele keren was tentoongesteld, maar hij had niets willen verkopen. Uit veiligheidsoverwegingen had hij de doeken in kluizen laten opslaan. In zijn testament (hij was twee jaar geleden gestorven) had hij mr Woody de hele collectie nagelaten; de schilderijen mochten worden verkocht, onder voorwaarde dat de opbrengst bestemd zou zijn voor een cultureel doel. Nu, een beter doel dan de restauratie van het Oudste Huis had mr Woody niet kunnen verzinnen, vond Hexy. Ze keek aandachtig naar het boekje dat mr Woody openhield: ze zag vergeelde, perkamentachtige bladen, bijna gotische letters, nog eens extra moeilijk te ontcijferen, omdat het Frans was.

'Pelman heeft het in Parijs op de kop getikt,' vertelde mr Woody, 'hij moet gedacht hebben dat het over de Tramontijnen ging, die in dit gebied hebben geleefd.' 'Hier...' Hij liet hen een onderstreepte passage zien: 'Le pays Moussu', Mosland, zo heette hier de vroegere wijde omgeving.'

'Ik heb het verhaal meerdere keren gelezen,' vertelde mr Woody, 'omdat ik veel in Frankrijk ben geweest, beheers ik de taal redelijk goed, modern frans is het niet, maar de taal verschilt niet zoveel van de hedendaagse. Het is frappant hoeveel overeenkomst er is, met wat er algemeen van de Tramontijnen in dit gebied bekend is. Het moet Pelman ook hebben getroffen. Al vanaf zijn jeugd was hij geboeid door de streek van het Kloosterbos. Hij moet dit boekje hebben gezien, als een soort aanwijzing dat hij ernaar terug moest, naar de eenvoud van de natuur, in plaats van de heksenketel van de grote stad waarin hij verkeerde. Ik denk dat dit boekje mee de aanleiding was, dat hij zich heeft afgezonderd in het Kloosterbos en er nooit meer vandaan is gegaan.'

'Staat er ook in wat er met het klooster is gebeurd?' had Hexy gevraagd.

Mr Woody had heftig geknikt. 'Het is weer een nieuwe versie van het oorspronkelijke verhaal, dat het klooster is verwoest door een roofzuchtige bende die toentertijd de streek terroriseerde. Hebben jullie de Pelman-catalogus gelezen? Daarin heb ik ook het één en ander over het verhaal, zoals het wordt verteld in het Franse boekje, laten opnemen.'

Hij was in één van de leren fauteuils gaan zitten, tegenover hen. Een glas cognac stond voor hem, nog onaangeroerd.

Hexy hield het boekje op haar schoot.

'Het verhaal gaat als volgt,' begon mr Woody. 'De monniken hadden contact met een kruidenvrouwtje, dat hen hielp met de aanleg van hun kruidentuin en hen ook inwijdde in het juiste gebruik van geneeskrachtige kruiden. Het was een jonge vrouw en nog mooi ook, ze werd verschillende keren door de kunstzinnige monniken geportretteerd, maar heel ingetogen, ze beeldden haar af als een soort madonna. Het meisje was wees,

119

haar ouders waren door een besmettelijke ziekte omgekomen, ze had verder geen familie. Ze hield van mooie dingen en voelde zich erg tot het klooster en de monniken aangetrokken, die ze bijna als haar eigen familie ging beschouwen. De kloosterlingen van hun kant waren erg op haar gesteld en probeerden haar op hun manier een thuis te geven. Ze bleef meer dan eens in het klooster overnachten, maar daar kwamen praatjes van en kwade geruchten werden verspreid. Er huisde een heks in het klooster, zei men, die om beurten met de monniken sliep.

Op een gegeven moment ging er van alles mis: er braken ziektes uit, overal ontstonden spontaan branden, dieren gingen dood, enzovoort.

De Tramontijnen kregen de schuld, of eerder nog, het kruidenvrouwtje. Ze werd verdacht van hekserij, en men wilde dat ze terecht werd gesteld. Ze zocht haar toevlucht in het klooster, maar daar was ze niet veilig meer. Op een nacht kwam een heel legertje boeren en boze burgers met bijlen en hooivorken over de hei naar het klooster en eisten haar uitlevering.

De Tramontijnen probeerden de zaak te sussen, maar ze werden vastgepakt door potige kerels en andere oproerkraaiers gooiden brandende fakkels naar binnen, ze waren niet meer te houden.

Toen ineens, scheen er in al dat tumult een straal fel wit licht over hen heen en in dat licht stond de zogenaamde heks Ze zag er eerder uit als een heilige, het leek wel een soort Mariaverschijning. 'Als jullie me willen hebben, ga je gang,' zei ze. Iedereen zweeg, niemand durfde iets te doen. En onderwijl brandde het klooster als een fakkel.

De jonge vrouw liep weg, tussen de oproerkraaiers door en verdween. Niemand heeft haar ooit weergezien. De boze menigte koelde haar woede op de Tramontijnen en hakte op ze in. Verschillende van hen hebben die aanval niet overleefd, anderen wisten te ontkomen en zijn gevlucht naar elders.'

Hexy had ademloos naar het verhaal geluisterd.

'Zou het echt zo gegaan zijn?' had ze gevraagd, terwijl de rillingen over haar rug liepen...

Mr Woody maakte een gebaar dat ja en nee kon betekenen.

'Het zou kunnen, maar de schrijver is een laat-achttiende-eeuwse romanticus, dus hij zal heel wat hebben verzonnen. Je weet ook niet uit welke bron hij het heeft, maar, zoals je weet, elke legende bevat een kern van waarheid.'

Hij stond op en liep naar haar toe. 'Ik zal je nog iets laten zien,' zei hij. Hexy gaf hem het boekje, hij bladerde het door tot de laatste bladzij en las hardop in het Frans: 'Dans le bois chacun trouvera son propre secret, le secret de l'amour et de la mort.'

Hij vertaalde het tot haar opluchting meteen. Ze had geen Frans in haar pakket en vond het maar een lastige taal.

'In het bos zal iedereen zijn eigen geheim vinden, het geheim van de liefde en van de dood.'

'Deze woorden intrigeerden hem, denk ik,' vervolgde mr Woody, 'want hij heeft ze onderstreept.'

Toen had hij haar aangekeken met een ernstige blik. 'Ik hoop voor je, Hexy, dat ook jij... in het bos... je geheim zult vinden.'

Het was even doodstil gebleven, een geladen stilte. Ze durfde zich nauwelijks te verroeren.

'Wie weet wat ik nog ontdek,' had ze toen gezegd, een beetje lacherig, 'raadsels genoeg.'

'l'Amour et la mort,' herhaalde hij en het leek of hij tegen zichzelf sprak, 'de woorden lijken op elkaar in het Frans, ze zijn ook verwant, het zijn twee geheimen,' zijn stem werd luider, 'maar soms, als ze elkaar raken, samenvallen, als de zon en de maan... dan krijg je iets onvoorstelbaars... een kosmische reactie.'

Geëmotioneerd zwaaide hij met het boekje in zijn hand en Hexy kreeg even het gevoel of ze in een theatervoorstelling terecht was gekomen. Hij zou op de planken geen gek figuur slaan, dacht ze. Ze hoopte alleen dat het niet te lang meer zou duren, want ze begon zich behoorlijk opgelaten te voelen. Ze wist echt niet hoe ze op al die uitbarstingen moest reageren. Een ding stond wel vast: hij was beslist geen nuchtere noorderling, maar had veeleer het temperament van zuidelijke landen. Geen wonder dat hij zich in Frankrijk thuis voelde. Hij was al evenmin Amerikaan als Nederlander.

Op de een of andere manier begon hij haar ook te intrigeren, met zijn verhalen, emotionele ontboezemingen en abrupte stemmingswisseling, hij leek haar ermee in te spinnen, een onzichtbaar net over haar heen te leggen, haar te vangen in een web van betovering.

Nou en... ze mocht hem, liever dan Teek of welke leraar van school dan ook.

Mr Woody schraapte z'n keel en leek weer wat tot zichzelf te komen.

'Nemen jullie alsjeblieft,' gebaarde hij joviaal naar de hapjes, die klaarstonden op een schaal.

'Ze zien er aanlokkelijk uit niet?'

Hij liep weg, borg het boekje in de la van het bureau en sloot die af.

Hij kwam weer bij hen zitten, de sfeer ontspande en Hexy wees op een ingelijste reproductie aan de muur links van haar.

Hij was haar al eerder opgevallen, ze vond 'm mooi.

Hij kwam haar ook vaag bekend voor. Een bultige piramide-vormige bergketen, breed als het uitgedijde lichaam van een boeddha, olijfgroen geboomte op de voorgrond, waartussen een kleurig bouwwerk te zien was.

'Is dat niet van die Franse schilder Cézanne?' vroeg ze.

Hij knikte enthousiast. 'Precies, het is de grote berg, de Mont Sainte Victoire, bij Aix-en-Provence.' Hij leunde achterover. 'De berg van de schilder Cézanne, je weet, dat hij'm wel zo'n zestig keer geschilderd heeft? Hij kreeg er maar niet genoeg van.'

Hij zuchtte.

'Ach, de berg... ik heb 'm wel zestig keer gezien,.vanuit mijn maison-de-campagne, heb ik er rechtstreeks het zicht op... ja, ik heb een huis, even buiten Aix, een oud-Provençaals huis, heel charmant, er is een hofje bij, waar een oude olijfboom staat... het is mijn grootste wens... me daar nog eens te vestigen... voorgoed.'

Er leek nu een vuur in zijn ogen te branden.

'En dat gaat gebeuren... als dit alles achter de rug is.'

Het klonk bijna als een bezwering.

Plotseling, energiek, richtte hij zich tot Jerry en maakte een opmerking over zijn journalistieke opleiding.

Hij had Jerry scherp aangekeken en gevraagd: 'Als je me nu zou interviewen, welke vraag zou je me dan stellen?'

Hexy kon merken dat Jerry zich ongemakkelijk voelde. Het leek ineens geen spelletje meer, maar bittere ernst.

Tenslotte had Jerry gezegd, na een blik van verstandhouding met haar: 'Ik zou wel graag willen weten, mr Woody, als ik niet te brutaal ben, waar u zo'n vijftien jaar geleden was, hier of in Amerika?'

'Aha!' mr Woody was opgestaan, gaan ijsberen door het vertrek, was stil blijven staan bij het raam, keek hen van opzij aan... 'Vijftien jaar geleden, he?' Het klonk haast grimmig. 'Heb je een bepaalde datum, maand, tijdstip in je hoofd?'

Het was of hij vuur spuwde, zijn gezicht was rood geworden als een kreeft, zijn nek leek op te zwellen, zijn ogen puilden uit hun kassen. Hexy was ineens bang geworden, niet zozeer voor haarzelf en Jerry als wel voor hem. Alsof er elk moment een uitbarsting zou komen en de man een beroerte zou krijgen of erger.

Ze verwenste Jerry, dat hij de vraag zo direct gesteld had en niet een beetje subtieler was geweest.

Ze probeerde iets te verzinnen om de zaak te verzachten, maar kon niets bedenken.

Jerry was ook behoorlijk geschrokken en verontschuldigde zich. 'Ik hoef het niet te weten, mr Woody, het was zomaar... een vraag.'

'O, nee!' Hij was voor Jerry gaan staan, druk gebarend, zwaaiend met z'n wijsvinger. 'O, nee, dat is niet zomaar een vraag, jij denkt na, jongeman en dat bevalt me, vijftien jaar geleden zeg je, he? Was het maart, mei, november? Om je een antwoord te geven: ik was nog niet naar Amerika.'

Er klonk iets dreigends in z'n stem, z'n ogen vestigden zich op Hexy. Ze zag twee donkere poelen, troebel van het vocht, alsof hij van binnen huilde. Ze kon het niet meer aanzien en wendde zich af.

Tenslotte was hij in de fauteuil tegenover hen gaan zitten en leek weer wat gekalmeerd.

Zijn trekken ontspanden en er speelde een flauw glimlachje om zijn mond.

'Het spijt me, jongelui, dat ik niet duidelijker kan zijn. Laat ik dit zeggen: zo'n veertien, vijftien jaar geleden, in een koude novembernacht, is mijn leven radicaal veranderd, niets is nadien meer geweest wat het was. Ik ben... een ander mens geworden, als een Phoenix verrezen uit de as, bij wijze van spreken, het is me voor de wind gegaan, ik ben vermogend geworden, maar dat valt in het niet bij de ervaring die ik toen gehad heb, en waarvoor ik God nog steeds dank. Ik zal het jullie vertellen, maar niet nu.'

Hij keek hen ineens weer op een heel andere, open manier aan. 'Ik hoop dat we contact houden? Mag ik eens bij je langskomen, Hexy, als je in je huisje zit?

Voorlopig blijf ik nog hier, tot de Pelman-zaak is afgehandeld, de veiling is over een paar maand, daar wil ik uiteraard bij aanwezig zijn.'

Zijn stem klonk nu weer gewoon en Hexy herademde.

Daarna had hij al gauw de zitting opgeheven, een taxi voor hen besteld, die hen naar Jerry's flat zou brengen, want Hexy had besloten nog even met hem mee te gaan.

Een beetje zwabberig was ze opgestaan, ze voelde een pijnscheut door haar voet en ze had Jerry bij de arm gepakt. Haar hoofd duizelde.

Ze begon zich voor het eerst af te vragen of ze er wel goed aan deed, de zomer door te brengen in het Kloosterbos, waar zulke rampzalige dingen waren gebeurd. Ze had zich haar droom herinnerd, de afgehakte hoofden van de monniken en ze huiverde.

Maar was ze een heks of niet? Ze zou het wel overleven, net als dat kruidenvrouwtje uit het verhaal van mr Woody, de blonde engel op het schilderij van Pelman.

Mr Woody wenste haar sterkte met haar examens, bleef nog even in de deuropening staan en het laatste wat ze van hem zag, toen ze nog even schielijk omkeek aan het eind van de gang, was de zakdoek waarmee hij zijn voorhoofd afwiste, alsof hij peentjes zweette...

8

In de weken die volgden, lukte het Hexy vrij aardig om aan niets anders meer te denken dan aan haar examens. Ze had haar mobiele telefoon uitgezet, geen afspraken met Jerry gemaakt en ze probeerde elke gedachte aan het Kloosterbos, mr Woody en aan wie ze ook verder maar kon denken, op te bergen in een zuurstofloze ruimte in haar hoofd.

Ze bracht uren door op haar kamertje, boven haar boeken, de vingers in de oren gestopt en met maar een doel voor ogen: slagen en het liefst nog zo goed mogelijk. Ze merkte dat haar moeder versteld stond van haar ijver, ze begreep het zelf ook niet goed, maar het was of er voortdurend iemand meekeek over haar schouder, iemand die haar aanspoorde alles op alles te zetten.

's Avonds gloeide haar hoofd, deden haar spieren pijn, maar met een tevreden gevoel dook ze haar bed in en sliep zonder nare dromen.

De dag van het toelatingsexamen was ze vroeg op, voelde zich prettig, bijna verwachtingsvol gestemd, alsof er eindelijk een nieuwe periode in haar leven zou aanbreken.

Ze fietste naar de academie, of ze nooit anders gedaan had, maar toen ze het grote, witte gebouw in het oog kreeg, in een stille zijstraat, even voorbij het centrum van de stad, moest ze toch even slikken. Ze zette haar fiets weg en beklom de treden van een monumentale trap.

Halverwege zat een meisje in een lange, blauwe jurk, met een geschminkt gezicht geconcentreerd uit een pijpje bellen te blazen, een jongen in een strak danskostuum maakte met een vlindernetje elegante sprongetjes, alsof hij de toverbellen wilde vangen.

Ze namen geen notitie van haar en Hexy ging met kloppend hart het gebouw binnen.

Ze zag verder geen andere kandidaten.

Ze werd in een kleine ruimte gelaten, die ze zich herinnerde van de vorige keer, toen ze er met haar moeder was geweest, om kennis te maken.

Een man in coltrui en spijkerbroek, van wie ze de naam niet verstond, begon ongedwongen een praatje met haar en even dacht ze dat het examen nog niet begonnen was. Een vrouw in een elegant broekpak kwam binnen, groette, ging zitten, met een schrijfblok voor zich, alsof ze aantekeningen ging maken.

De docent wilde weten wat Hexy van het tafereeltje buiten vond, hij schoof een papier naar haar toe en gaf haar de opdracht te proberen de act op haar eigen manier weer te geven.

Ze probeerde zich de scène zo goed mogelijk voor de geest te halen, begon te schetsen, met snelle bewegingen, de trap, het doodstille meisje met de getuite lippen, de beweeglijke danser.

Het papier werd ingenomen, bekeken, op het gezicht van de man was niets af te lezen.

Hij liet het de vrouw zien, die knikte.

'Ik heb hier verder geen vragen over,' zei hij en hij begon over de wetten van het perspectief, in Italië uitgevonden, - che dolce prospettiva - en in hoeverre de abstracte kunst daar volgens haar de draak mee stak.

Hij legde haar een reproductie van Georges Braque voor, dat er als een razend knap gemaakte puzzel uitzag, en wilde weten wat ze ervan vond.

Ineens, ze was midden in haar verhaal, stond hij op en verkondigde luid dat het allemaal in orde was. Hij stak haar zijn hand toe. 'Tot ziens, je hoort hier wel thuis, denk ik.'

Dolgelukkig fietste Hexy terug naar huis en belde haar moeder dat ze geslaagd was. Haar moeders stem klonk gejaagd, alsof ze het druk had.

'Gefeliciteerd, schat, dat gaan we vieren vanavond, ik neem wat lekkers mee.'

'Oké.' Hexy hing op, draaide Jerry's nummer, maar er werd niet opgenomen.

Z'n mobiele nummer was in gesprek. 'Krijg wat,' mompelde ze en bedacht aan wie ze het heuglijke nieuws nog meer zou kunnen vertellen.

Wendy en Willemien? Maar dat kon morgen op school. Teek idem dito.

Ze keek de kamer rond. Wat moest ze in vredesnaam de hele dag doen? Ze had verder geen lessen meer. Weer naar boven, blokken voor het eindexamen? Ze kon er niet toe komen, bleef beneden rondhangen, liep een paar keer de gang in, naar de voordeur, alsof ze naar buiten wilde, de straat op.

Maar uiteindelijk vertrok ze toch maar naar haar kamertje, waar ze zich in de strandstoel nestelde en zich probeerde voor te stellen, hoe haar leven op de kunstacademie eruit zou zien.

Voor het eindexamen was ze behoorlijk zenuwachtig, maar dat werd al een stuk minder toen ze economie en biologie achter de rug had. Een paar keer werd het examenlokaal opgeschrikt door een hartgrondig genies, maar volgens Hexy had het niets met examenstress te maken, maar alles met de after-shave, die de jongen aan het tafeltje voor haar gebruikt had.

Vol zelfvertrouwen begon ze aan het examen tekenen, kon de meeste opgaven goed beantwoorden en ontwierp een affiche voor een vakantiebeurs, waar ze zelf wel tevreden over was (een heel raderwerk van in elkaar grijpende onderdelen van alle mogelijke voertuigen, met aan de top een groot wiel, waarop de rennende voeten van een vakantieganger of toevallige toerist in korte broek en geblocmd hemd, die, zoals het leek, de hele machinerie in beweging moest zetten).

Het ging goed, er kon weinig meer misgaan, ze had de antwoorden gecheckt aan de hand van de uitslagen die op teletekst werden geplaatst en ze had weinig fouten ontdekt.

Voor haar was het geen vraag meer, of ze wel of niet geslaagd was en ze probeerde Wendy en Willemien op te monteren, die er niet zo zeker van waren.

Het eindexamenfeest was in eerste instantie een daverend succes.

Ze ging uiteraard als heks verkleed, kocht bij een feestartikelenzaak een punthoed, klauwnagels en in een impuls had ze een blonde pruik van een rek gepakt en opgezet. In de spiegel bekeek ze zichzelf. Het was om te gillen: onder de hoge punthoed sliertte een warreling van blonde pijpenkrullen langs haar gezicht.

De avond begon met sketches, cabaret, leerlingen en leraren werden erdoor gehaald, daarna was het bal.

Ze stortte zich met hart en ziel in het feestgewoel; de aula van de school was tot disco omgedoopt en felgekleurd flitslicht warrelde over de verhitte gezichten.

De muziek uit de luidsprekers was oorverdovend, maar Hexy vond het prima. Ze voelde zich geweldig, ze danste vol overgave, schokte heen en weer op het harde staccato-ritme van de muziek, gooide haar bovenlijf voor- en achterover. De punthoed had ze afgegooid, de blonde pruik prikte, het was warm, maar niets deerde haar.

Ze vroeg zich af waarom ze het laatste jaar zo weinig was uitgegaan.

Op verschillende schoolfeesten was ze niet komen opdagen, gewoon, omdat ze er weinig meer aanvond. Het kwam neer op kletsen, drinken, een beetje dansen, het ging haar vervelen.

Ze was nog wel eens gevraagd voor een avondje uit, maar had het steeds afgewimpeld.

Niet omdat ze de jongens in kwestie niet aardig vond, maar ze kon zich moeilijk voorstellen wat een avondje uit daar nog aan kon toevoegen. Ze maakte ze mee op school, tijdens de pauze, fietste met ze op en dat vond ze genoeg. Er was er niet één in wie ze meer in zag dan een gewone schoolvriend. Nou ja, Richard misschien... Ze waren een beetje verliefd op elkaar geweest, hij meer op haar dan andersom. Hij had haar geholpen met economie en daarvoor was ze hem dankbaar. Ze had het examen redelijk gemaakt, maar ze was op hem uitgekeken geraakt, of beter gezegd, uitgehoord; hij leek wel een repeterende grammofoonplaat, met steeds dezelfde geintjes en opmerkingen. Bovendien gaf hij een luchtje af dat haar niet beviel en dat voor haar neus zo ongeveer overeenkwam met de geur van schimmelkaas.

Ach, en die anderen... Ze moest denken aan de scharreltjes die ze in de lagere klassen had gehad. Ze waren na een tijdje op niets uitgelopen, omdat de jongens in kwestie op een goede dag gewoon waren verdwenen.

De eerste van de twee was Toni, zoon van een beroepsmilitair, die plotseling werd overgeplaatst naar een ander deel van het land. Na de verhuizing hadden ze nog een tijdje contact gehouden, tot hij weer een nieuwe vriendin had opgeduikeld.

De andere, behoorlijk heftige vriendschap, was met Jos geweest, die bij zijn moeder woonde, een vrouw met depressies, bovendien verslaafd aan alcohol. Ze liet de boel verslonzen. De enige keer dat ze bij hem thuis was geweest, had ze geprobeerd de bezem door de zwijnenstal te halen, maar dat was haar niet in dank afgenomen.

Toen het mens thuiskwam en de opruiming zag, was ze Hexy zo'n beetje aangevlogen en had haar het huis uit gejaagd, al gillend dat ze Jos met rust moest laten. Niet lang daarna was ze in een inrichting opgenomen en was Jos 'm gesmeerd.

Hexy wist bijna zeker dat hij naar de hoofdstad was gegaan, want daar had hij het meer dan eens over gehad. Daar gebeurde het volgens hem, en daar moest je zijn, om de wereld te veranderen. Hij had grootse plannen en dromen, die hij met haar deelde. Hij was milieuactivist, lid van het dierenbevrijdingsfront, was tegen het kapitalisme en de multinationals, wilde een samenleving, waar mensen en dieren in harmonie met elkaar leefden. Ze had schetsen voor hem gemaakt van een soort kolonie: grote stukken land, met huizen en boerderijen, waar mensen in commune-vorm leefden en waar veel ruimte voor allerlei dieren was, die rustig konden worden gefokt en zelfs geslacht, maar dan wel op een humane manier.

Hij was ook graffitikunstenaar; ze was wel eens met hem mee geweest naar een oud fabrieksterrein, waar hij de muren had volgespoten met Picasso-achtige voorstellingen van misvormde mensengezichten en dierenkoppen. Tot hun verrassing hadden ze hun schepping, want ze had meegeholpen aan het ontwerp en ook aan de uitvoering, later teruggezien op de tv in een reportage over graffitikunst.

Nog later was het hele fabriekscomplex opgeblazen met dynamiet, om plaats te maken voor nieuwbouw en was hun creatie mee in puin gevallen en ten onder gegaan.

Hij noemde haar altijd Pimmetje.

Ze had hem eerst vreselijk gemist, toen hij was verdwenen en niet terugkwam.

Na een paar fikse ruzies met haar moeder over haar kleding haar moeder vond dat ze er bij liep als een landloopster- had ze op het punt gestaan er vandoor gegaan en Jos te zoeken. Maar haar nuchtere verstand had het toch gewonnen. Had ze het goed bij haar moeder of niet? Die was in elk geval niet ziekelijk of verslaafd. Zelf kreeg ze op tijd haar natje en droogje en in zo'n grote stad, moest je maar zien hoe je je kostje bij elkaar scharrelde. Bovendien was ze vastbesloten haar school af te maken, ze had het er best naar de zin en leren kon ze wel.

Toen ze zo'n half jaar geleden meende dat ze Jos herkende op de tv, bij relletjes in de hoofdstad, stenen gooiend naar de politie, was ze geschokt en had hem hardop uitgescholden voor stommeling, maar tegelijk voelde ze medelijden.

Dat ze Jerry weer had ontmoet was een beetje een pleister op de wonde geweest en ze hoopte dat hij voorlopig in haar leven zou blijven.

Nu danste Teek tegenover haar, er ging een schokje door haar heen: hij leek waarempel een beetje op Jos, die er ook klein en kabouterachtig had uitgezien.

Hij grijnsde, knipoogde tegen haar, opende zijn mond, alsof hij iets wilde zeggen. Ze probeerde van hem weg te komen, maar toen de muziek iets zachter klonk en overging in een langzamer tempo, kwam hij dicht bij haar en kon ze duidelijk horen, wat hij zei: 'Hoe voel je je nu, juffrouw Pelman?'

'Prima,' wilde ze schreeuwen, maar in plaats daarvan stopte ze abrupt met dansen, draaide zich om en liep weg naar de bar voor een drankje.

Je moest eens weten, mafkees, dat mijn tekening voor vier ton verkocht is. Op die kunstacademie lopen vast heel wat leukere kerels rond...

Ze leunde tegen de bar, hijgend en bezweet.

'Doe maar een cola,' zei ze.

'Die pruik staat je gaaf,' zei de jongen achter de bar, die 'dirty Harry' werd genoemd, omdat hij meestal in smoezelige T-shirts liep en verder bekend stond om z'n dubbelzinnige opmerkingen.

'Net Angelique, je weet wel,' voegde hij er aan toe en maakte een veelbetekenend gebaar.

Hexy sloot haar klauwnagels om de cola.

'O, die!' zei ze luid, en wierp hem de meest vuile heksenblik toe die ze kon produceren.

Ze liep naar een hoek, waar een zitje was gecreëerd. Ze zag Wendy, verkleed als het bloemenmeisje Elisa, met een beetje verveeld gezicht. Naast haar zat Willemien, zo bleek als een doek...

'Hoe voel je je? vroeg Hexy, 'je ziet er beroerd uit.'

'Ik wil eigenlijk wel naar huis,' verklaarde Willemien, een beetje klagerig...

Ze was de halve examentijd misselijk geweest van spanning, had eerst niet meegewild naar het feest, maar Wendy had haar toch weten over te halen.

'Weet jij iemand, die me kan brengen?' vroeg ze, terwijl ze Hexy hoopvol aankeek...

'Ik vraag dirty Harry wel,' zei Hexy, 'hij is barman en heeft nog niet gezopen, hij is met de auto van pa, dus die zal-ie wel niet in de prak willen rijden. Als-ie toch gaat jakkeren, krab ik z'n gezicht open. Ik ga met je mee, hoeft m'n moeder me niet te halen.'

'Ik dacht dat je je lekker vermaakte,' zei Wendy. 'Ik heb je nog nooit zo zien dansen.'

Hexy trok de pruik van haar hoofd. 'Ik vind het wel genoeg, ik ben ook moe.'

Ze boog zich naar Wendy over.

'Nog even volhouden, Wendekind, over een maandje zitten we in V. Was het maar zover, ik roep Harry.'

Het was een vreemde gewaarwording om ineens niets meer te hoeven en even wist Hexy nauwelijks raad met de zee van vrije tijd, waar ze zonder overgang in was gegooid. Pas over drie weken zou ze naar V. gaan en daarna... Misschien bleef ze er wel, was het zo tof met z'n drieën dat ze geen zin meer had om terug te gaan.

Ze had er behoefte aan om lekker te keten, vertier om zich heen te hebben, uit haar dak te gaan. Ze kon mr Bleekhaar bellen en zeggen, dat ze zich bedacht had.

Tenslotte zat je daar in het Kloosterbos hopeloos op je eentje en wist je nooit wat er kon gebeuren. En als haar moeder erachter kwam...

Ze had nu tijd genoeg om naar het Kloosterbos te fietsen, maar ze kon er op de een of andere manier niet toe komen.

Op een middag ging ze naar een fotostudio in de stad, om pasfoto's te laten maken. Haar moeder had erom gevraagd; ze wilde een foto van Hexy om aan haar ouders te laten zien, als ze naar Brussel ging.

Het was lekker weer en ze had zin om te lopen. Ze was in een overmoedige bui, de pruik, die ze op het schoolfeest had gedragen, hing aan de kapstok en in een opwelling griste ze 'm van de haak en trok 'm over haar hoofd. Nu kon je lachen.

In de stad waren de terrasjes druk bezet en even streek ze ergens neer, bestelde een cassis. Ze rekende meteen af, verschikte iets aan haar pruik, zette haar zonnebril op en genoot met kleine teugjes van de koele drank die voor haar was neergezet... Als Jerry nu langskwam, zou hij haar niet herkennen.

Zou ze hem bellen of hij naar haar toekwam?

Ze graaide in haar tas, maar kwam tot de ontdekking, dat haar mobieltje nog thuis lag.

Oké, dan niet, meneer had het ook veel te druk tegenwoordig, voelde zich een halve verslaggever, snuffelde aan allerlei zaakjes, aangespoord door mr Woody, die hem nu de geschiedenis van het Oudste Huis liet uitpluizen. Hij zat meer op het stadsarchief dan op z'n flat tegenwoordig. Mr Woody en hij schenen het goed met elkaar te kunnen vinden.

Ze stond op en wandelde weg van het terrasje.

De fotostudio was nog geen vijf minuten lopen verderop.

Evenlater stapte ze naar binnen, liet zich eerst met, en toen zonder pruik fotograferen.

Toen ze weer buiten stond, keek ze even om zich heen, alsof ze twijfelde, welke kant ze op zou gaan.

In een impuls liep ze de Hoofdstraat in, recht op het Luxorhotel af. Ze wist zelf eigenlijk niet, wat haar bezielde.

Bij het hotel stond ze even stil. Het was rustig bij de entree; onder de luifel, waar doorgaans een portier op wacht stond, was niemand te zien. Ze wierp een snelle blik naar binnen, ook daar leek het niet druk. Hield iedereen siësta?

Haar hart klopte in haar keel, toen ze naar binnen ging. Bij de receptie bleef ze aarzelend staan. Zou hij haar herkennen in deze vermomming, of hield hij niet van zulke geintjes?

Ze kon de pruik beter af doen, straks.

De receptionist was een onbekende, die ze niet eerder had geien.

'Waarmee kan ik u van dienst zijn?'

Hij keek haar vriendelijk aan vanachter een bril met een goudkleurig montuur.

'Ik zou graag mr Woody willen spreken,' zei ze, zo zelfverzekerd mogelijk.

'Hij logeert hier.'

'Mr Woody, zei u?' De man streek over z'n kin. 'Heeft u een afspraak?'

'Nou, nee, dat niet...' Ze hees de afzakkende tas over haar schouder.

'Maar misschien... heeft hij even tijd.'

'Hoe was uw naam?' vroeg hij.

'Pimmelaar, madame Pimmelaar.' Vooruit, ze kende ook Frans. Of was het mademoiselle? Nou ja...

'Ik zal even voor u informeren.'

De man keerde haar de rug toe, nam de hoorn van een wandtelefoon, toesta een nummer. Hij praatte met gedempte stem, een hand om zijn mond, hield zijn hoofd gebogen. Hij hing op met een discreet gebaar, kwam glimlachend naar haar toe.

'Hij kan u helaas niet ontvangen, het spijt me, uw naam is hem niet bekend, misschien kunt u een afspraak maken?'

Even dacht ze dat ze hem niet goed begreep. Het moest een misverstand zijn, hij had de naam verkeerd verstaan. 'Mijn naam is Pimmelaar,' zei ze, 'die moet hij kennen.'

De receptionist maakte een gebaar van verlegenheid. 'Die naam heb ik doorgegeven, het spijt me, maar hij ontvangt bij voorkeur geen mensen zonder afspraak, ik raad u aan eerst even te bellen.'

Ze staarde hem onthutst aan. 'Dat begrijp ik niet.'

'Ik vind het heel vervelend voor u.' De man hief met een verontschuldigend gebaar beide handen op.'Maar ik kan er ook niets aan doen.'

'Laat verder maar,' zei ze bruusk en draaide zich om.

Bijna struikelend van de haast liep ze het hotel uit, rukte woest de pruik van haar hoofd en koerste blindelings richting huis. Ze voelde haar lippen trillen en tranen van woede en teleurstelling sprongen in haar ogen.

Mr Woody met z'n pathos en poeha, de kerel was haar allang weer vergeten natuurlijk, ze bestond niet meer voor hem. Hoe had ze zo stom kunnen zijn om te verwachten, dat hij nog maar een gedachte aan haar zou wijden? Ze was even aangenaam gezelschap geweest, maar dan moest het wat hem betreft ook afgelopen zijn.

In de buurt van haar huis ging ze pas langzamer lopen en overdacht de situatie.

Wat had ze eigenlijk bij mr Woody willen doen? Praten over haar examens, die zo goed waren verlopen?

Net of hem dat interesseerde, ze leek wel niet wijs...

Tot haar opluchting zag ze de Mini van haar moeder pal bij huis in de straat staan. Ze was vroeg thuis vandaag; Hexy herinnerde zich ineens, dat ze een uur eerder vrij had willen nemen om een koffer te kopen.

Met een zucht stak ze de sleutel in het slot, gooide de pruik op de kapstok.

Beneden zag ze niemand.

'Mams?' riep ze en sprong de trap op.

'Ik ben boven,' klonk haar moeders stem.

In een paar sprongen was Hexy boven, opende de deur van haar moeders slaapkamer.

Verbaasd bleef ze staan. 'Wat bent u aan het doen?'

Op het bed lagen, behalve een koffer van behoorlijk formaat, allerlei kleren uitgespreid, rokken, blouses, pantalons.

'Ik heb een nieuwe koffer gekocht,' deelde haar moeder mee, 'ik wou eens kijken wat er allemaal inpast.'

Hexy kwam dichterbij. 'Mmm... mooie koffer, kan wel veel in, denk ik.'

Ze streek over het bruine, soepele leer.'Dat dacht ik ook,' klonk haar moeders stem tevreden...

'Waar ben je geweest, Hets?'

'Pasfoto's laten maken.'

'Ik ben benieuwd.' Haar moeder vouwde een rok op.

Hexy plofte neer op de andere kant van het bed.

'Pas op,' waarschuwde haar moeder, 'denk om de kleren.'

'Raar idee dat u weggaat.' Hexy sleepte met haar voet over het zeil.

Ze stond op. 'Over twee-en-een-halve week al.'

Haar moeder knikte. 'Ik heb er veel zin in, jij vermaakt je toch hopelijk wel?'

Ze haalde haar schouders op.

'O, jawel, het zijn leuke meiden, we hebben vast veel lol.'

'Haal die foto's eens, Hets,' verzocht haar moeder.

'Oké.' Met tegenzin ging ze de slaapkamer weer uit.

Even wilde ze voor een lief ding dat ze mee zou mogen naar Brussel.

Ze was net beneden, toen de telefoon ging.

Snel nam ze 'm op, het was Jerry.

'Hee, waar zat je, ik heb je al een paar keer gebeld vanmiddag.'

'Ik was weg,' antwoordde ze stug, 'ik ben net terug.'

'Hee, scheelt er wat aan? Je klinkt zo depri.'

'Nee hoor, niks aan de hand, waarom bel je?'

'Nou, om te horen, hoe het met jou is natuurlijk... en verder ben ik weer van alles te weten gekomen.'

'O, wat dan?'

'Hets, dat Oudste Huis, weet je dat het waarschijnlijk ook nog in dat boekje van Pelman voorkomt? Mr Woody heeft het me laten zien. In een van die hoofdstukken gaat het over een herberg, waar het complot werd gesmeed om dat kruidenvrouwtje uit de weg te ruimen. Er stond zoiets van: 'ongure elementen, die in een stadsherberg bijeenkwamen om gemene plannen uit te broeden'. Kun je het volgen?'

'Jawel,' zei ze lusteloos, 'en verder? Schiet een beetje op, Jer, m'n moeder wacht.'

'O, is die al thuis dan?'

'Ja, ze is boven, ga door.'

'Nou, ik heb ook nog iets anders ontdekt. Die Tramontijnen, hè, je weet wel, die kloosterlingen, deden zaken met de herberg. Op het archief hadden ze een bewaard gebleven kasboekje met inkomsten en uitgaven van dat logement. Op verschillende plaatsen kwam het woord 'tram' voor; omdat er toen nog geen trams reden is het hoogstwaarschijnlijk de afkorting van Tramontijnen, snap je? Wat ze aan food nodig hadden, bestelden ze bij de herberg, ze konden zichzelf vermoedelijk niet bedruipen, zoals andere kloosters, die groenten kweekten en bier brouwden, enzovoort, ze hadden het natuurlijk veel te druk met hun kunst.'

'Nog meer?' vroeg ze tamelijk onverschillig.

'Nou zeg,' viel Jerry uit, 'een beetje minder enthousiast mag ook wel. Last van je hormoontjes?'

'Schei toch uit,' zei ze kribbig, 'ik vroeg je wat, heb je nog meer?'

'Ja, nou, mr Woody wil de dochter van Pelman laten opsporen, als ze nog leeft moet ze in de negentig zijn, hij wil advertenties plaatsen in alle grote Franse dagbladen en een oproep doen op internet. Dat hadden ze in de tijd van Pelman natuurlijk nog niet.'

'Nee, jammer,' reageerde Hexy mat, 'nou, hij gaat z'n gang maar.'

'Wat heb je toch?' klonk het ongeduldig. 'waarom ben je zo chagrijnig?'

'Hexy haalde diep adem. 'Ik zal je eens vertellen, wat ik heb ontdekt.'

'Zo, vertel eens.'

'Ik heb ontdekt, dat die mr Woody van jou een vent van niks is. Jer, je moet me geloven, hij gebruikt ons, jou, laat je voor 'm werken, maar verder... laat-ie je vallen als een baksteen.'

'Wat zeg je nou?' zei Jerry verontwaardigd, 'dat is onzin, Hets, het is een moordvent, hij doet alles voor je, vraagt altijd naar jou... hoe kom je daar bij?'

'Ik zal je vertellen, hoe hij werkelijk is,' zei ze met lage stem.

'Luister, ik was vanmiddag in het Luxor, ik kwam er toevallig langs toen ik pasfoto's had laten maken, ik wou... ik wou hem iets vragen... en weet je wat die hufter van een receptionist zei, nadat-ie z'n kamer had gebeld? 'Nee, hij kan u niet ontvangen, hij heeft nooit van u gehoord.'

Ze slikte haar woede in.

'Hets, nee.' Jery slaakte een kreet. 'Dat kan niet, dat is een misverstand, hij heeft je naam niet goed verstaan.'

'O, jawel,' zei ze, 'dat kan niet missen, kijk maar uit, Jer, straks ben jij ook lucht voor 'm.'

'Ik geloof het niet,' hijgde Jerry. 'Ik bel 'm op, nu meteen, of ik ga naar 'm toe. Ik ga dit uitzoeken, Hets, nu onmiddellijk!'

'Nee, wacht!' riep Hexy, 'ik vind het wel prima zo, ik hoef die man niet meer, zeg maar dat-ie de pot op kan, samen met die Potter van 'm!'

'Je hoort nog van me.' Jerry hing op.

's Avonds belde hij opnieuw, maar alleen met de mededeling dat hem in het Luxor was verteld dat mr Woody de stad uit was en voorlopig voor niemand meer bereikbaar.

9

'Zo, proef dit maar eens, je vindt het vast wel lekker.'
Cees Rijnders overhandigde Hexy met een zwierig gebaar een klein, cilindervormig glas, waarin hij zojuist een scheutje geelgroene vloeistof geschonken had.
Hexy snoof. Weer die geur, die iets bekends had, die ze vaag had geroken, toen ze op het punt stond flauw te vallen, maar dit was sterker, veel sterker, het leek al haar zintuigen, haar hele lijf te prikkelen...
Ze rechtte haar rug in de draaistoel en voelde zich wonderwel op haar gemak.
Ze waren binnen gaan zitten, hoewel het heel zoel was, maar het was het zachtjes begonnen te regenen.
Ze had de uitnodiging voor Cees' inwijdingsfeest bijna vergeten en toen ze het zich in een ineens weer herinnerde, had ze in een opwelling haar fiets gepakt en was ze als een speer naar het Kloosterbos geracet, maar toen ze aankwam was de ceremonie al achter de rug. Het had trouwens niet lang geduurd, vertelde Cees.
Het was iets geweest met roltoeters, pannendeksels en andere herrieverwekkende zaken, om, zoals Cees het omschreef, de boze bosgeesten te verdrijven.
Ze hadden om het huis gedanst, een soort rituele inboorlingendans, terwijl ze heftig op de roltoeters hadden geblazen en de pannendeksels tegen elkaar waren geketst. Wilde indianenkreten waren geslaakt en ze hadden huiveringwekkend wolvengehuil laten horen.
Ze hadden champagne gedronken; die was opgegaan tot de laatste druppel. Om het huis te dopen zoals een schip was een fles aan een touw tegen de voorgevel stukgegooid. Cees had het Hexy willen laten doen; het speet hem, dat ze er niet bij was geweest en hij had op het laatst de hoop opgegeven dat ze nog zou komen.
Toen ze, in haar zomerse plunje van korte rok met wit topje op haar fiets was komen aanracen het huis stond zo'n vierhonderd

meter van het boswachtershuis, ze had het gemakkelijk kunnen vinden- had hij bij het hek gestaan, een wit houten hek tussen twee zuilen, alsof hij op de uitkijk stond.

'Hexy, wat leuk, dat je toch nog komt! En nog wel in het wit!' Hij gaf haar een hand. 'De markies van het Kloosterbos,' stelde hij zich voor. 'Welkom!

De hele toestand is al voorbij, maar we gaan gewoon nog wat nafeesten, sorry voor de rommel.'

Hij vroeg naar haar voet en ze maakte een sprongetje om te laten zien dat alles weer pico bello in orde was.

Ze liepen door een voortuin vol heideplanten, die bestrooid waren met confetti. Opzij van het huis begon een gazon dat helemaal doorliep naar de achterkant en grensde aan het bos. Het huis was van buiten mooi om te zien: witgepleisterd, bij de ingang was zelfs een klein bordes. 'Pas op,' waarschuwde Cees, toen ze de treden van een kleine trap opliepen, 'er liggen nog glasscherven, van de champagnedoop.'

Binnen was het meer gezellig dan luxe ingericht. Een grote living met parketvloer, een royale zithoek bij een open haard, gestucte wanden en plafond, een open keuken met eetbar, waar het een bende was van volle asbakken, lege koffiebekertjes, vuile glazen en leeggeschraapte bakjes van aluminiumfolie. Grote, hoge ramen met ragfijne vitrage gaven een optimaal uitzicht op de tuin. Beneden was een slaapkamer, die Cees als atelier wilde gebruiken.

Een houten draaitrap leidde naar boven, waar twee slaapkamers waren en een mooi betegelde badkamer en douche. Vanuit één van de slaapkamerramen keek Hexy neer op het gazon, dat omheind was met coniferen. Het zag er aardig versleten uit, met verschillende kale plekken. In een hoek stond een klein tuinbeeld: een jongetje, dat bijna triomfantelijk een waterkruik boven zijn hoofd hield. Op het gras lagen serpentines, plastic bekertjes en sigarettenpeuken en Hexy moest onwillekeurig denken aan de andere feesten die er waren gehouden, met als laatste het beruchte halloweenfeest.

Ze liep naar het andere raam en kon het puntdak van het boswachtershuis tussen de bomen door zien.

Haar hart begon sneller te kloppen. Ze zou wel gek zijn om deze kans haar neus voorbij te laten gaan. Natuurlijk ging ze er zitten van de zomer. Ze had nog steeds de sleutel niet, ze moest Steets bellen, waar die bleef.

Eenmaal weer beneden wilde ze Cees helpen met opruimen, maar daar wilde hij niet van weten. Hij had het z'n gasten zelfs min of meer verboden de rommel op te ruimen, dat deed hij veel liever zelf.

Wilde ze wat drinken? Fris of iets sterkers? Ze koos voor een cola.

Daarna vroeg hij haar honderduit over haar examens en voor ze het wist waren ze in gesprek over van alles en nog wat, onder andere de schilderijen van Pelman.

Cees vond ze te klodderig, te felle kleuren; Rembrandt was voor hem het einde. 'Dat clair-obscur... licht is magie, Hexy, en dan Titiaan, die zachte kleuren van de Venetianen... onovertroffen.'

Hexy keek hem aan, stelde zich hem voor met een baret op z'n blonde haar, en kreeg het gevoel of ze tegenover iemand zat uit een andere eeuw. Ze zag zijn overhemd met de geplooide kraag, waarover een goudbestikt gilet. De bruine ribbroek had plaatsgemaakt voor een soort wijde pofbroek. De brede muilen aan z'n voeten zouden in een oosters paleis niet misstaan.

Ergens was het om te gillen, maar op de een of andere manier paste het bij hem.

Ze voelde zich prettig, bijzonder op haar gemak.

'Natuurlijk materiaal, Hexy, dat is het,' oreerde hij, 'ik zweer bij natuurlijk materiaal, weet je, al die chemische troep, niks voor mij. Vroeger gebruikten ze planten, aarde, gesteente of hout als grondstof voor verf, het werd vermalen of fijngestampt en verbonden met eigeel, olie, lijm, of weet ik wat nog meer, de schilders haalden hun kleurtjes uit urine van koeien, ze drukten luizen dood, om de mooie rode kleur van het bloed, ze hadden zelfs mummiebruin, dat ze haalden uit vleesresten van Egyptische farao's.'

Hexy trok een vies gezicht. 'Jij gaat toch geen mummies ontleden?'

Cees lachte. 'Maar ik ga wel andere dingen proberen, verf maken op de oude manier, zoals Rembrandt bijvoorbeeld deed, het liefst wil ik schilderen in zijn stijl en jij Hexy? Ik heb je houtskooltekening gezien, jij bent iemand van het fijne werk of heb ik het mis?'

'Nog wel,' zei ze, 'maar ik zou graag wat ruimer willen werken... ik bedoel... ik durf nog niet zo goed, denk ik.'

'Komt wel,' zei hij, 'als je meer met verf werkt, je zult het allemaal leren, Hexy, op de academie.' Het klonk zo aanmoedigend en inspirerend, dat ze zich warm voelde worden.

Ze keek hem aan. Het was of het blauw van zijn ogen zich verdiept had en zijn haar oplichtte, alsof het werd beschenen door een onzichtbare lichtbron.

Een ogenblik wist ze niets te zeggen.

Toen het stil bleef, zei ze: 'Wist je dat Pelman een dochter had?'

Hij schudde zijn hoofd. 'Nee, dat wist ik niet, ik kan me niet herinneren, dat ik het ergens gelezen heb. Hoezo?' Hexy maakte een vaag gebaar. 'Zomaar. Kun je je nog dat schilderij herinneren van de Witte Engelen?'

Zijn gezicht begon te glimmen...'Ja natuurlijk, daar zag ik je voor het eerst.'

'Daartussen was een meisjesgezicht te zien,' zei ze, 'misschien was dat het kruidenvrouwtje van de Tramontijnen wel, maar als je even goed nadenkt, zou het net zo goed z'n dochter kunnen zijn, hij was erg op haar gesteld.'

In het kort vertelde Hexy wat ze over Angelique Pelman te weten was gekomen. 'Ze was verdwenen en hij heeft haar nooit meer teruggezien,' besloot ze.

Cees floot. 'Niet te geloven... tragisch... hoe oud zou ze nu zijn?'

'In de negentig,' zei Hexy, 'stel je voor, dat ze gevonden wordt... misschien kan ze zich nog iets van haar vader herinneren.'

Cees keek haar peinzend aan.

'Hoe weet je dat allemaal?'

Hexy haalde haar schouders op. 'Van iemand, die zijn zoon in Amerika heeft ontmoet. Die vent... die eigenaar van de schilderijen...' Ze zweeg, ze had nu al spijt dat ze zo had doorgedraafd.

'Ah!' Er leek Cees een licht op te gaan. 'De eigenaar van de Pelman-collectie? Heb jij die gesproken?'

Hexy knikte. 'Ja, heel toevallig. Via m'n vriend Jerry.' Ze streek even over haar voorhoofd, alsof ze zich moest concentreren. 'Die man... die eigenaar dus... en de zoon van Pelman hebben elkaar in Amerika ontmoet. Ze zijn vrienden geworden. Toen Lewis, zo heette de zoon, doodging, heeft z'n vriend de schilderijen geërfd.'

'Die al die tijd in kluizen lagen,' riep Cees uit.

'De zoon van Pelman wou ze niet verkopen,' vertelde Hexy, 'alleen veilig opbergen, zodat ze niet gepikt konden worden. Nu mogen ze wel weer worden verkocht, voor een cultureel doel, zoals het in z'n testament stond.'

'Het Oudste Huis,' zei Cees. 'Een goed idee van die... hoe heet hij ook weer? Stel je voor dat het geld was besteed aan de bouw van de zoveelste Mc Donald's of de zoveelste New York Pizza. Dus jij hebt een babbeltje gemaakt met de eigenaar zelf, nog een gevolg van die stunt zeker?'

Ze knikte. 'Hij heeft ons een keer uitgenodigd, Jerry en mij, in z'n hotelsuite. En toen we een tijdje geleden op een terrasje zaten in de stad, kwam hij toevallig voorbij en is bij ons gaan zitten. Toen heeft-ie ons het hele verhaal verteld.'

'Hij wilde je tekening kopen, is het niet?' vroeg Cees. Hij keek haar opmerkzaam aan. 'Zoiets heb je me, dacht ik, verteld.' Ze knikte en keek, of ze zich betrapt voelde...

'Klopt, maar de opbrengst was voor het Oudste Huis.'

'Dat is nobel van je,' zei hij waarderend. 'Heeft-ie er veel voor geboden of mag ik dat niet weten?'

'O, jawel, hoor,' zei ze onverschillig. 'Zo'n tweehonderdduizend dollar, geloof ik.'

Cees zette grote ogen op. 'Zoveel? Allemensen, dat is geen kattenpis. Wat vinden je ouders ervan?'

'M'n moeder,' zei ze. 'Die weet van niks. Ik kan maar beter niks zeggen, ze heeft zich al druk genoeg gemaakt, ik ben er verder goed van afgekomen, gelukkig.'

'Je bent een merkwaardig meisje,' reageerde hij, hoofdschuddend, 'echt wel een beetje een heks niet? Volgens mij krijg je alles gedaan en komt er, uit alles wat je doet, al is het nog zo krom, iets goeds voort.'

Het was even stil. In een plotselinge behoefte haar hart uit te storten, zei ze, met een zucht:'Laten we het hopen. Ik ben inderdaad een heks, dus pas maar op, een kreng, vooral tegenwoordig, niet te genieten. M'n moeder gaat zes weken naar Brussel voor een cursus van kantoor, ze werkt op een advocatenkantoor weet je, ik hoef gelukkig niet mee, ik vind het mieters om hier te zitten van de zomer, maar toch best eng, er zijn rare dingen gebeurd. Ik wou dat ik al op de academie zat... alleen als ik aan het werk ben, voel ik me fijn...'

'Je was toch van plan hier te schilderen?' vroeg hij zacht. 'Je zult zien, hoeveel voldoening je dat geeft... en hoeveel rust... je hebt een periode van je leven afgesloten, dat is niet niks, je valt in een gat voordat je aan iets nieuws begint. Maar het komt wel goed met je, zodra je eenmaal in het Kloosterbos zit wil je niks anders meer.'

'Denk je?' vroeg ze hoopvol.

'Natuurlijk, hier zul je rust vinden, net als ik. Kunstenaars hebben stilte nodig, eenzaamheid, de heilzame werking van de natuur.'

Hij stond op. 'Ik zal je eens een lekker drankje inschenken, die cola was maar een voorproefje. Heb je wel eens pernod gehad?'

'Pernod,' zei ze langzaam, 'nou, nee... ik wil het wel eens proberen.'

'Anijsdrank,' verklaarde Cees, 'ik ben er altijd gek op geweest. 's Zomers drink je het koel en 's winters warm, zeg ik maar. Er is enig verschil, maar goed, 't smaakt in elk geval naar anijs.

Als kind was ik er al dol op, was altijd als een van de eersten op de ijsbaan als het ging vriezen, het ging me niet direct om het schaatsen, maar vooral om die koek-en zopie-tentjes, waar je echt heerlijke anijsmelk kon krijgen.'

Al pratend had hij een vierkante fles met fraai etiket uit de keuken gehaald en schonk een beetje in een klein glaasje, dat hij Hexy overhandigde.

'Proef maar eens, je vindt het vast wel lekker.'

Hexy proefde met haar tong, en nam toen langzaam een slokje. 'Mmm... lekker zeg'. Ze sloot even haar ogen, dronk nog een teugje.

'Lekker koel,' zei ze waarderend.

Toen ze het glaasje had uitgedronken, schonk Cees een halve hoeveelheid in een groter glas en verdunde dat met water.

'Zo, ik wil het niet op m'n geweten hebben, dat je dronken wordt.'

Hexy grinnikte. 'Ben ik nooit geweest, zelfs niet op het school-feest.'

'Vertel eens,' zei hij, 'hoe ging dat? Ze hebben je toch wel net-jes thuisgebracht?'

'Ik heb als een gek gedanst,' vertelde ze. 'Iedereen was half bezopen, ik heb alleen maar cola gehad... je moet toch een beetje nuchter blijven... Teek... die idioot... noemde me Pel-man... juffrouw Pelman.' Ze nam een flinke slok van de drank.

'Toen had ik ineens geen zin meer en ben weggegaan... wat is dit lekker, Cees... alleen die geur al... ik rook het al de eerste keer in het Kloosterbos, toen...'

Cees staarde haar aan, zonder iets te zeggen.

Op dat moment klonk er een schril geluid op uit het tasje, dat naast haar stoel stond...

'Verdorie, m'n telefoon, sorry, Cees.'

Ze zette het glas neer, bukte zich, haalde de pieper uit haar tasje en schakelde 'm in.

'Met Hexy, hallo.'

'Hets, met mij, Jerry.' Het klonk opgewonden en ze moest even moeite doen om om te schakelen en zich te concentreren.

'Ja, wat heb je?' vroeg ze geïrriteerd.

'Waar zit je?' vroeg hij op dezelfde opgewonden toon.

'In het Kloosterbos, in de villa van Cees Rijnders, hij heeft me uitgenodigd voor een houseparty.'

Jerry leek even van z'n apropos. 'O? Nou ja, luister, Hets, mr Woody wil je spreken, het is allemaal een vergissing, een beroerd misverstand.'

'Wat bedoel je?' Haar stem schoot uit, ze voelde zich ineens bloednerveus, al haar zekerheid ebde weg...

144

'Dat hij je niet kon ontvangen, je naam niet kende, hij kan het je uitleggen.'

Hexy wilde iets zeggen, maar plotseling was er een andere stem aan haar oor, donker, sonoor, als een zwaar resonerende klok.

'Hexy, Woody hier, duizendmaal excuus voor wat er gebeurd is. Ik kan het je allemaal uitleggen, maar nee, dat komt later wel... ik dacht met een ander van doen te hebben... ik heb de receptionist al de mantel uitgeveegd... hij sprak over een blonde dame, die me wilde spreken... er zijn mensen, die ik liever niet zie, begrijp je... wil je alsjeblieft mijn excuses aanvaarden?'

Hexy zat roerloos, het klamme zweet brak haar uit. Ze had ineens geen adem meer, om een woord uit te brengen.

'Je kunt te allen tijde binnenkomen,' hoorde ze hem zeggen, 'je kunt meteen doorlopen, de receptie heeft instructies... je weet de weg, als ik in bespreking ben, kun je wachten in het restaurant of de lunchroom en gebruiken wat je wilt, alles op mijn kosten uiteraard. Het is heel betreurenswaardig, dat dit gebeurd is, ik bied je nogmaals mijn excuses aan. Mag ik ervan uitgaan, dat dit misverstand tussen ons nu opgehelderd is?'

'Ja, ja,' stamelde ze, 'oké, oké.'

'Je zit in het Kloosterbos, hoorde ik?' Hij hield maar niet op.

'In de villa,' zei ze zwakjes.

'Je bent naar een feest geweest?'

Even duizelde het haar. Ze had het gevoel of ze met enorme snelheid in de stoel werd rondgedraaid.

'Ja, maar het was al afgelopen, ik ga zo haar huis.'

'Naar huis, he?' klonk het schor. 'Wanneer betrek je je huisje? Het is belangrijk, Hexy, je zult misschien dingen ontdekken in het Kloosterbos, die je nooit voor mogelijk had gehouden...'

Een rilling liep haar over de rug en het was of een koude hand over haar gezicht streek.

'Zullen we dan maar zeggen tot ziens? Eind juni?'

'Tot ziens, mr Woody.'

Alsof ze uitgeput was, liet Hexy zich achterover in de stoel vallen. Ze wreef over haar gezicht om een of ander spinsel weg te strijken, dat ontzettend kriebelde. Het leek wel of ze verstrikt zat in de kleverige herfstdraden van een reuzenspinnenweb.

145

'Hee, gaat het wel?' hoorde ze iemand zeggen. Ze sperde haar ogen open, als om beter te kunnen zien, maar alles was nevelig, het enige wat ze duidelijk zag, was de vitrage, die door de wind werd bewogen, als een sluier... heen en weer, heen en weer... Als gehypnotiseerd bleef ze ernaar staren, ze voelde een koude luchtstroom, waardoor ze naar buiten werd gezogen, ze stond ergens, alleen, in de open lucht, het was donker en koud en ze huiverde. Ze begon te lopen, naar wist niet waarheen, ze was verdwaald en opeens begon alles voor haar ogen te draaien, te draaien, of was ze het zelf, die ronddraaide, ronddraaide en niet meer kon ophouden...

Een hand schudde aan haar schouder, kneep in haar arm, een gezicht was dichtbij het hare...

Verdwaasd keek ze naar de figuur, die bij haar voeten gehurkt zat. Ze streek over haar voorhoofd, voelde een tik tegen haar wang, een stem, die zei:'Je gaat toch niet weer van je stokje, Hexy Pimmelaar?'

'Ik voel me duizelig,' mompelde ze, laat me alsjeblieft...'

Ze legde een hand over haar ogen en zuchtte diep.

Het draaien kwam tot stilstand. Ineens was het, of haar bloed weer normaal door haar lijf ging stromen en ze tot de werkelijkheid terugkwam.

Ze haalde haar hand weg voor haar gezicht en keek naar Cees, die, geknield op een been, voor haar zat.

'Zo, ben je er weer?' vroeg hij laconiek.

'Ik weet niet, wat ik had,' zei ze beverig, 'sorry, Cees.'

'Het was de drank misschien,' opperde hij, 'je hebt er veel te snel van gedronken, en daarna dat telefoontje.'

'O, ja,' zei ze, dat telefoontje...'Ze maakte een hulpeloos gebaar. 'Het was niks, niks bijzonders, echt niet het was die man... die...'

Ze keek Cees aan, of haar iets begon te dagen. Toen begon ze te giechelen. .'Het was zo stom allemaal... een blonde dame wilde hem spreken... dat was ik dus... maar ik had een pruik op, zie je, nog van het eindexamenfeest, hij dacht dat ik een ander was en stuurde me weg.'

Cees kwam overeind, keek fronsend op haar neer.

'Over wie heb je het in vredesnaam? Wie was die man, die je belde?'

'Mr Woody,' fluisterde ze. 'Hij is best aardig, alleen een beetje vreemd...'

'Je hebt het over die collectioneur.' Cees keek haar strak aan.

'Die collectioneur,' herhaalde ze een beetje wezenloos, alsof de betekenis van het woord niet helemaal tot haar doordrong. 'Ja, ja, de baas... de bezitter... van die schilderijen...'

'Wat moet-ie van je?' Het klonk bijna op gebiedende toon. Cees' gezicht stond argwanend...

'Gaat het weer met je?' vroeg hij toen bezorgd. 'Je moet maar niks meer drinken, alleen koffie misschien.'

'Alsjeblieft,' zei ze, 'alsjeblieft, Cees, dan word ik wel weer nuchter.'

'Oké, ik maak koffie.'

Hij liep halfachterwaarts naar de keuken, alsof hij haar in de gaten wilde houden.

Bij het koffiezetten stond hij met de rug naar haar toe, maar een paar maal keek hij om.

'Ik wil me er niet mee bemoeien, Hexy,' zei hij met stemverheffing, 'maar volgens mij kun je die meneer beter een beetje op een afstand houden... hij jaagt je de stuipen op het lijf, als je het mij vraagt, wat voor contact heb je precies met die man? Ik heb niet veel van dat verhaal begrepen.'

Ze lachte een beetje grinnikend. 'Hij heeft echt geen rare bedoelingen hoor... het is alleen... hij bazelt maar over een of ander geheim, dat ik hier zal ontdekken... ik word er niet goed van.'

Cees draaide zich nu helemaal om. 'Een geheim? Wat is dat voor onzin? Is hij wel helemaal te vertrouwen? Sorry hoor, maar waarom moest hij je zo nodig bellen?'

'Hij wilde iets uitleggen,' zei ze schouderophalend, 'over iets wat gebeurd was. En nu mag ik, wanneer ik maar wil, bij 'm in het hotel komen...'

'Kijk jij maar uit,' waarschuwde Cees. Met een ongerust gezicht kwam hij de keuken uit...

'Wat weet je verder van 'm?' wilde hij weten.

'Alleen, dat-ie jaren in Amerika heeft gezeten.' Hexy nam de mok koffie aan, die Cees haar aanreikte. 'Hij heeft daar een restaurantketen opgezet. Woody's Food.' Ze snoof.

'Waar komt-ie vandaan? Is-ie echt Amerikaan?' Cees ging zitten, recht tegenover haar, hield z'n ogen op haar gefixeerd.

'Nee, hij is Nederlander, maar zit nu zo'n veertien jaar in Amerika.'

'Is ie getrouwd?'

'Geen idee,' zei Hexy, 'hij draagt geloof ik geen ring, maar dat zegt niet alles natuurlijk.'

'Ik zou maar oppassen,' zei Cees. 'Die kunstbonzen denken dat ze zich alles kunnen permitteren.

Hij zal het toch niet in z'n hoofd halen, om naar het Kloosterbos te komen?'

Hexy haalde haar schouders op. 'Het is vreemd, Cees,' bekende ze. 'Maar ik heb het gevoel, dat hij deze omgeving een beetje kent en er nog eens wil kijken, hij zinspeelt er steeds op, ik denk wel, dat-ie me straks een keer zal opzoeken...'

'Het bevalt me niks.' Cees keek bedenkelijk.

Hexy maakte een geïrriteerd gebaar.

'Maak je om mij niet druk, ik red me wel. Soms heb ik zelf ook het idee, dat ik naar het Kloosterbos moet... alsof er iets op me wacht... of ik er iets zal vinden...'

'Maar dan toch niet die vreemde snuiter, die Woody, ik zou maar heel voorzichtig zijn als ik jou was.' Cees keek haar doordringend aan. Ze maakte een luchtig gebaar. 'Ik ben een heks, Cees, ik red me overal uit.'

Hij keek haar een poosje zwijgend aan. 'Nog koffie?' vroeg hij toen. Ze knikte. 'Graag, meneer de markies.'

Even later kreeg ze haar tweede mok koffie in de handen gedrukt en keek tersluiks naar Cees, die zich op een soort canapé installeerde, overtrokken met gobelinstof. Ze vond het precies bij hem passen. Hij staarde voor zich uit en leek ergens over na te denken.

'Luister eens, Hexy', zei hij ineens, 'ik doe je een voorstel.'

'O nee, he?' schoot ze uit. 'Sorry Cees, maar de laatste tijd word ik doodgegooid met voorstellen.'

'Gelukkig leef je nog,' zei hij opgewekt.

'Luister, Hexy, ik merk aan je, dat je het toch wel wat griezelig vindt, zo alleen in het Kloosterbos, wat zou je ervan zeggen, om met ons mee te gaan naar Italië? Je houdt van kunst, net als ik, we kennen elkaar nu een beetje... van Fred, m'n vriend, heb je geen last, het is een geschikte vent, beetje saai misschien, maar verder oké, hij is student economie, we zijn al bevriend sinds de middelbare school...'

'Naar Italië?' viel ze uit. 'Nee, Cees, dat kan ik echt niet doen, m'n moeder zou het nooit goedvinden, ze kent je niet eens... en verder...'

Hij maakte een wuivend gebaar. 'Sorry, je hebt gelijk, het is stom van me... het viel me zomaar in... wie weet... later een keer?'

Hij keek haar vleiend aan. 'Wie weet,' deed ze luchtig. Ze trok aan haar korte rokje.

'Ik moet er nu echt vandoor, Cees, anders ben ik niet voor het eten thuis en ik wil ook nog even naar m'n huisje kijken. Het zal best lukken van de zomer, maak je geen zorgen. Wie weet wat ik nog ontdek, het geraamte van een dinosaurus of de schedel van een Tramontijn.'

Cees lachte. 'Misschien wel een fossiele verfkwast'. Hij stond op.

'Oké, Hexy, het was me aangenaam, ik wens je een prettige vakantie! Ik hoop dat ik je straks weer in goeie staat terugzie. We blijven hopelijk nog een tijdje buren.'

Hexy maakte een weifelend gebaar. 'Ik blijf tot eind juli, wat er daarna gebeurt weet ik nog niet.'

Ze wilde hem een hand geven, maar op de een of andere manier leek het iets overbodigs, een handeling die ze konden overslaan, omdat ze, naar het leek, de fase van plichtplegingen al achter zich hadden. Ze gingen naar buiten, Hexy sprong het bordestrapje af.

'Ga je me hier uitzwaaien?' lachte ze.

''Nee, ik loop netjes met je mee, tot voorbij het hek,' zei hij.

'Gaat het echt weer?'informeerde hij, terwijl ze het pad tussen de heideplanten afliepen. 'Moet ik je thuisbrengen? Alfred, m'n vriend komt zo terug met de auto, haalt even een paar bood-

149

schappen... hij kan je gemakkelijk even brengen, je fiets kan op de imperiaal...'

'O, nee!' weerde ze af. 'Niet weer. Deze keer ga ik echt fietsen.'

'Je bent een merkwaardig meisje,' vond Cees, 'het ene moment ben je helemaal van de wereld en het andere moment heb je weer praats voor tien.'

'Tja,' zei Hexy, 'ik stam nu eenmaal uit een heksengeslacht.'

Ze liep met haar fiets het hek door en stond op de zandweg.

'Pas een beetje op jezelf, he?' zei Cees. 'Zorg, dat die vriend van je een beetje in de buurt is.'

Hexy grijnsde. 'Maak je geen zorgen. Er zijn hier heel wat dooien gevallen, maar ik zal het wel overleven.'

Ze wilde opstappen, maar Cees hield haar nog even tegen.

'Ik bel je af en toe, oké?' vroeg hij. 'Mag ik je nummer?'

Uit z'n zak haalde hij een miniblocnootje met een potlood, dat hij met het puntje van z'n tong bevochtigde. Hexy gaf haar nummer, slaakte toen een gilletje, omdat er iets langs haar voeten streek. 'Jakkes, een muis,' griezelde ze.

Ze huiverde ineens. 'Ik ga, Cees, ajuus.'

Ze was al bij haar huisje, toen ze hem nog hoorde roepen, met lange uithalen, alsof hij alle registers van z'n stem opentrok, z'n handen als een toeter aan z'n mond en het echode tussen de bomen: 'Tot ziens, au revoir, Hexy Pimmelaar.'

'Dat rijmt,' zei ze hardop tegen zichzelf, liet haar fietsbel overdreven luid rinkelen en begon te grinniken van plezier. 'Adios! gilde ze terug en liet een langgerekte heksenkreet horen, waarvan de vogels verschrikt uit de bomen opvlogen.

Vijftien juni was een stralende dag.

Om acht uur 's ochtends reed de auto van mevrouw Krikke voor; de kofferbak werd geopend.

Hexy, nog half slaperig, hielp haar moeder mee de bagage in de auto te laden.

De bruine leren koffer was loodzwaar.

Op de achterbank van de auto kwam ook nog het nodige te liggen: tassen, een fototoestel, een beautycase, mappen met ingebonden tijdschriften.

'Heb je je paspoort, Vera?' baste mevrouw Krikke.

Hexy ergerde zich blauw en negeerde haar zoveel mogelijk.

Ze had een raar gevoel in haar maag, toen het afscheid was aangebroken en haar moeder haar omhelsde.

'Ik bel je, zodra we gearriveerd zijn,' beloofde die, 'het zal wel een uur of drie, vier, worden, we zullen wel een paar keer stoppen onderweg.'

'Goede reis, mams,' murmelde Hexy. Ze had ineens een levensgroot schuldgevoel.

Ze drukte zich tegen haar moeder aan, alsof ze haar met alle geweld wilde tegenhouden.

Haar moeder rook lekker, ze zag er elegant uit, in het lichtroze, zomerse mantelpakje, dat ze op de valreep nog had gekocht. Beter dan mevrouw Krikke, van wie het broekpak behoorlijk om haar omvangrijk middel spande...

'Ik bel je geregeld,' beloofde mevrouw Pimmelaar, terwijl ze Hexy zacht over het haar streek.

'Zorg, dat je te bereiken bent, lieverd, als er problemen zijn, moet je me meteen bellen en laat me weten, als je officieel geslaagd bent. En natuurlijk een hele fijne verjaardag, tracteer jezelf en je vriendinnen maar royaal.'

Hexy knikte stom. Ze probeerde zich uit alle macht goed te houden.

Als dat mens van Krikke nou maar vast in de auto ging zitten, ze had geen zin in geknuffel.

'Nou meisje, tot ziens, het beste.'

Mevrouw Krikke vond blijkbaar dat ze te lang moest wachten op haar beurt en verdween achter het stuur.

'Ik moet instappen,' zei haar moeder. Ze kuste Hexy op beide wangen. 'Veel plezier in V., lieverd en nogmaals een fijne verjaardag, zul je voorzichtig zijn?'

'Tuurlijk mams,' deed Hexy stoer en maakte zich van haar moeder los.

'De groeten aan uw ouders en ik hoop dat de cursus leuk is.'

Haar moeder stapte in de auto, Hexy sloeg het portier dicht.

Mevrouw Pimmelaar draaide het raampje open. 'Goed oppassen, hè, geen onbezonnen dingen doen, eerst nadenken.'

Ze stak haar hand naar buiten. Hexy slikte. Ze drukte haar moeders hand, gaf er een kus op.

Mevrouw Krikke startte de auto, gaf Hexy nog een vluchtig knikje.

'Tot ziens, mams, tot ziens!' riep ze.

Ze begon met de auto mee te hollen, tot ze de snelheid niet meer kon bijhouden.

Als laatste zag ze nog even de wuivende hand van haar moeder, toen verdween de auto onverbiddelijk om de hoek van de straat.

Langzaam, met een brok in haar keel, liep Hexy terug

Ze mocht wel opschieten. Ze had nog ongeveer een uur de tijd om haar spullen te pakken en naar het station te gaan, waar ze Wendy en Willemien zou treffen om samen de trein te nemen naar V.

De vakantie was begonnen.

10

Hexy lag een beetje te dommelen in haar hangmat, die zachtjes heen en weer schommelde.

Jerry had 'm voor haar op de kop getikt en tussen twee stevige dennenstammen bevestigd. Volgens hem was het een idee van mr Woody, die iets dergelijks scheen te hebben in de tuin van z'n maison-de-campagne.

Het idee van mr Woody, wiegend in een hangmat, had haar lachstuipen bezorgd en nog steeds moest ze erom grinniken, als ze het zich voor de geest haalde.

Maar zo vaak dacht ze niet meer aan mr Woody.

Het was inmiddels juli en hij was nog steeds niet op komen dagen.

Aan de ene kant was ze teleurgesteld, maar anderzijds ook opgelucht. Als hij niet kwam, hield ze zichzelf voor, zou ze er geen traan om laten.

Zelfs al hoorde ze niets meer van hem, het was haar om het even. Hij was iemand, die hoorde bij haar pre-examentijd, die drukke, hectische periode, die ze het liefst wilde vergeten. Ze was nu begonnen aan een ander leven, vrij en onafhankelijk. De kunstacademie lokte en Hexy begon zich met schrik af te vragen, hoe ze straks weer bij haar moeder thuis in het gareel zou kunnen lopen.

Het leventje in het boswachtershuis beviel haar zo goed, dat ze eigenlijk niets meer te wensen had. Ze was een week, ja toch nog een week, in V. geweest, bij Wendy en Willemien. Ze had er uitbundig haar verjaardag gevierd, de dag van haar meerderjarigheid, 's avonds waren ze gedrieën naar een Walt Disney film gegaan. Jerry had al vroeg op de dag gebeld en gezegd dat ze ook de felicitaties moest hebben van 'mr W., je weet wel wie.' Als ze eenmaal terug was, zouden ze met z'n beiden haar verjaardag nog eens dunnetjes overdoen in het Kloosterbos, uiteraard zonder mr W.

De rest van de week was ze met haar vriendinnen tot in de kleine uurtjes opgebleven. 's Morgens waren ze al weer vroeg uit de veren, want ze sliepen op spijkerharde matrassen en verder hadden ze maar zo'n beetje aangerommeld en de meeste tijd verluierd op het terrasje van het zomerhuis.

Een paar maal waren ze 's middags naar een naburige zwemplas geweest. Hexy, die niet zo van zwemmen hield, had op een strandje liggen zonnen, maar toen een paar nieuwsgierige jongens al te opdringerig werden, was ze van pure ellende pardoes weer het water ingesprongen. Gelukkig kwamen ze haar niet na, want ze waren niet in badkleding.

Ze hadden zoveel mogelijk buiten de deur gegeten, en alle eethuisjes wel zo'n beetje afgestroopt.

Dichtbij het zomerhuisje lag een dierentuin, waardoor ze 's nachts geregeld wakker werden van doordringende junglegeluiden: bloedstollend leeuwengebrul en apengekrijs. Hexy deed er dan nog en schepje bovenop met ijselijke heksenkreten, waarmee ze vooral Willemien de stuipen op het lijf joeg.

Geen van drieën hadden ze veel zin om iets te ondernemen.

Het leek wel of de drukke examentijd alle energie had opgeslokt en ze weer volledig op krachten moesten komen, maar misschien waren ze ook wel loom van de warmte: het kwik steeg al gauw boven de vijfentwintig graden.

Wendy en Willemien waren er niet zeker van of ze waren geslaagd en dat was goed te merken aan hun humeur.

Af en toe sprong Hexy bijna uit haar vel en wenste dat ze goed en wel in het Kloosterbos zat.

Intussen hadden ze alle drie bericht gekregen, dat ze waren geslaagd. Willemien had bijna uitzinnig tegen haar gekrijst, toen ze het Hexy via de telefoon vertelde.

'Kom bij ons, Hexy, dat gaan we vieren, het wordt nu pas knots, ik tracteer op kauwgom,' en ook Wendy had haar gesmeekt terug te komen.

Maar Hexy had zich niet laten overhalen.

'Jongens, ik zit hier zalig, jammer voor jullie, maar ik ga hier niet vandaan.'

Ze hadden zich er al mopperend en protesterend bij neergelegd.

Hexy had nog geen moment spijt gehad van haar beslissing. Het was of ze iets gevonden had wat ze al heel lang had gewild: zelfstandig zijn, een eigen honk hebben, volledig eigen baas zijn...

Als dat het geheim was dat ze in het Kloosterbos zou vinden, de ontdekking die ze daar zou doen, dan geloofde ze het graag. Een heks hoorde in het bos, zo was het gewoon.

Het was op het heetst van de dag.

Er stond geen zuchtje wind, muggen gonsden om haar heen, maar ze was te loom om ze te verjagen. Zolang ze niet prikten en haar uitzogen, vond ze het best.

Het geluid was trouwens wel prettig, zelfs aangenaam, bijna rustgevend, het maakte haar slaperig. Voorlopig kwam ze die hangmat niet meer uit.

Het was de warmste dag tot nu toe, elke dag scheen de temperatuur weer een paar graden te stijgen.

Als je nog per se iets moest doen, waren de vroege ochtenduren nog het meest geschikt.

Hexy was om zes uur opgestaan, had snel wat koud water uit de keukenkraan over haar gezicht geplensd en zich daarna van top tot teen met zonnebrand ingesmeerd. Ze had een gebloemd short aangedaan en een witte wijde overhemdblouse, waarvan ze de mouwen oprolde. Het ding slobberde om haar heen, maar dat was goed voor de ventilatie.

Ze ging naar buiten en snoof haast wellustig de harsgeur op, die de dennenbomen afgaven.

Vogels kwinkeleerden er lustig op los en ze floot vrolijk terug.

Ze rekte zich eens goed uit. Zou ze een ochtendwandeling maken? Het was nu nog koel.

Eerst maar wat eten, haar maag rammelde. Ze had de laatste dagen weinig of niets gehad; af en toe een slaatje, een snee brood, een stuk kaas, ze had des temeer gedronken.

Maar nu voelde ze zich hongerig. In het keukentje smeerde ze een paar boterhammen voor zichzelf. Ze moest nodig vers brood halen, constateerde ze. Dit was zo oudbakken als 't maar kon, ze kreeg het nauwelijks door haar keel. Een glas melk erbij zou wel helpen.

Ze opende de koelkast op zoek naar melk. Vergeet het, Hexy Pimmelaar, die melk is allang op. Er was weinig meer over van de voorraad, die ze samen met Jerry had aangesleept...

Ze zou boodschappen moeten doen, daar hielp geen lieve moeder aan.

Ze geeuwde, schonk een glas tonic in en spoelde daarmee de stukken brood weg.

Goed, dat haar moeder haar niet zag. Die zat straks natuurlijk weer aan een vorstelijk ontbijt met luxe broodjes en een uitgebreid assortiment aan beleg.

'Le Beau Temps,' zo heette het hotel, waar ze logeerde. 'Het mooie weer', betekende dat, of: 'De mooie tijd'.

Hexy hoopte het allebei voor haar moeder. In V. had ze Hexy een paar keer gebeld en verteld dat alles pico bello in orde was. Ze had een mooie kamer, samen met mevrouw Krikke, compleet met televisie, telefoon en minibar. Ze hadden zelfs een eigen balkon.

Luxor-achtige taferelen kwamen Hexy voor de geest. 'Ik zal het u nog wel eens vertellen, mams, dat ik ook in zo'n chique hotel ben geweest, u moet niet denken, dat ik nergens van af weet...'

Het eten was prima volgens haar moeder, de cursus interessant en ze was 's avonds al een paar keer uit geweest, naar een theatervoorstelling of een concert. Dat ze het naar de zin had, was wel duidelijk en het gaf Hexy een opgelucht gevoel.

Toen ze na een week vertrok uit V. naar haar eigen stad, had ze in de trein haar mobieltje uitgeschakeld.

Pas toen ze zich goed en wel in haar huisje had geïnstalleerd, zorgde ze ervoor, dat ze weer bereikbaar was. De eerste keer dat haar moeder haar belde in het boswachtershuis, had ze zich behoorlijk akelig gevoeld en nog steeds, als ze belde, was Hexy zenuwachtig en bang zich, hoe dan ook, te verraden.

Maar het liep tot nu toe op rolletjes; ze zat op rozen, of liever gezegd, op vingerhoedskruid.

Het bloeide her en der om haar huisje heen en als ze er langs liep, tikte ze soms, als een goede fee met haar toverstafje, de roze klokjes aan, die bengelden aan hoge wiebelende stengels.

Ze had al een paar keer een eekhoorn gezien, die pijlsnel langs een dennenstam naar beneden roetsjte... Hij was in een oogwenk verdwenen, maar kwam onverwachts weer ergens anders te voorschijn. Ze had 'm al op de picknicktafel betrapt, die achter het huisje stond. Het diertje knaagde verwoed aan een dennenappel, die het tussen z'n pootjes geklemd hield.

Hexy had roerloos naar 'm staan kijken, met ingehouden adem, maar het was of het beestje voelde dat er iemand in de buurt was. Ze zag een kopje met een paar glinsteroogjes snel haar kant opdraaien. Ze bleef stokstijf, keek met een onbewogen gezicht terug en het wonder gebeurde: de eekhoorn bleef nog even zitten, voor hij met een sierlijke sprong op de grond belandde en verdween tussen de bomen. Ze zouden vriendjes worden, zo zeker als wat.

Ze had verder nog niets gedaan; soms, op het terrasje een beetje getekend in haar schetsboek, de dennenbomen, het vingerhoedskruid. Ze was een paar keer naar de ruïne geweest en had daar wat vluchtige schetsen gemaakt.

Maar verder was ze niet gekomen, het was ook veel te warm om te werken, hield ze zichzelf voor...

Jerry was al een paar keer geweest, ze hadden nog een beetje haar verjaardag gevierd. Behalve een flesje heerlijk geurende parfum, had hij een doos gebak en allerlei lekkere dingen meegenomen, waaronder een paar flessen witte wijn, die ze meteen koud had gezet. Ze had er zoveel van gedronken als ze op kon, was een beetje teut geworden en had de slappe lach gekregen, toen Jerry haar op een gegeven moment onhandig probeerde te zoenen. Ze was ook geschrokken. Het leek erop, dat hij bezig was verliefd op haar te worden, maar dat wilde ze niet. Hij was haar vriend en daar moest het voorlopig maar bij blijven, vond ze. Ze wilde zich op geen enkele manier aan iemand binden, juist nu niet, nu ze een vrijheid had gekregen als nooit tevoren...

Jerry was 's nachts gebleven en ze had een hele tijd wakker gelegen met kloppend hart.

Gelukkig had hij de volgende dag weer gewoon gedaan, alsof er niets was gebeurd.

Of misschien was hij toch wel teleurgesteld.

Hij was in elk geval al vroeg weer vertrokken, naar de stad, waar hij op het archief nog een paar dingen wilde uitzoeken. Ze was er niet rouwig om geweest.

Dit was haar nieuwe leven en ze wilde het tot de bodem proeven, het liefst alleen.

Ze voelde zich als herboren, vrolijk en onbezorgd; dit was het paradijsje waar ze altijd van had gedroomd...

Hexy gaapte. Nog even en ze zou in slaap vallen. Haar ogen voelden zwaar en vielen langzaam dicht.

Maar ineens gingen ze weer open.

Ze had een geluid gehoord, een soort ronken, als van een motor.

Ze keek omhoog, naar de strakblauwe lucht, maar er was geen spoor van een vliegtuig te bekennen.

Het geluid werd sterker, zwol aan, werd oorverdovend in de stilte. Geen twijfel mogelijk, er naderde een auto en zo te horen eentje van een nogal zwaar kaliber...

Haar hart begon te bonzen, ze kreeg plotseling een voorgevoel.

Even kreeg ze de neiging uit de hangmat te springen en zich te verstoppen, ergens achter het schuurtje of de gastank, maar iets als nieuwsgierigheid hield haar tegen.

Ze bleef liggen waar ze lag en wachtte gespannen af.

Ze kon niets zien, alleen maar horen dat er een auto stopte, met gierende rem, slippend, een portier werd geopend, met een klap dichtgeslagen, een achterklep ging omhoog, werd weer gesloten. Ze hoorde iemand het pad op lopen en na wat een eeuwigheid leek zag ze een man om de hoek van het huisje komen, gestoken in een sportief wit linnen kostuum, een soort tropenpak, een strohoed op zijn hoofd tegen de zon. Een heel andere mr Woody dan ze gewend was.

Zijn gezicht ging bijna helemaal schuil achter een enorm boeket rode rozen.

'Ah! Daar ben je!' Bij de hangmat bleef hij staan en stak z'n hand uit. 'Je houdt siësta? Nog gefeliciteerd met je slagen en met je verjaardag natuurlijk, fantastisch gedaan!'

Hij maakte een gebaar, of hij haar de bloemen wilde geven, maar kwam kennelijk tot de conclusie dat dat niet zo handig zou zijn en hield ze bij zich, een eindje van zijn gezicht af.

Hij keek om zich heen, voorzover het boeket hem het zicht niet belemmerde.'Wat een prachtplek', zei hij bewonderend, 'bevalt het je?' 'Nou en of,' zei Hexy.

Ze voelde zich overvallen en wist even niet goed raad met haar houding.

'Wat een prachtige bloemen,' zei ze, 'ik zal ze meteen in water zetten, als ik een vaas kan vinden...'

'Anders graven we een kuiltje in de grond,' lachte mr Woody, 'en maken we er een rozenstruik van.'

Ze deed een poging om uit de hangmat te komen en belandde met een sprongetje op de grond.

'Heerlijk niet, zo'n hangmat,' merkte mr Woody op, 'ik weet zelf hoe ontspannend het is, ik heb er zelf één gehad in de tuin van mijn maison-de-campagne.'

Hexy beet op haar lip. Ze wapperde met haar hand. 'Poeh! het is warm, zelfs in de schaduw, u wilt zeker wel wat drinken?'

Ze liep, met mr Woody achter zich, naar het terrasje,

'Zullen we hier gaan zitten?' stelde ze voor, 'of gaat u liever naar binnen?'

Hij schudde heftig z'n hoofd. 'Nee, nee, met dit mooie weer leef je buiten, zo is het toch?'

Hexy knikte. 'Ik kan goed tegen de warmte gelukkig, ben een zonliefhebber.'

'Dan kunnen we elkaar de hand geven,' zei hij, 'mag ik je nogmaals deze bloemen aanbieden?'

Met een kleine buiging overhandigde hij haar de rozen.

'Geweldig, dank u wel,' zei ze. Ze stak even haar neus erin, trok die schielijk weer terug.

'Au, dat prikt,' lachte ze, 'maar ze ruiken lekker.'

'Pas op voor de doorns,' waarschuwde hij. 'Il n'y a pas de roses sans épines, zoals een Frans spreekwoord zegt.'

'Geen rozen zonder doorns,' vertaalde Hexy op goed geluk en toen met een geheimzinnig gezicht: 'Straks word ik nog Doornroosje in het bos, slaap ik de eeuwige slaap.'

Ze zag dat de glimlach bestierf op zijn gezicht. Had ze iets verkeerds gezegd? Ze vond zo'n uitdrukking net iets voor hem.

'Het geeft me zo'n sprookjesachtig gevoel,' zei ze verontschuldigend, 'ik zoek een vaas, 'gaat u toch zitten,' bood ze aan, en

159

knikte met haar hoofd naar een groene kunststof tuinstoel met hoge rugleuning, die standaard klaarstond voor gasten. Zelf zat ze het liefst in de andere, een ouderwetse houten ligstoel met een lap gestreept linnen tot bijna op de grond, waarin ze zalig kon liggen zonnen.

Ze wilde naar binnen lopen, maar bedacht zich. 'Wat wilt u drinken?' vroeg ze. 'Ik heb tonic, bier, helaas geen pernod.' Hij glimlachte alweer. 'Ik doe gewoon met jou mee, is dat goed?'

'Oké,' zei ze, 'tonic dus.'

Hexy liep het keukentje in, legde de bloemen op het aanrecht en speurde naar iets wat dienst kon doen als vaas.

Het enige wat ze vond, waren drie grote, flink uit de kluiten gewassen bierpullen...

Dan moest de zaak maar in drieën gedeeld, besloot ze.

Ze scheidde de bloemen in drie ongeveer evengrote bossen, prikte zich een paar keer in de vinger, waardoor kleine druppeltjes bloed naar buiten kwamen, die ze meteen opzoog. Ze schikte de bloemen zo goed mogelijk in de glazen, nadat ze een stukje van de steel had afgesneden.

Ziezo, dat leek erop, een boeket voor buiten, en twee voor binnen. Ze kon er straks ook één op haar slaapkamer zetten. Ontzettend aardig van mr Woody.

Ze pakte twee drinkglazen, opende de koelkast en haalde er een fles tonic uit. Snel inspecteerde ze de verdere inhoud. Er was nog kaas, een slaatje, voldoende drank.

Wat had ze verder nog? Een paar koeken, een zak chips, en een paar potten groente.

Mr Woody kwam wel op een heel ongelukkig moment. Nu ja, niets aan te doen, had-ie van tevoren maar moeten afspreken, maar vervelend was het wel. Ze had er rekening mee moeten houden dat er iemand zou kunnen komen.

Ze schonk tonic in de glazen en liep ermee naar buiten.

Mr Woody was in de aangewezen stoel gaan zitten, de hoed lag op z'n knie, hij had zijn colbertje uitgedaan en z'n zonnebril opgezet.

Hexy zette de glazen op het tuintafeltje en vertelde dat ze de rozen inmiddels in water had gezet. 'Een boeket voor buiten en twee voor binnen,' zei ze. Ze liep snel terug om het ene boeket op te halen en zette het met een triomfantelijk gebaar op het tafeltje.

'Hoe vindt u deze oplossing?'

'Daarin zullen ze wel gedijen,' lachte mr Woody, 'bier is overal goed voor, zeggen ze. Ik ben trouwens niet zo'n bierdrinker, zoals je vriend, bijvoorbeeld.'

'Jerry!' zei ze, 'ja, die lust er wel pap van, ik heb een heel assortiment in de koelkast, maar ik zie 'm weinig, hij is nog maar een paar keer geweest.'

'Hij werkt aan z'n carrière, moet je maar denken,' zei mr Woody, terwijl hij met z'n hoed naar een hinderlijk insect sloeg, dat hem belaagde, 'net zoals jij dat doet.'

Hexy lachte. 'Op dit moment beslist niet, mr Woody, ik geniet van m'n vakantie.'

Ze ging op het puntje van de ligstoel zitten, zonder achterover te leunen...

'Maar je gaat hier toch nog wel aan de slag?' veronderstelde hij en het klonk alsof hij niet anders van haar verwachtte.

'O, jawel, ik heb al wat schetsen gemaakt,' vertelde ze, 'van de ruïne... ik wil 'm schilderen straks.' 'Dus geen houtskool?' vroeg hij en knipoogde.

'Nee,' zei ze, 'ik wil veel meer met kleur gaan doen. Die ruïne bijvoorbeeld, ik wil 'm rood maken... bloedrood.'

Ze zoog aan het topje van haar vinger. 'Ik heb me toch geprikt, maar het is niet erg, ik heb heksenbloed, dat kan overal tegen.'

Ze keek mr Woody aan en ondanks zijn donkere zonnebril voelde ze zijn ogen indringend op zich gericht. Ze zag zweet parelen op zijn voorhoofd.

'Gelukkig wel,' zei hij zuchtend, tastte naar zijn colbertje, haalde er een witte zakdoek uit waarmee hij zijn voorhoofd afwiste. Hij pakte het glas tonic en nam een slok.

'Dat is lekker,' zei hij dankbaar, 'een goede dorstlesser. Het is wel erg warm vandaag, vind je niet? Het zou me niets verbazen als er onweer kwam.'

'Hopelijk niet vandaag,' wenste Hexy, 'al lijkt het me wel spannend hier.'

'Maar ook gevaarlijk,' zei hij, 'ik wil je niet bang maken, maar als de bliksem inslaat... met al die bomen in je omgeving... je kunt beter teruggaan naar de stad, als het zover is.'

Hexy maakte een wuivend gebaar. 'O, nee, dat nooit, mr Woody, ik voel me hier in m'n element, op m'n plaats, of ik er thuishoor... een vriend van me zei laatst dat een heks in het bos moet wonen en zo voel ik het ook...'

'Dat zal Jerry niet geweest zijn,' glimlachte mr Woody.

'O, nee, die vindt het maar niets, dat ik hier zit, het is niks voor hem, hij verveelt zich al gauw.' Ze grinnikte. 'De laatste keer had-ie een stapel kranten bij zich, niet mooi meer, heeft-ie allemaal doorgekeken. Nou, ik hoef geen krant, het is toch allemaal ellende... Ik heb alleen een radiootje en verder niks, vind ik prima... Ik voel me... nou ja... als God in Frankrijk, om zo te zeggen.'

'Daar lijkt het wel wat op,' zei mr Woody langzaam. 'Alleen al het geluid van die krekels... het doet me denken aan de Provence...' Hij kuchte.

'Alles goed en wel,' merkte hij op, 'maar zit je zo niet erg ver van de bewoonde wereld? Is dat geen bezwaar voor je? Het lijkt me hier nogal eenzaam.'

'Ach, valt wel mee.' Hexy nam een slok van haar tonic, het glas had ze naast zich neer gezet.

'Af en toe belt er eens iemand... m'n moeder... Jerry... Cees Rijnders, de jongen van die villa verderop, hij is nu in Italië, ik heb een week met twee vriendinnen in een zomerhuisje gezeten, hartstikke leuk, maar ik kan me ook prima alleen vermaken.'

Hij knikte. 'Dan ben je een gelukkig mens. Alleen ben je tot veel in staat, al heb je er ook vaak anderen bij nodig. Als ik aan mezelf denk: in Amerika heb ik veel steun gehad aan Lewis Pelman, hij had een cateringbedrijf gehad en kon me waardevolle adviezen geven. Je weet, ik heb een restaurantketen opgezet, grofweg gezegd op de lijn die van de noord- naar de westkust loopt... Hier in Nederland was ik al eigenaar van een etablissement, in jouw woonplaats zelfs.'

Hexy's wenkbrauwen schoten omhoog. 'Werkelijk waar? In de stad?'

Hij knikte. 'De naam doet er nu niet toe,' vervolgde hij snel, 'het pand bestaat trouwens al niet meer. Ik had dus enige ervaring en een aardig startkapitaal, plus een succesformule, die ik in Amerika heb gehanteerd.'

'Waarom ging u eigenlijk naar Amerika?' vroeg Hexy, zo achteloos mogelijk en peuterde aan een riempje van een van haar teenslippers.

Onderwijl dacht ze koortsachtig na. Als hij in de stad had gewerkt, kende hij misschien het Kloosterbos en wist hij wat er in de villa was gebeurd...

'Tja.' Hij ging verzitten, sloeg een been over het andere. 'Het land van de onbegrensde mogelijkheden, zoals men zegt... Nederland was me te klein... ik kwam niet snel genoeg hogerop. Toen ik arriveerde in New York ging er een wereld voor me open... letterlijk... ik heb me in zaken gestort en succes gehad.'

'En die succesformule?' vroeg Hexy.

'Ach ja.' Hij lachte kort. 'Ik ben een horecaman moet je weten, Hexy, alles wat met food te maken heeft, interesseert me. Niet alleen heb ik er veel over gelezen, ik heb ook veel met voedsel geëxperimenteerd, hoe alchemistisch dat ook klinkt. Ik heb een soort laboratorium gehad, in mijn eigen restaurant. Culinatorium noemde ik dat... waarin ik van alles uitprobeerde... mengsels van dit, marinades van dat en alles zo licht verteerbaar en vetvrij mogelijk. Het restaurant dat ik beheerde, was bekend om z'n exclusieve, uitgebalanceerde gerechten, smaakvol en tegelijk zo caloriearm, dat het een gunstige invloed had op de spijsvertering.'

'Goed voor de slanke lijn dus,' constateerde Hexy. 'Vertel eens, mr Woody, wat waren dat voor hapjes? Wat zat erin?'

Mr Woody legde een vinger op z'n mond.

'Een geheim, Hexy, mijn geheim, mag ik wel zeggen. Ik kan je wel vertellen dat mijn food je zeker zou bevallen. Ik heb in Amerika ongeveer dezelfde formule toegepast. Dat fast-food daar is vaak veel te vet, er lopen daar meer dikke mensen rond dan me lief is... het zal wel een soort zelfhaat zijn...' Hij lachte, een diepe, grommende lach en Hexy lachte mee, of ze wilde of niet.

'U bent helemaal niet dik,' wilde ze zeggen, maar hield haar mond.

Hij had in elk geval geen buikje en in dat witte pak kwam z'n figuur beslist voordelig uit, vond ze...

''In ieder geval,' ging hij door, 'ik heb altijd geprobeerd mijn menu's zo vetarm mogelijk samen te stellen en dat sloeg aan in Amerika. Men wilde blijkbaar eens wat anders dan die eeuwige hamburger en hotdog. In mijn restaurants krijgen ze uitgekiende porties, uitgebalanceerd van smaak, pittig, pikant en toch weer niet te scherp, getemperd door milde aroma's. Knoflook en olijfolie zijn belangrijke ingrediënten, verder blijft de bereiding geheim.'

'Het geheim van mr Woody,' zei Hexy zacht voor zich uit.

'U heeft heel wat geheimen volgens mij,' flapte ze er toen uit.

Het was of hij schrok. 'Hoe kom je daarbij, Hexy?'

Ze zuchtte. 'Sorry, maar u praat vaak over geheimen... ik zou iets ontdekken in het Kloosterbos, volgens u... Ik heb echt nog niets ontdekt, mr Woody, of eigenlijk... ja, toch wel... ik ben hier gelukkig, dat is misschien mijn ontdekking...'

Mr Woody reageerde niet meteen, daarom zei ze snel: 'Wilt u nog tonic? Met iets erbij? Een gevulde koek?' 'Graag,' zei hij, 'dat lijkt me heel lekker.'

Ze stond op, een beetje te haastig, stootte zich aan het tafeltje, pakte mr Woody's glas en glipte naar binnen. Om de een of andere reden voelde ze zich nerveus.

Het zou wel van het weer komen, de warmte werd zo langzamerhand verstikkend. Ze verlangde ineens naar een fris buitje.

Ze vroeg zich af, hoe lang hij zou blijven. Zou hij willen blijven eten? Dan zag het er niet best uit. Ze had alleen nog een bak aardappelsla, Hexy's food. Verschilde natuurlijk hemelsbreed van de delicatessen, die hij gewend was. Hij kon beter in het Luxor gaan eten, maar zo verstandig zou hij wel zijn.

Ze vulde het glas bij, zelf had ze nog, legde twee koeken op een schoteltje.

Ze liep er mee naar buiten en schrok, toen ze niemand zag.

Mr Woody was verdwenen. Ze zette het glas neer, met de koeken, pakte er een voor zichzelf.

Ze wachtte af en even later zag ze hem alweer het pad opkomen, met iets, wat op een opgevouwen krant leek.

'Neem me niet kwalijk,' verontschuldigde hij zich, 'ik heb net even iets uit de wagen gehaald.'Hij ging weer zitten, hield de krant omhoog als een trofee, zwaaide 'm voor haar ogen heen en weer. Hexy keek er nieuwsgierig naar, zo te zien was het een buitenlands exemplaar.

'Eén geheim is waarschijnlijk opgelost,' zei hij bijna plechtig.

'Het geheim van Angelique Pelman.' Hexy zette grote ogen op. 'U bedoelt... u heeft haar gevonden?'

'Zo zou je het kunnen zeggen.' Hij schudde z'n hoofd. 'Het kan raar lopen in de wereld, ik had oproepen geplaatst in verschillende Franse dagbladen... had er nog geen enkele reactie op gehad en gister... ik koop nogal gauw eens een buitenlandse krant, laat ik nu deze advertentie hebben gelezen in Le Monde.'

Hij stond op, vouwde de krant open en liep naar haar toe.

'Hier,' zei hij en wees een advertentie aan die omkaderd was met een zwarte rand.

'Hier staat het, Hexy, het overlijdensbericht van Angelique Pelman.'

Ze is vier dagen geleden in Parijs overleden.' Hexy las haar naam, die gedrukt was in vette zwarte letters, daaronder, in gewone druk: 'chère fille du peintre Hollandais Henri Pelmann', met dubbel 'n', maar het moest dezelfde zijn, daaraan was geen twijfel mogelijk.

Mr Woody drukte een dikke duimnagel op de onderste regels van de advertentie.

'Hier, dit is het belangrijkste,' zei hij met passie, en er klonk ontroering en opwinding in zijn stem: 'Dame Blanche, comme elle s'etait nommée, 'Vrouw in het Wit, zoals ze werd genoemd', vertaalde hij meteen, 'omdat ze veel van witte kleren hield, als verpleegster en ook daarbuiten, is naar haar Eeuwige Vader gegaan, zij is nu verenigd met haar aardse vader, die zij slechts één keer gezien heeft, juste avant sa mort, kort voor zijn dood, mogen zij rusten in vrede.'

'Begrijp je wat dat betekent?' zei mr Woody met klem. 'Dame Blanche,' zei Hexy verrast. 'Witte vrouw.' 'Juist.' Mr Woody gebaarde druk. 'Stel je even voor hoe het gebeurd kan zijn: zij heeft hem een keer willen zien, wilde contact met hem zoeken. Van haar moeder wist ze waar hij waarschijnlijk huisde, als hij daar nog zou zijn tenminste, het Kloosterbos, bij de stad S. in Nederland. Ze komt eraan... in het wit, zoals ze dat volgens de advertentie graag droeg... hij ziet haar aankomen... ze zal zo'n jaar of veertig geweest zijn, misschien niet veel veranderd... nog altijd blond... hij moet gedacht hebben aan een geestverschijning, een Tramontijn misschien... dan herkent hij haar... van emotie slaat zijn hart op hol, hij krijgt een acute hartstilstand. Misschien wisselen ze nog een paar woorden, maar dan is het afgelopen... hij sterft in haar armen... zij legt hem in de hut... dit kan zijn plotselinge dood verklaren, Hexy.'

Mr Woody hijgde, alsof hij buiten adem was.

'Tjonge,' zei Hexy geïmponeerd, 'dat is een hele ontdekking, mr Woody, ja, het zou best zo gegaan kunnen zijn, wel erg tragisch.'

'Het heeft zo moeten zijn.'

Mr Woody begon te hoesten, een schorre hoest, die overging in een soort gerochel.

Hij liep abrupt naar binnen, zonder iets te zeggen en Hexy keek hem een beetje ongerust na.

Het had hem behoorlijk aangegrepen, dat was duidelijk. Zelf was ze er ook danig van onder de indruk. Mooie boel, als je eindelijk je dochter had gevonden en dan doodging...

En omgekeerd. Angelique had haar vader gevonden, die ze evenlater weer verloor.

Wat had ze daarna gedaan? Ze had die Lewis blijkbaar niet meer ontmoet. Had ze zich daarna meteen uit de voeten gemaakt? Was ze zo geschrokken en in de war geweest, dat ze onmiddellijk weer was vertrokken? Niemand had immers ooit meer iets van haar gehoord?

Ze had hem in de hut gelegd en was ervandoor gegaan, zonder iemand te waarschuwen. Ze kende natuurlijk geen woord Nederlands. Maar dan nog... ze was verpleegster geweest... liet je dan iemand zomaar achter? Ze had vast wel iemand gewaarschuwd, om te gaan kijken, maar zelf was ze 'm gesmeerd... Omdat ze zich schuldig voelde aan zijn dood?

Hexy vroeg zich af, hoe ze zelf gereageerd zou hebben, maar dat was natuurlijk niet van toepassing. Gek eigenlijk dat ze niet eens wist of degene die haar op de wereld had gezet, nog leefde. Maar dat deed er niet toe, het was van geen belang. Zij leefde en was gelukkig. Toch ergens jammer, dat hij het niet wist. Hij had er misschien wel een beetje aan bijgedragen, dat ze zo'n vrolijk en tevreden mens was, dat bovendien nog aardig kon tekenen ook. Ze zou toch wel iets van zijn genen hebben? Stel dat ze de dochter was van een kunstschilder? Zou niet gek zijn. Maar dan had ze er, evenmin als Angelique veel aan gehad.

Ze las de advertentie nog eens... Het adres onderaan leek de naam van een of ander verpleeghuis. Het bericht was blijkbaar opgesteld door de 'chers amis', de dierbare vrienden van de overledene, Margot, Pascal en Bertrand, ze had vermoedelijk geen enkele familie meer. Was ze enig kind gebleven? Ze was niet getrouwd geweest, gezien de enkele naam, of misschien was ze gescheiden, dat kon natuurlijk ook. Had ze zich altijd Pelman genoemd? Ze moest haar vrienden over haar vader hebben verteld, over de ontmoeting met hem, waarover ze misschien haar hele leven gezwegen had.

Ze zag het ronde gezichtje weer voor zich, zoals het stond afgebeeld op het schilderij van de Witte Engelen, het frêle figuurtje, het blonde haar. Ze twijfelde nu niet meer, dat Pelman zijn verloren dochter had geschilderd, temidden van de Tramontijnen.

Het was één van zijn laatste schilderijen had ze ergens gelezen, had hij een voorgevoel gehad?

'Ik zou wel naar de begrafenis willen,' zei ze hardop. Meteen sloeg ze en hand voor de mond.

'In stilte gecremeerd', stond in de advertentie. Het lichaam van Angelique was al niet meer dan een hoopje as.

Ze vouwde de krant dicht, sloeg er oneerbiedig mee naar een opdringerige wesp, die nu levender was dan de arme Angelique Pelman. Deze rozen draag ik aan jou op, Angelique. Als ik ooit nog eens in Parijs kom, zal ik de plek proberen te vinden, waar je urn is bijgezet. Of hebben ze je as verstrooid over de Seine? Het Kloosterbos was een betere plaats geweest. Waar bleef

167

mr Woody? Moest ze niet eens gaan kijken? Ze wilde net opstaan, toen ze hem aan zag komen.

'Mijn excuses,' zei hij, met opgeheven hand, 'ik heb me even opgefrist in één van de slaapkamers.' Hexy knikte. 'Die met de wasbak. Ik heb 'm tot atelier gebombardeerd, handig om alles schoon te spoelen.'

Mr Woody keek naar de lucht. 'Het betrekt, Hexy, ik weet niet, wat de weerberichten zijn, maar er kon best eens onweer komen.'

Hexy had ineens het sterke vermoeden, dat hij het per se niet meer over de dochter van Pelman wilde hebben.

Hij liet zich weer in zijn stoel zakken, dronk stilzwijgend zijn glas tonic leeg en verorberde de koek.

Pas toen verbrak hij zijn zwijgen.

'Wel heel merkwaardig allemaal, niet?'

Ze knikte. 'Een geheim tenminste opgelost, mr Woody, jammer dat we haar niet meer hebben kunnen spreken, maar misschien was ze ook wel te ziek, je zou nog eens met die vrienden van haar moeten praten.'

Mr Woody knikte. Hij sloeg een paar kruimels van zijn pantalon.

'Ach, ja,' zei hij, of hij op zijn eigen gedachten doorging, 'die arme Pelman... ik heb me altijd in zekere zin met hem verwant gevoeld, Hexy, zijn leven lijkt wel wat op het mijne, weet je?'

Hexy fronste. 'Is dat zo, mr Woody? In welk opzicht dan?'

Mr Woody hield krampachtig de leuningen van zijn stoel omkneld.

'Zal ik het je vertellen, Hexy? Wil je het horen? Het is geen opwekkend verhaal.'

Hexy voelde zich ineens onbehaaglijk. Wat zou ze nu te horen krijgen? Alle geheimen van zijn leven? Hoe moest ze daarop reageren? Het ging haar toch helemaal niet aan?

Verdorie, het was veel te warm voor zulke zware gesprekken. Ze zou het liever wat luchtiger willen houden. Maar aan de andere kant: misschien zou ze hem beter begrijpen, als ze zijn achtergrond wist. Wie weet deed het hem goed, zijn hart eens te luchten.

'Vertelt u het maar,' zei ze.

Op het zelfde moment meende ze een vaag gerommel te horen in de verte, maar het kon ook verbeelding zijn.

'Het is een lang verhaal,' zei hij, bijna zuchtend, 'ga er maar makkelijk bij zitten, Hexy.'

'Liggen, bedoelt u'. Hexy zakte achterover, sloot even haar ogen. 'Begint u maar,' zei ze.

Hij wachtte een ogenblik, toen, alsof hij zich bedacht: 'Misschien kunnen we eerst even iets eten? Ik heb eigenlijk wel trek en jij?'

Ze keek hem geschrokken aan. 'Eten? Ja natuurlijk, maar weet u...'

Hij wuifde met zijn hand. 'Daar zorg ik natuurlijk voor, het is al erg genoeg dat ik je zo onverwacht heb overvallen. ik heb het een en ander meegenomen, dat leek me niet meer dan gepast.'

'O?' reageerde Hexy onthutst. 'Nou, in dat geval...'

'Laten we de proviand maar gaan halen...' Hij maakte een uitnodigend gebaar. 'Als je mee wilt lopen.'

Hij stond op en ze liep met hem mee, het pad af, naar de overkant van de zandweg, waar hij zijn wagen had geparkeerd in de hei.

'Wat een mooie auto,' zei ze bewonderend. Het was een pracht van een terreinwagen, vierkant, robuust, hoog op de wielen.

Mr Woody opende de achterklep, Hexy zag een koelbox, waaruit mr Woody allerlei dingen overhevelde naar een picknickmand, die ernaast stond: stokbroden, een fles bordeaux, kruidenboter, cupjes jam, punten brie en een soort salade.

'O!', zei ze opgetogen, 'wat geweldig, dat u dat allemaal hebt meegenomen, het is veel te gek, u bent een tovenaar, mr Woody!'

Hij keek haar getroffen aan, lachte toen breeduit.

'Vind je? Dan passen we wel een beetje bij elkaar, niet?'

Ze liepen terug en hij stalde alles zoveel mogelijk uit op het tuintafeltje, nadat Hexy het had ontruimd. De rozen zette ze binnen, haalde tegelijk uit de keuken een paar bordjes en bestek.

Ze trok een keukenstoel bij voor zichzelf en ging tegenover mr Woody zitten

Hij toverde een Zwitsers mes uit zijn zak te voorschijn en sneed het stokbrood in verschillende stukken. 'Bon appétit,' wenste hij, 'eet smakelijk.'

Hexy lachte en vertelde van het etentje, dat ze een tijd geleden met Jerry had gehouden, in z'n flat, waarbij ze zich een beetje in middeleeuwse sferen waanden.

Mr Woody luisterde belangstellend. 'Jullie kunnen het goed samen vinden, he?'

Hexy knikte. 'Hij is echt m'n vriend, ik ken 'm al vanaf m'n zesde of zo. Toen ik twaalf was, ben ik verhuisd en hebben we elkaar een hele tijd niet gezien. Pas sinds een half jaar hebben we weer contact.'

'Een jeugdvriendschap is iets heel bijzonders,' verklaarde mr Woody, 'hou die Jerry in ere, Hexy, het is een goede, ijverige jongen. Wil je een glaasje Bordeaux? Ik herinner me, dat je er in het Luxor lekker van gedronken hebt.'

Hij toverde ergens uit de mand een kurkentrekker en ontkurkte de fles in een handomdraai.

'Lekker,' zei Hexy, toen hij haar inschonk uit een glaasje, dat eveneens uit de mand te voorschijn kwam. 'U heeft aan alles gedacht, mr Woody.'

Hij knikte. 'Fijn, dat je het allemaal kunt waarderen. Dat merkte ik al in het Luxor, ik kan je niet zeggen, hoe het me speet, dat het de tweede keer misging.'

Ze moest zich even realiseren, waar hij op doelde. 'O, toen ik u wilde spreken,' begreep ze.

Hij keek haar bijna schuldbewust aan. 'Ik begrijp nog niet, hoe het mogelijk was... die receptionist is absoluut kleurenblind of heeft niet goed gekeken. Hij beweerde dat een blonde dame me wilde spreken...'

Hexy voelde dat ze een kleur kreeg. 'Sorry, mr Woody, het is mijn schuld.'

'Jouw schuld? Nee, nee,' zei hij met een beslist handgebaar, 'ik zal het die man nooit vergeven en mezelf nog minder.'

'Mr Woody,' zei Hexy aarzelend, 'ik was blond, die middag, ik had een pruik op.'

Hij keek verbaasd op en liet bijna zijn mes vallen. 'Jij had een pruik op? Nee toch? Waarom deed je dat?' Ze haalde haar schouders op. 'Weet ik niet, echt niet, ik was in een gekke bui, ik had het ding gekocht voor het eindexamenfeest.'

Er verschenen pretlichtjes in mr Woody's ogen. 'En daar liep jij mee door de stad? Zo het Luxor in? Jij bent me er een, Hexy!' Hij begon smakelijk te lachen.

'Dan is dat ook weer opgelost, ik zal de betreffende receptionist laten rehabiliteren, de man heeft geen leven meer bij mij sinds het gebeurd is.'

'Ach, mr Woody,' zo erg was het toch niet?' zei ze luchtig.

'Het was wel erg,' viel hij uit, en ze zag zijn ogen vuur schieten. 'En jij? Vond jij het dan niet erg?'

Hexy keek op haar bord. Moest ze hem de waarheid vertellen? 'Ik was woest,' bekende ze zacht.

'Nou dan!' Hij hief een hand op en even was ze bang, dat zijn vuist midden tussen het eetgerei op tafel terecht zou komen.

'Jerry vertelde me dat je geweest was. Toen begreep ik dat ik een fout had gemaakt, een onvergeeflijke fout, ik heb je onmiddellijk gebeld, toen ik terug was, je was... in de villa... is het niet?'

Hij nam een stuk stokbrood en begon het verwoed te besmeren met kruidenboter.

'Ja,' zei Hexy, 'een student van de kunstacademie heeft 'm gehuurd. Ik heb die jongen toevallig een tijdje geleden leren kennen en hij had me uitgenodigd voor een inwijdingsfeest, maar ik kwam te laat, het feest was al voorbij, toen ben ik toch nog maar even gebleven.'

'Je hebt het huis bekeken?' vroeg hij en veegde z'n handen aan een servetje af.

'Ja, het ziet er wel een beetje luxe uit,' vertelde Hexy, 'eigenlijk vond ik het een beetje een eng huis... ik weet het niet... misschien, omdat je weet, wat er allemaal gebeurd is... er is toch iemand vergiftigd?'

Ze wachtte even. 'Toen ik daar zat, is me iets heel raars overkomen.'

Ze zweeg, in de war. Waarom begon ze daarover? Ze wilde er het liefst helemaal niet meer aan denken. Vast teveel bordeaux op, het was ook veel te warm voor alcohol, het steeg haar compleet naar het hoofd.

Ze keek vluchtig naar mr Woody, schrok van zijn doordringende blik, waarin een soort gretigheid lag, een intense, hongerige nieuwsgierigheid.

Ze week onwillekeurig achteruit. 'Ach, mr Woody, zo erg was het niet... ik was een beetje... pernoïde, weet u.' Ze moest lachen om haar eigen vondst.

'Pernoïde, he?' herhaalde hij, of hij er alles van begreep. 'En toen?' Hij ademde zwaar.

'Ik had pernod gedronken... dat is het lievelingsdrankje van die student... ik wou het ook eens proberen en na een paar glaasjes belde u... het was heel vreemd... ik had een soort black out... ik weet het zelf niet goed meer, maar ik geloof, dat ik ineens ergens anders was... buiten... het was koud, verrekte koud, en ik liep maar, waarheen weet ik niet...'

Mr Woody staarde haar aan, verstard, alsof hij fungeerde in het sprookje van Doornroosje.

Toen sloeg hij zijn ogen neer en mompelde iets, terwijl hij zijn gezicht met een hand bedekte.

'De ruïne, Hexy, de ruïne,' hoorde ze hem zeggen, en het was of hij, net zoals het haar was vergaan, nu ook ergens anders was, of iets voor zich zag wat zij niet kon zien.

'Ik kwam meteen weer bij hoor,' zei ze snel, 'gaat het wel, mr Woody?'

Hij keek haar aan met een bijna gepijnigde blik.

'Ik moet je mijn verhaal vertellen, Hexy, het kan niet langer wachten.' Het klonk als iets onvermijdelijks, een soort noodlot en de schrik sloeg haar om het hart. Ze wist niet waarom, maar ze kreeg plotseling het gevoel, of er gevaar dreigde, of mr Woody haar zou meesleuren in een maalstroom van vreselijke gebeurtenissen.

Ze had ineens geen trek meer en legde haar mes naast haar bord.

Er viel een geladen stilte, de sfeer was van het ene op het andere moment gespannen. Mr Woody leek zich een beetje te herstellen en zichzelf weer meester te worden.

'Neem me mijn reactie niet kwalijk, Hexy.' In zijn stem klonk nog een trilling door.'Maar er zijn dingen gebeurd in mijn leven, die ik niet meer voor me kan houden.'

'Heb je genoeg gegeten?' vroeg hij op kalmere toon.

Ze knikte. 'Dan zullen we een beetje afruimen,' zei hij.

Hexy verzamelde het afval, de lege jamcupjes en wat over was, moest ze van mr Woody voor zichzelf bewaren en borg ze weg in de keuken. Ze zette de keukenstoel weg en kroop weer in haar ligstoel. Mr Woody schoof een eindje achteruit, alsof hij afstand wilde scheppen en Hexy haalde wat ruimer adem. Ze riep zichzelf tot de orde. Ze moest gewoon luisteren naar zijn verhaal. Hoe dramatisch het misschien ook was, er was niets aan de hand. Mr Woody had dingen meegemaakt, die leken op wat de schilder Pelman had moeten doorstaan.

Had hij soms ook een verloren dochter? dacht ze ineens met schrik. Had dat misschien iets te maken met die paddestoelvergiftiging in de villa? Ze sloeg weer mooi op hol, vond ze zelf, maar was het wel zo fantastisch? Als je alles een beetje mixte, wat mr Woody had gezegd, kon je beslist wel tot zo'n conclusie komen. Maar bij het feest in de villa was alleen een oude man omgekomen... Toch moest er een of ander verband zijn... Koude novembernacht... l'amour et la mort. De woorden schoten als vlammen door haar heen. Ze zou eindelijk de waarheid horen en hoe eerder hoe liever, als het aan haar lag.

'Ik luister, mr Woody,' zei ze, terwijl ze, inmiddels weer redelijk ontspannen, achterover lag in haar ligstoel.

Het viel haar ineens op, hoe stil het geworden was.

De krekels hadden hun gezang gestaakt, geen vogel liet zich meer horen... De lucht boven haar was niet meer blauw, maar trok langzaam dicht.

Ze hoorde duidelijk een zwak gerommel in de verte als de dreiging van een naderend onheil.

Het onweer was niet ver meer.

11

Mr Woody schraapte zijn keel.

'Laat ik beginnen bij het begin, mijn jeugd. Die was niet zo prettig, al had het natuurlijk altijd erger gekund. Mijn moeder verongelukte, toen ik een jaar of acht was, ik herinner me niet zoveel van haar. Ze was wel een lieve vrouw, geloof ik. Ze werd op een kwade dag geschept door een dronken automobilist en overleed een paar uur later aan haar verwondingen. Mijn vader was hier zo razend over dat hij niet rustte voor hij de dader te pakken had, die hij vervolgens bijna de hersens insloeg. De man was nog net niet dood, maar wel voor z'n leven invalide. M'n vader kreeg een paar jaar cel en hij moet eruit gekomen zijn als een gebroken man, want een jaar later stierf hij. Ik ben bang dat het zelfmoord is geweest, maar zeker weet ik het nog steeds niet.

Ik heb hem in elk geval nooit meer gezien, hij wilde niemand bij zich, ook mij niet.

Ik werd opgevoed door een tante, en zus van mijn moeder, die al vroeg weduwe geworden was en geen kinderen had. Het was een best mens, maar met kinderen kon ze niet omgaan en met mij al helemaal niet. Ik was ook vrij onhandelbaar, moet ik zeggen, brutaal en altijd in voor een of andere kwajongensstreek. Ik was meer buiten- dan binnenshuis, was hard op weg om een soort straatboefje te worden. Ik kwam terecht bij een bende, die kleine diefstalletjes pleegde en aan het zakkenrollen ging in de stad. Ik was altijd nogal vingervlug en deed enthousiast mee.

Misschien wilde ik ook wel de gevangenis in, net als m'n vader. Op een dag werden we gepakt en dat is mijn redding geweest. Eén of andere man hij zal wel van de kinderbescherming of een soortgelijke organisatie zijn geweest- sprak me ernstig toe.

'Je kunt twee kanten op,' zei hij. 'Of je gaat hiermee door en draait op een goeie dag voor je leven de bak in of je stopt er nu onmiddellijk mee en zorgt voor een glanzende carrière, als ik jou was, zou ik kiezen voor het laatste.'

En dat heb ik gedaan. Het was de ommekeer in m'n leven. Het stond me ineens helder voor ogen, dat het niet zo met me mocht aflopen als met mijn vader. Ik zou hard gaan werken, geld verdienen, misschien wel rijk worden.

Ik wist inmiddels ook, wat ik wilde: werken in de horeca. Eten en drinken fascineerde me.

Als ik me ellendig voelde, zocht ik daarin meer dan eens troost en afleiding.

De moeder van een vriendje nam ons af en toe mee naar een restaurant en ik vergaapte me daar aan alles wat ik zag. Ik wist dat ik daarin mijn werk wilde zoeken.

Ik ging me beter gedragen, maakte de middelbare school zonder problemen af, leren kon ik wel.

Ik ging naar de hotelschool, haalde met gemak allerlei diploma's en won een paar keer een culinaire wedstrijd. Mijn ideaal was een eigen restaurant. De tante bij wie ik was opgevoed, overleed onverwachts en ik kreeg een erfenisje. Ze was rijker dan ik dacht en liet me behoorlijk wat geld na. Het was een complete verrassing voor me. Blijkbaar gaf ze toch meer om me dan ik had gedacht. Het stimuleerde me enorm. Op een gegeven moment kon ik, met een lening van de bank, voor een redelijke prijs een etablissement overnemen in de stad.

De zaken liepen vanaf het begin goed, het liep storm, om zo te zeggen. Ik deed er van alles aan om de sfeer zo gezellig en huiselijk mogelijk te maken en de menukaart zo gevarieerd als het maar kon. Als je wilde, kon je zowel Zuid-Amerikaans als Hollands eten.

'In dat restaurant...' Mr Woody tastte naar zijn colbertje, haalde er een pakje sigaretten en een aansteker uit. 'Heb je bezwaar tegen als ik rook?'

'Eigenlijk wel,' wilde Hexy zeggen, maar ze durfde het niet goed.

Mr Woody stak een sigaret op, draaide zijn stoel nog iets verder van haar af.

'In dat restaurant,' vervolgde hij, 'heb ik mijn vrouw ontmoet, van wie ik al jaren gescheiden ben. Haar ouders vonden me geen goede partij... in hun ogen stond mijn beroep gelijk met criminele activiteiten. Toen ze erachter kwamen dat ik de zoon was van een bajesklant, was de boot helemaal aan... ze verboden mijn toekomstige vrouw de omgang met mij. Maar zij liet zich niet intimideren en zette door... Ze had haar zinnen op mij gezet en liet niet meer los. Haar ouders verbraken het contact met haar, ze zijn niet eens op de bruiloft geweest.'

Hexy had haar ogen gesloten, de handen achter het hoofd, alsof ze per se zijn gezicht niet wilde zien.

Af en toe keek ze even door een kiertje van haar oogleden, zag een witte gestalte, omhuld door rook, die vrijwel onbewogen in zijn stoel zat.

Tot hier toe viel het allemaal mee... hoewel... een leuke jeugd was anders... had zij het toch beter getroffen...

'We kregen een kind,' ging de stem, sonoor, bijna monotoon door, 'een meisje, het was een schatje... We waren dol op haar. Ik zag haar jammer genoeg weinig, was dag en nacht voor de zaak in de weer.'

Hij kuchte. 'Dat is niet goed van me geweest, maar tussen mijn vrouw en mij boterde het steeds minder. Ze verweet me van alles... dat ik nooit thuis was... dat ik niet genoeg had gedaan, om haar ouders voor me te winnen, enzovoort. Ik werd dat gezeur behoorlijk zat, werd af en toe driftig en zei dingen, waar ik later spijt van had. Ook was ik steeds vaker weg.

Ik was bevriend geraakt met iemand, die regelmatig met een paar vrienden in mijn restaurant dineerde; het was een acteur, een nogal schriel mannetje, maar met een energie en een stemvolume, waar je van achterover sloeg. Hij speelde in een gesubsidieerd theatergezelschap dat veel klassieke stukken opvoerde: Vondel, Shakespeare en ook de grote Franse toneelschrijvers Racine en Molière.

Ik hield wel van toneel en hij nodigde me wel eens uit voor een voorstelling. Ik ging alleen, mijn vrouw bleef het liefst thuis, ging niet graag uit.

Ik genoot en na afloop vroeg hij een paar keer of ik zin had om nog even bij hem thuis na te praten.

Hij woonde alleen, had geen relatie en ging helemaal op in z'n carrière. Ik had het natuurlijk niet moeten doen, maar ik ging elke keer mee.

Hij woonde... in de villa... in het Kloosterbos...'

Hexy kwam half overeind van de schok.
'Dus toch!' zei ze. 'U bent daar geweest!'
Hij knikte, bijna gelaten.
'Ja, Hexy, 'ik ken die villa, ik kan 'm uittekenen, al is er wel wat aan veranderd, denk ik... ik kende 'm op den duur beter dan mijn eigen huis...'
Hexy kwam helemaal overeind. 'Ik haal een asbak voor u, als ik zoiets kan vinden.'
Met moeite stond ze even later op haar benen, die wel zwaarder leken, liep het huisje in en vond een klein glazen asbakje, dat ze voor mr Woody op het tuintafeltje neerzette.
Ze liet zich terugzakken in de ligstoel. Ze had een benauwd gevoel in haar borst, alsof er iets tegenaan drukte, ze keek onwillekeurig naar boven.
De lucht betrok steeds meer en ze vroeg zich af of mr Woody z'n verhaal nog buiten kon afmaken.
'Die acteur,' pakte hij de draad van z'n verhaal weer op, 'werd een heel goede vriend van me.
Ik had intussen twee man personeel, ervaren mensen, aan wie ik veel kon overlaten. Zodoende kreeg ik iets meer vrije tijd. Ik ging op het laatst wel een keer of twee per week 's avonds naar de villa van de acteur. Hij leerde en repeteerde zijn teksten waar ik bij was, dat vond hij prettig en ik vond het prachtig om te horen...
King Lear van Shakespeare. Ken je King Lear? Een man, die als een uitzinnige rondzwerft, tot waanzin gedreven door zijn twee oudste dochters? Gelukkig maar, dat de jongste hem trouw bleef... Het was huiveringwekkend om hem die koningsrol te zien spelen, ik kreeg het er koud van...
Soms had Victor, zo heette de acteur, bezoek van de andere leden van het gezelschap... dan werd er stevig gegeten en gedronken, er werden feestjes gegeven, waarbij ook ik werd uitgenodigd.
Ik voelde me of ik deel was geworden van het gezelschap en zo werd ik ook min of meer behandeld.
Ik heb altijd veel om vriendschap gegeven, Hexy, misschien, omdat ik ouders had gemist...

Maar mijn huwelijk... ging eraan kapot. Mijn kleine meid... zag ik nauwelijks meer. Ik voelde me schuldig, maar kon eenvoudig niet ophouden met die levensstijl, kon me er niet van losmaken.'

Mr Woody pauzeerde even, alsof hij zijn woorden goed tot zijn gehoor wilde laten doordringen.

Of omdat nu misschien het belangrijkste kwam.

'Op een keer,' vervolgde hij, 'werd ik weer voor een feest uitgenodigd. Er zou een speciale attractie zijn, werd er gezegd. Ik bood aan voor hapjes, drankjes en andere lekkernijen te zorgen, die ik klaarmaakte in het restaurant en goed verpakt naar de villa vervoerde.

Het werd me al gauw duidelijk, wat die speciale attractie was.

Ik kwam binnen en de living was veranderd in een soort tableau vivant, een levend schilderij.

Het was ook exact de kopie van een schilderij...'

Mr Woody stokte even.

'Ken je dat schilderij van Henri Rousseau, Hexy? De douanier, wordt hij ook wel genoemd. Zie je het voor je, dat oerwoud met die vreemde wezens tussen het gebladerte?' Hexy kwam een beetje omhoog uit haar luie houding.

'U bedoelt: 'Droom?'

'Dat bedoel ik,' antwoordde hij. 'Je waant je in een oerwoud, weelderige vegetatie, tussen takken en bladeren schuilen wonderlijke wezens, hier en daar duikt iets op, vogelkoppen, leeuwengedaanten, een olifantssnuit... Maar het wonderlijkste is wel de linkerkant van het schilderij: op een soort rustbank, een chaise longue, zit, over de hele lengte uitgestrekt, half verborgen tussen het groen, een naakte vrouw.

Dit hele tafereel was precies nagemaakt. Ik wist niet wat ik zag. Het was op een griezelige manier exact het schilderij: grote exotische potplanten, varens, dennegroen, alles was op een ingenieuze manier bij elkaar gezet en maakte de indruk van een klein oerwoud, daartussen glurende pluchen namaakbeesten. En in een hoek... de sofa met het naakt. Maar dat was echt. Bij nadere beschouwing was het van top tot teen verpakt in vleeskleurig nylon. Een volle maan bengelde erboven...

Ik kreeg een rare smaak in m'n mond, hoewel ik het ook wel weer vermakelijk vond.

Om het tableau heen waren zitjes gemaakt, er werd gelachen, gepraat, gegeten en gedronken, ik wierp me zo'n beetje op als gastheer, presenteerde de hapjes en drankjes.

Ondertussen zat het model als bevroren op de divan, iedereen probeerde haar aan het lachen te maken, aan het praten te krijgen, er werden grappen gemaakt. Maar ze bleef star als een beeld en gaf geen krimp.

Toen, eindelijk, werd de clou van de avond duidelijk. Op een gegeven moment stond iemand van het gezelschap op, kondigde aan, dat hij het beeld leven in ging blazen.

De anderen kwamen erbij, ze begonnen als gekken te blazen, alsof het om de kaarsjes van een verjaardagstaart ging, en de vrouw begon te bewegen. Ze knipperde met haar ogen, glimlachte... Ze zuchtte en zei dat ze het geweldig vond in de villa en nu plezier wilde maken.

Ze wilde iemand uitkiezen om de rest van de avond verder mee door te brengen en of iedereen het daarmee eens kon zijn. Ze zou natuurlijk iets aantrekken, of de anderen moesten zo genereus zijn om nu ter plekke hun kleding uit te doen. Maar niemand voelde daarvoor.

Ze verdween, kwam terug in een of andere nauwsluitende creatie, ze leek wel een zeemeermin.

Ze liet haar ogen over het gezelschap gaan, ik was er zeker van dat ze mij niet zou kiezen, anders had ik wel tegen het voorstel geprotesteerd Bovendien zorgde ik voor de catering.

Maar laat nu juist haar keus op mij vallen. Alsof ze voelde dat ik haar niet mocht. Ik protesteerde, voelde er niets voor, maar ze hield vol. De rest van de avond was voor mij vergald.

Ze drong zich op een hinderlijke manier aan me op, volgens mij was ze compleet geschift. Ze leek wel gedrogeerd, je kon geen fatsoenlijk gesprek met haar voeren, maar daar was het natuurlijk ook niet om begonnen. Ik moest met haar op de bank gaan zitten, er werden foto's gemaakt, enfin... op de duur was ze me zat geloof ik en papte met iemand anders aan.

Of ze wraak heeft willen nemen voor mijn koelheid of niet, op een gegeven moment kwam ik thuis en had mijn vrouw de bewuste foto's in handen. Ik was razend, legde uit dat het niets te betekenen had, maar ze geloofde me niet.

Ik besloot niet meer naar de villa te gaan, er een punt achter te zetten.

Maar de acteur belde me op, bood z'n excuses aan en zei dat iedereen had gevonden dat men te ver was gegaan. Het zou niet meer gebeuren, of ik alsjeblieft weer bij hem op bezoek wilde komen.

Een tijd liet ik niets van me horen, was meer thuis, bemoeide me vaker met mijn dochtertje... mijn vrouw wilde niets meer van me weten.

Toen kreeg ik die uitnodiging.' Het was of mr Woody de woorden uit zijn mond perste...

Hexy lag roerloos. Nu zou je het hebben.

Haar hart begon onrustig te kloppen... Waarom vertelde hij het allemaal zo gedetailleerd? Wat had zij ermee nodig?

Spannend was het wel - mr Woody was een echte verteller, hij had werkelijk gevoel voor drama.

Ze luisterde verder naar zijn verhaal, maar met iets meer tegenzin.

'Mijn vriend, de acteur, gaf weer een feest,' vervolgde mr Woody.

Hij wilde Halloween vieren, op een uitbundige manier.

Of ik alsjeblieft voor de catering wilde zorgen. Hij bezwoer me dat ik verder nergens aan mee hoefde te doen. Een betere gastheer dan ik kon hij zich niet voorstellen.

Hij smeekte en soebatte en ik liet me overhalen. Het ging om een behoorlijk gezelschap, dus ik nam wel hulp mee. Een reus van een kerel, die nog niet zo lang bij me werkte, maar twee rechterhanden had, enorm veel werk aankon, en een fijne neus had voor alles wat met eten en drinken te maken had. Hij kon als geen ander lekkere en ook heel originele gerechten klaarmaken.

Het feest zou beginnen om acht uur. Mijn vrouw moest net die avond ook weg en we hadden een oppas geregeld. Mijn vrouw vertrok als eerste. Ze wist dat ik ook weg moest, al had ik niet precies gezegd waarheen.

Ik wachtte op de oppas, maar die belde ongelukkigerwijs af, ze kon om één of andere reden niet komen. Ik zat met de handen in het haar, ik kon mijn dochtertje niet alleen laten.

Ik stond op het punt de villa af te bellen en alles aan mijn medewerker over te laten, toen ik een even onzinnig als roekeloos idee kreeg. Ik zou mijn dochtertje meenemen naar het feest, misschien zou ze het nog leuk vinden ook, ze hield wel van een pretje.

Ik wist dat Halloween een grote verkleedpartij was, kleedde mijn dochtertje aan in het leukste pakje dat ze op dat moment had en waarin ik haar graag zag: een strak zwart broekje en een getailleerd jasje, met een kanten bloesje eronder. Het stond haar schattig... Mon Dieu, ik zie het nog voor me... Je luistert nog steeds, Hexy?'

'Natuurlijk,' zei ze, met kloppend hart, 'u vertelt het prachtig, mr Woody, alsof ik er zelf bij ben.'

Dat was het gevoel, dat ze steeds meer kreeg, het onbehagelijke gevoel, dat ze er zelf op een mysterieuze manier bij betrokken was. Maar dat kon niet, dat was onmogelijk. Het kwam allemaal door de manier waarop mr Woody het vertelde...

'We reden naar het feest,' ging mr Woody door, 'm'n dochtertje parmantig in het zwart, evenals ik. Van mij mocht ze het eerste deel van het feest meemaken, als ze moe werd, zou ik haar wel te slapen leggen, ergens in de villa. Ik had een briefje voor mijn vrouw achtergelaten, dat ik ons dochtertje had meegenomen naar de kennis, waar ik vanavond zou zijn. Gelukkig had ik 's middags al verschillende dingen naar de villa gebracht en klaargezet en hoefde ik niet meteen bij aankomst in actie te komen.

Toen ik arriveerde was het al een dolle boel. Een soort Keltische muziek vulde de lucht.

Buiten brandden vuren in vuurhaarden en korven, rondom het gazon waren fakkels in de grond gestoken, aan de bomen hingen lampions in de vorm van pompoenmaskers, beschenen door het licht van het vuur zagen ze er schrikwekkend uit.

Overal liepen mensen rond, gekostumeerd, geschminkt, onschuldige creaties, zoals een tuinkabouter en een fee, maar ook behoorlijk angstaanjagende, een levend skelet, een sater met hoorns en bokkepoten, doodskopmaskers, er liep een man rond met een rood opgeblazen gezicht, in een tuniek, met een lauwerkrans om z'n kale kop, die voortdurend riep dat hij Bacchus, de wijngod was. Maar met zo'n strak gezicht, dat er werd geroepen: He, Bacchus, lach es. Er was een muis met enorme ronde flaporen en een idioot lange staart kwam onder z'n grijze mantel vandaan, waar mijn dochtertje onmiddellijk op afvloog en hard aan trok.

Ik was bang geweest, dat ze angstig zou weglopen, maar het tegendeel was het geval.

Ze vond het prachtig, keek haar ogen uit. En iedereen was verrukt, dat ze meegekomen was.

Zo'n dapper ding, dat er zo parmantig uitzag en rondstapte of het feest ter ere van haar gegeven werd.

Iemand drukte een punthoed op haar hoofd, tegelijk werd ook ik met zo'n ding opgezadeld.

Ik wilde 'm eerst afzetten, maar hield 'm toch op. M'n dochtertje was door het dolle heen, toen ze me zo zag, ze danste en sprong in het rond, zong liedjes. Ik besloot het meeste werk aan mijn compagnon over te laten en me met mijn dochtertje in het feestgewoel te storten.

Ik danste met haar, voelde me gelukkig, kreeg dwaze gedachten.

Als dat feest was afgelopen, zou ik wegrijden... met mijn kind... maar niet naar huis, ik zou met haar vluchten... naar het buitenland misschien, waar ik een nieuw leven zou beginnen, ver van mijn vrouw, die eigenlijk mijn vrouw al niet meer was... Ze haatte me... als ze me aankeek... zo koud en kil... ik kon er niet meer tegen, we leefden al min of meer gescheiden, er moest een eind aan komen...'

Het was of mr Woody even adem moest scheppen voor hij verder ging, want hij zweeg.

'Begrijp je het, Hexy?' vroeg hij schor, na een korte pauze.

'Het kon zo niet langer, er was geen liefde meer... Ik had alleen mijn dochtertje, op wie ik dol was... het was, of ik dat toen pas ten volle besefte. Ik nam me voor, alles te doen, om haar een vrolijke jeugd te bezorgen. De gedachte aan een scheiding vervulde me met wanhoop.

Natuurlijk zou mijn vrouw het kind toegewezen krijgen, ik had geen schijn van kans... ik zou haar ontvoeren... na dit feest...

We gingen even naar buiten, het was koud, ondanks de vuren die brandden. Er stond een grote, volle maan, ik weet nog, dat mijn dochtertje op en neer sprong, alsof ze die van de hemel wilde plukken, haar handjes in de lucht.

Toen we net weer binnen waren, hoorden we ineens tot onze schrik een holle stem ergens uit het duister; je moet je voorstellen, we hadden alleen het licht van het vuur buiten en binnen van de open haard, het was allemaal heel spookachtig.

Die stem zei: 'Vanavond waart het spook van de man met de zeis rond, maar wees niet bang, met al onze magie zullen we hem bestrijden, bovendien hebben we een perfect afweermiddel: een onschuldig, driejarig, levensbloedig kind.'

'Mon Dieu, zo werd het gezegd...' Mr Woody leek te huiveren. 'Ik drukte m'n kind tegen me aan, voelde me niet meer op m'n gemak en kreeg kippenvel.

Het was luguber. We keken naar buiten en in het licht van de vuren zagen we tot onze verbijstering een viertal silhouetten op het gazon, die iets droegen, wat op een kist leek.

Een paar dames slaakten een gilletje, verder bleef het onheilspellend stil.

De kist werd op de grond gezet en de schimmen verdwenen.

'Laten we gaan kijken,' riep iemand en daarmee was de beklemmende stilte verbroken.

Aarzelend en schoorvoetend gingen we naar buiten, ik drukte mijn dochtertje stevig tegen me aan.

'Uw dochtertje zal ons beschermen,' hoorde ik iemand zeggen. Ik ging me zo langzamerhand voelen, of ik in een Dracula-film terecht was gekomen.

Toen we min of meer om de kist heen stonden en er niets gebeurde, riep Bacchus: 'Nou, kom er eens uit, als je durft.'

En waarempel, langzaam ging de kist open, iedereen stoof achteruit, er werd een soort ijzeren handklauw zichtbaar en ineens kwam een robotachtige kop omhoog, met gloeiende ogen, die aan en uit flitsten. Even was er paniek, toen barstten ze allemaal in lachen uit. Je kon horen, dat men opgelucht was.

De kop verdween weer, de kist sloot zich, iemand probeerde 'm open te krijgen, maar hij was hermetisch gesloten. Toen was het wel duidelijk: hij werd op afstand bestuurd, waarschijnlijk door de dragers van de kist.

We gingen naar binnen, er werd meer licht gemaakt, de spanning was geweken, men praatte druk door elkaar.

Het feestmaal zou beginnen, iedereen had trek gekregen.

Mijn medewerker kwam met een geheimzinnig gezicht naar me toe en zei, dat hij voor iets heel speciaals had gezorgd. Ik was benieuwd wat het was, maar hij wilde het niet zeggen.

Men ging zitten, aan twee lange tafels, iedereen kon nemen wat hij wilde van het koud buffet, dat we hadden klaargemaakt, kunstig opgemaakte schotels, de meeste in de vorm van halloweenmaskers. Ze stonden klaar in de keuken en op de eetbar.

Het was een komen en gaan, mijn dochtertje vond alles lekker en wilde overal van proeven, zelfs van de kaviaar.

Ze zat naast de muis, en had met hem het grootste plezier. Ik wist trouwens niet eens zeker of het wel een man was, want hij had een vreemde, hoge stem, maar die kon hij natuurlijk ook opzetten voor deze gelegenheid. Alle gasten speelden een ander, behalve eigenlijk mijn dochtertje, mijn medewerker en ik.

Ik zag hier en daar schaaltjes met een bruinachtige paté, die ik niet meteen kon thuisbrengen.

Ik vroeg mijn medewerker, die Boris heette, hij was van Russische afkomst, wat het was.

'Dat is nu mijn verrassing,' was het antwoord.

'Wat is het?' wilde ik weten. 'Wat zit erin?'

Ik vond dat het er niet erg smakelijk uitzag, proefde even, maar vond het niet bijzonder, een scherpe, zurige smaak, die je trouwens wel goed met andere kon combineren...

Mijn dochtertje werd slaperig, ik bracht haar naar boven en legde haar op een logeerbed.

Naar mijn idee, sliep ze al, toen ik wegging.'

Het leek wel, of de stem van mr Woody steeds gedempter klonk, alsof zijn energie begon op te raken. Of het moest de warmte zijn, waarin alle geluid steeds meer werd gesmoord...

Hexy had ademloos geluisterd.

Ze voelde zich bijna een kind, dat naar een spannend verhaal zit te luisteren.

Net als destijds in het Luxor kreeg ze af en toe het idee dat ze in een theatervoorstelling terecht was gekomen, opgevoerd door een man, een one-man-show.

Ze kon zich de taferelen in de villa haarscherp voor de geest halen, alsof ze het zelf beleefd had... Natuurlijk, omdat ze er kort geleden geweest was en er in het krantartikel over gelezen had.

'En toen, mr Woody?' zei ze, haast fluisterend, toen hij weer zweeg.

'Toen, ja...' Hij liet zijn stem dalen.

'Ik weet het allemaal niet precies meer, ik kwam beneden, het feest ging door, tafels werden opzij gezet, men wilde dansen en ineens was er consternatie: iemand, een oudere man, die zich had gestoken in een monnikspij, werd niet goed, viel op de grond, met hevige buikkramp, stuiptrekkend.

Anderen, die wilden helpen, werden zelf niet goed, kregen braakneigingen.

Ik werd plotseling doodsbang, dit leek op voedselvergiftiging.

Mijn medewerker kwam erbij, ik blafte tegen hem, dat hij het alarmnummer moest bellen, er moesten een arts en een ambulance komen.

Intussen probeerden we de arme man te helpen, die nog steeds op de grond lag. Hij schopte en sloeg, het schuim stond op z'n mond, toen... ineens... lag hij stil, alsof hij verstarde.

Hij was dood, al wilde het niet tot ons doordringen.

We stonden er verslagen bij, er klonken woedende kreten.

Bacchus kwam naar me toe en begon op te spelen. Wat had er in godsnaam in dat eten gezeten, hij voelde zich ook niet goed.

Hij trok de krans van z'n hoofd en gooide 'm voor m'n voeten.

'Het spook van de dood,' siste hij, zeg op, 'wat is dit voor duivelse komedie!'

Ik probeerde de gemoederen te bedaren, hief m'n hand op, zei, dat ik absoluut geen idee had, riep m'n medewerker, die lijkbleek zag.

En toen kwam het hoge woord eruit: hij had paddestoelenpaté gemaakt, van paddestoelen, geplukt in het Kloosterbos De man kwam uit Rusland, had altijd paddestoelen geplukt, had zich nooit vergist, behalve dan deze ene keer. Er was nog nooit iets misgegaan.

Bacchus brulde het uit. Hij was duidelijk dronken.

'Maar nu wel, we gaan eraan en jij zult branden in de hel!'

Het was, of hij de reus te lijf wilde gaan, maar ik kwam ertussen.

'U leeft nog en u bent sterk genoeg om te overleven.'

'Heeft iedereen ervan gegeten?' riep ik.

Het bleek, dat bijna iedereen ervan genomen had, de een meer, de ander minder.

Ik legde uit, dat een normaal gezond iemand een klein percentage gif gemakkelijk kon hebben, er was een arts gewaarschuwd, die zou hen allemaal onderzoeken, er zou een ambulance komen.

En toen werd ik als door de bliksem getroffen.

Mijn kind, mijn kleine meisje, had er ook van gegeten, ik meende het zelf gezien te hebben...

'O, mr Woody!' Hexy sloeg haar hand voor de mond.

Dat was het, het geheim, ineens begreep ze alles... zijn dochtertje was doodgegaan, daar in die villa... maar nee, dat had niet in de krant gestaan... er klopte iets niet...

Met spanning luisterde ze verder.

'Ik vloog naar boven,' vervolgde mr Woody, opende de slaapkamerdeur, mon Dieu, het bed was leeg... ze lag er niet meer, ook in de andere slaapkamer was ze niet... er schoot van alles door me heen... ze was niet goed geworden, naar beneden gegaan, had naar mij gezocht, maar me in haar verwarring niet kunnen vinden... was naar buiten gelopen, de nacht in... en de duisternis van het bos...

Nu was ik het, die brulde. 'Mijn dochtertje is weg, heeft iemand haar gezien?'

Maar de mensen hadden het veel te druk met zichzelf, ik had de indruk, dat ze me nauwelijks hoorden. De meesten zaten groen van ellende en haast apathisch te wachten op hulp.

Ik stond er alleen voor.

Plotseling schoot het door me heen, dat ik iemand miste...

De muis. Hij had naast mijn dochtertje gezeten, had haar geholpen met eten en eigenlijk nog meer op haar gelet dan ik. Ik
moest hem spreken, maar waar was hij? Niemand die het wist.
Hij moest naar buiten zijn gegaan en een nieuwe angst vlijmde
door me heen.
Stel dat hij haar had meegenomen? Wat wist ik van die vent?
Ik deelde de gasten mee, dat ik buiten ging zoeken en liet het
aan Victor en mijn medewerker over, hen verder bij te staan.
Ik ging naar buiten, het was volle maan, dus ik kon nog redelijk zien in het donker.
Wat er door me heenging, Hexy, op die zoektocht, is onbe-
schrijfelijk.
Ik voelde me, alsof ik zelf dood was. Ik verwachtte elk moment
mijn dochtertje te vinden, langs het pad, stil, bleek, roerloos.
Een kind kan weinig gif verdragen.
Ik had nog maar een wens: dat ik dan ter plekke naast haar zou
doodvallen, net als Henri Pelman een hartstilstand zou krijgen... ik zou het niet overleven, ik wilde het ook niet.
Het was mijn schuld... ik had haar meegenomen naar dat ver-
derfelijke feest...
Ik riep haar naam, telkens en telkens, huilend, schreeuwend,
terwijl ik bad, bad, aan één stuk door.
God, als ze leeft, het maakt me niet meer uit wat er dan gebeurt, haar moeder mag haar hebben, voor mijn part, als ze
maar leeft.'
Hexy hoorde een snik in zijn stem, ze durfde bijna niet naar
hem te kijken. Wat hij vertelde, ging haar door merg en been.
'Toen hoorde ik iets,' vervolgde hij, 'gekreun en gesteun, ergens vanachter de bosjes. Ik ging kijken, daar stond de muis,
voorovergebogen, kotsend en brakend, ik greep hem beet, zei,
dat hij moest zeggen waar mijn dochtertje was... Hij begon te
jammeren... ik hief m'n vuist op, alsof ik hem midden op z'n
snuit wilde slaan, hij zei, dat hij niks gedaan had, dat het niet
eens een jongetje was, zoals hij gedacht had, dat hij hem had
laten lopen, hij, nee zij, zou wel ergens bij de ruïne zijn. 'Hij
heeft er niks van gehad,' jammerde de zielepoot, 'hij lustte het
niet, ze heeft alles op mijn bord gelegd, ik heb het opgegeten.'

Hoezeer ik ook van de vent walgde, het was of de hemel voor me opening, ik liet hem los, zei dat hij terug moest gaan om zich te laten behandelen, en dat hij wat mij betreft de beste plaats in de hemel verdiende, als hij dit niet zou overleven.

Ik was helemaal buiten mezelf, wist nauwelijks meer, wat ik zei.

Ik holde naar de ruïne... en wat ik daar zag... het leek wel een visioen... ik zag een sprookjesfiguur, dat danste en ronddraaide... als een elfje in het maanlicht... alsof er niets aan de hand was.

Het was zo bovenaards, dat ik even dacht dat ik al in de hemel was, bij mijn kleine meid.

Toen ze me zag, begon ze te stralen en toen ik haar omhelsde, dat levende, warme lijfje, en het tot me doordrong, dat haar niets mankeerde, ben ik voorover op de grond gevallen en heb God gedankt voor het wonder...

Tegelijk hoorde ik sirenes, zag zwaailichten.

Ik droeg mijn dochtertje op mijn arm mee terug naar de villa, ze leek niet erg van streek, wilde me alleen niet meer loslaten...

Er was een arts gearriveerd, een ambulance stond klaar, hoe het zo snel mogelijk was, weet ik niet, maar politie was er ook. Had Bacchus die gealarmeerd? Het was een chaotische toestand.

Ik wilde mijn dochtertje toch nog laten onderzoeken, ik was er nog niet helemaal gerust op, ze had pijn in haar buik zei ze. Maar de arts kwam handen tekort.

Er werd een tweede ambulance opgeroepen, die er in een ommezien was en de mensen met klachten werden meteen naar het ziekenhuis getransporteerd. Mijn medewerker en ik werden verhoord door de politie.

Nadat we ons verhaal hadden gedaan, kon ik weggaan, eindelijk.

Ik reed met mijn dochtertje regelrecht naar het ziekenhuis, ze werd onderzocht, maar bleek kerngezond. Ik had haar al voorzichtig ondervraagd over het eten, de muis, maar ik werd niet wijs uit wat ze vertelde. Ze reageerde alleen zo vrolijk, dat alle zorg over wat haar mogelijk was aangedaan, van me afviel.

Mijn vrouw was nog niet thuis, toen we bij huis arriveerden.

Het was me wonderlijk te moede, of er een knop in mijn hoofd was omgedraaid. Ik zag hoeveel ik tekort was gekomen tegenover mijn vrouw. Ik hoefde niet te scheiden, ik zou een nieuw leven beginnen, alles op alles zetten om mijn huwelijk te redden. Nooit en te nimmer zou ik naar meer de villa gaan.

Ik besefte dat er een smet op mijn reputatie was geworpen, ik kon het restaurant niet langer aanhouden. Al was het de schuld van mijn medewerker, ik was verantwoordelijk als eigenaar van de zaak. Ik zou alles verkopen en ergens anders opnieuw beginnen. Ik zag het allemaal heel kalm onder ogen... Na dit wonder... moest alles mogelijk zijn...'

Mr Woody slaakte een diepe zucht.

'Het pakte anders uit... Het bericht over het feest kwam meteen de volgende dag al in de krant, er zal wel een journalist tussen de gasten gezeten hebben, ook had ik mensen geregeld foto's zien maken.

Mijn vrouw was in alle staten toen ze doorkreeg dat ik daar was geweest, samen met ons dochtertje, dat door verschillende mensen blijkbaar voor een jongetje was aangezien.

Ze werd hysterisch, gilde, dat haar dochtertje dood had kunnen zijn, ik was de moordenaar van mijn eigen kind, ze wilde van me scheiden, niets hield haar nog tegen.

Zo gebeurde het. Ik moest mijn dochtertje achterlaten. Maar ze leefde, dat was voor mij een grote troost, ik was ervan overtuigd, dat het haar verder goed zou gaan, ze had alles in zich om te overleven... ik verkocht het restaurant, ging naar Amerika, maar zwoer bij mezelf, dat ik eens zou terugkomen... om haar weer te zien... en nu... na vijftien jaar...'

'Ze is nu achttien,' zei Hexy zacht. Het hart klopte haar in de keel.

Ze durfde de vraag niet te stellen, die haar op de lippen brandde.

Het was griezelig, hoe goed mr Woody's verhaal paste bij sommige dingen in haar leven.

Dat dochtertje... leek op haar bijvoorbeeld... er waren nog meer overeenkomsten...

Met een schok dacht ze terug aan haar black out in de villa, bij Cees Rijnders.

Ze liep in een koud, donker bos, in het maanlicht...

Was de geest van het meisje zo sterk aanwezig geweest, dat het haar op die manier had beïnvloed?

Tenslotte besloot ze de vraag toch te stellen.

'Waar is ze nu, mr Woody, uw dochter?'

Hij keek haar aan. Ze zag dat zijn ooghoeken vochtig waren van tranen.

'Ze zit tegenover me, Hexy.'

De woorden schoten op haar af als projectielen en raakten haar keihard in haar middenrif.

Ze schokte omhoog, duizelig en in de war.

Sprakeloos, bijna ontzet keek ze mr Woody aan, alsof hij van het ene moment op het andere in een monster veranderd was.

Toen schudde ze langzaam haar hoofd.

'Dat kan niet, mr Woody', hoorde ze zichzelf zeggen, op een vreemd, hoog toontje, 'dat is onmogelijk.'

'Toch is het zo, Hexy,' zei hij rustig en keek haar ernstig aan. 'Jij bent mijn dochter, ik dacht dat je dat nu wel begrepen had...'

'U vergist zich, mr Woody,' stotterde ze, 'ik ben het niet, echt niet, ik heb geen... ik bedoel...'

'Ik ben je vader, Hexy...' Hij boog zich naar haar toe en ze week instinctief achteruit.

'U bent,' zei ze verbijsterd, 'wat?'

Ze begon schril te lachen. 'Dat is toch idioot? Uw dochter leeft zeker niet meer en daarom denkt u... u weet niks... niet eens hoe mijn moeder heet.'

'O, jawel,' zei een rustige stem, 'ze heet Vera, Veronique eigenlijk, maar ze noemde zich Vera, ze is blond, donkerblond, waarom denk je dat ik jou laatst in het Luxor heb laten wegsturen?'

Hexy hapte naar adem. 'U dacht dat het mijn moeder was!' riep ze uit. 'Belachelijk! U wilt zeggen, dat u met mijn moeder getrouwd bent geweest? Het is gewoon niet waar, niet waar!'

Ze sloeg haar handen voor haar gezicht.

'Toch is het zo, Hexy,' hoorde ze mr Woody zeggen. Er klonk iets van wanhoop in zijn stem.

'God weet, wat er allemaal mis is gegaan, maar met jou, mijn dochter, is alles goed gekomen.'

'Ik ben uw dochter niet!' riep ze, 'ik wil het niet meer horen, mr Woody, het spijt me vreselijk, maar ik geloof het niet... u kunt beter weggaan nu.'

Ze stond op en wilde naar binnen lopen.

'Hets, laten we er alsjeblieft over praten,' zei hij bijna smekend, en even bleef ze staan.

Hij stak een hand naar haar uit en weer week ze terug...

'Ik heb fouten gemaakt, veel fouten,' zei hij met trillende stem, 'ik ben weggegaan en heb jou achtergelaten... ik kon niet anders, je moeder wilde scheiden, ik niet...'

'Geef mijn moeder de schuld maar,' zei ze verbeten, 'maar ik geloof niet, dat u met haar getrouwd bent geweest, u verzint maar wat, u zit vol... vol droevige verhalen... u denkt, dat ik er nog intrap ook, misschien is het wel gebeurd, maar met mij heeft het niks te maken.'

Ze zag zijn gezicht pijnlijk vertrekken, alsof ze hem geslagen had en het gaf haar een zekere voldoening...

Hij zag er werkelijk meelijwekkend uit. Het haar plakte tegen zijn schedel, die glom van het zweet, zijn gezicht en nek waren rood aangelopen, een beetje speeksel liep uit zijn mond...

'Dat jij dat zegt,' zei hij hijgend. Hij rukte aan zijn boord, trok zijn das los, alsof hij het stervensbenauwd had. 'Ik dacht dat je slimmer was, na alles wat ik je verteld heb... mon Dieu... je bent net je moeder... even harteloos en koud... o sorry, meisje, vergeef me, ik zeg vreselijke dingen, ik weet niet meer, wat ik zeg.'

Hij sloeg z'n handen voor z'n gezicht en tot Hexy's schrik zag ze dat zijn schouders schokten.

In een impuls ging ze naar hem toe, legde aarzelend een hand op zijn schouder.

'Alstublieft, mr Woody, zo bedoelde ik het niet, laten we het vergeten.'

'Vergeten?' fluisterde hij, terwijl hij naar haar opkeek, 'wat bedoel je in vredesnaam?'

'U bent mr Woody en niemand anders,' zei ze zo ferm mogelijk, 'ik denk, dat u het zich allemaal inbeeldt, dat ik uw dochter ben.'

'O, mijn God!' Hij schudde wanhopig zijn hoofd, keek haar smekend aan.

'Waarom wil je het niet begrijpen, Hexy? Waarom ben je zo verblind? Ben ik zo'n vreselijke vader?'

'U bent degene die het niet begrijpt!' viel ze uit. 'Ik wil het niet, ik heb zo iemand niet nodig, ik vond u aardig mr Woody, maar nu u hier mee komt... ik hoef het niet.'

Hij maakte een gebaar, of hij haar naar zich toe wilde trekken en ze week schielijk achteruit.

'Hetsje, alsjeblieft,' ging hij door met zijn pleidooi, 'misschien hoef je me niet direct als vader, laten we dan proberen vrienden te zijn...'

'Vrienden? Dat waren we toch al?' riep ze schril. 'Maar u hebt alles verpest, nu kan het niet meer... u moet ermee ophouden, mr Woody, gaat u alstublieft weg, ik wil u niet meer zien!'

Ze rende naar binnen, naar haar slaapkamer, deed de deur op slot en viel neer op het bed.

Ze stond meteen weer op, keek radeloos rond. Wat moest ze beginnen? Ze was ineens niet meer veilig in haar eigen huisje, zolang hij daar zat, die man, die beweerde, nota bene beweerde...

Ze moest hem weg zien te krijgen en ervoor zorgen, dat hij nooit meer terugkwam.

Haar ogen vlogen de kamer door. Wat was het donker geworden, het leek wel nacht...

Schielijk keek ze naar buiten, zag de dennen heen en weer schudden door een opstekende wind.

'Hexy?'

Een stem in het gangetje, er werd geklopt.

Hevig geschrokken keek ze naar de deur. Ze zou geen antwoord geven, zich doodstil houden, desnoods onder het bed kruipen.

'Hexy, doe alsjeblieft open, ik verzeker je, dat ik niet dichterbij kom.'

Ze aarzelde, liep op haar tenen naar de deur, draaide de sleutel om.

Toen liep ze snel achteruit en liet zich weer op het bed zakken...

Mr Woody stond in de deuropening en ze loerde vanonder haar wenkbrauwen naar hem.

Zijn gezicht stond strak, zijn ogen keken haar somber aan.

'Als de zaken zo staan, Hexy, 'kan ik inderdaad beter gaan, ik heb je mijn verhaal verteld, het is nu aan jou, wat je ermee doet... het is van a tot z jouw verhaal... het verhaal van jouw leven... je zult altijd mijn dochter blijven, Hexy, of je wilt of niet.'

'Ik ben uw dochter niet,' gromde ze, met ingehouden woede.

Ze klauwde naar een kussen, alsof ze dat naar z'n hoofd wilde gooien, dat kalme, bedaarde hoofd, dat ze niet meer wilde zien.

'Ga alstublieft weg!' zei ze heftig, 'alstublieft, mr Woody!'

'Het is goed, Hexy, ik ga al.' Er klonk boosheid in zijn stem.

'Stel, dat je me nog een keer wilt spreken, mijn kaartje ligt voor je op tafel, gegroet!'

De deur werd met een klap gesloten. Ze huiverde, wachtte op het geluid van een startende wagen.

Evenlater hoorde ze met een haast nijdig, kwaadaardig geronk de terreinwagen wegrijden.

Het was duidelijk dat mr Woody razend was. Nou, zij ook.

Bevend van emotie bleef ze zitten, bedekte haar hoofd met haar handen.

Het volgende ogenblik keek ze in paniek rond. Alles was veranderd, niets leek meer hetzelfde.

Haar veilige wereldje was ingestort, of er een aardbeving had gewoed.

Ze voelde de grond nog trillen onder haar voeten.

Uit alle macht probeerde ze te begrijpen wat er gebeurd was, maar haar hoofd voelde aan, of het op barsten stond.

Een tijdlang bleef ze vertwijfeld zitten, had zelfs niet de moed om op te staan.

Stel dat hij terugkwam?

'Ik weet niet wat ik moet doen,' zei ze jammerend en drukte haar hoofd in het kussen.

Uiteindelijk stond ze op en liep handenwringend heen en weer. Ineens schoot een gedachte door haar heen. Ze moest Jerry bellen, meteen.

Hij moest onmiddellijk komen, om haar te helpen.

Ze hield het niet langer uit alleen.

12

Het visitekaartje van mr Woody, dat hij had achtergelaten, lag naast haar mobiele telefoon in de kamer op tafel, als een verkapte uitnodiging om hem te bellen en bezorgde haar opnieuw koude rillingen.

Met trillende vingers draaide ze Jerry's nummer.

'Jer, met Hexy, kun je meteen komen, alsjeblieft?'

'Hets, wat is er aan de hand? Je klinkt paniekerig.'

'Er is iets vreselijks gebeurd, Jer, je moet me helpen, kun je meteen komen?'

'Hets, wat is er aan de hand? Een enge kerel?'

'Zoiets, kom snel naar me toe, alsjeblieft!'

'Tuurlijk, ik kom meteen, hij is toch niet binnen?'

'Nee, hij is al weer weg, maar ik ben bang, Jer.'

'Allemachtig, ik kom bij je, hou het nog even vol, ramen en deuren sluiten, ik ben zo bij je!'

Met een trillende zucht legde ze neer. Ze had niet overdreven. Voor haar gevoel was ze inderdaad net belaagd door een kwaadwillend individu.

Binnen twintig minuten was Jerry er.

Als een afgepeigerde toerrenner stond hij voor de grote ruit van een van de openslaande deuren.

Hexy zat binnen, ze had inmiddels alle ramen en deuren gesloten, ook omdat het hard was gaan waaien en het elk moment kon gaan regenen.

'Nog net voor de bui aan,' hijgde Jerry, toen ze hem binnenliet. 'Alles goed met je? Je ziet er vreselijk uit, arme meid.'

Hij sloeg impulsief een arm om haar heen en ze kon zich ineens niet meer goed houden en snikte het uit.

'Ik ben bang, Jer.'

'Kom, we gaan even zitten,' zei hij en duwde haar zachtjes op de bank.

'Kun je hier blijven vannacht?' snotterde ze.

'Tuurlijk blijf ik bij je,' troostte hij, nog steeds met zijn arm om haar heen, 'vertel nu eens, wat is er gebeurd?'

'Hij was hier vanmiddag... en toen.'

'Wie was hier vanmiddag?'

'Mr Woody...'

'Mr Woody?' Jerry liet zijn arm van haar schouders glijden en keek haar geschrokken aan.

'Hij beweerde... hij zei... hij is niet goed snik, Jer. Die rozen zijn van hem... ik zou ze het liefst in de vuilnisemmer kieperen.'

'Allemachtig, wat heeft hij gezegd?' drong Jerry ongerust aan.

'Dat ik... dat hij...'

Ze begon weer te huilen, boende driftig haar tranen weg.

'Geef eens een zakdoekje, Jer, ik heb in geen jaren zo gejankt, er ligt wel een pakje in de keukenla.'

Jerry stond op, haalde een pakje papieren zakdoekjes uit de keuken en gaf haar er één.

Hexy snoot langdurig haar neus, pakte een andere en veegde ermee over haar ogen.

'Gaat het weer?' vroeg hij. 'Vertel nu eens, wat heeft mr Woody gezegd?'

Hexy keek hem aan, of ze een vreselijke onthulling ging doen.

'Hij beweert... dat hij is getrouwd geweest... met mijn moeder... en dus...'

'Wat zeg je nou?' Jerry keek eerst niet-begrijpend, toen, alsof er iets bij hem ging dagen:: 'Dat zou dus betekenen... dat jij zijn dochter bent?'

'Ja,' zei ze dof, 'maar ik geloof er geen woord van.'

Het leek of Jerry met stomheid geslagen was.

'Hets, dit is niet te geloven!' bracht hij uit, 'weet je het zeker?'

'Ik weet zeker, dat het niet waar is,' snufte ze. 'Moet je luisteren, Jer, hij hangt allerlei verhalen op, die druipen van ellende... een zielige jeugd... een vrouw, van wie hij gescheiden is... een dochter, die bijna is vergiftigd...'

'Wacht eens even,' zei Jerry Sherlock Holmes-achtig. 'Bedoel je soms die paddestoelparty?'

Hexy knikte. 'Hij was erbij, met zijn dochtertje, ze was drie geloof ik...'

Jerry tikte tegen z'n voorhoofd. 'Wat deed hij daar? Was hij uitgenodigd?'

'Hij zorgde voor het eten en de drank,' zei Hexy kort, 'hij had een restaurant in de stad.'

'En een collega van hem heeft die rottigheid uitgehaald? Met dat gif?'

'Niet expres. Maar hij voelde zich ervoor verantwoordelijk en is vertrokken naar Amerika.'

'Dan heeft mr Woody er dus toch alles mee te maken!' riep Jerry uit. 'Waren er nog meer kinderen bij? In die krant ging het toch over een jongetje van vier?'

'Dat was dus dat meisje,' zei Hexy kort. 'Ze zagen haar blijkbaar voor een jongetje aan.'

Ze rilde, toen ze weer dacht aan het verhaal van mr Woody over de muis.

'Slechte journalistiek,' vond Jerry, 'de leeftijd klopt ook niet, ze was toch drie, zei je.'

'Ja, zo ongeveer.'

Ze stond op en knipte een lampje aan. 'Het gaat regenen, Jer, ik zet de stoelen in het schuurtje, wil je trouwens koffie, een biertje?'

'Ik pak wel een biertje, als het goed is,' zei hij, 'er komt een lekkere bui aan, Hets, kijk die bomen eens heen en weer zwiepen.'

Hexy ging naar buiten en werd meteen besprongen door een harde wind, die haar bijna van het terras blies en die de stoel waarin mr Woody had gezeten, al half omver had gegooid.

Alsof ze een betoverd voorwerp aanraakte, greep ze de stoel vast, en sleepte hem een eind van zich af, naar het schuurtje, daarna klapte ze de ligstoel in en bracht 'm in veiligheid.

Ze was nog maar net binnen, toen de eerste druppels vielen.

Jerry zat met een nadenkend gezicht voor zich uit te kijken, een biertje voor zich op tafel.

'Het gaat spoken,' zei Hexy, 'echt iets voor het Kloosterbos, het is hier niet normaal, Jer.'

Ze schrok van een felle flits, die het raam verlichtte, een paar tellen later gevolgd door een knetterende donderslag. Ze rilde, kroop snel weer naast Jerry, op de bank.

'Vind je het eng?' vroeg hij en sloeg weer een arm om haar schouders.

197

'Zo niet,' zei ze, 'ik ben blij, dat je er bent, Jer, maar ik denk niet, dat ik langer in het Kloosterbos wil blijven, morgen ga ik terug, naar mijn moeders huis.'

Jerry knikte. 'Je voelt je hier niet meer happy? Kan ik me goed indenken, dat is geen plek voor jou.'

Er viel een stilte, waarin ze luisterden naar het kletteren van de regen en het aanhoudend gerommel van de donder in de lucht. Bliksemflitsen zetten het huisje en de omringende bomen in een blauwachtige gloed en Hexy had steeds meer het gevoel, dat ze in een betoverd woud was terechtgekomen, dat vol was van verraderlijke valstrikken.

'Jij denkt dat mr Woody liegt, Hets?' vroeg Jerry bedachtzaam.

'Zonder meer,' reageerde ze meteen, 'ik ben zijn dochter niet, het idee alleen al, ik denk dat zijn dochtertje toch is doodgegaan... op de een of andere manier en dat-ie mij ervoor aanziet, omdat ik op haar lijk...'

'Maar het stond niet in de krant,' wierp Jerry tegen.

'Nee, maar misschien is ze later toch gestorven... aan die vergiftiging... of aan longontsteking, ze heeft een hele tijd in de kou rondgelopen.'

'Dat moet ik uitzoeken,' zei Jerry, 'ik ga morgen meteen naar het Stadsblad. Maar stel, Hets, stel even, dat het wel waar is.'

'Het is niet waar,' zei ze heftig en maakte zich van hem los.

'Hets, luister eens,' klonk zijn stem overredend, 'denk even na... een heleboel dingen worden nu wel duidelijker... Mr Woody heeft van het begin af aan belangstelling voor je gehad.'

'Niet waar, voor jou, jij werd gevolgd.'

'Maar het ging om jou, dat had je zelf ook wel door, hij ging natuurlijk vreselijk voorzichtig te werk, want als je moeder erachter zou komen...'

'Laat mijn moeder er alsjeblieft buiten.' Ze schoof een eindje van hem af.

Hij zuchtte. 'Zo komen we niet verder. We moeten dit onderzoeken, Hets, bewijzen verzamelen.'

'Niks onderzoeken,' zei ze nijdig, en schopte met een van haar sandalen tegen de poot van de salontafel.

Op hetzelfde moment klonk een hevige donderslag, die secondenlang nadreunde.

Ze sloeg de handen voor haar gezicht en huiverde.

'Ik wil hier weg, Jer, hoe eerder hoe liever.'

Ze stond op, ging naar het raam en sloot de gordijnen.

'Morgenvroeg ga ik met je mee naar de stad,' zei ze vastbesloten.

'Oké.' Jerry dronk zijn bier op. 'Luister, Hets, wat vind je ervan, als ik eens met mr Woody ging praten? Misschien kan ik nog dingen aan de weet komen en hem verder uithoren, wie weet hem ontmaskeren als een oplichter.'

Hexy aarzelde. 'Nou goed,' stemde ze toe. 'Probeer het maar, maar zeg erbij, dat ik hem niet meer wil zien, nooit meer en als-ie het waagt een stap te zetten in de richting van m'n moeders huis, schop ik 'm overhoop.'

Jerry keek haar geschokt aan. 'Nou, nou, miss Pimmelaar, een beetje minder kan ook wel, hij is altijd aardig voor je geweest, of niet? Verdorie, als ik zo'n pa had, deed ik het ervoor.'

'Je mag 'm van me hebben, helemaal,' zei ze, 'als-ie het was tenminste, maar hij is het niet.'

Ze liep naar het keukentje, waar een lage dennentak onophoudelijk tegen het raam sloeg, alsof hij erom smeekte, binnengelaten te worden. Snel zette ze koffie.

'Ik ga vroeg naar bed, Jer,' kondigde ze aan, toen ze terugkwam. 'Ik ben moe, ik wil slapen.'

'Ik hoop voor je, dat het lukt,' wenste hij en rekte zich uit. 'Ik heb nog lang geen slaap, er is veel te veel om over na te denken. Tjonge, wie had dat gedacht, die mr Woody.' Hij knakte z'n ineengestrengelde vingers.

'Morgen ga ik het uitzoeken, zo zeker als wat.'

Hij leek te luisteren.

'Het gaat minder tekeer, Hets, gewoon een lekker zomerbuitje, morgen wordt het weer warm, zeggen ze.'

'Was het maar vast morgen,' zei Hexy ongelukkig.

Ze had het gevoel, of ze in een ware nachtmerrie terechtgekomen was, waar voorlopig nog lang geen eind aan zou komen...

De volgende ochtend - het was eindelijk ochtend, de aarde leek te dampen, het bos geurde kruidig, maar Hexy schonk er geen aandacht aan en had maar één drang: weg te komen van dat onzalige oord - fietsten ze met z'n tweeën op naar de stad.

Jerry zou proberen mr Woody te spreken te krijgen in het Luxor. Op een gegeven moment liet hij Hexy achter, die doorreed naar haar moeders huis.

Jerry beloofde meteen naar haar toe te komen, zodra hij mr Woody gesproken had.

Eenmaal thuis dwaalde Hexy doelloos rond, sorteerde gedachteloos de post, gaf de planten water, waarbij ze een paar keer morste, zat een tijdje boven in haar strandstoel, terwijl ze overwoog om haar moeder te bellen.

Maar wat moest ze zeggen?

In elk geval niets over mr Woody. Als ze dat deed, zou haar moeder vragen gaan stellen, willen weten hoe hij eruit zag en dan was de ramp misschien helemaal niet meer te overzien.

Ze zou zeggen, dat ze weer thuis was, dat ze het bij Wendy en Willemien wel gezien had. Maar haar moeder had een scherp gehoor, ze zou meteen aan haar stem merken dat er iets loos was.

Ze hoopte vurig, dat Jerry gauw zou komen en daarna?

Ze zou wel zien, ze zou het hier wel uithouden, tot haar moeder terugkwam.

Met een zeker gewichtig air, alsof hij zojuist een onderhoud met de één of andere hoge ome had gehad, stond Jerry voor de deur, toen Hexy hem, enkele seconden nadat hij had aangebeld, opendeed.

Voordat hij nog een woord had gezegd, voelde ze intuïtief dat hij was overgelopen naar het kamp van de vijand. Ze had ook bijna niet anders verwacht. Jerry had altijd al een zwak voor mr Woody gehad, hij zou 'm niet afvallen. Aan hem had ze dus ook niets stelde ze gelaten vast, nog voor hij verslag had gedaan van z'n bezoek.

Hij liep met haar mee de gang door, de kamer in, zonder z'n jas uit te doen.

In de kamer bleef hij staan, alsof hij niet goed wist, of hij nu moest gaan zitten of niet...

'Doe je jas uit,' zei Hexy, 'wat wil je drinken, er is geen bier.'

'Geef maar een colaatje.' Hij trok z'n jas uit. ''t Is fris, maar het wordt alweer warmer.'

Hij draaide zich naar haar om. 'De stroom is gister uitgevallen in het Luxor, Hets, ze hebben een tijdje bij kaarslicht gezeten.'

In een flits kwam het beeld van mr Woody haar voor de geest, somber starend in een kaarsvlam.

Net iets voor hem. Meteen verdrong ze het beeld.

Met twee cola kwam ze de kamer weer in, zette een glas voor Jerry neer, die op de bank was gaan zitten.

Nogal onwennig keek hij rond, alsof hij zich niet helemaal op z'n gemak voelde.

'En?' vroeg ze, terwijl ze tegenover hem was gaan zitten, haar ogen strak op hem gericht.

'Tja.' Hij staarde naar de grond. 'Die man heeft een boel mee-gemaakt, Hets.'

'Hij heeft je alles zeker verteld,' constateerde ze. 'Heb je 't soms opgeschreven?'

Ze zag hem al bezig met een blocnootje, ijverig alles noterend, wat van mr Woody's lippen kwam.

'Natuurlijk niet,' zei hij bijna verontwaardigd, 'het was geen interview, hij heeft een beroerd leven gehad, Hets.'

'O ja?' zei ze cynisch. 'Hij is anders aardig rijk geworden in Amerika, zo slecht is-ie er niet aan toe.'

'Dat bedoel ik niet.' Jerry bestudeerde z'n gympen. 'Voor die tijd. Die vent die 'm een loer heeft gedraaid met die paddestoelen, zou ik graag te pakken nemen.'

'Heeft hij je alles over dat feest verteld?' vroeg ze met ingehouden adem.

Hij knikte langzaam.

'Niet te geloven, allemaal, weet je hoe hij het noemde?'

Ze schudde haar hoofd, op haar hoede.

'De Van-den-Bosch-nacht. Zo heet-ie, Hets, van den Bosch, Theo van den Bosch, met 'sch'.

Toen ze niet reageerde: 'Die naam zegt je niks? Je moeder heeft 'm nooit genoemd?'

Ze klemde haar lippen op elkaar.

'Je moet erachter zien te komen, Hets,' ging Jerry, ineens weer driester, door, 'als je die naam hebt, weet je het zeker.'

'Wat moet ik doen?' viel ze uit. 'Snuffelen in m'n moeders spullen? Haar brieven openmaken of ik daar toevallig die naam tegenkom? Dank je lekker, ik snij nog liever m'n tong af.'

Jerry keek haar verwijtend aan.

'Hets, je moet wel een beetje meewerken. Ik zou dit voor je uitzoeken, had ik beloofd, ik probeer aan bewijzen te komen. Als we die naam hier vinden, weten we het zeker.'

'Jij zou het liefst de boel overhoop halen,' schamperde ze, 'alle kasten en laden omkeren, tot je iets zou vinden, je bent wel een heel min ventje, Jer.'

Jerry verstrakte. 'Dank je, verder nog iets? Ik probeer m'n best voor je te doen, begrijp dat dan.'

Hexy zuchtte. 'Sorry, Jer, maar dit hele gedoe werkt ontzettend op m'n zenuwen. Ik wil mr Woody of hoe-ie ook heten mag, zo gauw mogelijk vergeten, laat-ie maar weer ophoepelen naar Amerika, daar hoort-ie thuis.'

Jerry keek verschrikt. 'Je weet niet, wat je zegt, Hets, het is een fantastische man, hij geeft hartstikke veel om je, dat merk je aan alles, je moet hem een kans geven, vind ik.'

'Dus jij denkt ook dat hij m'n pa is?' zei ze met lage stem.

'Alles wijst erop,' antwoordde hij, 'dat kun je niet ontkennen, hij is uit Amerika nog een paar keer naar Nederland terug geweest, heeft hij je dat verteld?'

Hexy schudde van nee. 'Is dat zo?'

'Ja, z'n vakanties bracht hij altijd in Frankrijk door, in de Provence. Van daaruit is-ie een paar keer naar Nederland gevlogen, om te proberen, of hij jou te zien kon krijgen... hij is bij je school geweest, hij wist de naam nog, 'het Schrijvertje'.Hij heeft alleen door het traliehek gekeken, is het plein niet op geweest.'

Een plotselinge herinnering ging als een schok door haar heen, de herinnering aan een paar middagen op het schoolplein, na vieren... Een man met een zonnebril, die door de spijlen van het schoolhek heen naar haar leek te staren, waar ze pret om had, met haar vriendinnetjes... en wat ze ook wel een beetje eng had gevonden, natuurlijk...

Toen ze het aan haar moeder had verteld, had ze meteen huisarrest gekregen en mocht een tijdje niet meer op straat spelen. Eén of andere vrouw, waarschijnlijk een vriendin van haar moeder, had haar toen een tijdlang elke dag met de auto van school gehaald.

Allemaal de schuld van mr Woody, haar hele jeugd was door hem verpest.

'Mooie boel,' zei ze hees, 'hij kon me dus toen ook al niet met rust laten. Ik hoef hem niet, Jer, hij zal het wel goed bedoelen, maar ik heb hem niet nodig, het is te laat, zeg dat maar tegen 'm, als je weer eens in het Luxor komt.'

Jerry keek haar onthutst aan. Er flikkerde iets in z'n ogen.

'Weet je wat het met jou is,' zei hij, een beetje hijgend, 'je wilt er niet aan, weet je eindelijk wie je pa is en dan moet je hem niet, omdat je denkt dat je zo'n moderne, onafhankelijke trut bent, die niemand nodig heeft. Nou, zo iemand als mr Woody verdien je dan ook niet, wat hij heeft doorstaan, daar heb je geen benul van. Je snapt 't niet, hè, je had dood kunnen zijn, hij was er kapot van en ik ook, het idee.'

Het was of hij zich verslikte in z'n eigen woorden.

Hij stond op. 'Bekijk het verder maar, Hetsje Pimmelaar, ik heb m'n best gedaan.'

'Oké, rot maar op,' zei ze giftig. 'Aan jou heb ik ook niks, ga maar naar die Woody van je... mijn zegen heb je, je krijgt 'm gratis.'

'Je bent niet goed wijs,' zei hij verachtelijk, 'ik kom er wel uit, ajuus.'

Hij pakte z'n jack en stevende de kamer uit.

Evenlater hoorde Hexy de voordeur met een smak dichtslaan.

Hoe ze de verdere middag en avond doorkwam, kon ze later moeilijk navertellen.

Als een zombie liep ze door het huis, belandde uiteindelijk op haar kamertje, schoof achter haar bureautje, pakte een tekenvel, probeerde iets te schetsen en merkte dat het een paddestoel werd, die even later ontaardde in een soort atoomwolk boven Hiroshima.

Zou iets voor Jos zijn geweest... Ze kon er alsnog vandoor gaan, naar de hoofdstad, onderduiken en pas terugkomen als ze er zeker van was dat het heerschap, dat het op haar gemunt had, weer in Amerika zat.

Voor de kunstacademie begon, zou ze terug kunnen zijn.

Ze kneedde het vel papier in haar vuist tot een bal en begon opnieuw.

Ze had ze vroeger veel getekend, paddestoelen, met kabouters, in, op en naast hun huisje. Nu nog stond er een tuinkabouter in hun tuin, die parmantig een kruiwagentje voor zich uit duwde. Onschuldig, zo onschuldig, die kleine, bedrijvige kereltjes, waar ze altijd gek op was geweest.

Ze probeerde er één te schetsen, maar hij kreeg al gauw de boosaardige trekken van een doortrapte schurk en de afmetingen van een dikke, vadsige trol.

Ze verfrommelde het papier en gooide de prop in de prullenmand.

Ze stond op, liep naar beneden, opende de tuindeur, sleepte een stoel naar buiten en zat een tijd in de zon, terwijl ze probeerde zichzelf moed in te praten. Nog drie weken, dat hield ze wel uit, daarna zou hopelijk alles weer normaal worden.

De kunstacademie, als ze maar eenmaal op de kunstacademie zat...

Wat zou ze morgen doen? De stad in maar, dat was beter dan thuis te zitten. En daarna? Misschien ging ze wel naar Wendy en Willemien, niet eens zo'n gek idee.

Ze zou met gejuich en open armen worden ontvangen.

Jerry kon de pot op. Wat hij haar niet voor de voeten had gegooid... Belachelijk. Voorlopig hoefde ze hem niet te zien. Ze strekte haar benen, bekeek haar armen. Ze was al behoorlijk bruin. Ze moest morgen zonnebrand halen, alle tubes lagen nog in het boswachtershuis.

Bos, bos, van den Bosch... Het woord bonkte in haar hoofd, het was toch om gek te worden?

Hexy van den Bosch, zo zou ze moeten heten, stel je voor...

De Van-den-Bosch-nacht. Hoe verzon-ie het. Zoiets als de Bartholomeüsnacht in Frankrijk zeker, waarin zoveel mensen van protestantse overtuiging waren afgeslacht.

Die man had te veel gevoel voor drama, kwam natuurlijk door die toneelspelers waarmee hij was omgegaan, had hij een tik van meegekregen.

Ze schudde wild haar hoofd. Nu was ze al weer bezig met die mr Woody.

Wood. Bos. Hij had z'n naam gewoon verengelst.

Ze keek naar de tuinkabouter met z'n glimmend, immer vrolijk gezicht, die tussen een paar struiken stond met z'n kruiwagentje.

'En, bevalt het je nog steeds in het bos?' vroeg ze hardop, terwijl ze haar teennagels kneedde.'Of wil je ook wel eens naar een feestje, met elfjes, die ronddansen in het maanlicht? Kijk maar uit, voor je het weet val je dood neer.'

's Avonds zette ze de tv aan, zag de weerberichten, een nieuwe hittegolf werd verwacht.

Ze zapte naar een film over twee zussen, die een miljonair van z'n geld af probeerden te helpen.

Om de beurt gingen ze met hem uit, lieten zich schandalig verwennen.

Toen de film uit was, gaapte ze langdurig.

Hoe voelde het om rijk te zijn? De man, die zich mr Woody noemde, had gezegd, dat hij er niet zoveel om gaf. Zeiden ze allemaal.

Als ze nu eens naar hem toeging en hem geld vroeg, veel geld. Kon ze van ik weet niet waar naar toe. De Bahama's, Mallorca.

Ze kneep zichzelf in haar arm.

Stel je voor, dat ze zo stom zou zijn. Ze zou nog geen cent van 'm aanpakken.

Ze bedacht, hoe graag ze nu een zus had willen hebben, of een broer als medestander.

Misschien was het wel gebeurd als mr Woody gebleven was. Maar nee, de liefde was op, het kon niet meer.

Ze probeerde zich hem voor te stellen in combinatie met haar moeder, maar het was of ze tegen een blinde muur stootte.

Ze kon het nauwelijks bevatten: haar koele, beheerste moeder, samen met deze gepassioneerde man.

Zij moest dus het product zijn van die twee. Ja, misschien kreeg je dan wel een creatuur zoals zij.

Ze was zo nuchter als een pasgeboren kalf, maar aan de andere kant: ze had rare buien, vreemde streken.

Ze zag ineens zichzelf weer staan, bovenaan de zoldertrap, stampend met haar voet en schreeuwend dat ze niet eerder beneden kwam voor ze gele bal terughad, die ze eindeloos naar beneden stuiterde en tegen het plafond gooide en die haar moeder had verstopt, omdat ze er blijkbaar gek van werd.

Ze had 'm uiteindelijk weer gekregen, maar toen keihard tegen de benen van een willekeurig, op straat spelend kind gesmeten, waarna haar moeder 'm opnieuw in beslag had genomen en later meegegeven aan de vuilnisman.

Vroeger, op verjaardagsfeestjes, dook ze steevast een keer onder een tafel, een stoel of een bed om dan ineens met veel spektakel weer op te duiken.

Ze slaakte een hartgrondige zucht.

Het liefst zou ze nu beneden blijven, ze zag op tegen de nacht.

Uiteindelijk ging ze toch naar boven en keek in het medicijnkastje van haar moeder, of er nog een slaappil lag.

Ze vond er nog een op een doordrukstrip, ging naar de badkamer en nam 'm met veel water in, terwijl ze zichzelf bekeek in de spiegel boven de wasbak.

Ze schrok van zichzelf. Ze zag eruit als een geest, ondanks haar bruine huid. Haar wangen leken ingevallen, diepe kringen lagen onder haar ogen.

Snel slikte ze de pil door, kroop in bed met alleen haar slipje aan, en viel bijna onmiddellijk in slaap.

Verward droomde ze van een herberg, die vol zat met luidruchtige gasten.

Ze liep rond met een dienblad vol kroezen bier, terwijl ze vrijpostig door begerige mannenogen werd aangestaard en dubieuze complimenten moest aanhoren...

Op een gegeven moment kreeg ze iemand in het oog, die ze niet eerder had gezien: een vreemdeling, die er deftig uitzag, als een rijke koopman, de gespen van zijn schoenen leken wel van goud, zijn hoed had hij op tafel gelegd. Hij keek naar haar op, maar niet zoals andere kerels naar haar keken, hij glimlachte alleen maar, een beetje triest, en bestelde op zachte, beschaafde toon een maaltijd.

Toen ze een tijdje later terugkwam met het gerecht, was hij verdwenen, er lagen alleen wat gouden muntstukken op de ruwhouten tafel, waaraan hij gezeten had...

13

Hexy was al behoorlijk bezweet, toen ze in het centrum van de stad haar fiets stalde bij een groot warenhuis en door de draaideur naar binnen ging.

Het was weer een warme dag, de zoveelste deze zomer. Na het onweer was de hitte opnieuw teruggekomen, de zon brandde als een laaiend vuur en de stad was een heetgestookte oven...

Een beetje duizelig zocht Hexy steun bij de eerste de beste bak die ze tegenkwam, vol afgeprijsde make-up spullen. Ze probeerde een paar lipsticks op haar hand, vergeleek gedachteloos de kleur, drentelde verder langs parfums en zeep, tot ze zich weer draaierig voelde.

Ze had vanmorgen geen zin gehad om te eten, er was trouwens ook niks in huis.

Eerst moest ze wat in haar maag hebben, anders hield ze het niet. Ze ging de roltrap op, naar de lunchroom op de tweede verdieping.

Het was er vrij koel, de propellers van de airco aan het plafond snorden en draaiden als dolgeworden wentelwieken rond.

Het maakte Hexy nog duizeliger. Ze bestelde een kaasbroodje, een glas melk en koffie. Onder de vitrine van de toonbank lagen allerlei soorten gebak verleidelijk uitgestald. Ze wees een slagroomgebakje aan en de buffetjuffrouw nam het voorzichtig uit de vitrine. Met de spullen op een dienblad liep ze naar een tafeltje en zette meteen gulzig haar tanden in het gebakje, daarna verorberde ze gretig het kaasbroodje.

De koele luchtstroom van de airco suisde om haar oren en gaf haar het gevoel of ze werd weggeblazen.

Snel dronk ze haar melk en koffie op en wilde weglopen.

'Wilt u wel betalen, dame,' klonk onverwacht een stem achter haar rug.

Ze stond met een schok stil, draaide zich om. Ook dat nog, waar had ze haar hersens in vredesnaam?

'Sorry,' zei ze, terwijl ze terugliep, 'ik was het vergeten, komt van de warmte zeker'.

'Dat kan gebeuren.' De buffetjuffrouw was vol begrip.

'Al valt het hier nog wel mee, niet?' zei ze, terwijl ze Hexy wisselgeld teruggaf.

'Ja, maar je waait wel zo'n beetje weg,' kon Hexy niet nalaten te zeggen.

'Lekker windje, toch?' reageerde de vrouw vrolijk, 'beter dan buiten, daar verbrand je levend.'

'Valt wel mee,' zei Hexy, 'ik kan er goed tegen, liever dan zo'n tornado.'

Ze liep weg, nam de roltrap naar beneden en ging zo snel mogelijk weer naar buiten.

De warmte viel meteen op haar aan, als een boze draak, die haar opwachtte met opengesperde muil en haar zijn al vuur in het gezicht spuwde...

Even bleef ze staan, bijna als verlamd, alsof ze niet meer wist waar ze heen moest... Ze voelde de zon branden op haar huid en het schoot haar weer te binnen wat ze had willen kopen. Zonnebrand.

Maar ze had geen zin om opnieuw het warenhuis binnen te gaan.

Wat moest ze doen? Ze had geen speciale boodschappen meer.

In elk geval moest ze ervoor zorgen, zo ver mogelijk uit de buurt blijven van het Luxor, waar Jerry misschien wel zat te konkelefoezen met mr Woody, over haar, twee handen op een buik.

Ze kreeg ineens haast, liep lukraak met haar fiets een eind langs het trottoir, onder luifels en markiezen door, bekeek af en toe de etalage van een winkel die ze passeerde en stopte bij een ijssalon.

Ze had een vreselijke dorst, ze zou ijs nemen en een groot glas fris. Snel zette ze haar fiets tegen de gevel, ging naar binnen en bestelde een groot glas cassis met een portie ijs.

Ze zouden het zo komen brengen, als ze een ogenblikje geduld had, het was druk.

Eenmaal weer buiten zocht Hexy een van de bistrostoeltjes op, die voor klanten waren klaargezet en viel erop neer, of ze zojuist een marathon gelopen had.

Een jonge vrouw in een mini-jurk, met iets in haar hand wat op een reisgids leek, bleef voor haar staan. Ze deed een grote, moderne zonnebril af en vroeg Hexy in het Engels, of ze de weg wist naar 'The Old House'.

Hexy haalde haar schouders op. 'I don't know, I'm sorry.'

De toeriste bedankte haar en liep door, klampte iemand anders aan.

Het Oudste Huis, welja, straks grotendeels opgeknapt met het geld van mr Woody.

De man was overal aanwezig, alomtegenwoordig.

Als je erg bezweet was en je dronk snel en gulzig veel koud water achter elkaar, kon je een hartstilstand of iets dergelijks krijgen. Zou dat ook voor haar gelden? Of was ze overal immuun voor? Zou ze het proberen?

Sorry, mr Woody, al ben ik een heks, onsterfelijk ben ik niet.

Het zou jammer voor u zijn, als ik nu het hoekje om ging. Maar ik kan het m'n moeder niet aandoen. U hebt haar ongelukkig gemaakt, ik kan haar niet nog ongelukkiger maken. Maar ik zorg er wel voor dat ik u kwijtraak, wacht maar, tot ze eenmaal weer terug is, dan zult u zich vast niet meer durven vertonen, wedden? U was toch bang, dat ze u wilde spreken in het Luxor? En daarna bent u de stad uitgegaan, echt wel een beetje laf, niet, u knijpt 'm behoorlijk, volgens mij.

Ze keek ongeduldig achterom, om te zien waar de bestelling bleef.

Een slungelige jongen in boxershort en een verschoten hemd kwam onverwachts naast haar zitten.

Hij knipoogde tegen haar en begon een shag te draaien.

'Ook een sigaretje? Ik deel graag uit.'

Ze trok haar smerigste gezicht. 'Hoepel op met die troep, alsjeblieft.'

'Vakantie?' informeerde hij onverstoorbaar.

'Nee,' zei ze ijzig, 'ik heb pauze van m'n werk.'

Ze wees achter zich.

'Zo, dus je werkt hier?' Hij grijnsde.

Hexy zag een stel onregelmatige tanden in een sterk vergeeld gebit. 'Leuke job, wat doe je precies?'

'Ik ben ingehuurd als uitsmijter. Van nieuwsgierige types.'

210

'Nou zeg, wat een humeur', reageerde hij, nogal verbluft...'Ruzie met je vriendje? Ik wil best je nieuwe vlam worden, hoor.'

Hexy kookte ineens. 'Als je nou je bek niet houdt,' siste ze, 'sla ik dat gammele gebit van je nog verder verrot.'

Hij keek onthutst.

'Nou zeg, je ouders zullen blij met je zijn, je bent echt niet in orde.'

Hij stond op en liep weg.

Hexy zette haar tasje op de lege stoel. Ziezo, een knappe jongen, die daar nog z'n achterwerk op durfde te drukken, dit joch had ze in elk geval snel weggewerkt.

Ze keek naar het passerend publiek en vroeg zich af of ze nog een bekende langs zou zien lopen.

Teek misschien wel, of één van haar klasgenoten. Mr Woody, in het ergste geval, nog mooier, alles was tenslotte mogelijk.

Ze hoopte vurig, dat ze verschoond zou blijven van welke ontmoeting ook.

Ineens doemde een figuur voor haar op, die ze nog niet in het rijtje betrokken had.

Ze herkende hem onmiddellijk als mr Bleekhaar, al was er weinig van z'n haar te zien, want hij had een zonnepet op.

Hij schudde haar de hand als was het een pompzwengel.

'Meid, zit je hier? Kun je niet beter in het Kloosterbos terecht?'

Hij sloeg een blik op haar enkels.

'Hoe is het met je voet? Weer helemaal oké?'

Ze knikte. 'Ik moest hier een paar boodschappen doen,' verduidelijkte ze, 'en even langs huis.'

'Ik zou maar gauw teruggaan,' raadde hij, 'het is niet te harden, hier, alles naar wens in je droomhuis? Geen lekkende keukenkraan? Anders doe ik er zo even een nieuw leertje in.'

'Alles in orde,' verzekerde Hexy hem, terwijl ze haar best deed zo overtuigend mogelijk over te komen.

'Ik kom zo nog wel eens langs,' beloofde hij, 'eind juli ga ik pas met vakantie, maar ik ga snel verder, anders word ik een plasje water, zeg, nog veel plezier in je huisje.'

Hij stak een hand op en verdween.

Hexy slaakte een diepe zucht en voelde zich plotseling dood-moe. Ze keek achter zich, een serveerster kwam op haar af, balancerend met een dienblad vol bestellingen.

Met snelle gebaren zette ze een hoog opgemaakte ijscoupe en een glas fris bij Hexy neer.

Hexy bedankte, maar liet alles onaangeroerd, terwijl ze voor zich uit staarde...

Ja, wat deed ze hier eigenlijk, terwijl ze het honderd keer beter kon krijgen in het Kloosterbos?

Ze leek wel gek. Maar wat moest ze? Het was er niet langer veilig. Ze werd bedreigd door een monster, dat nu in de stad huisde, maar elk moment weer in het Kloosterbos kon opdui-ken.

Eerst maar eens dat ijs op zien te krijgen, misschien dat ze zich daarna wel beter voelde.

Ze was nog maar net aan haar ijscoupe begonnen, toen het alarm van haar mobiele telefoon ging.

Snel haalde ze het apparaat uit haar tasje, bracht het naar haar oor.

'Met Hexy Pimmelaar.'

'Ha, Hexy, alles kits? Waar zit je?'

Met een schokje herkende ze de stem van Cees Rijnders.

'Ik zit op een terrasje in de stad,' zei ze mat.

'Zo? De stilte ontvlucht? Kon je er niet meer tegen?'

Hexy besloot er niet langer om heen te draaien.

'M'n vakantie is verpest, Cees, verknald, finaal naar de Filistij-nen.'

'Nee toch? Wat is er gebeurd?'

'Ik ben uit het Kloosterbos verdreven,' zei ze langzaam en na-drukkelijk.

'Nee toch? Zoals Eva uit het paradijs?'

'Wat? Ja, zoiets, maar het gaat nu niet om een appel, maar om giftige paddestoelen.'

'Wat? Er is toch geen koopvrouw met dat spul bij je langs ge-weest?'

'Nee, een koopman. Met doornrozen. Ik ben Sneeuwwitje niet en ook geen Dame Blanche, die is dood, maar ik leef.'

'Je spreekt in raadselen, Hexy.'

212

'Laat maar... ene mr Woody heeft me eruit gegooid.'

'Goeie grutten,' klonk het aan de andere kant, 'wat heeft-ie gedaan?'

Hexy nam een slok fris.

'Hij beweert, in alle ernst, na een ellenlang verhaal, dat-ie de ex-man van m'n moeder is, dus, ga maar na, reken maar uit...'

En toen er niet meteen een reactie kwam, ging ze door: 'En toen heb ik 'm eruit gegooid.'

Het bleef nog steeds stil en even dacht ze dat de verbinding zo slecht was, dat Cees haar niet had gehoord.

Ze schrok op van een soort juichkreet, een hoerageroep, dat in haar oor loeide...

'Hexy, maar dat is toch fantastisch! Gefeliciteerd! Daarom zat hij zo achter je aan, eindelijk is het me duidelijk, waarom heb je...'

'Omdat het niet waar is!' viel ze wanhopig uit. 'Ik geloof het niet!'

'Waarom niet, meisje, waarom niet? Hij heeft je zijn geschiedenis verteld?'

'Ja, van a tot z, sommige dingen klopten, maar...'

'Hexy, luister.' Cees leek al zijn geschut in stelling te willen brengen.

'Hexy, die belangstelling van hem, voor jou, dat zegt toch al heel veel? Denk eens aan die scène in de villa? Toen hij opbelde en je niet goed werd. Misschien heeft hij toen al iets bij je geraakt.'

'Onzin, Cees, dat was die drank van jou, het is een regelrechte ramp.'

Het bleef even stil. Ze kon hem horen ademen.

'Hexy,' hoorde ze hem toen langzaam zeggen, 'ik denk, ik denk dat dat je geheim is, het geheim, waar hij het over had en dat je zou vinden in het Kloosterbos.'

Hexy voelde een steek in haar hoofd, alsof ze rechtstreeks door een priemende zonnestraal werd geraakt.

'Ik weet het niet, Cees, denk je het echt?'

'Ik weet het wel zeker, het is zo klaar als een klontje, maar je hebt er vreselijk moeite mee, nietwaar, het valt je rauw op het dak. Ik kan me goed voorstellen hoe je je voelt, ik wou dat ik bij je kon zijn, om je te helpen.'

'Hoeft niet, ik red me wel.'

Ze aarzelde. 'Wat zal ik doen, Cees?'

'Om te beginnen, pas de eerste wet van Rijnders toe en die luidt: altijd teruggaan naar de plek des onheils, de rest komt vanzelf, gewoon afwachten, wat er gebeurt, het is een kwestie van tijd.'

'Dat zou jij dus ook doen?'

'Nou en of! Ik ga toch straks ook weer terug naar die villa, waar al die wilde feesten zijn gehouden?'

'Dat heeft niets met jou te maken!' wierp ze tegen.

'Nee, maar jij en ik hebben wel iets met elkaar te maken, waar of niet, ik zou het in elk geval graag geloven, en dus... we zijn buren, of niet soms? Ga terug, Hexy, als je leven je lief is, dat is de beste raad die ik je kan geven, sterkte, meisje, sorry, het geld is op, hou je taai...'

Er klonk geruis, de verbinding werd verbroken.

Hexy bleef een ogenblik zitten met het apparaat in haar hand.

Haar hoofd gonsde.

De stemmen van Cees en mr Woody klonken door elkaar in een verwarrend, ergerlijk gezoem.

'Je geheim, Hexy, l'amour en la mort... als die twee samenvallen... als de zon en de maan.'

Ze schudde wild haar hoofd. Weet je wat je dan krijgt, mr Woody? Een zonsverduistering, ik heb er nog niet zo lang geleden een meegemaakt, nou, echt spectaculair was het niet, je merkte er nauwelijks wat van... een lachertje. Al heb ik wel gehoord, dat het op verschillende plaatsen in de wereld anders was... misschien was u wel op een van die plaatsen... maar dan nog...

Ze borg het mobieltje weg, zag, dat het ijs onderhand al begon te smelten.

Snel begon ze te lepelen.

Teruggaan naar het Kloosterbos? Het was te proberen.

Mr Woody zou zich er voorlopig niet wagen.

214

En mocht-ie het toch in z'n hoofd halen haar op te zoeken, dan zou ze ervoor zorgen om op tijd weg te komen, buiten zijn bereik. Teruggaan naar het boswachtershuis. Gewoon doorgaan met ademhalen, leven.

Ze leefde immers?

Net als dat meisje van drie destijds, dat een gifmenger en een muis te slim af was geweest, en niet bang was gebleken voor een stelletje monsterachtige wezens, op een al even monsterachtig feest.

Was ze een heks of niet?

14

Met driftige, zwaaiende bewegingen veegde Hexy met haar heksenbezem over het terrasje van het boswachtershuis, dat bezaaid lag met dennennaalden en zand. De bezem was een cadeau van Jerry; hij scheen het leuk te vinden om haar elke keer als hij kwam met een cadeautje te verrassen.

Ze hadden zich weer verzoend, over mr Woody werd niet meer gepraat.

Hexy begon zich langzamerhand te ontspannen en kreeg weer plezier in haar vrije leventje.

Ze probeerde te vergeten wat er was gebeurd, wat overdag goed lukte, maar 's nachts kwam het soms terug in haar dromen en werd ze zwetend wakker.

Maar als ze dan opstond, door haar slaapkamerraam keek naar de dennenbomen, die als schildwachten om haar huisje stonden, de vogels hoorde kwinkeleren en buiten de heerlijke dennengeur opsnoof, was het net of alles wat haar drukte, wegviel en een soort geluksgevoel doorstroomde haar, dat ze weer teruggekomen was en er opnieuw een heerlijke dag voor haar in het verschiet lag.

Toen het terrasje was schoongeveegd - ze had zelfs nog een paar rozenknoppen gevonden, de bloemen waren nog lang niet verwelkt, toen ze teruggekomen was, maar ze had ze in een beweging uit de vazen gerukt en het bos in gesmeten - liep ze naar binnen, hield haar mond onder de keukenkraan en slurpte gulzig het stromende water op.

Ze draaide 'm stevig dicht, maar hij bleef druppen. Geïrriteerd liep ze weg, mr Bleekhaar moest toch maar eens langskomen binnenkort.

Ze pakte een boek, een detective waarin ze bezig was en strekte zich lui languit in haar ligstoel.

Een wesp zoemde om haar heen, ze sloeg er een paar keer naar met haar boek, maar het beest liet zich niet wegjagen. Hij kreeg zelfs gezelschap van een tweede, die eveneens een aanval op haar deed.

Hexy stond op en vluchtte het huisje in.

Op hetzelfde ogenblik hoorde ze een geluid, het onmiskenbare geluid van een ronkende motor.

Ze voelde meteen paniek, haar hart bonsde tegen haar ribben. Snel keek ze om zich heen, waar ze zich zou kunnen verstoppen.

Eerst de boel sluiten, ze moest in elk geval de indruk wekken dat er niemand thuis was.

Ze wilde net de openslaande deuren naar het terrasje sluiten, toen er in razende vaart een auto langs haar huisje joeg, die stofwolken van zand opwierp. Even meende ze hondengeblaf te horen, toen was het voorbij.

Ze drukte haar hoofd tegen de glasruit en herademde.

Het was een jeep geweest, had ze gezien, maar iedereen reed hier in een terreinwagen, dat was niets bijzonders...

Stel dat hij het toch geweest was? Haar op die manier wilde intimideren?

Ze liet zich op de bank vallen, met knikkende knieën. Hij kon terugkomen en wat moest ze dan?

Liet hij haar dan nooit met rust?

Maar misschien was het hem helemaal niet geweest, alleen iemand die de kolder in de kop had gekregen, vanwege de hitte. Zoiets kwam voor.

Of was het mr Woody in z'n bol geslagen?

Ze rilde en wenste, dat Jerry er was, maar die zou pas tegen de avond komen.

Ze luisterde. Was het verbeelding, of sjirpten die krekels vandaag luider dan anders? Ze leken wel buiten zinnen, een op hol geslagen orkest.

Langzaam stond ze op, ging naar haar slaapkamer en deed de deur achter zich op slot.

Meteen toen ze Jerry 's avonds zag aankomen, een walkman op z'n rooie haar, zag ze al aan zijn gezicht, dat er iets mis was.

Hij zag er in een woord beroerd uit, bleek, met doffe ogen onder een gefronst voorhoofd.

217

'Sorry, Hets,' begroette hij haar en zette z'n walkman af, 'ik voel me niet helemaal oké.'

'Dat zie ik,' zei ze, 'je had toch thuis kunnen blijven.'

'Kan ik niet maken,' was het antwoord, 'ik kan jou toch niet alleen laten.'

Hij haalde een tas vol met boodschappen uit z'n fietstas.

Hexy was geroerd en gaf hem spontaan een zoen op zijn wang. 'Voel je je nu beter?'

Hij grijnsde. 'Stukken, maar ik ga toch maar even liggen, Hets, heb een knappende koppijn, de hele dag al, pak jij die boodschappen maar uit.'

'Oké,' zei Hexy, 'bedankt, Jer, je zou ook ziek worden van die warmte. Vanmorgen reed er nog een gek langs, die blijkbaar ook last had van de hitte.'

Ze geloofde inmiddels niet meer, dat het mr Woody was geweest.

Jerry keek haar onderzoekend aan. 'Hoezo? Wat deed-ie?'

'Niks,' zei ze, 'stoof alleen voorbij, ik heb 'm niet weergezien.'

Jerry liep naar binnen en nam meteen bezit van de bank.

'Ga anders op bed liggen,' raadde Hexy, maar daar wilde hij niet van weten.

'Zo ongezellig,' was zijn oordeel.

Hexy borg de boodschappen op, terwijl ze haar best deed, niet te veel lawaai te maken.

'Moet je een chefarien?' vroeg ze vanuit het keukentje.

Een zacht gekreun was het antwoord. 'Kan die kraan niet dicht?' klonk het toen gesmoord.

'Sorry, Jer, hij lekt.'

Hexy ging naar hem toe, zag dat hij z'n hoofd in z'n armen had verborgen.

'Jer, ik geef je een paracetamol en dan ga je onder de wol,' zei ze gedecideerd.

'De wol, nee, zeg,' was alles wat hij uitbracht.

'Onder het laken dan,' zei ze, 'of voor mijn part lig je helemaal bloot, maar je gaat naar bed.'

'Oké, mevrouw de heks.' Onverwachts stak hij een arm uit en trok haar naar zich toe, zodat ze bijna over hem heen viel.

'Zo ziek ben je dus ook weer niet,' protesteerde ze, 'hou eens op, ik moet zorgen, dat je beter wordt.'

'Hier word ik beter van.' mompelde hij, maar hij liet haar los en Hexy glipte terug naar het keukentje. Ze ruimde verder op en zorgde dat Jerry een paracetamolletje innam.

'Ik ga toch maar naar bed,' kondigde hij evenlater aan en geeuwde,' ik voel me een dweil, Hets, een nacht slapen zal me goeddoen.'

'De rust van het Kloosterbos zal je genezen,' voorspelde Hexy, 'sleep well, broeder Jeremias.'

'Als ik die rotkraan maar niet meer hoor, anders zet ik m'n walkman weer op.'

Hij wuifde slap met een handje en verdween naar het gangetje.

Hexy bleef achter en vroeg zich af, wat ze zou doen.

Ze voelde zich rusteloos en op een onverklaarbare manier nerveus.

Vanmiddag was ze bij de ruïne geweest, zonder schetsboek, had de stilte op zich in laten werken, had zich de Tramontijnen voor de geest gehaald, die hier hadden geschilderd, evenals Pelman een paar eeuwen later.

En zij? Ze had weinig of niets gedaan van wat ze zich voorgenomen had.

Ze had willen schilderen in het Kloosterbos, erop uit trekken met haar schilderspullen, die ze voor de vakantie al had gekocht, een kist met alle benodigdheden, voor het schilderen in de natuur.

Waarom was ze zo inactief? Zo indolent?

Kwam het van de warmte? Van Gogh had geschilderd in de brandende zon van de Provence en ze stelde zich voor dat Pelman hetzelfde had gedaan in het Kloosterbos.

Maar ze kon zich met geen mogelijkheid op een onderwerp concentreren.

Vanmiddag had ze maar zo'n beetje zitten soezen, haar handen om haar opgetrokken benen geslagen. Ze was lang gebleven, kon eigenlijk niet besluiten om weg te gaan.

Wat verwachtte ze er te vinden?

In zekere zin gaf de plek haar rust, maar er ging ook een onde-finieerbare dreiging van uit, alsof de verschrikkingen van het verleden nog steeds nawerkten.

Terug naar de plek des onheils... De woorden spookten steeds door haar hoofd.

Maar Cees Rijnders had toch niet de ruïne bedoeld...

Afwachten, wachten maar... Waarop? Tot ze tot andere ge-dachten kwam? Dan konden ze lang wachten, het zou niet gebeuren, in geen eeuwigheid. Mr Woody bleef een persona non grata, een ongewenst persoon, ze zag hem nog liever van-daag vertrekken dan morgen.

Ze wilde hem totaal uit haar gedachten bannen, alsof de ont-moeting nooit had plaatsgevonden...

Als ze wel eens langs de villa liep, zoals vanmiddag, en voor het hek bleef staan, kwam het haar onwezenlijk voor, dat zij daar zelf eens geweest was en in wat voor omstandigheden!

Het was mogelijk, dat gaf ze toe, maar ze kon zich er totaal niets van herinneren en ze kon het maar het beste vergeten.

Ze vroeg zich af waar Cees was, of hij ook zou dwalen rondom een ruïne, in Rome, of een andere stad. Misschien kon ze vol-gend jaar mee, dan had ze een jaar kunstacademie achter de rug en ze zou op verschillende punten verder gekomen zijn.

Italië... Rome, gesticht door Romulus, volgens de legende één van de twee zonen van Mars, die samen met zijn tweelingbroer Remus in de Tiber was gegooid. Ze waren gered door een wolvin, die hen had gezoogd. Wolven waren sociale dieren, misschien zou ze niet eens bang zijn, als ze er één tegenkwam. Zolang ze niet uitgehongerd waren, vielen ze zeker geen men-sen aan.

Maar ze liepen echt niet rond in het Kloosterbos. Daarvoor moest je verder weg; naar België bijvoorbeeld, waar haar moe-der was, in de Ardennen.

Daar schenen nog wolven te huizen in de dichte bossen, mis-schien wel in het wild. Ze had wel eens gehoord van mensen, die er in de diepe wouden een hele roedel op na hielden. Ze deed haar ogen dicht en probeerde zich in te beelden, dat ze op safari was en dat overal om haar heen roofdieren slopen in het hoge struikgewas.

Ze leefde zich zo in, dat ze schrok van een geritsel, vlakbij haar, in het gras. Een klein muisje kwam te voorschijn en rende voor haar voeten weg. Ze grinnikte. Bang voor een muis, wel ja. Het diertje zou straks wel weer de prooi worden van één of andere roofvogel die hier zou neerstrijken, een uil, of een buizerd, maar misschien was het hen ook wel te slim af...

Zo had ze zitten mijmeren op die zondoorstoofde plek, waar eikenbomen met brede kruin hier en daar wat schaduw wierpen.

Uiteindelijk had ze zich als het ware losgerukt uit haar dromerijen en was langzaam teruggelopen in de richting van haar huisje, terwijl ze de zon voelde branden op haar hoofd en ze het idee kreeg, dat hij al zijn verzengend vuur alleen op haar gericht hield... Ze had een zonnepetje nodig.

Ineens had ze verlangd naar de avond, als het koeler zou zijn en de maan zou opkomen, die toch een heel wat vriendelijker licht verspreidde...

Ze zat half te slapen op de bank, toen ze ineens wakker werd van een geluid. Een beetje verschrikt keek ze om zich heen en had even moeite om zich te oriënteren. Het leek wel of alles op een geheimzinnige manier veranderd was. Ze knipperde met haar ogen.

Was het al zo laat? Ze zat in het donker, maar de kamer zelf werd vreemd verlicht door een blauwzilverig schijnsel.

Verbaasd stond ze op en liep naar het raam.

Ze hield haar adem in. Een volle ronde witte maan stond aan de hemel boven de dennen en straalde een haast onaards licht uit.

Wat was het geluid dat ze had gehoord?

Ze luisterde. Het kwam uit Jerry's kamer.

Met moeite maakte ze zich van het raam los, deed de deur naar het gangetje open. Meteen begreep ze het: Jerry lag te snurken als een houtzager. Ze zou hem niet storen, maar lekker laten slapen.

Zelf voelde ze zich ineens helderder en fris als een hoentje, alsof de manestralen haar nieuwe energie hadden gegeven.

Terug in de kamer pakte ze een krant die Jerry had meegenomen en schreef er snel een boodschap op.

Als hij wakker werd en haar niet aantrof, wist hij waar ze te vinden was.

Alsof ze door een magnetische kracht werd aangetrokken, stapte Hexy het terrasje op. Ze zou geen zaklantaarn nodig hebben, de maan zou haar bijlichten.

Behoedzaam liep ze tussen de bomen door naar het pad, dat een eind in de richting ging van de ruïne. Ze kreeg het gevoel of de wereld betoverd was en zich achter de bosjes en stekelige struiken, die ze passeerde, kleine wezentjes verborgen, die haar begluurden en elk moment in het groen konden opduiken.

Uiteindelijk kwam ze uit op de open heidevlakte en bleef bijna met open mond staan, zo schitterend was het landschap in het bleekwitte maanlicht.

Ze verwachtte elk moment een eenhoorn voorbij te zien galopperen of een ander fabeldier, dat was aangeraakt en tot leven gekomen door het magische schijnsel...

Dit was een sprookje en ze kneep zichzelf in de arm om er zeker van te zijn, dat ze niet droomde.

Ze wilde weer verder lopen, maar bleef ineens stokstijf staan.

In de verte, bij de bosrand, leek iets te bewegen, zwarte schimmen, die onrustig heen en weer bewogen. Of was het verbeelding? Ze knipperde met haar ogen, maar het volgende ogenblik was er al niets meer te zien. Ze liep door, maar zocht intussen onwillekeurig de grond af, naar een geschikte stok. Altijd handig, je wist nooit wat je tegenkwam, al was het maar een gewone adder.

Ze versnelde haar pas in de richting van het dennenbos, terwijl ze zichzelf geruststelde met het idee dat het herten waren geweest. Natuurlijk waren het herten geweest, al had Jerry onlangs beweerd dat die hier niet voorkwamen, onder andere omdat er niet een fatsoenlijke poel of drinkplaats voor ze te vinden was.

Ze bereikte het dennenbos en kreeg meteen spijt dat ze geen zaklantaarn had meegenomen.

Tussen de bomen was het, ondanks de heldere maan, stikdonker.

Ze hoorde zichzelf lopen, takjes kraakten onder haar voeten. Ze moest bukken, onder laaghangende takken van naaldbomen door. Af en toe zwiepte een tak als een boemerang terug tegen haar gezicht... ze schramde haar benen aan een scherpe tak.

Gewoon doorlopen, hield ze zichzelf voor, als ze maar eenmaal bij de ruïne was.

Het viel haar plotseling op hoe stil het was, een beklemmende stilte.

Waarom was het overal zo akelig stil? Er klonk geen enkel geluid. Waren er geen roofvogels op jacht? Roofvogels jaagden toch 's nachts? Ze verwachtte elk moment een gefladder van vleugels te horen, gevolgd door het opwieken van een grote vogel, misschien met een prooi in zijn bek.

Maar dan zou ze eerst de doodskreet van het slachtoffer horen, een muis of een konijn of een ander weerloos beest. Eten en gegeten worden. Zo ging het toch in de natuur, of je het nu leuk vond of niet? Maar vanavond leek er geen sprake van, alsof zelfs de dieren in de ban waren van het mysterieuze maanlicht en zich doodstil hielden.

Hexy's hart begon sneller te kloppen.

Soms stond ze even stil, luisterde, keek achterom, tuurde scherp het donker in. Ze kreeg steeds meer het onaangename gevoel, dat ze door iets duisters werd gevolgd.

Ineens struikelde ze bijna over een dikke, knoestige, afgebroken tak, die half over het pad lag.

Ze raapte hem op en hield 'm bij zich, terwijl ze zich verder haastte.

Ze begon al bijna spijt te krijgen van haar onderneming, toen ze de ruïne in het oog kreeg.

Ze herademde. Ze zou een open ruimte betreden met volop licht. Het leed was grotendeels geleden.

Er klonk geritsel achter haar en ze draaide zich bliksemsnel om, de stok als een knots in haar hand.

Toen ze niets verdachts zag, liep ze weer door, terwijl ze zich zelf verwenste. Wat een schijtlaars ben je toch, Hexy Pimmelaar, wat kan er nu gebeuren?

Bij de ingang van de ruïne bleef ze aarzelend staan, alsof ze even niet verder durfde.

Was dit de plek, waar ze vanmiddag had zitten mijmeren en zich had gekoesterd in de zon? Hij leek nu het decor van een romantische opera, of, nee, meer een hallucinatie, een zinsbegoocheling, door de scherpe schaduwen die het maanlicht erop wierp.

Haar maag draaide om, en ze moest zichzelf met geweld tot de orde roepen.

Licht is magie, Hexy, dat zie je nu maar weer.

Het is geen droom, je bent hier vanmiddag geweest en morgen zul je er weer zijn...

Maar waarom was alles op zo'n vreemde manier veranderd?

Waarom zag ze het ineens met heel andere ogen?

Ze stapte voorzichtig naar de hoogste muur, raakte de stenen aan, alsof ze wilde voelen, of ze echt waren.

Ze waren ruw zoals altijd en nog halfflauw van de zonnewarmte.

Het kalmeerde haar enigszins, maar toch bleef ze op haar hoede. Een instinct zei haar, dat er iets niet in orde was, ergens iets niet klopte.

Gespannen, met een loerende blik, keek ze om zich heen.

Het leek of er elk moment vreemde gedaanten uit het duister van de bomen te voorschijn konden springen, stakerige wezens met vogelkoppen, kromme snavels en wrede blik, klaar om haar met skeletachtige armen te grijpen.

Hexy huiverde of ze het koud had, kruiste de armen om haar lijf en keek op naar de maan.

In welke nachtmerrie was ze terechtgekomen?

De maan had haar een sprookje beloofd en in plaats daarvan was ze nu gevangen in een griezelige betovering.

Misschien, als ze ging bewegen, ronddraaien, snel, sneller, raakte ze eruit, uit die duivelse ban, werd ze weggeslingerd, de ruimte in... tot ze op de maan zou belanden en veilig was...

Ze hijgde, toen ze, duizelig geworden, met dansen ophield en ze had het idee dat ze bleef hijgen, tot het tot haar ontzetting tot haar doordrong, dat ze het zelf niet meer was, die hijgde, maar dat het snelle ademen ergens anders vandaan kwam...

Het was een afschuwelijke gewaarwording.

Als versteend staarde ze, over de laagste muur, naar het pad dat langs de ruïne liep. Links van haar staken twee koppen boven het struikgewas uit en een seconde later verschenen twee zwarte schimmen op het pad die zich naar haar toekeerden, naar haar loerden. Twee paar gele ogen, als die van een wolf, fixeerden haar; glanzend zwarte lijven, hoog op de poten, de lange roze tong uit de bek, werden beschenen door het maanlicht...

Hexy onderdrukte een gil, probeerde uit alle macht te beseffen wat er gaande was en wat ze precies zag. Dit was geen verzinsel meer van haar overspannen verbeelding, geen droombeeld van een schilder of een gearrangeerd tableau vivant, dit was echt, zo echt als zij hier stond en ze was in gevaar.

Ze kon het ruiken, ze kon het zien aan die gele ogen, die haar probeerden te hypnotiseren.

Maar het waren geen wolven, het waren honden, grote, zwartbruine, gespierde honden, wilde honden. Ze had beter met wolven van doen kunnen hebben. God mocht weten, hoe ze hier kwamen.

Ze zagen er bloeddorstig uit, alsof ze haar elke moment zouden kunnen bespringen.

Plotseling schoot, als een scherpe pijlpunt, de waarheid door haar heen.

De jeep, die vanmorgen in razende vaart langs haar huisje was gereden, het hondengeblaf, dat ze had gemeend te horen.

Eén of andere onverlaat had om onverklaarbare redenen zijn honden hier losgelaten, misschien uit verstandsverbijstering of omdat ze te gewelddadig of te vals geworden waren en hij ze niet meer de baas kon.

Hij zou ze wel slecht hebben behandeld, misschien wel geslagen, mogelijk waren ze al gefokt op agressie, bedoeld als vechthond.

En nu was zij aan ze overgeleverd. Het volle gewicht van haar hachelijke toestand drong beetje bij beetje tot Hexy door en verpletterde haar bijna.

Maar ze zou zich niet zonder slag of stoot overgeven, zich tot het uiterste verdedigen Stil houden, ze moest zich zo stil mogelijk houden, bewegen was fataal.

Ze pakte de stok, die voor haar voeten lag en stak 'm dreigend een eind uit, terwijl ze sissende geluiden maakte...

Een diep, woedend gegrom uit twee grauwende kelen was het antwoord.

Ze kwamen niet dichterbij, nog niet, bleven op een afstand, waakzaam, terwijl hun hele houding erop wees dat ze hun kansen om de beslissende sprong te maken, aan het berekenen waren.

Hexy hield ze onafgebroken in het vizier, beheerst door één instinct: proberen hen zo lang mogelijk van haar lijf te houden, het was haar enige redding.

Laten zien dat zij de baas was, bluffen, overtroeven.

Ze hief de stok op en deed alsof ze hem hard op een van de koppen liet neerkomen.

Weer een woedend gegrom, maar nu zakten de beesten langzaam door hun poten, en jankten aanhoudend.

Even voelde Hexy iets van opluchting, zweet droop van haar voorhoofd, dat ijskoud aanvoelde.

Was er nog een mogelijkheid om te ontsnappen? Nee, ze zouden haar achterna komen en inhalen; het stomste wat ze nu kon doen, was te vluchten .

Ze voelde een lauwe straal langs haar benen glijden, haar neus begon te lopen, ze was kletsnat van het zweet, of al het vocht dat ze in zich had op de één of andere manier naar buiten werd geperst.

Hoe lang kon ze dit nog volhouden? Bliksemsnel keek ze om; zo'n vier meter achter haar stond een boom. Misschien, als ze erin klom, was ze veiliger, maar de honden zouden haar blijven belagen en stel dat ze er door een onhandige beweging uitviel? Dan was het helemaal met haar gedaan.

Jullie krijgen me niet klein, stelletje helhonden, ik zal jullie mooie koppen inslaan met alle kracht die ik in me heb. O, God, waarom had ze haar mobieltje niet bij zich, dan kon ze bellen om hulp...

Ze begon weer te zwaaien met de stok, deed een stap vooruit.

Meteen kwamen de dieren overeind, de oren plat in de nek.

Hexy bleef zwaaien, slaakte wilde kreten, die beantwoord werden met woest geblaf.

De honden bleven waar ze waren en gingen geen millimeter achteruit.

Moedeloosheid maakte zich van Hexy meester. Een snik welde op in haar keel en ineens stroomden de tranen over haar wangen, terwijl ze bijna stikkend van drift en angst met de stok uithaalde naar haar belagers.

Had ze een schijn van kans tegen deze twee potentiële moordenaars?

Als ze de één te lijf zou gaan, zou de ander haar bespringen en verscheuren, zo solidair waren ze wel.

Ze zullen je ruiken, Hexy, je angstzweet ruiken en als ze eenmaal bloed hebben gezien is er geen houden meer aan. Ze moest om hulp roepen, maar wie zou haar horen?

Haar enige hoop was nu, dat Jerry intussen wakker geworden was en haar kant op zou komen. Maar zouden ze met z'n tweeën de beesten de baas kunnen? Er zou in ieder geval iemand bij haar zijn en ze was niet zo verschrikkelijk alleen meer. Jerry had sterke knuisten, maar kon hij, als een Simson, zulke hondenmuilen in bedwang houden of die ondieren op een andere manier onschadelijk maken?

Als ze je eenmaal op de grond hadden gegooid, had je weinig verweer meer.

Ze voelde zich duizelig, week achteruit, en zocht steun tegen een van de muren.

Verblind door tranen staarde ze naar de zwarte fantomen, voelde de kracht uit zich wegvloeien.

Als dit het einde was, moest het maar snel gebeuren.

Het zou even pijn doen, vreselijke pijn, maar ze zou gauw bewusteloos raken en dan was het ook afgelopen. Hexy Pimmelaar, waarom geef je het op? Kun je echt niet meer?

Mams, het spijt me zo, dat ik u heb voorgelogen, u weet niet eens dat ik hier ben, was ik maar nooit naar dat vervloekte Kloosterbos gegaan, waarom moet het nu slecht met me aflopen, het is toch altijd goed gegaan?

Op dat moment snikte ze van opluchting.

Het hoefde niet slecht af te lopen, natuurlijk niet, haar vader was er immers, hij wist haar altijd te vinden, overal. Als ze zich in huis verstopte, wist hij feilloos, alsof hij er een speciale antenne voor had, waar hij moest zoeken.

Die keer, dat ze zich op zolder schuil had gehouden onder een laag dekens... het had niet veel gescheeld, of ze was gestikt, ze probeerde zich te bevrijden, maar raakte nog meer verward in de dekenkluwen. Haar vader was er net op tijd bij, kwam altijd op het juiste moment, zoals die andere keer, bij de ruïne, toen ze hem kwijt was en hij haar had weergevonden...

Een golf van misselijkheid sloeg door haar heen, toen ze besefte, dat het onzin was.

Hij was er immers niet meer, hij was weggegaan en had haar alleen achtergelaten, met haar moeder, terwijl ze er zo zeker van was geweest, dat hij er altijd zou zijn, om haar uit de moeilijkheden te halen of haar af te leiden, als ze kwaad of verdrietig was.

Er ging een stuiptrekking door haar heen, ze wist niet of het verbeelding was of werkelijkheid, dat ze nu geroep van stemmen hoorde en of er werkelijk iemand in de buurt was, die haar naam schreeuwde.

Ze boog dubbel en braakte. Op hetzelfde moment -en ze voelde de sprong meer dan ze hem zag - werd ze door een sterk lichaam omvergeworpen en lag ze op de grond.

Stinkende adem walmde boven haar, een ruwe tong likte haar wang, nagels zetten zich in haar buik, en ze voelde een snerpende pijn, blikkerende tanden rukten aan haar shirt, ze gilde en sloeg wild om zich heen.

Toen leek een harde knal haar oren te verscheuren en een ogenblik dacht ze werkelijk dat het de honden waren die haar lijf uiteen rukten, maar vreemd genoeg voelde ze geen pijn, het leek zelfs of ze even met rust gelaten werd, en verkrampt en roerloos bleef ze liggen. Een langgerekt gehuil deed haar sidderen en weer spatten haar oren uit elkaar van twee opeenvolgende daverende geluidsexplosies, waarvan de galm natrilde in het doodstille bos.

Ze voelde een geweldige druk op haar borst, een loodzwaar gewicht viel op haar neer, leek haar te verpletteren en het leven uit haar te persen maar tegelijk ebde de angst uit haar weg, want temidden van al het tumult had ze een stem gehoord, die haar riep, die ze, over zoveel jaren heen, herkend had en ze wist dat haar redding nabij was.

15

'Ik wil schadevergoeding, meisje, voor geleden immateriële schade. Die man komt er niet zomaar van af, hij is een doodgewone misdadiger. Bovendien moet ik ervoor zorgen dat Potter niet verder wordt vervolgd voor verboden wapenbezit, een boete lijkt me voldoende, hij heeft tenslotte je leven gered.'

Al pratend, met een vastberaden gezicht kwam mr Woody achter zijn bureau vandaan, waar hij zojuist een paar telefoontjes had gepleegd met het hoofdbureau van politie en een advocaat.

Hexy vond, dat hij er nog steeds bezorgd uitzag, hoewel er weinig reden voor was, want ze voelde zich wonderbaarlijk genoeg haast weer helemaal de oude.

Ze was nu ruim een week in het Luxorhotel, had een eigen kamer met badkamer en toilet. Ze leidde een leventje als een prinses, kreeg 's morgens uitgebreid ontbijt op bed en 's avond werd een heerlijk diner opgediend op mr Woody's kamer, waar ze met z'n tweeën aten.

Hexy had nog steeds niet veel trek, ze voelde zich onwennig in het hotel, waar onbekenden in- en uitliepen, al maakte de aanwezigheid van mr Woody, veel, zo niet alles, goed.

Ze was hem nog steeds zo blijven noemen en het scheen hem niet te storen.

Als hij overdag in bespreking was, vond hij het prima dat ze erbij bleef. Hexy had er plezier in om te merken dat hij niets liever deed dan haar voorstellen als zijn dochter.

Maar Hexy glipte ook wel eens weg, ging naar haar eigen kamer die aan dezelfde gang lag, of ze liep het hotel uit, voor een boodschap. Tegen de receptionist zei ze waar ze heenging, want mr Woody wilde precies weten waar ze was.

De eerste dagen had ze alleen maar geslapen. Ze had van mr Woody een kalmerend kruidendrankje gehad, dat afkomstig was uit de Provence; hij had het gekregen van een kruidenvrouwtje daar.

Als ze wakker schrok uit een akelige droom, zat mr Woody aan haar bed. Bij het zien van zijn gezicht was ze weer gerustgesteld; hij pakte haar hand en zei dat ze gerust weer kon gaan slapen, want hij bleef bij haar.

Ook 's nachts had hij, in een fauteuil, bij haar bed gezeten en onafgebroken over haar gewaakt.

Al zijn afspraken had hij afgezegd en verder niemand bij haar toegelaten, afgezien van Jerry en een enkele keer mr Potter.

Jerry was gekomen en had zich nauwelijks goed kunnen houden. Met een brok in zijn keel vertelde hij dat hij zich wild geschrokken was, toen hij door mr Woody en zijn compagnon Potter van zijn bed was gelicht op die ongeluksavond.

Ze waren het boswachtershuis binnen gestormd, hadden hem wakker geschud en gevraagd, waar zij, Hexy, was.

Hij had er niks van begrepen, zei dat hij niet wist dat ze weg was gegaan.

Toen hadden ze de boodschap op de krant gevonden.

'Come on, hurry,' had mr Potter gezegd en ze waren in vliegende vaart naar de ruïne gereden, in elk geval naar een plek, zo dicht mogelijk in de buurt.

Ze hadden hondengeblaf gehoord en mr Potter had het meteen gelokaliseerd, gezegd dat ze achter hem moesten blijven. Hij had een waarschuwingsschot gelost in de lucht, de honden waren even afgeleid geweest, hadden hun kop naar de maan geheven en als wolven gejankt Toen had mr Potter ze onder vuur genomen en met twee gerichte schoten afgemaakt.

Mr Woody had Hexy's naam geroepen en hijzelf...

Jerry klemde z'n kaken op elkaar. 'Ik had ze willen vermoorden, wurgen, Hets, die monsters, misschien was het me nog gelukt ook. Gelukkig had mr Potter een pistool, hij heeft ze een kogel door de kop gejaagd, ik was als de dood, dat ze jou zouden raken. Mr Woody was helemaal in paniek, maar die Potter is een eersteklas schutter, hij heeft gejaagd in de uitgestrekte Canadese wouden, heeft wolven en zelfs beren geschoten, Hets.'

Van mr Woody had Hexy ook al bij stukken en beetjes het verhaal gehoord.

Eerst wilde ze er niet over praten, toen kwamen de herinneringen terug en wilde ze weten hoe het mogelijk was dat mr Woody uitgerekend op het cruciale moment ter plaatse was geweest. Ze had gevraagd hoe hij zo precies had geweten wat er gaande was.

Hij vertelde dat hij de hele avond al een gevoel van onbehagen had, dat steeds sterker werd. Hij was voor het raam gaan staan, had naar de volle maan gekeken.

Bijna als vanzelfsprekend gingen zijn gedachten terug naar het Halloweenfeest in het Kloosterbos.

Toen was er een soort alarm bij hem afgegaan en kort daarop had Potter bij hem aangeklopt.

Hij was die dag de stad uit geweest, om allerlei zaken te regelen voor de op handen zijnde veiling van de Pelman-schilderijen.

Hij had met de trein gereisd, iets wat hij graag deed; zijn auto had hij bij het station laten staan.

Toen hij terugkwam zag hij tot zijn schrik dat zijn auto behoorlijk beschadigd was: aan alle kanten bekrast, de banden doorgestoken, de spiegels afgerukt.

Hij had de vernieling meteen bij de politie gemeld en de agent die het proces- verbaal opmaakte, had terloops opgemerkt dat er blijkbaar, met deze hitte, bij verschillende mensen de stoppen waren doorgeslagen.

Eén of andere gek had net bekend dat hij zijn twee honden in het Kloosterbos had losgelaten, omdat buurtbewoners hadden gedreigd ze af te maken. Een kleuter was namelijk 's ochtends door één van de honden aangevallen, toen het kind per ongeluk omviel en er waren vaker incidenten geweest.

De dieren waren zeer agressief, de eigenaar moest zelf een beest zijn om hun karakter zo te verpesten.

Men had de politie gebeld, maar toen die kwam was de vogel al gevlogen, met zijn honden.

Pas tegen de avond had hij zich op het bureau gemeld met de mededeling, dat ze de honden zelf maar moesten vangen, ze zwierven op het moment ergens in het Kloosterbos rond. Ze waren extra getraind in het aanvallen van alles wat een uniform droeg, dus hij raadde ze aan er vooral in burger op af te gaan.

'Ze sparen niemand, ze houden ervan een beetje met hun slachtoffer te spelen, voor ze het doodbijten, ik heb het ze zelf geleerd.'

De agent had gezucht. 'Zo zei hij het meneer, zulke mensen, levensgevaarlijk... ze zijn veel erger dan hun honden. Morgen gaan we zoeken, we hebben nu niet genoeg mensen. Het is trouwens donker, al is het volle maan, er zullen wel niet veel mensen meer lopen en bij mijn weten is het daar op het moment niet bewoond.'

'Toch wel,' zei Potter en had Hexy's naam genoemd.

De agent keek op z'n horloge. 'Die zal nu toch wel binnen zijn, niet?'

Potter was een beetje kwaad geworden. 'Ze heeft de neiging nogal te nachtbraken, misschien is ze buiten op dit moment...'

De agent had het nummer gevraagd. Potter had zijn zakagenda, die hij standaard bij zich had, geraadpleegd en de agent het nummer gegeven

'Als ze buiten loopt, zou ze 'm nu opnemen, denkt u niet? Ze zal toch wel zo slim zijn om dat ding mee te nemen? We gaan er morgenvroeg meteen op af, meneer,' en toen hij Potters dreigende blik zag: 'maar we kunnen wel even langsrijden voor de veiligheid.'

Hij had een patrouillewagen opgeroepen, trok toen een bedenkelijk gezicht...

'Ze zijn allemaal op karwei, het kan wel even duren.'

Mr Potter was per taxi naar het Luxor gereden en had dadelijk aan mr Woody overgebracht wat hij gehoord had.

Mr Woody had onmiddellijk naar het boswachtershuis gebeld, maar geen gehoor gekregen.

Hij had zich niet meer bedacht, was samen met Potter in zijn huurauto gestapt en naar het Kloosterbos gereden om poolshoogte te nemen. Ze troffen alleen Jerry aan en toen ze erachter kwamen waar Hexy was heengegaan, waren ze spoorslags naar de ruïne gereden, net op tijd.

De honden hadden hun speeltje gevonden, maar het had niet langer moeten duren of het was bloedige ernst geworden, zoveel had Hexy wel begrepen.

Ze was in het ziekenhuis onderzocht, ze was niet gebeten, maar ze had voor de zekerheid wel een injectie tegen hondsdolheid gehad.

Het was vreemd, maar ze kon of wilde zich het ergste scenario niet voorstellen. Alsof het, hoe dan ook, nooit had kunnen gebeuren - een absurde veronderstelling, maar zo voelde ze het. Omdat mr Woody er was, omdat hij er blijkbaar altijd voor haar was geweest en er altijd voor haar zou zijn... Het gaf haar zo'n groot vertrouwen en zo'n rust, dat ze alles weer aandurfde, al liep ze nu wel met een grote boog om elke hond die ze tegenkwam heen en als ze geblaf hoorde, dichtbij of verder weg, kromp ze onwillekeurig in elkaar.

Vervelend genoeg had het voorval ook in de krant gestaan. Hoe ze aan haar naam kwamen was haar een raadsel, het zou wel uit de politierapporten komen. De politie was, even na haar drie bevrijders, met groot zwaailicht bij de plek des onheils gearriveerd en had de situatie uitvoerig opgenomen. Tegen Potter was proces-verbaal opgemaakt wegens het in bezit hebben van een vuurwapen. Hexy hoopte dat hij er met een boete vanaf kwam.

Een journalist was bij het Luxor geweest en had gevraagd of hij haar mocht interviewen, maar mr Woody had hem zo'n beetje het hotel uit gejaagd.

Een paar lui uit haar klas hadden gebeld, hun meeleven betuigd en gezegd, dat ze haar het dapperste meisje vonden dat ze kenden, vooral omdat ze in staat was er zo luchtig over te praten... Van Wendy en Willemien had ze tot haar opluchting niets gehoord, die hadden het bericht blijkbaar niet gelezen en ze was beslist niet van plan om het ze te vertellen.

Mr Bleekhaar, die er blijkbaar achter was gekomen dat ze in het Luxor logeerde, had bloemen afgegeven bij de receptie, met een briefje erbij. Hij schreef, dat ze uit genoegdoening de rest van het jaar gratis in haar huisje mocht wonen, als ze dat nog wilde.

'Waar die man aan denkt,' bromde mr Woody ontstemd, 'als het aan mij ligt, zet je daar nooit een voet meer, Hets.'

Voor Hexy hoefde het voorlopig ook niet, ze begon zich steeds meer op haar gemak te voelen in het Luxor.

Het moeilijkste was, om haar moeder te spreken en te doen of er niets gebeurd was.

Ze moest wel iets laten horen, anders zou haar moeder gegarandeerd argwaan krijgen.

Dat had ze toch al, want toen Hexy haar op haar kamer in het Luxor had gebeld, had ze een stroom van verwijten over zich heen gekregen. Waar ze toch zat, haar moeder kreeg haar maar niet te pakken, was ze het nummer van haar ouders soms kwijt, want daar was ze nu, wat was er eigenlijk aan de hand, mama had op het punt gestaan naar Nederland terug te gaan.

Hexy had al haar koelbloedigheid en concentratievermogen nodig gehad om er zo aannemelijk mogelijk en afdoende op te antwoorden.

Ze waren veel weggeweest... ze was inderdaad het nummer kwijt, maar het ging goed met haar...

Toen het gesprek was afgelopen, had ze zich languit op het bed gegooid en had zich moeten beheersen om niet te gaan gillen.

Ze sloeg met haar vuisten op het kussen, zette er haar tanden in van woede en onmacht, tot ze zich realiseerde, dat het haar eigen kussen niet was, en dat ze zich gedroeg als een dolle hond.

Uitgeput bleef ze liggen en staarde met brandende ogen naar het plafond, dat sierlijk stucwerk had met bladmotieven.

Ze besefte ineens, dat ze opnieuw in gevaar was. Grote problemen rezen op.

Als haar moeder terugkwam, hoe moest het dan verder met haar en mr Woody?

Konden ze nog wel met elkaar omgaan? Moesten ze het contact geheim houden?

Hexy maakte zich weinig illusies. Ze kende haar moeder. Als het om mr Woody ging, zou ze onverzoenlijk zijn.

Moest ze vertellen van het avontuur met de honden? Dan kon ze zeggen, dat mr Woody haar had gered en dat zou haar moeder milder stemmen.

Verzachtende omstandigheden, zoals dat heette.

Maar in dat geval zou haar moeder ook meteen aan de weet komen, dat ze in het Kloosterbos was geweest, en dan viel ze meteen door de mand...

Kon ze haar moeder er maar van overtuigen, dat mr Woody niet zo'n kwaaie kerel was als ze dacht, dat alles, wat er op die halloweenparty was gebeurd, niet zijn schuld was, dat hij kapot was geweest van verdriet en angst om haar, zijn dochter...

Maar zou ze wel luisteren? Ze haatte hem vast nog, ze had niet voor niets nooit iets over hem gezegd.

Hexy stond op, ze hield het in haar hotelkamer niet meer uit. Ze moest het met mr Woody bespreken, hoe moeilijk het ook was.

Maar hij had bezoek en het was pas 's avonds, onder het diner, dat ze erover begon.

'Maak je daar niet te zenuwachtig over, lieverd,' had hij gezegd, 'als ze komt, zal ik met haar praten, vertellen wat er gebeurd is. Ze zal toch wel een keer voor rede vatbaar zijn, na al die jaren?'

'Maar ze heeft de hele tijd in de veronderstelling geleefd dat ik bij m'n vriendinnen was,' wierp Hexy een beetje wanhopig tegen. 'Hoe kan ik u dan hebben ontmoet?'

Ze had hem al eerder verteld van de leugen, die ze haar moeder op de mouw had gespeld.

Hij knikte. 'Ja, dat is zo, daar kunnen we niet omheen. Je kunt zeggen, dat je een paar keer terug bent geweest in de stad en bij één van die gelegenheden naar het Kloosterbos bent gegaan, waar die noodlottige scène plaatsvond... en ik met mr Potter toevallig in de buurt was om je te ontzetten.'

Hexy keek sceptisch. 'Dat gelooft ze nooit, dat het toevallig was, bedoel ik.'

Hij zuchtte. 'Misschien niet, meisje.' Het was of hij nadacht. 'Misschien is het wel beter om onze ontmoeting eerst geheim te houden tegenover haar. Ik zal proberen haar hier uit te nodigen en haar zeggen, dat ik mijn dochter wil spreken, omdat ik daar na al die jaren toch wel recht op heb. Als ze weigert, zeg ik dat ik mijn dochter inmiddels al bericht heb gestuurd en dat ik haar, als het goed is, elk ogenblik in het Luxor verwacht. We moeten dan maar een klein toneelstukje opvoeren, Hets, het is niet anders.'

Hexy staarde naar haar bord, ze had geen trek meer.

Ze zag het voor zich: haar moeder, die nergens van wist, zij die binnenkwam, en dan?

Twee tegen één, ze kon het haar moeder niet aandoen.

'Ik kan het denk ik niet, mr Woody, toneelspelen... zoals u,' zei ze ongelukkig, 'wat moet ik zeggen?'

Over de tafel heen pakte hij haar hand.

'Luister, meisje, je hoeft weinig of niets te zeggen, laat dat maar aan mij over, ik doe het woord, je geeft me gewoon een hand, gaat zitten. Ik vertel, zo subtiel mogelijk, dat we elkaar al eerder hebben ontmoet, onder heel bijzondere omstandigheden, als ze het niet gelooft, laten we het krantenbericht zien.'

'Maar dat kan helemaal niet!' riep Hexy uit. 'Hoe stond het ook al weer in dat krantenartikel? Iets van: 'toen ze een late wandeling maakte naar de ruïne van het Kloosterbos'... Dat mag ze niet weten, mr Woody, ze mag niet weten, dat ik daar ben geweest, ik heb haar voorgelogen, ik heb er nu al vreselijk spijt van... ze is allergisch voor het Kloosterbos, ik had er nooit naar toe moeten gaan.'

Ze huiverde en kruiste haar armen voor haar borst.

'Het heeft ons veel ongeluk gebracht,' zei hij zacht, 'maar ook veel geluk, Hets. Het Kloosterbos heeft ons weer samengebracht, zo is het toch? Je wilde niets meer van me weten, heel begrijpelijk maar door dat voorval is er iets bij je veranderd... Ik heb je voor de tweede keer teruggekregen, meisje en ik laat je niet meer los.'

Hexy keek in zijn ogen, waarin ze zijn genegenheid las voor haar en kreeg het bijna te kwaad.

Ze zat tussen twee vuren, besefte ze. Hoe moest ze zich daar ooit uit redden?

Ze wilde haar moeder niet afvallen, maar mr Woody evenmin.

Zouden ze straks als kemphanen tegenover elkaar staan, terwijl zij moest toekijken?

Moest ze proberen hun ruzie te sussen, schreeuwen, dat ze op moesten houden met vechten, dat ze anders liever had gehad dat ze was doodgebeten?

Ze probeerde verder te eten, voelde ineens weer mr Woody's warme, sterke hand over de hare. Of hij haar gedachten raadde, zei hij: 'Ik wil niet dat je je bezorgd maakt over je moeder en mij. Misschien is het wel beter, dat we elkaar helemaal niet zien. Ik vertrek over een paar weken al, zij komt over een week of wat terug, mogelijk lopen we elkaar net mis. Ik zal in elk geval niet op haar wachten. Ik zal vertrekken naar de Provence en van daaruit contact met je onderhouden.'
'Zonder dat ze het weet?' vroeg Hexy ademloos.
Hij knikte.
'Ik kan toch brieven schrijven, je bellen om elkaar nog beter te leren kennen, voorwaarde is alleen wel, dat je een eigen onderkomen zoekt, op jezelf gaat wonen dus.'
Hij keek haar onderzoekend aan.
'Zou je dat willen, Hets?'
Ze knikte. 'Nou en of. Ik zou het graag willen, zelfs, ik kan het misschien net betalen van m'n beurs, maar of m'n moeder het er mee eens is...'
'Ze kan het je niet verbieden Hets,' klonk het rustig, 'je bent meerderjarig, ze zal het je moeten toestaan.'
'Ik hoop het,' zuchtte Hexy. Er zouden nog heel wat harde noten gekraakt moeten worden de komende tijd.
Hij keek haar glimlachend aan.
'Het zal je lukken, je bent niet voor niets mijn dochter, we hebben veel van elkaar, durf, doorzettingsvermogen, creativiteit.' Hij lachte. 'Zo is het wel genoeg, vind je niet? Of weet je nog meer?'
Hexy moest lachen. 'Eetlust misschien?'zei ze en begon vol moed en hernieuwde trek de gevulde artisjok, die nog op haar bord lag, leeg te eten.
'Kom,' zei hij, 'na het dessert gaan we er even op uit, de benen strekken, hoe lijkt je dat? Eerst een rondje door het park en dan verder de stad in, we komen wel een gezellig terrasje tegen. Ik wil graag ook nog even naar de Oude Wijk, naar de plekjes, waar ik vroeger met je geweest ben.'
'Prima,' zei Hexy met volle mond. 'Kan ik zo mee?' vroeg ze een beetje behaagziek en liet haar blik glijden over het knalrode zomerjurkje met spaghettibandjes van een soepele, gladde

stof, dat ze in de gauwigheid van de week nog even had gekocht.

Mr Woody had erop aangedrongen dat ze iets leuks zou kopen en je moest je toch een beetje aanpassen in het Luxor, nietwaar.

'Je ziet er prachtig uit,' zei hij bewonderend, 'dat mag ik toch wel zeggen als vader? Ik ben trots op je, Hets, die eerste keer in het Luxor...'

Hij hield op, zijn stem trilde, stierf weg.

Hij stond op, liep naar z'n bureau, rommelde in een la en snoot evenlater luidruchtig z'n neus.

Hexy wist niet goed, wat ze moest doen en ging maar gewoon verder met eten.

Glimlachend kwam hij bij haar terug, bleef bij de tafel staan.

'Dat kuifje van je, zo had je het vroeger ook wel eens, als kleuter... Je bracht het zelf aan met mijn brillcream, je was altijd zo nieuwsgierig naar potjes en flesjes. Hij snoof. 'Mon Dieu, ik moet je nodig wat inschenken, je glas is leeg, zie ik, nog wat witte wijn?'

'Graag, mr Woody.'

Hexy liet zich inschenken. Mr Woody was weer gaan zitten.

'Ik vind het lief van je, dat ik je Hets mag noemen,' zei hij. 'Een oude, vertrouwde naam, al vind ik Hexy ook heel grappig. Je bent een heksje, m'n kind, en zo heb ik je vroeger ook wel eens genoemd.'

Verrast keek Hexy hem aan. 'Echt waar, mr Woody?'

Hij knikte. 'Je doet je naam eer aan, lieverd, je hebt me helemaal betoverd.'

Hexy voelde zich blozen - belachelijk, het was niets voor haar.

Maar ja, ze was het ook niet gewend om een pa te hebben, soms leek het net een droom.

Straks ging ze uit met een man, die haar vader zou kunnen zijn en het bizar genoeg nog was ook.

Ze had het idee, dat ze nog heel wat met hem zou kunnen beleven.

Het kon nog een spannende tijd worden.

'Eigenlijk moet ik toch even naar mijn huisje, mr Woody.'

Een beetje ongemakkelijk keek Hexy de man aan die net haar kamer binnenkwam, om te kijken, waar ze bleef. Ze was moe, was op bed gaan liggen en in slaap gevallen. Ze had gedroomd van haar huisje.

Ze streek de eekhoorn over zijn rooie pluimstaart en hij liet zich gewillig aaien. Ze ging zitten, aan de picknicktafel en hij sprong erbovenop, ze waren een moment oog in oog met elkaar en toen sprong hij pardoes op haar schoot.

Het was zo'n duidelijke droom geweest, dat ze 'm nog helemaal voor zich zag.

Ze voelde ineens heimwee en een plotseling verlangen naar het Kloosterbos.

'Ik wil wat schilderspulletjes ophalen,' verduidelijkte ze.

'Ah! Ik ga met je mee,' bood hij spontaan aan. 'als je even wacht...'

'Mr Woody,' zei ze aarzelend, 'het is niet, dat ik u niet mee wil hebben, maar ik wil eigenlijk alleen gaan.' Hij keek naar haar, of hij het niet helemaal begreep.

'Waarom, meisje, dat lijkt me niet verstandig.'

'Het moet, mr Woody,' zei ze en het klonk bijna als een dringende noodzaak.

'Als ik het nu niet durf, doe ik het nooit meer,' verklaarde ze.

Hij keek haar secondenlang aan, legde toen een hand op haar schouder.

'Weet je zeker, dat je het aankunt?' vroeg hij ernstig.

Ze knikte. 'Ik denk het wel, ik wil het gewoon proberen.'

'Goed, meisje.' Hij gaf haar een kus. 'Je bent een dappere meid. Neem je mobiele telefoon mee en bel me. Zodra het niet meer gaat, dan kom ik je meteen halen, afgesproken?'

Ze keek hem dankbaar aan. 'Afgesproken, mr Woody.'

'Je gaat niet naar de ruïne, alleen naar je huisje, beloof je me dat? En ik haal je om vier uur met de wagen op, akkoord?'

Ze stak een hand naar hem uit. 'Akkoord, mr Woody.' Ze gaf hem een vluchtige zoen terug.

Het ging nog een beetje onwennig, al had ze hem 's avonds voor het slapen gaan al een paar keer zoiets als een nachtzoen gegeven, iets wat ze bij haar moeder allang niet meer deed.

Het gaf een heel speciaal gevoel en ze sliep er goed op.

Maar een zoen overdag was toch anders, ze werd er haast verlegen van.

Mr Woody kickte erop, dat had ze allang begrepen, het kon hem niet vaak genoeg gebeuren en hij leek er haast om te bedelen als een hond. Hij was gek op haar, dat merkte ze aan alles en het deed haar goed. Zijn genegenheid werkte aanstekelijk en ze kroop steeds meer uit haar schulp.

Ze wilde niet denken aan alles wat ze hem naar het hoofd had geslingerd voordat ze zich met hem had verzoend. Het was voorbij, ze hadden elkaar teruggevonden en waren van nu af dagelijks bezig elkaar beter te leren kennen.

Goed gehumeurd en neuriënd liep ze de trap af, op weg naar de uitgang van het hotel.

Beneden kwam ze mr Potter tegen, die Yankee, zoals ze 'm in gedachten noemde; hij grijnsde kwajongensachtig tegen haar.

Zoals altijd zag hij er onberispelijk uit in keurig overhemd met das en pantalon met messcherpe vouwen. Een jasje slingerde nonchalant aan een vinger over z'n schouder. Zijn gezicht had iets gehards, alsof hij gewend was aan barre omstandigheden.

'Ah! Miss VandenBosch, going downtown?' vroeg hij. Hij sprak bijna uitsluitend Engels, zijn kennis van het Nederlands was minimaal.

'No, to the wood,' zei ze grinnikend...

Hij bleef abrupt staan, keek haar met z'n kleine, waakzame ogen oplettend aan.

'Is it serious? Mr Woody knows?'

Ze knikte. 'Don't worry, he knows.'

Potter leek gerustgesteld. 'Be careful,' voegde hij eraan toe.

Hij stak een duim op en liep naar de lounge.

Hexy grinnikte. Ze mocht die Potter wel. Ze had hem natuurlijk omstandig bedankt voor zijn aandeel in de reddingsoperatie. Ze had haar leven min of meer aan hem te danken. Van mr Woody wist ze dat hij bij de New Yorkse politie had gewerkt, maar hij hield ervan op eigen houtje te opereren, had geïnfiltreerd in een gevaarlijke drugsbende, maar was op het laatst zelf beschuldigd van drugssmokkel, waardoor hij een belangrijke promotie was misgelopen... Toen z'n huwelijk ook nog stukliep had hij de beschaafde wereld een tijdje vaarwel gezegd en zich teruggetrokken in de Canadese wildernis waar hij gevechten had geleverd met wolven en beren. Uiteindelijk was hij teruggekomen naar New York, had een detectivebureau gestart en z'n eerste zaak was tegelijk z'n laatste: hij was op het spoor gekomen van een uitgebreid netwerk van kunstvervalsers en had de bende weten op te rollen, die contacten had tot in Azië en Afrika.

Hij had zo'n beetje leren onderscheiden van wat echt en vals was in de kunstwereld en toen mr Woody een medewerker zocht, die hem kon helpen met de promotie van de Pelman-schilderijen, had iemand hem op Potter attent gemaakt. Mr Woody had hem in dienst genomen en het klikte meteen tussen die twee. Potter had veel voorbereidend werk gedaan, was naar Nederland gegaan, om contacten te leggen. Als mr Woody's adviseur was hij meegegaan naar Nederland, maar Hexy dacht dat mr Woody hem ook om andere redenen bij zich wilde hebben. Hij beschouwde hem als een vriend en omgekeerd leek Potter ook erg op mr Woody gesteld. Wat hij straks zou gaan doen als mr Woody naar de Provence ging, wist ze niet.

Wat moest mr Woody trouwens in de Provence, vroeg ze zich af, terwijl ze naar de zijkant van het hotel liep, waar haar fiets stond gestald. (Mr Woody had 'm voor haar uit het Klooster-bos gehaald).

Ging hij daar ook restaurantjes beginnen, of was er meer aan de hand?

Ze zou het wel een keer horen van hem.

16

Met een matig gangetje peddelde Hexy de stad uit, op weg naar het Kloosterbos.

Ze had een plezierig gevoel. Straks, als ze terugging, zou ze haar schilderskist meteen bij Jerry afleveren, dan kon ze morgen op zijn flat beginnen met het schilderij dat ze wilde maken. Het was niet zomaar een smoes geweest, dat ze haar schilderspullen wilde ophalen. Ze had beslist de behoefte om zich met verf te verweren tegen alles wat ze de laatste tijd had meegemaakt.

De ruïne, bleekrood, onder een volle, witte maan, die het hele landschap gevangen hield in een starre betovering, zoals ze het had gevoeld op die avond en die nacht in het Kloosterbos. De ruïne, waar zoveel was gebeurd, nu en in het verleden, die, zonder dat ze het had geweten, zoveel geheimen in zich borg van haar eigen leven. Geheimen, die hij eindelijk had prijsgegeven, toen de nood op z'n hoogst was.

Ze wilde hem schilderen, maar dat kon ze toch moeilijk in het Luxor doen, waar alles er hoogglanzend en pico bello uitzag en elk stofje of pluisje delicaat werd verwijderd. Stel dat ze zou knoeien en verf morsen op het hoogpolig tapijt, dat in haar kamer lag - ze zou het besterven.

Nee, het Luxor was niet gemaakt voor kunststudenten; je kon er heerlijk slapen, een bad nemen en verder relaxen, maar je kon er niet naar hartelust met verf spatten, al bekroop haar soms de neiging om er eens flink aan de gang te gaan...

Wat zouden ze dan zeggen, al die deftige dames en heren? 'Foei, meisje, jij hoort hier niet, ga jij maar gauw weer naar je stulpje in het bos?' Ja, ze hadden eigenlijk wel gelijk - als ze moest kiezen tussen het Luxor en het boswachtershuis, wist ze het wel.

Stel, dat het haar straks bij aankomst weer zo goed beviel, dat ze er wilde blijven? Ze kon meteen met schilderen beginnen, iets wat ze de hele vakantie al had willen doen.

Haar hart sprong op, ze haalde haar voeten van de trappers en zwaaide uit met haar benen.

Maar mr Woody dan? Geen probleem, die kon haar opzoeken, wanneer hij wou...

Ze begon te racen, raakte na een tijdje buiten adem en vierde hijgend en bezweet uit.

Boven haar was de lucht strakblauw en onwillekeurig vroeg ze zich af, wanneer er voor het eerst weer een buitje zou vallen, ze begon er haast naar te verlangen.

Vanavond zou ze een bad nemen, een lekker lauw bad, of misschien even een duik nemen in het binnenzwembad van het Luxor.

Ze riep zichzelf meteen tot de orde. Zie je wel, ze kon niet zonder het Luxor. Haar eigen huisje had een douche, was dat niet goed genoeg? Ze kon prima leven zonder al die luxe, al was het voor een tijdje wel heel prettig, dat moest ze toegeven.

Eerst maar eens kijken hoe de toestand bij het heksenhuis was.

Haar hart begon sneller te kloppen, toen ze de zandweg bereikte die er rechtstreeks heenvoerde. Ze rilde, niet van angst maar van puur genot om weer terug te zijn.

Als een volleerde wielrenster boog ze zich over het stuur, tot ze zich ineens met een schok oprichtte... Gespannen tuurde ze in de verte, knipperde met haar ogen, sperde ze wijd open, of ze het niet kon geloven, wat ze zag. Toen was het of haar hart stilstond.

Links van haar huisje stond een auto geparkeerd, een auto, die ze maar al te goed kende: het was een rode Mini, de Mini van haar moeder...

Haar eerste reactie was: omkeren, zo snel mogelijk. Ze remde af, gaf een zijwaartse ruk aan het stuur, maar op het zelfde moment besefte ze dat het te laat was.

Een gestalte in een rose mantelpakje was op de weg verschenen als een reusachtig opgeschoten bloem en keek nu in gespannen aandacht haar kant op.

Hexy keek in paniek om zich heen. Geen uitweg - ze wist dat ze reddeloos verloren was. Angst vloog haar naar de keel, maar ze dwong zichzelf kalm te blijven.

244

Ze was in de val gelopen, ze moest het onder ogen zien, haar moeder had het weer eens van haar gewonnen. De gedachten tuimelden door haar hoofd. Hoe kwam ze hier... hoe wist ze...? Hexy zag de gestalte van haar moeder, lang en slank, op zich afkomen, uiterst geagiteerd. Ze stapte af en liep met stramme benen naar haar toe. De uitdrukking op haar moeders gezicht was een mengeling van woede, schrik en opluchting. Ze pakte het stuur van Hexy's fiets beet, of ze zich vastgreep aan een reddingsboei.

'Daar ben je dus,' bracht ze ademloos uit, 'kind, wat heb je me laten schrikken, is alles goed met je?'

Hexy knikte heftig. 'Het is allemaal... goed afgelopen mams,' stamelde ze, 'maar hoe weet u...'

'Uit de krant, lieverd,' zei haar moeder zachtzinnig. 'Een moeder moet tegenwoordig in de krant lezen, wat er met haar dochter gebeurt...'

Haar moeders ogen vlamden. 'Ik kreeg hem alleen veel te laat onder ogen, Jeanne heeft 'm naar me opgestuurd... wat deed jij in 's hemelsnaam in het Kloosterbos? Ik had het je nog zo verboden.'

Hexy wilde wat zeggen, maar haar moeder greep haar arm. 'Daar praten we later over, we gaan nu eerst naar huis, je hebt me heel wat uit te leggen, Hets.'

'En m'n fiets?' vroeg ze hakkelend. 'Die stal je hier maar,' was het antwoord, je hebt dat kippenhok toch gehuurd, of niet? Er is een schuurtje, heb ik gezien, Jeanne zal je fiets van de week wel ophalen, ze heeft een grotere wagen dan ik, schiet op, Hets, ik heb al lang genoeg gewacht.'

Haar moeder liet het stuur los. Met trillende knieën liep Hexy het paadje op naar het boswachtershuis, terwijl een nieuwe schrik door haar heen vlijmde. Hoe moest het nu met mr Woody? Ze moest hem waarschuwen, het hotelnummer wist ze, ze moest nu alleen nog de tijd zien te rekken om hem te kunnen bellen.

Ze draaide zich om naar haar moeder, die aan het begin van het pad was blijven staan.

'Ik moet nog even naar binnen, wat ophalen,' riep ze met een rare trilling in haar stem.

'En iemand afbellen, met wie ik zo een afspraak heb.'

'Dat kan thuis ook, Hets,' klonk het onverbiddelijk, 'kom alsjeblieft mee.'

'Het moet even mams,' mompelde ze. Ze opende het schuurtje, stalde haar fiets en liep terug naar de voorkant van het huisje. Ze stak de sleutel in het slot van de voordeur, terwijl ze de ogen van haar moeder in haar rug voelde branden... Een soort gelatenheid kwam over haar. De zaak was nu eenmaal toch verloren; haar moeder had allang door, dat ze in het boswachtershuis had gebivakkeerd.

Hexy deed de deur weer snel achter zich dicht, bleef een ogenblik staan met bonzend hart. Mr Woody bellen, nu meteen. Ze liep de woonkamer in, wierp een snelle blik naar buiten en zag haar moeder om de auto heenlopen. Ze trok het mobiele telefoontje uit haar zak, toetste met trillende vingers het nummer van het Luxor in, een nummer dat haar rechtstreeks met mr Woody verbond en dat ze uit het hoofd kende.

Een ogenblik later klonk de sonore stem van mr Woody in haar oor. Ze slikte, probeerde wat te zeggen, maar het was of haar keel zat dichtgeknepen.

'Mr Woody,' begon ze en hij herkende blijkbaar meteen haar stem, want hij begon direct druk op haar in te praten. 'Hets, ben jij het, gaat het niet, meisje, ik kom meteen naar je toe, ik ben er over tien minuten, waar ben je, in je huis?'

Hexy slikte. 'Mr Woody... m'n moeder... m'n moeder is er...' Ze fluisterde nu, alsof ze bang was, dat haar moeder het zou kunnen horen.'Ik moet nu met haar mee.'

'Wat zeg je? Je moeder?' De stem toeterde als een scheepshoorn in haar oor, of nee, het was eerder het blazen van een oorlogsbazuin.

'Ze is terug, mr Woody,' zei Hexy wanhopig, 'ze heeft het hele hondenverhaal in de krant gelezen, ze stond me bij het huisje op te wachten, ik ga nu met haar mee, het kan echt niet anders.'

'Jij gaat niet met haar mee,' donderde het in haar oor, 'wel alle duivels, jij komt regelrecht hierheen, meteen, heb je dat goed begrepen, Hets, je zegt maar dat je een afspraak hebt en later komt... die duivelin... hoe krijgt ze het weer voor elkaar, we

zijn nog niet voorzichtig genoeg geweest... oh... mon Dieu.'
Het klonk als een noodkreet. Hexy huiverde. Zo koud en vij-
andig had ze hem nog nooit horen spreken.
'Ik moet mee, mr Woody, het spijt me zo, maar ze mag geen
argwaan krijgen. Ik bel u nog, komt u alstublieft niet naar ons
toe.'
'O, jawel!' Het was of hij vuur spuwde.'Ik sleep je ervandaan,
als het moet. Ik zal haar eens een lesje leren, daar kun je van op
aan.' Zijn stem werd zachter.
'Hets, je komt toch naar mij, kindje, je hebt het goed bij me, of
niet?' Hij vleide, smeekte, ze kon het niet meer aanhoren en
verbrak de verbinding.
Het volgende ogenblik verscheen haar moeders gezicht voor
één van de ramen, ze schrok en stond snel op.
'Ik kom eraan, mams,' mompelde ze. Half struikelend van de
haast liep ze naar de voordeur, terwijl ze het gsm'etje weer
wegstopte in de zak van haar short.
Gewillig, bijna mechanisch, als een slaapwandelaarster, liep ze
met haar moeder mee en stapte bij haar in de auto.
Pas onderweg bedacht ze dat ze de schilderskist vergeten was,
maar van schilderen zou voorlopig toch niets komen.

'Je moet maar vroeg naar bed gaan, meisje, je ziet er moe uit.'
Mevrouw Pimmelaar streek Hexy even over het haar en begon
de koffiekopjes op te ruimen, die ze hadden gebruikt. Hexy zei
niets, ze voelde zich leeg, bijna versuft, ze kon niet meer denk-
en.
Ze wist nu al nauwelijks meer hoe het gesprek verlopen was.
Wat had haar moeder precies gezegd en wat had zij geant-
woord? Het was begonnen met een tirade tegen het Kloosterbos en dat zij daar iets had durven huren, tegen elk verbod van
haar moeder in. Hoe haalde ze het haar kersenpit, ze werd ook
nooit volwassen, ze was gewoon niet te vertrouwen.
Daarna werd ze milder en toonde zich opgelucht, dat alles
goed was afgelopen.
Eén ding was Hexy wel duidelijk geworden: het was de schuld
van haar moeders vriendin Jeanne dat de hele zaak fout gelopen was. Zij was eerder teruggekomen dan haar moeder, had

het bericht van Hexy's ijselijke avontuur gelezen en de krant naar Brussel opgestuurd.

Ze had blijkbaar het adres van haar moeders ouders. Het idiote mens, Hexy kon haar wel wurgen. Ze was er bijna zeker van dat het een soort wraakneming was, omdat ze zich altijd zo koel tegenover haar gedroeg.

Haar moeder had halsoverkop de eerste de beste trein naar Nederland genomen. Haar ouders zaten nog in Brussel, maar zouden haar de volgende week nakomen, met het vliegtuig, ze hielden niet van treinreizen.

Ze had moeten vertellen over de honden die haar hadden belaagd en ze had geprobeerd het hele gebeuren zo veel mogelijk te relativeren.

'Ik noemde ze Romulus en Remus, het waren prachtige beesten, zwart en slank, ik had ze zo willen tekenen... maar ik ben niet zo goed in diertekenen, het is beremoeilijk, eigenlijk jammer dat ze zijn neergeknald, ze leken me niet eens zo kwaadaardig, ik probeerde ze naar me toe te lokken en toen...'

Haar moeder schudde het hoofd. 'Je bent nog steeds een kind, Hets, je denkt nog veel te goed van de wereld, je kunt werkelijk nog niet op eigen benen staan.'

Haar moeder had alles willen weten, tot in de details. Hexy had gezegd, dat ze veel dingen niet precies meer wist. Ze had een shock gehad, er was een politiewagen gekomen, vertelde ze, maar dat wist ze uit de krant.

'De politie heeft de hondenlijken meegenomen, ze hebben me naar het ziekenhuis gebracht... die... mannen, ik kan me alleen een paar felle lampen herinneren boven m'n hoofd... er was niets aan de hand, ik ben niet gebeten, had alleen schrammen en zo... toen hebben ze me naar het Luxor gebracht, waar ze logeerden en een kamer voor me gereserveerd...'

'Daar ben je gebleven?'

'Ja, een paar dagen, tot ik was opgeknapt, ze waren heel aardig voor me...'

'En toen ben je weer naar dat Kloosterbos gegaan?'

Ze hoorde de afkeer in haar moeders stem.

Hexy knikte. Haar moeder zuchtte en keek haar aan met gefronste wenkbrauwen.

'Waarom ben je hier niet naar toe gegaan? Dat was toch veel veiliger? Wat moest je zo nodig in het Kloosterbos?'

Hexy keek haar moeder beschaamd aan. 'Ik hou van het Kloosterbos, mams.'

Haar moeder maakte een bijna wanhopig gebaar.'Ik begrijp je niet, Hets, wat heb je daar te zoeken? Na alle narigheid, die je daar hebt beleefd?' Ze dempte haar stem. 'Ik heb het je nooit verteld, maar ook vroeger is daar iets met je gebeurd, je zult het nog wel een keer van me horen...'

'Ik weet alles al,' wilde Hexy zeggen, maar hield haar mond.

'En die heren... die je hebben gered,' vervolgde haar moeder, 'ze hebben alles voor je betaald?'

Hexy knikte. 'Wie waren het?' wilde ze weten.'Het is wel heel edelmoedig van ze, ze waren toch hopelijk niet ergens op uit?' Ze keek Hexy onderzoekend aan.

'Wat bedoelt u?' vroeg Hexy 'Dat ze iets van me wilden? Natuurlijk niet, het zijn ouwe knarren en steenrijk... de een is zo'n jaar of veertig, en de ander... tegen de vijftig of zo...'

Haar moeder keek op haar gemanicuurde handen. 'Kijk jij maar uit, je hebt ontzettend gezwijnd, Hetsje Pimmelaar, dat kan ik je wel zeggen, weet je de namen van die heren?'

Hexy aarzelde. 'Die ene heette. Potter, en die andere... Woody... geloof ik.'

'Woody?' herhaalde haar moeder, of ze in haar geheugen zocht. 'Heb ik die naam niet eerder gehoord?'

Hexy haalde haar schouders op, keek van haar moeder weg. 'Hij is de eigenaar van die Pelman-schilderijen.'

'Aha!' reageerde haar moeder, alsof haar een licht opging. 'Dan was je in goed gezelschap, nietwaar? Dat is toevallig. Wat deden die mannen in het Kloosterbos? Ze hadden nota bene een pistool bij zich, een illegaal vuurwapen, ik vind het wel erg vreemd.'

Hexy haalde haast onverschillig haar schouders op.'Ze reden daar een beetje rond, geloof ik, het zijn nogal avonturiers, misschien waren ze wel op jacht, of ze wilden, net als Pelman...'

'Daarvoor ga je niet 's avonds laat nog op pad naar zo'n godverlaten oord.'

249

'Waarom niet?' flapte ze eruit... 'Misschien wilden ze weten, hoe het bos er uitziet bij volle maan, Pelman kan best bij volle maan geschilderd hebben... dan had-ie in elk geval genoeg licht, ik zou het ook doen, als ik de kans kreeg.'

Meteen had ze spijt van haar woorden.

Haar moeder stak een priemende vinger naar haar uit. 'Jij gaat daar niet meer heen, Hets, het is afgelopen. Doe je het toch, dan kun je die hele opleiding aan de kunstacademie op je buik schrijven, ik betaal geen cent.'

Hexy klemde haar lippen op elkaar. Dan zal iemand anders wel voor me betalen, dacht ze grimmig.

'Je hebt me al genoeg misleid,' ging haar moeder door, 'terwijl ik dacht, dat je bij je vriendinnen was, zat jij op je eentje in dat onzalige Kloosterbos, ik heb er werkelijk geen woorden voor.'

'Het spijt me.' Hexy sloeg haar ogen neer. 'Echt, het spijt me, mams, ik wist niet hoe het anders moest.'

Haar moeder streek haar rok glad. 'Het is gebeurd en je bent er goed afgekomen. Hoe het mogelijk is, mag de hemel weten, maar op de één of andere manier ontspring je altijd weer de dans... tot er een moment komt, dat het fout gaat, onherroepelijk fout.'

Ze sloeg haar ogen naar het plafond. 'Hoe ik aan zo'n dochter kom,' hoorde Hexy haar prevelen.

'Gewoon trouwen met iemand die Van den Bosch heet,' dacht ze en voelde woede in zich opwellen.

Haar moeder keek haar strak aan. 'Je stelt me steeds weer voor nieuwe verrassingen, Hets, al is verrassingen niet het juiste woord, maar het moet nu maar eens uit zijn met die fratsen en rare kuren van je, je moet toch een keertje volwassen worden.'

Ze stond op. 'Ik ga de bagage verder opbergen en de koffer uitpakken, ik zal van de week proberen die barmhartige Samaritanen van je te spreken te krijgen, en ze te bedanken. Uiteraard betaal ik ze alle onkosten terug.'

Hexy's hart sloeg een tel over. Haar moeder zou naar het Luxor gaan, het hol van de leeuw. Ze moest mr Woody waarschuwen als het zover was. Het ging bijna volgens het scenario dat hij had bedacht, alleen nu kwam het lam(nou ja, lam) uit zichzelf naar de leeuw, onwetend, nietsvermoedend.

250

Ze moesten het maar oplossen, die twee; ze was veel te moe om er zich nog druk om te maken.

Hexy vouwde haar handen achter het hoofd en staarde met nietsziende ogen voor zich uit... Ze kon inderdaad beter naar boven gaan, weer slapen in haar eigen bed, het bed in het Luxor zou onbeslapen blijven... In hoeveel bedden had ze deze zomer al niet geslapen, je raakte de tel kwijt.

Als ze nu maar gauw sliep en niet meer hoefde te denken... waarom was ze niet opgevreten door die honden?

Het had haar moeder en mr Woody misschien dichter bij elkaar gebracht...

Arme mr Woody. Als hij maar niet hierheen kwam. Ze zou gillend weglopen en hen nooit meer willen zien, geen van beiden, tot ze het weer hadden goedgemaakt

Ze stond op. 'Ik ga naar boven,' zei ze lusteloos.

Haar moeder knikte. 'Slaap maar eens goed uit, Hets, je ziet er slecht uit, morgen doen we het kalm aan. Ik ga verder uitpakken, je krijgt nog een paar dingetjes van me, die ik voor je heb meegebracht, maar dat komt morgen wel.'

Met het gevoel, of het noodlot nu definitief had toegeslagen, verliet Hexy de kamer.

De situatie was hopeloos, er moest maar komen, wat er van kwam.

De volgende dag, toen ze de deur uitging, om een paar boodschappen voor haar moeder te doen - ze voelde zich geradbraakt, want ze had weinig of niet geslapen - meende ze even, achter een geparkeerde auto op de hoek van de straat, een bekend gezicht te zien, maar toen ze weer keek was het verdwenen.

Ze was al bijna bij het winkelcentrum, toen er ineens, als uit het niets, een man naast haar opdook, die een hand op haar schouder legde. Ze slaakte een gilletje, maar toen ze zag, wie het was, haalde ze opgelucht adem.

'You 're going well?' vroeg mr Potter.

Ze grijnsde. 'How is my father?'

Potters gezicht betrok. 'He's very upset, you know, you have a message for him?'

251

Hexy bleef staan, keek hem recht in de ogen.

'Tell him,' zei ze met nadruk. 'Tell him, that I love him, I 'm sure, we 'll meet again. I will call him soon.' mr Potter leek tevreden.

'Thank you, it's good news, I will tell him. Good bye miss VandenBosch.'

Een tikje op haar schouder en hij was verdwenen. Verbouwereerd liep Hexy door.

Toen begon ze te grinniken. Toch maar goed, dat ze Engels in haar pakket had gehad.

'Mr Woody, bent u daar?'

Aarzelend sprak Hexy de woorden uit, terwijl ze de telefoonhoorn tegen haar oor klemde.

Hij had met zo'n onderdrukt stemgeluid zijn naam genoemd, dat ze het niet helemaal vertrouwde.

'Hets, kindje ben jij daar?' In het volle volume van zijn stem resoneerde iets mee wat niet helemaal menselijk meer was, het leek op het huilen van een wolf.

'Hoe gaat het met je?' stootte hij uit.

'Goed, mr Woody en met u?'

Hij reageerde er niet op. 'Waar ben je nu? Waar is je moeder?'

'Ze haalt haar ouders van het vliegveld, ik ben niet meegegaan, weest u alstublieft niet boos op me, mr Woody.'

'Boos? Op jou?' klonk het honend. 'Dan weet ik wel iemand anders, mon Dieu... wat heeft ze ons aangedaan, ik ben in alle staten. Het is dat Jack me heeft tegengehouden, en aanbood om in de buurt van je moeders huis te posten, anders was ik stante pede naar je huis gereden en had je gekidnapt.' Hij gromde.

Hexy herademde. 'Potter, je bent een genie, je hebt me weer een onschatbare dienst bewezen. Zorg alsjeblieft een beetje voor die arme man, die mijn vader is.'

'Mr Woody, wilt u even heel goed luisteren?' Hexy had het gevoel, of ze weer een beetje grip op de situatie begon te krijgen.'Natuurlijk, kindje, zeg het maar,' klonk het kalmer.

Hexy legde de situatie uit. Haar moeder was van plan naar het Luxor te komen, om de redders van haar dochter te bedanken. Zij, Hexy, had allebei hun namen genoemd.

'Ha!' klonk het grimmig, 'ze komt ons dus opzoeken, dat is goed, ze zal nog raar staan te kijken, als ze de andere reddende engel voor zich ziet.'

'Mr Woody?' probeerde Hexy weer, 'ik ben doodsbang, maar het is misschien de enige manier. Alles hangt nu van u af, probeert u haar alstublieft gunstig te stemmen, zodat ik met u om kan blijven gaan.'

'We zullen zien, kindje, we zullen zien, ik zal m'n uiterste best doen, redelijk blijven, zoveel ik kan, ik zweer het je. Het gaat me om jou, we moeten een regeling zien te treffen.'

Zijn stem werd schor. 'Is ze je niet te hard gevallen over je huis in het bos? Ik heb je zo gemist, lieverd, kun je niet even hierheen komen?'

'Het gaat echt niet, mr Woody, ze komt over een paar uur al terug, of eerder, dan moet ik thuis zijn. Volgende week gaat ze weer aan het werk, dan kan ik misschien weer eens komen, ik wil contact houden met u.'

'Dat is goed, ma chérie, ze kan ons niet scheiden, wat er ook gebeurt, nooit meer, Hets.'

Er klonk een snik door in zijn stem, Hexy voelde haar lippen trillen en haar keel werd dik.

'Tot ziens, mr Woody,' fluisterde ze, 'ik hou van u.'

Er klonk een onderdrukt, gesmoord geluid, toen werd de verbinding verbroken.

Hexy voelde de tranen langs haar wangen lopen en ze snikte het uit, haar handen voor haar gezicht.

Toen poetste ze driftig over haar gezicht, ze werd toch wel een echte jankepot.

Straks stonden haar grootouders voor de deur en zagen haar roodbehuild gezicht; wat zouden ze wel niet denken. Ze liep naar boven, ging de badkamer in en waste haar gezicht met koud water.

Opmaken ging moeilijk, al haar toiletspullen lagen nog verdeeld over het Luxor en het boswachtershuis, evenals haar kleren.

Een paar uur later maakte Hexy voor het eerst kennis met haar nieuwe grootouders.

Achter elkaar schuifelden ze de kamer binnen, waar Hexy op hen wachtte. Ze zag een grote, forse vrouw in een gebloemde jurk, met een enorme uilenbril op haar ietwat kromme neus. Ze had een bleek gezicht met vlekkerige sproeten. Het was haar beslist niet aan te zien, dat ze jaren aaneen in een zuidelijk land had gewoond.

Dat moest dus haar grootmoeder zijn en het drong tot Hexy door dat ze nu eindelijk wist waar ze haar eigen, lichtelijk gebogen neus vandaan had.

Aarzelend stak ze een hand uit. 'Ik ben Hexy,' zei ze, 'of nou ja, Hetsje eigenlijk.'

Ze was naar haar grootmoeder genoemd, dus ze moest een beetje oppassen, wat ze zei.

'Dus jij bent Hetsje van de foto,' zei haar grootvader, toen ze hem een hand gaf.

'Of moet ik Hexy zeggen?' 'Wat u het leukste vindt,' zei Hexy snel.

Ze zag een kleine, kale man, zijn gebruinde gezicht was gevouwen in wel duizend fijne rimpeltjes, waartussen twee kleine, stekende varkensoogjes haar vriendelijk aankeken.

'Je moeder vertelde dat het gelukkig weer goed met je gaat,' zei hij, 'we zijn erg geschrokken.'

'Ik ben er weer helemaal overheen,' deed Hexy luchtig, 'heeft u een goede reis gehad?'

'Schenk jij even wat in, Hets,' verzocht haar moeder. Ze had blosjes op haar wangen en zag er verhit uit.'We zijn allemaal dorstig, en help ook even mee, de bagage naar boven te brengen.'

'Het is hier al net zo warm als in Spanje,' verzuchtte Hexy's grootmoeder, terwijl ze met een zakdoek over haar voorhoofd veegde. Ze liet zich amechtig in een stoel zakken. Haar grootvader liep de tuin in. Hexy haastte zich naar de keuken, om wat fris in te schenken.

Door het keukenraam zag ze haar grootvader door de tuin lopen, stilstaan bij de plek waar de kabouter stond. Hij draaide zich om, zag haar in de keuken staan en stak glimlachend een hand op.

Ze vroeg zich af, hoe lang ze hier zouden logeren. Het werd een volle boel op deze manier en wel een beetje krap, zo met z'n vieren. Volgende week ging haar moeder weer aan het werk, dan zou ze met hen alleen zijn. Ze wist niet of ze dat nu wel zo prettig vond, al leken ze best geschikt, die twee.

'Je moeder blijft wel erg lang weg, Hetsje.'

Hexy zat tegenover haar grootmoeder, die een haakwerkje onder handen had.

In stilte had Hexy haar al een bijnaam gegeven: Dirkje. Ze vond haar net het type van een strenge directrice van een meisjeskostschool, die de wind eronder had en niets door de vingers zou zien.

Toch was ze best aardig, vooral als Hexy met haar alleen was, zoals nu.

Haar grootvader was even de deur uitgegaan om sigaretten te halen. Dat hij rookte vond haar moeder maar zo zo. Hij had haar bezworen dat hij het alleen buiten zou doen en daar ging ze mee akkoord. Ze deden niet moeilijk, die grootouders van haar en Hexy mocht ze wel, vooral haar grootvader, die ze Aart mocht noemen. 'Aart Spanjaard,' had hij gegrapt, 'klinkt wel goed, niet? Noem me maar Aart, meidje, opa kan altijd nog, als ik honderd word.'

Hexy keek naar de bezige handen van haar grootmoeder, die snel op en neer gingen en probeerde nergens aan te denken. Maar haar hart klopte in haar keel.

Een uur geleden was haar moeder vertrokken naar het Luxor, waar ze de schok van haar leven zou krijgen.

Ze zouden nu in onderhandeling zijn, die twee, haar moeder en mr Woody... Als ze haar er maar niet bij riepen... Af en toe suisde het in haar oren, was het of ze harde stemmen hoorde, woedend geschreeuw. Maar ze zouden zich toch wel beheersen en beleefd blijven in zo'n chique hotel.

Hoe langer het duurde, voor haar moeder terugkwam, hoe zenuwachtiger ze werd.

Was het een goed teken of juist niet?

Het geluid van de voordeurbel deed haar opschrikken. Dat zou Aart zijn. Ze haastte zich om open te doen. 'Zo, is je moeder er nog niet?' vroeg hij, toen hij de kamer inkwam.

Hij knipoogde.'Kan ik even een sigaretje roken, het is wel niet goed voor een mens, maar ik ben er maar mooi oud bij geworden. Jij ook één, Hexy?' Of ze mr Woody hoorde.

Ze trok een vies gezicht. 'Nee, dank u, ik ga liever gewoon dood.'

'Hetsje, wat een uitdrukking,' zei haar grootmoeder verwijtend. 'Sorry,' verontschuldigde ze zich. Ze liep met haar grootvader de tuin in, binnen hield ze het niet meer uit.

'Jij had een huisje in het bos?' vroeg hij, toen ze evenlater tegenover elkaar stonden. Ze knikte. 'Het Kloosterbos, kent u dat?'

'Jazeker wel, ik zou er graag weer eens kijken.'

'M'n moeder is er niet gek op,' zei ze zacht.'Ze wil niet meer, dat ik er kom.'

Hij keek van haar weg, zoog aan z'n sigaret, blies de rook uit.

'Ik weet het, meidje, ze is niet zo gemakkelijk af en toe, er zijn dingen gebeurd... wij weten ook niet alles... ze was altijd heel gesloten... heeft ze je ooit verteld...' Hij wendde zich weer naar haar toe.

'Over mijn vader?' vroeg ze, zonder omwegen.

Het was, of hij schrok. Hij staarde naar de grond.

'Over je vader, ja.'

'Ze heeft nooit iets gezegd, maar ik heb ook nooit iets gevraagd. Jij hebt hem toch gekend? Wat vond je van hem, Aart?'

Op dat moment pakte hij haar bij de arm. 'Later, Hexy, daar komt je moeder.'

Ze verstarde. Hij gooide de sigaret op de grond en trapte de peuk uit.

'Laten we naar binnen gaan.'

Achter hem aan, liep ze, schoorvoetend, de kamer in, waar haar moeder stond, bleek, met vertrokken gezicht. Ze zag er afwezig uit, alsof ze in trance was...

'Ik heb Theo gezien,' zei ze en het klonk, alsof ze het over een geestverschijning had.

'Mijn God, Theo? Je bedoelt...'

Hexy's grootmoeder maakte een verschrikte beweging, de haaknaald viel uit haar handen. Aart staarde haar aan, of hij het in Keulen hoorde donderen.

'Hij logeert in het Luxor,' zei ze toonloos.

'Wat doet hij hier?' fluisterde Hexy's grootmoeder. Het leek wel, of ze bang was.

'Wat dacht je?' klonk het cynisch. 'Hij zorgde wel, dat hij een goed verhaal had. Ik moet met jullie praten, nu meteen. We moeten weten, wat ons te doen staat.' Ze keek Hexy aan met een gepijnigde blik... 'Dit is een hele nare kwestie, Hets, en ik vraag me af, wat jij ervan weet... je kunt erbij blijven...'

'O, nee, ik ga al!' Hexy wilde al maken dat ze wegkwam, toen ze in een flits een ingeving kreeg.

Wat hadden mr Woody en mr Potter in vredesnaam voor toneelstuk opgevoerd?

Ze zette haar onschuldigste gezicht.

'Wie is Theo?' vroeg ze.

Even flikkerden haar moeders ogen en boorden zich in de hare, maar Hexy vertrok geen spier.

'Weet je het werkelijk niet?'

Ze haalde haar schouders op. 'Geen idee, ik ga naar boven, praten jullie maar, ik hoor het nog wel.'

Hexy stoof de kamer uit.

Boven op haar kamertje, waar alles zoveel mogelijk was opgeruimd, omdat haar moeder er op dit moment sliep (Hexy moest het doen met een stretcher in de woonkamer, ze voelde het als een straf, die ze gelaten onderging, ze kon haar grootouders toch moeilijk in een hotel laten logeren), probeerde ze verbijsterd te begrijpen, wat er gebeurd kon zijn.

Wat voor spelletje had mr Woody gespeeld, die sluwe vos?

Had hij haar moeder doen geloven, dat ze nog van niks wist, dat hij zich niet als haar vader had bekend gemaakt? Hij moest het wel heel goed gespeeld hebben, anders was haar moeder er nooit ingetrapt.

Ze probeerde zich het tafereel voor te stellen: haar moeder, eerst alleen in gesprek met Jack Potter, daarna was mr Woody op het toneel verschenen en was ze zich lam geschrokken, toen ze hem zag.

'Ik ben het, Vera, herken je me nog?' Het verhaal dat hij vervolgens had opgehangen, de redding van een meisje, dat hij herkend had als zijn dochter, hoeveel moeite het hem had gekost om haar niet de waarheid te vertellen. O, ze begon hem te kennen, ze was van zijn bloed, ze had dezelfde streken. Langzaam, zachtjes, begon ze voor zich uit te grinniken, terwijl zwak stemmenrumoer van beneden onophoudelijk tot haar doordrong.

Wat zouden ze daar beneden te bepraten hebben? Of ze het haar zouden vertellen? En hoe?

Ze zag mr Woody voor zich, druk gebarend. 'Jij moet het haar vertellen, Vera, ik kan het niet.' En haar moeder: 'Daar moet ik over denken, Theo, ik zal het met mijn ouders bespreken.'

Sinds wanneer besprak ze dingen met haar ouders? Het was beslist een stap vooruit. Hexy loosde een diepe zucht. Gloorde er licht aan het eind van de tunnel?

Misschien, als het zo doorging, hadden mr Woody en zij nog een kans

Een dik half uur later werd ze beneden geroepen. Toen ze de kamer inkwam en even alle ogen op zich gericht zag, had ze het gevoel of ze behalve de familiekring ook een toneelstuk binnenstapte.

Nu kwam het erop aan. Als ze een echte dochter van haar vader was, zou ze het spel meespelen, zo goed mogelijk.

Uiterlijk onbewogen ging ze zitten in de ene stoel, die nog vrij was.

'Wat is er eigenlijk aan de hand?' vroeg ze verwonderd.

Dirkje werkte verwoed verder aan haar haakwerkje, Aart kuchte, zijn gezicht stond gespannen.

Haar moeder schonk thee voor haar in en Hexy zag haar hand trillen. Op dat moment had Hexy medelijden met haar. Toen, terwijl ze al haar moed en bravoure bijeenraapte, zei ze, midden in de stilte, die gevallen was: 'Jullie hadden het over Theo. Wie is dat? Een of andere suikeroom? In het Luxor logeren alleen maar rijke stinkerds.'

Haar moeder ging zitten en streek haar haar naar achteren, sloeg haar benen over elkaar.

'Ik zal het je vertellen, Hets,' begon ze, 'je moet het toch een keer weten.'

Ze keek recht voor zich, langs Hexy heen.'Ik ben net in het Luxorhotel geweest, ik werd ontvangen door iemand, die Potter heette. Later kwam die ander erbij, ook een van jouw redders, ik kende hem, Hets.'

Nu richtte ze haar ogen op Hexy. 'U kende hem?' Hexy keek haar ongelovig aan.

'Hij noemt zich mr Woody, maar het is niet zijn echte naam... Hij heet... Van den Bosch... Theo van den Bosch.' Er klonk afkeer in haar stem. 'Ik wil niet te veel zeggen, Hets, maar het kost me nog altijd moeite om die naam uit te spreken.'

Hexy zette grote ogen op. 'Theo van den Bosch,' herhaalde ze. Wie is dat dan?'

Haar moeder keek haar aan met een gepijnigde uitdrukking op haar gezicht.

'Begrijp je het dan niet? Ik was met hem getrouwd, hij is... je vader, Hets...'

'Nee, zeg, mijn vader, nou wordt-ie goed!' Hexy barstte uit in een schril gelach. 'Dat meent u toch zelf niet? Als het zo was, had-ie het toch wel gezegd? Of heeft-ie me soms niet herkend?'

'Natuurlijk wel, alleen je naam al. Maar hij wilde het aan mij overlaten je in te lichten, hij is nooit een held geweest.' Ze keek Hexy doordringend aan. 'Jij hebt nooit iets aan hem gemerkt, wat je aan het denken zette?' 'Ik... ik vond het aardig,' stotterde ze, 'hij wilde alles voor me doen... nu begrijp ik het...'

'Gelukkig, dat je het eindelijk begrijpt.' Haar moeders stem klonk cynisch. 'Ik ben blij dat hij zo goed voor je geweest is. Hij heeft je zelfs gered, dat maakt de zaak minder erg. Klopt het, dat hij je daarna niet meer heeft gezien en je gewoon heeft laten gaan?'

'Klopt.' zei ze en probeerde uit alle macht haar stem in bedwang te houden...

'Dus het contact is beperkt gebleven tot die paar dagen in het Luxor?'

Hexy knikte. Ze kon beter niets meer zeggen, want ze vertrouwde haar eigen stem niet meer.

Haar moeder leek iets opgelucht. Ze keek even haar ouders aan, leek iets te seinen met haar ogen.

Aart stond op. 'Ik ga een luchtje scheppen.' Hij liep voor Hexy langs, gaf haar een klopje op de schouder. Dirkje vouwde het haakwerkje op. 'Ik denk, dat ik even ga liggen, Vera.'

Ze kwam moeizaam overeind en ging na Aart de kamer uit.

'Kom eens bij me zitten, Hets.' Haar moeder liep naar de bank en Hexy moest, of ze wilde of niet, haar volgen. Toen ze zat, een eindje van haar moeder af, strekte die een arm naar haar uit en ze schoof met tegenzin een paar centimeter op. Haar moeder sloeg een arm om haar heen.'Luister, Hets,' zei ze met onvaste stem, 'dit is heel onverwacht voor me, en heel moeilijk, dat begrijp je zeker wel... je hebt je toch nooit illusies gemaakt over je vader? Hij en ik... we pasten niet bij elkaar... daar kwamen we te laat achter; toen ik met hem trouwde, wist ik nog niet, wat zijn ware aard was... dat is me pas later duidelijk geworden. Hij deugde niet... hij deugde eenvoudig niet... altijd van huis... feesten... drinken... daar hield hij van... Hij heeft je een keer meegenomen, naar één of ander louche feest, er zijn daar vreselijke dingen gebeurd, ik zal je de details besparen, maar het had niet veel gescheeld of jij was er de dupe van geworden, zo klein als je was, je was drie-en-een -half...'

Hexy verroerde zich niet, ze had de neiging om haar vingers in de oren te stoppen, om niets meer te hoeven horen.

'Luister, Hets,' hoorde ze haar moeder zeggen, op dringende toon, 'ik wil je waarschuwen, ik heb zo het idee dat hij graag nader contact met je zou willen, maar dat lijkt me niet zo gewenst. Wat vind je zelf?'

Hexy haalde haar schouders op. 'Ik wil hem nog wel een keer zien, mams, ik vond 'm best aardig eigenlijk, het idee, dat hij mijn pa is...' Ze grinnikte. 'Ik kan het nog steeds niet geloven, dus hij was er gewoon weer tussenuit geknepen straks, als u niet in het Luxor gekomen was, zonder iets te zeggen. Wat een druiloor.'

Haar moeder keek haar sceptisch aan. 'Ik heb je toch gezegd, dat hij weinig moed heeft. Hij doet zich uiterst charmant voor in het begin, palmt je in, met mooie praatjes en verhaaltjes, totdat je hem beter leert kennen.' Haar stem werd scherp.'Ik wil dat je oppast, Hets, hij is niet te vertrouwen, het is een sluwe vos. Hij heeft me meerdere keren om de tuin geleid. Ik weet niet, wat hij van plan is, maar...'

'Hij zal me toch niet ontvoeren, of zoiets?' vroeg Hexy spottend.

'Dat zal hij wel uit z'n hoofd laten,' klonk het cynisch. 'Laten we één ding afspreken, Hets, van mij krijg je toestemming om hem nog een keer of wat te bezoeken, maar alleen en uitsluitend in zijn hotel. Dat heb ik hem uitdrukkelijk laten weten, hij mag je niet mee naar buiten nemen, nergens met je naar toe gaan. En ik verbied je helemaal om bij hem in de auto te stappen, als hij het zou vragen. Ik ken hem, hij is tot alles in staat.'

'Oké mams,' zei Hexy, bijna onhoorbaar. Ze voelde, hoe het zweet haar uitbrak. Ergens achter haar ogen begon een zeurende pijn en ze streek met een hand over haar klamme voorhoofd.

'Ik ga weer naar boven,' kondigde ze aan, 'ik voel me niet lekker, ik moet er over nadenken, ik kan het nog niet begrijpen allemaal...'

Haar moeder keek haar aan... Er lag iets smekend in haar ogen, alsof ze om vergiffenis vroeg. 'Het spijt me, Hets, dat je het op deze manier te weten moest komen, ik had liever gehad, dat je hem nooit had ontmoet, dat was heel wat beter geweest.'

Ze wilde Hexy's hand pakken, maar Hexy liep zonder nog iets te zeggen langs haar heen de kamer uit. Eenmaal boven liet ze zich op het bed neervallen, drukte haar vuisten tegen haar voorhoofd, trok haar benen op en kroop in elkaar, alsof ze weer een kind was, dat verdriet had en zichzelf probeerde te troosten...

17

'O, schatje, ik heb het helemaal verkeerd aangepakt, ben ik bang. Ik had beter open kaart kunnen spelen, ik ben een lafaard.'

Hartstochtelijk drukte mr Woody Hexy tegen zich aan en hield haar zo stevig vast, of hij haar nooit meer los wilde laten.

'Ik stik, mr Woody,' lispelde ze.

'Jij stikt niet, waar ik bij ben,' mompelde hij, maar maakte zijn omarming wat losser.

'Weet je nog, dat je een keer op zolder zat en je had verstopt onder een laag dekens? We speelden vaak verstoppertje met ons tweeën, we zouden ons nu voor je moeder moeten verstoppen, als dat mogelijk was.'

'Ik blijf met u omgaan, mr Woody,' zei ze heftig, 'wat ze ook zegt, straks ga ik op mezelf wonen, dan kan ik doen wat ik wil.'

Haar woorden schenen hem een beetje te kalmeren en hij liet haar los.

'Ga zitten, lieverd, ik schenk iets voor je in, wat wil je? Een gekoeld wijntje, of koffie?'

'Doe maar een wijntje,' lachte Hexy.

Terwijl hij naar de minibar liep, nestelde zij zich in een hoek van de leren bank, bij het raam. Het was heerlijk om weer terug te zijn, na die afschuwelijke dagen in haar moeders huis. Aart en Dirkje waren lief, maar ze kon haar moeder wel villen. Ze geloofde geen woord, van wat ze had gezegd over mr Woody, in elk geval niet dat hij niet deugde en niet te vertrouwen was.

Oké, ze had een slecht huwelijk met hem gehad, maar ze had dan ook een totaal ander karakter dan zij, Hexy. Ze hadden inderdaad niet bij elkaar gepast, dat was haar wel duidelijk geworden en ze vroeg zich af hoe het mogelijk was, dat haar moeder toch de stap had gezet om met hem te trouwen. Misschien juist omdat hij zo anders was dan zij, dat had haar aan-

getrokken, maar na verloop van tijd was het haar lelijk opge-
broken.

Ergens had ze medelijden met haar moeder en nam ze het
mr Woody kwalijk, dat hij niet wat meer had geprobeerd het
haar naar de zin te maken. Of hij had het wel geprobeerd,
maar toen was het al te laat... Het zou nooit meer goedkomen,
zover was ze nu wel. Ze moest zich er bij neerleggen, er was
niets meer aan te doen.

Mr Woody reikte haar het glas wijn aan, dat hij voor haar
ingeschonken had.

Hij nam er zelf één ter hand en ze klonken.

'Op onze hereniging, Hets, dat we nog lang samen mogen zijn.'
Zijn stem klonk bewogen, Hexy keek hem aan en moest, behalve de wijn, nog iets wegslikken.

Hij ging naast haar zitten, voluit naar haar toegekeerd, zette
zijn glas neer.

'Vertel eens, hoe is het met je grootouders, wat vind je van ze?'
'Geschikt, ze zijn heel geschikt, ik kan goed met ze opschieten.'
'Daar ben ik blij om, en je moeder? Hebben ze zich verzoend?'
'Daar lijkt het wel op, ze is nu heel close met haar ouders.'
'Tegen mij, ja, ik was het struikelblok, weet je nog? Maar laten
we het daar niet verder over hebben, ik zal je niet vragen, wat
ze allemaal gezegd heeft, ik kan het wel raden, ik ben nog
steeds de bon- vivant, een dronkelap, een schuinsmarcheerder.
En ik heb fouten gemaakt, grote fouten, daar heb ik spijt van,
maar ze heeft me nooit de kans gegeven, ze goed te maken.'
Mr Woody's stem klonk bitter. Hij legde een hand op haar
knie. 'Maar jij weet toch inmiddels beter, is het niet, meisje? Jij
begint nu wel een beetje door te krijgen, hoe die maffe vader
van je in elkaar zit?'

'We lijken op elkaar, mr Woody,' zei Hexy peinzend, 'het is
net, of ik door u mezelf beter ben gaan snappen.'
Hij boog impulsief zijn hoofd naar haar toe, blijkbaar met de
bedoeling om haar een kus te geven, maar Hexy was er niet op
verdacht, hij stootte tegen haar glas, zodat ze wijn morste op
haar bloesje en blote been.

Mr Woody beet op z'n lip. 'Sorry meid, ik zal...' Op hetzelfde
moment ging de telefoon.

'Ga at u maar,' zei ze, 'ik maak het wel schoon, anders verdampt het wel.'

Ze pakte een zakdoekje uit haar tasje en streek met snelle gebaren over haar bloes, veegde haar been af, terwijl ze mr Woody in het oog hield, die naar het bureau was gelopen en de telefoon opnam.

Ze stopte abrupt met de schoonmaakbeurt toen ze hoorde hoe hij begon te praten met een heel andere klank in zijn stem dan gewoonlijk. Het was een complete metamorfose, zo had ze hem nog niet meegemaakt. Hij leunde ontspannen achterover in zijn stoel, converseerde vlot in het Frans, ze probeerde iets te verstaan, maar het ging zo rad, dat ze meteen de draad kwijt was. Ze voelde zich niet eens meer een luistervink, wel was ze vreselijk nieuwsgierig naar degene die belde en die zo'n verandering bij hem wist teweeg te brengen.

Hij draaide even naar haar toe en ze zag zijn gezicht, één en al glimlach, hij zag er zonder meer gelukkig uit. Ze ving een paar woorden op, die ze kende: 'ma fille', 'mijn dochter', 'elle est chez moi,' 'zij is bij me', de rest van de woordenstroom ging aan haar voorbij.

Hoe was het mogelijk, dat hij zo goed Frans sprak? Hij was vaak in de Provence geweest, maar was dat voldoende om die taal zo goed te beheersen? Het moest een vrouw zijn, die belde, het kon haast niet anders aan de toon van zijn stem te oordelen, die een bijna tedere klank had.

Plotseling voelde ze een steek van jaloezie door zich heen gaan en meteen wilde ze eigenlijk helemaal niet meer weten wie die onbekende was, met wie mr Woody zo innig zat te praten...

Hij had nu opgehangen, wreef een paar keer over zijn gezicht en stond op.

Hij kwam naar haar toe, bleef bij haar staan alsof hij aarzelde, zijn hand op de rugleuning van de bank.

'Ik moet je iets vertellen, meisje.' Voorzichtig kwam hij naast haar zitten. 'Ik ga weer trouwen, Hets.'

'Trouwen?' Hexy keek hem met grote ogen aan. 'En m'n moeder dan?' wilde ze roepen maar besefte tegelijk, dat het nergens op sloeg.

'Degene die belde... was een vrouw, mijn aanstaande vrouw, het is eindelijk zover gekomen, maar ik begrijp dat het moeilijk voor je is.'

'Wie is het?' vroeg ze onzeker, niet op haar gemak.

Hij begon op zachte toon te vertellen. 'Ik heb haar zo'n vijf jaar geleden in de Provence ontmoet, bij haar vader, die een rijwielzaak heeft in Aix-en-Provence. Ik heb daar veel rondgetoerd, en toen ik een mankement aan m'n fiets had, heb ik 'm bij haar vader laten maken. Ze was er, toen ik mijn karretje daar bracht en ook weer, toen ik 'm ophaalde. Ik had haar trouwens vaker gezien, ze was me eerder opgevallen, alleen kon ik me niet herinneren waar. Later schoot het me te binnen: het was in het museum van Aix, waar ze met een groep leerlingen was, om een tentoonstelling te bekijken. Ze is lerares Frans en Italiaans aan een lycée in Aix. Aan haar heb ik het te danken, dat ik nu zo goed Frans spreek. Is het een grote schok voor je, Hets?'

'Het is wel... onverwacht,' stamelde ze.

Hij pakte haar hand. 'Voor mij ook, meisje, ik had dit nooit verwacht. Ik had me voorgenomen nooit meer te trouwen, was er voorgoed van genezen, maar zij... we raakten in gesprek, ze praatte over haar leerlingen op zo'n warme toon, alsof het haar eigen kinderen waren, of ze alleen voor hen leefde. Natuurlijk waren het loeders, maar volgens mij wist ze precies hoe ze ze moest hanteren en het beste in hen naar boven halen, ze leek me de perfecte lerares. Toen ik eens langs het plein van de school reed, waar ze lesgaf, zag ik haar staan, temidden van een groep leerlingen. Je kon zien dat er een soort band bestond, ze leken vol aandacht voor wat ze zei, het deed me wat. Ik haalde me jou voor de geest, jij was ook een puber, zat op de middelbare school, het kwam op de één of andere manier heel dicht bij me, ik kon het niet laten en heb haar over je verteld. Zij bood aan me Franse les te geven, nodigde me uit bij haar thuis... we werden min of meer vrienden, later hielp ze me bij het vinden van een geschikt buitenhuisje, waar ze me geregeld opzocht. Op het laatst werd het steeds moeilijker om weer terug te gaan naar Amerika. Ik begon haar te missen. We telefoneerden en schreven wel met elkaar, maar dat was voor mij op den duur niet meer voldoende. Zij moedigde me ook aan, om contact met jou te zoeken. Toen ik naar Nederland kwam, zo'n half jaar geleden, was ik vast van plan om je te leren kennen. Ik had me al een beeld van je gevormd, hoe je geworden zou zijn en ik moet zeggen: het klopte aardig met de werkelijkheid.'

Hij keek Hexy vol genegenheid aan.

'Nu dat gebeurd is, is het net of er een blokkade is opgeheven en ik weer vrij man ben... nu pas ben ik zover, dat ik haar ten huwelijk durf te vragen. Dat heb ik aan jou te danken, meisje; je gelooft toch dat het niets afdoet aan mijn liefde voor jou?'

Hij omknelde haar bovenarm, keek haar ernstig aan.

Hexy schudde haar hoofd. Ze was eigenlijk wel blij voor hem, maar ze had tijd nodig, om aan het idee te wennen. 'Hoe heet ze, mr Woody?' vroeg ze, om toch belangstelling te tonen.

'Odette, Odette le Blanc'. Hij glimlachte. 'Ja, het moest zo zijn, ze is tien jaar jonger dan ik, ze is net zo slank als jij, Hets en net zo donker van uiterlijk. Ik weet zeker, dat jullie het met elkaar kunnen vinden.'

'Wanneer gaat u trouwen, mr Woody?'

'Eind dit jaar, of begin volgend jaar,' antwoordde hij, 'ik zal zo snel mogelijk mijn zaken in Amerika afbouwen. Potter wordt mijn zaakwaarnemer daar, al zal hij zich waarschijnlijk ook vestigen in de Provence, waar ik erg blij om ben. We zijn zeer goede vrienden geworden en ik wil voor hem doen wat ik kan, want ik ben hem wel het een en ander verschuldigd niet? Wat mij betreft, ik wil in Aix gaan wonen, Hets, daar heeft Odette haar werk en het is een prachtige stad.'

Hij keek dromerig voor zich uit. 'De Cours Mirabeau, schitterend, een lange wandelpromenade, met twee rijen platanen aan weerszijden, overal fonteinen en legio terrasjes.'

Hij keek naar haar met een milde blik... 'Ik wil jou ook zo graag daar hebben, meisje, je zult het er prachtig vinden. Odette wil heel graag kennis met je maken, ze heeft zo met me meegeleefd deze maanden. Je hoort nu ook bij ons, Hets, zul je dat nooit vergeten? Je bent altijd welkom, wanneer dan ook, je zult bij ons kunnen schilderen... naar hartelust, elk jaargetijde is anders en weer op een andere manier betoverend, de winters

zijn soms wel streng, maar binnen zal het warm zijn, we zullen de open haard aansteken en ons warmen aan het vuur en aan elkaar, Odette, jij en ik... je moet de Provençaalse kerststalletjes zien, Hets, met de santons, ken je de santons?'
Hexy schudde haar hoofd. 'Het zijn kleine figuurtjes van aardewerk,' legde hij uit, Provençaalse typetjes, beschilderd in folkloristisch kostuum: herders, vissers, zigeunerinnen, Odette heeft een hele verzameling... je zou het prachtig vinden, je hield altijd al van poppetjes, poppenkastpoppen, vingerpopjes...' Zijn stem werd schor.
'Ik moet je even alleen laten, ma fille, ik heb iets te bespreken met Jack Potter, ik ben zo terug.'
Hij stond op.'Ik wil steeds Paulus Potter zeggen,' zei Hexy.
Hij lachte. 'O, die van De Stier? Weet je, dat hij jong gestorven is?'
'De stier, mr Woody?'
'Nee suffie, die is onsterfelijk, de schilder natuurlijk.'
'Schilders leven niet zo lang, geloof ik,' zei ze.
'O, nee? Denk eens aan Picasso? Over de negentig. En Corneille? Wat dacht je van Leonardo da Vinci? Pelman was trouwens ook al in de zestig toen hij stierf.'
'Door de ontmoeting met zijn dochter.'
'Gelukkig ben ik er niet aan bezweken.' In mr Woody's stem klonk iets grimmigs door...'Ik hoop nog een lang leven voor me te hebben, als God het me vergunt, met jou en jij overleeft alles, maar nu moet ik je even opsluiten.'
Ze kreeg een onaangenaam gevoel. 'Opsluiten, mr Woody?'
'Sorry, meisje, bij wijze van spreken, de deuren vallen hier automatisch in het slot, ze zijn alleen met een pasje te openen, jij kunt er wel uit, maar er kan niemand in. Ik neem aan, dat je hier nog even blijft?'
'Waarom zou ik weggaan, mr Woody? Van m'n moeder mag ik tot vijf uur blijven.'
'Tot vijf uur, he?' Zijn gezicht betrok, zijn ogen werden donker.
'Ze bedisselt nog steeds alles, hè? Het wordt tijd dat daar een eind aan komt' Hij leek even rood aan te lopen van drift.

267

Met een armzwaai gebaarde hij naar de zakelijke hoek van de suite...'Op tafel daar liggen wat kunstcatalogi, bekijk die maar als je wilt, ik ben zo terug.'

Hij beende weg en Hexy bleef achter met het plotseling alarmerende gevoel, dat ze op haar hoede moest zijn. Ze kon het niet verklaren, maar het was er en de waarschuwende woorden van haar moeder begonnen op een tergende manier door haar hoofd te spoken...

Toen ze twee dagen later weer bij het Luxor arriveerde, zag ze een glimmend rode, strak gestroomlijnde sportwagen voor de ingang staan, een Jaguar, las ze, met op korte afstand daarvan een stemmige zwarte Mercedes.

Ze vroeg zich af, welke blitse figuren uit de jetset er nu weer in het hotel logeerden. Ze stalde haar fiets opzij van het hotel en ging snel naar binnen.

Met twee treden tegelijk sprong ze de trap op en kwam boven op de gang mr Woody tegen, strak in een donkerblauw pak gestoken, alsof hij op het punt stond uit te gaan.

Hij opende de deur voor haar. 'Ga maar vast naar binnen, ma fille, ik kom er zo aan, er staat koffie voor je klaar.'

'Oké, mr Woody.' Ze ging naar binnen en keek rond. Het leek wel of er opgeruimd was, nergens

was nog een spoor van enige onregelmatigheid te bekennen. Op de salontafel stond een kan met koffie, een kopje was al volgeschonken, blijkbaar voor haar bestemd. Ze had dorst en dronk het kopje in een paar teugen leeg. Toen ging ze op de bank zitten wachten op mr Woody. Maar al gauw begon ze te gapen, voelde zich slaperig worden. Haar benen voelden zwaar, of er lood in gegoten was... Ze dwong zich, rechterop te gaan zitten, maar zakte toch weer iets opzij. Eigen schuld. Ze had ook veel te veel gegeten vanmiddag. Dirkje had macaroni gemaakt, lekker pittig en ze had er haast onfatsoenlijk van zitten smullen. Nu moest ze het bezuren. Ze geeuwde weer. Ze had ook slecht geslapen vannacht, Dirkje snurkte als een os en ze had Aart boven horen rondspoken, hij had last van slapeloosheid.

Volgens haar moeder was het vroeger al zo geweest. Bepaalde herinneringen hielden hem wakker, het had iets te maken met de oorlog...

Hexy gaapte, ze bleef geeuwen, ze kon bijna niet meer ophouden.

Ze wilde opstaan, maar haar benen waren onwillig en ze zakte terug op de bank.

Vaag zag ze een gestalte op zich afkomen, een stem, die zei: 'We gaan even een ritje maken, chérie.'

Ze werd bij haar schouder gepakt, maar ze verzette zich. 'Ik mag niet... ik kan niet... ik wil niet.'

Maar er werd een sterke arm om haar heen geslagen en ze werd meegetrokken, de gang door, de lift in, naar beneden en eenmaal buiten schemerde er iets roods voor haar ogen en daarna iets zwarts en werd ze in een auto getild. Ze voelde nog even dat er beweging kwam in de wagen en toen wist ze niets meer.

Toen ze wakker werd was het donker om haar heen, maar in de ruimte waar ze was brandde een lichtje.

Ze lag onder een dunne deken, meer een plaid, het plafond was vlak boven haar hoofd en even dacht ze dat ze in één of ander ziekenhuis was beland. De honden. Angst vloog haar naar de keel. Ze tilde haar hoofd op en keek verwilderd rond. Ze werd omsloten door zwarte wanden met kleine ramen... Een auto, niet te geloven, ze lag in een auto. Hoe kwam ze hier? Wat was er gebeurd? Was ze in het Kloosterbos, bij de ruïne? Maar er waren geen bomen, voorzover ze kon zien, ze zag alleen een paar lichtbollen van buitenlantaarns... Ze gooide de plaid van zich af, probeerde zichzelf op te richten en kwam moeizaam omhoog. Versuft keek ze rond. Waar was ze? Het leek wel een of andere parkeerplaats. Uit alle macht probeerde ze te begrijpen wat er gaande was, maar in plaats van hersens leek haar hoofd gevuld met een grote dot watten...

Verwoed boende ze over haar gezicht, sloeg met een hand tegen het glas van de zijruit. Iemand had haar hier gebracht, dat snapte ze nog, maar wie? Ze moest zorgen, dat ze eruitkwam, zo snel mogelijk. Koortsachtig zocht ze het portier af, maar ze kreeg nergens houvast, tenslotte had ze een soort van hendel beet, maar die gaf geen millimeter mee. Kreunend van angst en afschuw bleef ze een ogenblik zitten. Ze zat opgesloten. Iemand had haar knock out geslagen, meegenomen en hier achtergelaten. Maar hij zou natuurlijk terugkomen en wie weet wat er dan met haar zou gebeuren. Ze voelde aan haar hoofd. Niets van een buil of een verwonding, ze voelde zich alleen heel suf, maar dat was al erg genoeg... Was ze gedrogeerd? Wie in vredesnaam had dat gedaan? Ze moest om hulp roepen maar wie kon haar horen? Een naam drong door haar benevelde brein. Mr Woody. Ze moest hem bellen. Waar was haar mobieltje? Ze voelde gejaagd met trillende vingers in de zakken van haar short, tevergeefs. Een jas had ze niet, geen tasje... waar waren haar spullen? Gejat? Een jankend geluid kwam uit haar keel. Dit moest een droom zijn, een afschuwelijke droom, zoals ze die wel vaker had. Nogmaals duwde ze met een hand tegen de ruit, voelde het koude glas. Het was geen droom, geen droom... Ze was meegenomen door een of andere onverlaat, die even was uitgestapt en elk moment kon terugkeren... Hoe kon zoiets verschrikkelijks zijn gebeurd? Het was niet mogelijk, ze had een nachtmerrie Ineens gaf ze een gil en dook in elkaar. Een gestalte kwam naar de wagen toe, het portier werd geopend en de persoon stapte in.

Ze hief afwerend haar handen op, maar liet ze weer zakken, toen ze het gezicht zag, dat zich naar haar toekeerde... Voorzichtig werd een hand werd op haar schouder gelegd. 'Dag meisje, ben je eindelijk wakker? Het spijt me, dat het op deze manier moest, maar ik had geen andere keus.'

Die stem Verwezen keek ze hem aan. 'Mr Woody? Ik ben... u moet me helpen...'

'Stil maar.' Een hand streelde haar wang. 'Je bent zo veilig als wat, meisje, bij je eigen vader, wat wil je nog meer? Nog een paar uurtjes rijden, dan zijn we er...'

'Dan zijn we er,' lispelde ze. 'Wat bedoelt u? Waar gaan we heen?'

'Naar huis, Hets, naar de Provence.' Hij bracht zijn gezicht dicht bij het hare, zijn adem rook naar tabak. 'Ik wil zo graag dat je Odette leert kennen... gaat het een beetje met je?'

Ze schudde haar hoofd, terwijl ze achteruit week. 'Ik begrijp het niet. Wat is er gebeurd?'

'Niets ernstigs, meisje, maak je niet ongerust, je hebt een tijdje geslapen, terwijl ik heb gereden.'

'Gereden, gereden,' mompelde ze voor zich uit, alsof ze uit alle macht probeerde te begrijpen wat er was gezegd.

'U was het dus... u was het...' Ze keek hem bijna ontzet aan, met grote, bange ogen.

'Hets, meisje, niet bang zijn.' Hij probeerde een arm om haar rug te slaan, maar ze drukte zich zover mogelijk achteruit tegen de kussens van de achterbank.

'U hebt me ontvoerd!' riep ze, alsof nu de volledige waarheid tot haar doordrong. 'Ik wil terug, mr Woody, ik wil naar huis!'

'Hets, meisje,' begon hij, op zachte, overredende toon, terwijl hij een poging deed dichter bij haar te komen, 'het spijt me, dat het op deze manier moest gaan, maar je zult me dankbaar zijn. Ik doe het voor je bestwil, voor ons beiden, we blijven niet lang weg, een paar dagen maar, in die tijd zal ik een regeling treffen met je moeder, om jou te kunnen blijven zien.' Hij boog zich verder naar haar over, hield haar arm omkneld, keek haar dringend aan. 'Dat wil je toch?'

Ze rukte zich heftig los. 'Ik wil naar huis,' zei ze jammerend. 'Alsjeblieft, mr Woody, laten we teruggaan.'

'Nu teruggaan?' Hij schudde z'n hoofd. 'Nog een paar uur rijden en we zijn er, Hets, we zijn al niet ver meer van Lyon...'

'Lyon!' Het was of ze verstarde. 'Daar helemaal? Wat heeft u gedaan? Waarom heb ik niks gemerkt?' Ze had geslapen, heel lang geslapen, want ze waren half Frankrijk al door al bijna in het zuiden. Het hotel, daar moest het gebeurd zijn.

Hij antwoordde niet, keerde zich om, knipte het lichtje uit, greep het stuur en begon de wagen te starten.

In paniek schoot Hexy naar voren. 'Niet doen, ik wil niet mee, laat me eruit!'

Ze duwde met beide handen tegen zijn schouders, zodat hij wel moest stoppen en met een geërgerde zucht keerde hij zich om.

'Hets, alsjeblieft, zo kan ik niet rijden. Ik doe het voor je bestwil, meisje, denk eens aan je moeder, het wordt tijd om haar eens een lesje te leren, vind je niet?'

'M'n moeder!' riep ze uit. 'U bent alleen maar kwaad op m'n moeder. Maar ze had gelijk, u bent niet te vertrouwen, ik haat u, ik haat u!'

Hij keek geschokt. 'Dat kun je niet menen, Hets, na alles wat we samen hebben doorgemaakt.'

'En of ik het meen!'Ze haalde uit naar zijn gezicht en hij kon haar vuistslag net op tijd ontwijken.

'Je bent toch een klein kreng!' Hij pakte een van haar polsen beet, hield 'm in een ijzeren greep. 'Je zult me dankbaar zijn straks,' zei hij onderdrukt en een beetje hijgend.

'Luister naar me, Hets, probeer het dan toch te begrijpen, zij, je moeder, probeert je hele leven te regelen, haar wil is wet, zo was het vroeger al, ik heb me eraan ontworsteld, maar jij... ik wil niet langer dat ze je koeioneert, je moet zelfstandig worden, je hebt zoveel pit, waarom laat je je zo door haar ringeloren...'

Hexy luisterde niet meer. Ze probeerde zich uit alle macht los te rukken, maar hij was sterker dan zij en het leek wel of ze nog niet helemaal baas was over haar lijf. Maar er raasde een woede door haar heen, die zich door niets liet tegenhouden.

'M'n moeder', siste ze. 'Moet u nodig zeggen. Ze is honderd keer beter dan u, u met uw 'lieverd' en 'schatje' en weet ik veel wat u nog meer tegen me zegt, ik geloof er geen woord van, m'n moeder is tenminste eerlijk, ik weet wat ik aan haar heb... ze is bazig, maar ik hou van haar, en u... u bent... laat me los... ik wil u niet... ik wil terug...'

Een klap tegen haar wang, die haar deed suizebollen en tegelijk klaarwakker maakte. 'Je bent een heks, werkelijk,' hoorde ze iemand hijgen. 'Wat dacht u dan!' beet ze hem toe. Haar gezicht stond strak van woede, ze bracht een hand naar haar gloeiende wang.

'U hebt me bedwelmd!' gilde ze. 'Met die lekkere drankjes van u. Nooit hoef ik meer iets, nooit, hou alles maar, de hele zooi, die zogenaamde culi... culi... weet ik veel, dat hele ellendige woodyfood.'

'Hou je mond, jij, je houdt je mond.' Vol afschuw zag ze zijn gezicht dichtbij het hare, in het spookachtige licht dat een lantaarn naar binnen wierp, boosaardig, verwrongen, zijn opengesperde mond met de blinkende tanden, de tong, die een eindje

272

naar buiten stak... Het was op hij op het punt stond haar te verscheuren. Het maakte haar alleen maar razender.

'Gif,' siste ze, het was of ze niet meer kon ophouden, 'u hebt me vergiftigd, u bent erger dan die... die... maar ik overleef alles, alles...' Ze voelde dat hij haar losliet en ze begon te snikken, met gierende uithalen, tot ze tenslotte een beetje bedaarde... 'Ik wil terug... naar huis', snotterde ze, alsjeblieft, mr Woody.'

'Zoals je wilt, meisje.'

Had ze het goed gehoord? Ze zat ineens heel stil, hij had zich van haar afgekeerd, zat gebogen over het stuur. 'Ik breng je terug,' hoorde ze hem gesmoord zeggen, 'naar je moeder. Ze mag je hebben, alle duivels, ze mag je hebben, mon Dieu.' Zijn vuist kwam zo hard neer op het dashboard, dat Hexy opschrok. .

'Ik hoef niet naar m'n moeder,' zei ze bedremmeld.

'Wat zei je?' Z'n hoofd schoot naar achteren 'Ik wil naar m'n huisje,' zei ze met trillende stem, 'ik ga niet meer terug naar m'n moeders huis.'

'Weet je dat wel zeker?' Het klonk schor, bijna schamper.

'Heel zeker, ik wil m'n eigen leven leiden.'

Ze zag hem langzaam knikken. 'Kunnen we nu terug?' vroeg ze, met iets van opluchting.

Hij reageerde niet, bleef bewegingloos zitten. Zijn kin zakte op zijn borst, het leek waarempel wel of hij bezig was in slaap te vallen.

'Mr Woody?' vroeg ze aarzelend. 'Gaat het wel met u?'

Het was begrijpelijk. Hij had natuurlijk uren gereden, was moe, niet meer in staat het hele eind terug te rijden. In dat geval zouden ze een hotel moeten zoeken en pas morgen terug kunnen gaan. Geen prettig vooruitzicht. Wie weet wat er dan nog zou gebeuren, hij kon weer van gedachten veranderen, haar met geweld meesleuren... of haar toch nog op de één of andere manier een slaapmiddel toedienen. Maar ze zou in geen geval nog iets eten of drinken... Ze kon natuurlijk ook een van haar heksentrucjes gebruiken om aan hem te ontkomen. Ze zou eerder opstaan dan hij, liften naar een of ander station en daar de trein naar huis nemen. Misschien dat ze wat geld van 'm kon pikken, anders kon ze er op een andere manier wel aankomen. Er was altijd wel iemand die een meisje in nood wilde helpen.

'Kunt u nog wel terugrijden?' vroeg ze voorzichtig. 'Of moeten we ergens overnachten?'

'Hè!' Het was of hij opschrok. 'Nee, nee, het gaat wel.' Hij zweeg weer. 'Het enige wat jij moet doen, is me wakker houden, dus als je naast me wilt komen zitten...'

'Natuurlijk.' Ze zou wel wat tegen hem kletsen, geen probleem. Ze begon zich zo langzamerhand weer wat geruster te voelen. Ze opende het portier en stapte uit, een zacht nachtwindje beroerde haar gezicht, het was nog zoel buiten. Ze overzag snel de omgeving. Een groot plein, hier en daar struikgewas, contouren van geparkeerde vrachtwagens, ergens verderop een gebouw, waarvan de neonletters aan de gevel aan en uit flitsten. Resto. Nu, ze hoefde niet te eten en helemaal niet te drinken, ze hield het wel uit tot morgenvroeg, als ze stopten bij haar huisje. Als mr Woody het maar volhield, ze zou er alles aan doen om hem wakker te houden.

'U gaat niet even mee naar binnen?'

Hexy vond dat mr Woody er nogal grauw uitzag, ze kon koffie voor hem maken en hem nog een koek of iets anders aanbieden. Ze hadden nauwelijks iets gegeten onderweg, alleen een broodje bij een wegrestaurant en helemaal niets gedronken. Hexy's keel was schor van het praten, ze had een vreselijke dorst. Ze had gepraat of haar leven ervan afhing, als een soort Sheherazade uit Duizend en Een Nacht. Over alles wat haar maar in de zin kwam. Over school, haar examens, het weekje met haar vriendinnen, dingen die ze met Jerry had beleefd, het huis in de Kruisstraat, waar ze met Jerry op zolder had gespeeld, ontdekkingsreizigertje enzovoort, de klodders pindakaas, die ze een keer in een donkere hoek had neergekwakt, die Jerry voor hondendrollen had aangezien en mr Woody had erom gelachen. Op het laatst was ze een beetje in de war geraakt, had dingen door elkaar gehaald, maar ze had het gered en was niet meer in slaap gevallen.

Mr Woody had geluisterd, zijn ogen strak op de weg voor hem, er lag iets verbetens om zijn mond. Maar zijn drift was gezakt, hij was zelfs niet een keer ongeduldig of geïrriteerd geweest. Zelf had hij weinig gezegd, alleen dat het hem goed deed, dat zijn dochter nog een keer naast hem in de auto zat. De laatste keer dat ze naast hem had gezeten, merkte hij op, was geweest toen ze met hem naar dat feest was gereden, vrolijk en uitgelaten, zo zou hij haar zich altijd blijven herinneren, zijn hele leven lang. En ja, hij had gevraagd, of ze hem nog eens op wilde zoeken, als hij in de Provence woonde. Misschien zou ze er met Jerry nog eens in de buurt komen. Oké, waarom niet, had ze gedacht. Al hoefde ze die vrouw niet per se te zien, die Colette of hoe ze ook heten mocht...

Nu ja, het belangrijkste was dat de reis erop zat en ze zonder ongelukken thuis waren gekomen. Haar boosheid was verdwenen, ze kon niet echt meer kwaad zijn op mr Woody.

Op onvaste benen stapte ze de auto uit. Ze huiverde, de ochtendlucht was fris...'Ik moet eerst wat drinken,' zei ze, een beetje beverig, 'ik drink de hele kraan leeg.' Ze diepte de sleutel uit haar tasje, dat ze inmiddels weer bij zich had en dat een tijd in de kofferbak van de Mercedes had gelegen. Ze had een vreemd gevoel, of ze elk moment kon omvallen, maar het gekke was, dat ze zich helemaal niet moe voelde, juist heel helder, ze had alleen honger en een vreselijke dorst. Maar moest ze niet eerst haar moeder bellen, die was nu natuurlijk in alle staten...

Wankelend liep ze naar de voordeur van het heksenhuis, keek tersluiks nog even achterom. De auto stond er nog, waarom kwam mr Woody er niet uit?

Moesten ze eigenlijk geen afscheid nemen? Maar dat hoefde toch niet? Wat had hij gezegd, vlak voor ze het bos inreden? 'Ik zal je niet meer lastig vallen, ik beloof het je, ik wens je het beste... mijn dank voor alles wat je me hebt verteld, ik weet zo weinig.'

Ze draaide de sleutel in het slot, opende de deur, maar draaide zich plotseling, of ze zich bedacht, weer om. De auto stond er nog, waarom ging hij niet weg? Moest ze hem nogmaals uitnodigen? Eigenlijk was ze zomaar de auto uit gestrompeld, zonder verder iets te zeggen of op antwoord te wachten.

Maar wat was er verder nog te zeggen? Ze hadden genoeg gepraat. Hij ging weg. Basta.

Ze liep het huisje in. Al in het halletje hoorde ze de kraan druppen. Het gaf haar een akelig hol gevoel.

Ze liep regelrecht de keuken in, draaide de kraan open hield haar mond onder de waterstraal. Gulzig dronk ze het koele water op, plensde het toen met handenvol over haar gezicht. Dat hielp, ze begon zich al wat beter te voelen. Vluchtig keek ze het raam uit, zag met een schokje dat de auto in beweging was gekomen. In een impuls liep ze weer naar buiten, maar bleef halverwege het bospad staan... De auto was blijkbaar bezig te keren, was een eind achteruit gereden, de hei op. Nu kwam hij terug, draaide en stond weer stil. Haar hart bonsde. Ze moest nog een keer naar hem toe, vragen of hij niet iets nodig had, voor hij wegging, al was het maar een glas water. Ze herademde bijna, toen ze zag dat hij uitstapte. Schoorvoetend liep ze in zijn richting. 'Gaat u echt niet even mee?' riep ze, aarzelend, terwijl ze stopte bij het zandpad, 'even wat drinken?' Hij bleef staan, waar hij stond, aan de bestuurderskant van de wagen. Zijn hoofd stak erbovenuit, breed en vol als een ronde maan, het ene oog was dicht, of hij tegen haar knipoogde, ze zag de halvemaanvorm van zijn lippen, die schenen te glimlachen. Ze knipperde even met haar ogen, maar ze bleef het zien, die grote maan, scherper nog dan daarnet. Hij schudde langzaam heen en weer, de mond opende zich.

'Nee, Hexy, het is voorbij, ik ga vandaag nog naar de Provence; zoals ik je gezegd heb, wens ik je het beste. Je kunt prima op jezelf passen, ik weet zeker dat het je goed zal gaan '

Zijn stem klonk vast en beslist, zonder enige aarzeling. Ze staarde naar hem alsof ze het niet begreep. 'Wat gaat u doen?' Ze deed een stap naar voren, maar het leek wel of hij op zijn beurt een paar passen achteruitweek.

Een wilde verontwaardiging schoot in haar omhoog. Het mocht niet, het was niet eerlijk, hij wou zich ervan afmaken, koos de makkelijkste weg door er zo gauw mogelijk vandoor te

gaan. Bang voor haar moeder natuurlijk. Maar ze wilde niet,
dat hij wegging, nog niet.

Ze slikte. 'Ga nog even mee, mr Woody, alsjeblieft, wat drink-
en of zo...'

Het was of hij haar niet hoorde. Ze zag hem een hand opste-
ken, het portier opendoen en instappen.

Met een sprong was ze bij de auto. 'Mr Woody, wacht!'

Ineens werd ze woedend en sloeg met een vuist op de motor-
kap.'Blijf!' schreeuwde ze, ga niet weg, u mag me niet alleen
laten papà!'

Maar hij had al gas gegeven, de koppeling werd met kracht
ingedrukt en de wagen schoot naar voren. Door de schok tuimelde ze bijna achterover. Verbijsterd bleef ze staan, midden
op het zandpad en keek de wegscheurende wagen na met een
pijn alsof er een stuk uit haar lijf werd gerukt... Toen zakte ze
langzaam door haar knieën, bleef op haar hurken zitten, in-
eengedoken, haar hoofd op haar armen... Ze wilde eigenlijk
alleen nog maar gaan liggen, languit, aan de kant van de weg,
slapen, niet meer wakker worden, niets meer voelen, niet meer
denken, het was niet te verdragen, dat ze nu weer zo vreselijk
alleen was .

Van dichtbij hoorde ze een klap als een donderslag... Verschrikt keek ze op, in de richting van het geluid, zocht met
haar ogen de weg af, en door een waas van tranen zag ze een
donkere gedaante op zich afkomen. Het beeld was onduidelijk,
trilde hinderlijk, als bij grote hitte, het leek een fata morgana,
of iets uit een droom, maar ze werd werkelijk door twee handen omhooggetrokken, twee armen sloten haar in, een mond
fluisterde zacht, maar hartstochtelijk bij haar oor. 'Ik laat je
niet alleen, meisje, nooit meer, wij horen bij elkaar.'

18

'Mam, met mij, Hexy.'

'Kind, waar heb je gezeten, waar ben je nu?' Haar moeders stem klonk hysterisch.

'Ik ben in het Kloosterbos, mams, in mijn huisje en het gaat heel goed met me.'

'Waar ben je geweest? Hij heeft je ontvoerd, hè? Ik wist het wel, wat is er gebeurd?'

'Hij zei dat we een ritje gingen maken. Ik had geen argwaan, tot we de grens overgingen.'

'Ik had je verboden bij hem in te stappen.'

'Ik dacht niet dat het kwaad kon, mams. Ik heb hem in elk geval tot rede gebracht, zodat hij is omgekeerd. Vanochtend was ik weer terug, u zult geen last meer van 'm hebben. Ik denk dat-ie nu al in het vliegtuig naar Amerika zit.'

'Dat is 'm geraden... als hij ooit nog een vinger naar je uitsteekt, zal ik 'm weten te vinden. Je weet nu hoe hij is, Hets, je hebt je lesje geleerd. Ik vind het vreselijk voor je, lieverd, hij heeft je toch niet bedreigd? Ik had het je meteen moeten verbieden hem te bezoeken, wanneer kom je hier? Je had onmiddellijk naar ons toe moeten komen.'

'Voorlopig blijf ik in mijn huisje. Het is daar bij u veel te vol, en niemand doet nog een oog dicht. Laat Aart maar op mijn kamer slapen, dat doet 'm vast goed en zeg dat hij hier eens naar toe moet komen. Nog beter voor 'm, die boslucht.'

'Je komt dus niet meer thuis?'

'Hier ben ik ook thuis, mams, ik moet een tijdje alleen zijn om alles te verwerken. Ik wil schilderen, maar ik zal u af en toe wel bellen en ik kom echt nog wel eens een keer langs, maar eerst verwacht ik jullie eigenlijk hier... en voor ik het vergeet, neem dan die heerlijke Belgische bonbons mee, die ik van u gekregen heb.'

'Ha, Cees, hoe is het met je?'

'Prima, we komen morgen terug, dat wou ik even zeggen, waar ben je nu?'

'In het Kloosterbos, in mijn huisje.'

'Goed zo, dat mag ik horen. Hoe is het met ?'

'Uitstekend, het is 'm, geen twijfel mogelijk. Ik kan me geen andere vader meer voorstellen. Het is een geweldige man, al heeft hij wel streken, maar ik hou van hem.'

'Ik denk dat hij op jou lijkt, Hexy.'

'Zou kunnen, we hebben heel wat beleefd samen, maar ik vertel je er nog wel van.'

'Goed zo, blij dat allemaal te horen, je klinkt erg opgewekt.'

'Zo voel ik me ook, ik heb mijn plek gevonden. In het Kloosterbos, zoals de voorspelling luidde...'

'Dus we worden buren?'

'In elk geval dit jaar uit, tot zolang mag ik hier gratis bivakkeren.'

'O ja? Waar heb je dat aan te danken?'

'Aan mr Bleekhaar en aan twee snoezen van honden, Romulus en Remus.'

'Daar snap ik niets van, Hexy, maar het is wel heel toevallig, dat je het daar over hebt.'

'Wat bedoel je?'

'Zul je wel zien. Je weet toch, dat ze Rome hebben gesticht? En zijn gezoogd door een wolvin?'

'Zover zijn ze bij mij niet gegaan. Zie je er een beetje uit als een echte Romein?'

'Moet jij maar beoordelen. Ik denk wel, dat ik door kan gaan voor een soort Ceasarianus.'

'Ik ben benieuwd.'

'Ik neem iets voor je mee, Hexy, grappa natuurlijk, maar ook een leuk beeldje, je kunt wel raden wat.'

'Leuk, m'n moeder heeft manneke Pis voor me meegenomen uit Brussel, dit past er denk ik wel bij. Good bye, Cees, see you soon.'

'Ha, Jerry, hoor ik eindelijk weer eens wat van je? Ja, met mij is alles goed, zo'n avontuur kon er nog wel bij en ik kan in elk geval zeggen, dat ik deze zomer ook in het buitenland geweest ben. Mr Woody? Die is 'm gepeerd naar de Provence, geloof ik, per vliegtuig, ja, hij heeft daar een liefje, weet je dat? Een lerares, brrrr... maar ze is wel lief, geloof ik. Hoop ik voor 'm.

Wat doe je allemaal? Je schrijft je het lazarus? Ja, die stukjes over het Oudste Huis heb ik gelezen, hartstikke leuk, je wordt een echte journalist.

Wat zeg je? Of ik iets in m'n mond heb? Nee hoor, maar ik heb vreselijke zin in zo'n Belgische bonbon, die m'n moeder voor me heeft meegenomen, je moet echt weer eens komen, Jer.

Wat? Ben je al onderweg hiernaar toe? Je wilt wat tegen me zeggen. Iets bijzonders? Hè, heb je ook een liefje? Nee, krijg wat, wie dan? Wat? Je vindt me een bijzonder meisje? Valt wel mee, hoor, ik ben maar een gewone heks.

Wat zeg je nou? Ik hoor je niet... Wat? Ben ik dat liefje? Je houdt van me?

Nou wordt-ie goed. En dat zeg je me zomaar over de telefoon? Je bent al in de buurt? Waar ben je precies?

Au, wat gebeurt er, je speelt vals, het is niet eerlijk om een heks van achteren aan te vallen...'